EL GRAN
GENOCIDIO

Diseño de coleccion: Editorial Planeta Colombiana S.A.
Diseño y diagramación: ©Juan Galvis

©2018, Marco T. Robayo
©2018, Editorial Planeta Colombiana S.A

Calle 73 n.º 7-60, Bogotá

Segunda edición: noviembre de 2020
Primera edición: octubre 2018

ISBN-13: 978-958-42-7374-1
ISBN-10: 958-42-7374-4

Impreso por: TC Impresores S. A. S.

Ninguna parte de esta publicación, incluido el diseño de la cubierta, puede ser reproducida, almacenada o trasmitida en manera alguna ni por ningún medio, ya sea eléctrico, químico, mecánico, óptico, de grabación o de fotocopia, sin permiso previo del editor.

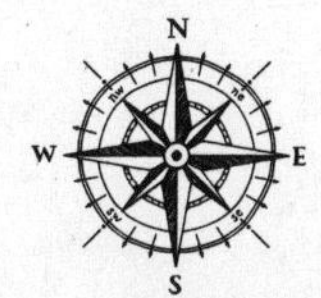

MARCO T. ROBAYO

EL GRAN GENOCIDIO

¿DESCUBRIMIENTO O EXTERMINIO?

Planeta

El día que hayas
envenenado el ultimo río,
abatido el último árbol,
y asesinado el último animal,
te darás cuenta
de que el dinero no se puede comer.

Proverbio indígena

Los cristianos con sus caballos y espadas y lanzas comienzan a hacer matanzas y crueldades extrañas en ellos. Entraban en los pueblos, ni dejaban niños y viejos, ni mujeres preñadas ni paridas que no desbarrigaban y hacían pedazos, como si dieran en unos corderos metidos en sus apriscos.
Hacían apuestas sobre quién de una cuchillada abría el hombre por medio, o le cortaba la cabeza de un piquete o le descubría las entrañas. Tomaban las criaturas de las tetas de las madres, por las piernas, y daban de cabeza con ellas en las peñas.
Otros, daban con ellas en ríos por las espaldas, riendo y burlando, y cayendo en el agua decían: bullís, cuerpo de tal; otras criaturas metían a espada con las madres juntamente, y todos cuantos delante de sí hallaban.
Hacían unas horcas largas, que juntasen casi los pies a la tierra, y de trece en trece, a honor y reverencia de Nuestro Redentor y de los doce apóstoles, poniéndoles leña y fuego, los quemaban vivos [...].

Brevísima relación de la destrucción de las Indias.
Fray Bartolomé de las Casas, año de MDLII

A mis queridos nietos:
Estefanía, Charlie,
Carlos Ferney, Angie Lizeth,
Isabella Marie y John Ryan.

En memoria de los más de setenta millones de indígenas muertos a causa de la conquista española.

Prólogo

La conmemoración de los quinientos años de la llegada de los primeros españoles a América generó animadversión y resentimiento hacia España en un gran sector de la población de los países latinoamericanos.

El ánimo se tensó aún más a raíz de las celebraciones que, por el bicentenario de la independencia, se presentaron en las últimas décadas en todas estas naciones. El resquemor no provenía solamente de las comunidades indígenas ubicadas a lo largo y ancho de los países de habla hispana de América, sino de la población en general.

El hallazgo del galeón *San José* en aguas territoriales colombianas en diciembre de 2015 suscitó una controversia en varios países, entre ellos España, que reclamaban como propio el tesoro avaluado en diez mil millones de dólares.

El pronunciamiento de España sobre el barco y la carga, a los que siempre ha considerado su propiedad, causó malestar en varios países de América, donde encontraron que la codicia del gobierno español parecía no tener límites, como si no fuera suficiente el daño que causó en esas tierras siglos atrás.

Para millones de habitantes de los pueblos latinoamericanos ahora todo es diferente: están dispuestos a dar batalla para recuperar y conservar hasta el último gramo de oro arrancado de las entrañas de su territorio. Por su parte, los defensores de la gestión española en América coinciden en el aporte significativo que hicieron sus conquistadores, que se vio reflejado años más tarde con la civilización y el adoctrinamiento de pueblos enteros. Rechazan enfáticamente cualquier calificativo de genocidio o saqueo por parte de sus emisarios y fustigan la indiferencia del pueblo hispano en América al no mostrar su agradecimiento y lealtad con quienes los sacaron de la oscuridad y les proveyeron una identidad. El urbanismo, la escritura, la civilización, el lenguaje, la religión y la cultura son, según ellos, solo algunas de las grandes contribuciones de España al ingrato pueblo americano.

Los más radicales defensores del pueblo español alegan que sí es cierto que tomaron el oro de los indígenas, pero que eso obedeció a un intercambio netamente comercial. No entienden el porqué de tantas protestas y lamentos si, en realidad, el oro para los indios no era otra cosa que una piedra sin valor. A su juicio, los pueblos nativos de América debían entender que a la llegada de Colón, tal y como él lo mencionara, lo único que había eran indígenas desnudos, carentes de dios, de ley y de rey.

Acusados y acusadores culpan a su contraparte de un falso y marcado sentido de patriotismo, y de acomodar las versiones de la historia a su conveniencia. Dos puntos completamente opuestos, expresados de manera enfática, reflejan una posición vertical, permanente e innegociable.

Los pueblos amerindios, quienes se consideran etnias damnificadas por la llegada del invasor, señalan a los españoles como hombres sin conciencia, que emprendieron una cruzada sin precedentes que culminó con la decadencia, masacre y extinción de muchas culturas. Su alcance fue tal que hoy, cinco siglos después, no han podido aún recuperarse. Muchas comunidades indígenas viven en pleno siglo XXI en medio de la más absoluta pobreza, plagadas de necesidades, sin programas de salud y acosadas por el hambre.

La tortura, el sacrificio, las violaciones, el saqueo, la esclavitud y la muerte fueron algunas de las acciones desarrolladas por los invasores luego de llegar a un territorio al que nunca fueron invitados. Según las estadísticas aportadas por diversos investigadores, se calcula que había cien millones de almas habitando el nuevo continente a la llegada de Colón. Los números cayeron tan dramáticamente que, con el paso de los años, algunas tribus se extinguieron de la faz de la Tierra, mientras otras aún luchan por sobrevivir. Se calcula que la población indígena se redujo en un 95 %, y hoy quedan solo cinco millones de nativos americanos en el continente.

Así como el número de muertes se incrementaba con los días, también un pujante negocio iba en franco crecimiento: el de la esclavitud. Cientos de barcos zarpaban de los puertos de Inglaterra, Portugal y España con destino a África, donde miles de esclavos negros eran recogidos y llevados a América. Allí, finalmente, eran canjeados por oro después de haber sido arrancados de su tierra y separados de sus hogares.

No se tiene una estadística clara de la cantidad de hombres y mujeres que le fueron arrebatados al continente negro, pero es de suponer que su número rebasa en decenas de miles la cifra más exagerada. Un crimen de lesa humanidad por el que ninguna de las naciones europeas se preocupó en pronunciarse alguna vez, quizá porque jamás tuvieron a bien arrepentirse.

Para algunos entendidos, la llegada de los españoles al Nuevo Mundo significó una recuperación financiera sin antecedentes, ya que las arcas del imperio estaban en su punto más crítico y, sin el oro proveniente de América, hubiera sido imposible el sostenimiento de los ejércitos en su afán expansionista en Europa. Otros apuntan, además, que el Siglo de Oro español jamás se habría presentado de no ser por el soporte que le dieron las riquezas llevadas desde el continente americano.

Siempre existirá la controversia, y acaso un ente independiente, libre de intereses particulares, podrá algún día dirimir el polémico asunto.

Lo que sí está claro, y quedó evidenciado por la Historia, es que, para infortunio de esas desgraciadas almas de nativos americanos y esclavos africanos, el único estamento que pudo ayudarlos a resarcirse del inclemente yugo de su enemigo, la Iglesia católica, se convirtió de pronto en su otro ensañado verdugo, quien procuró evangelizar mosquete en mano, apoyado en las premisas de la perversa institución conocida como "La Santa Inquisición".

Es posible que nunca haya un acuerdo entre las partes. Los pueblos amerindios han manifestado que no buscan venganza, pero sí un compromiso de reparación de víctimas y un reconocimiento de la Corona española de los delitos de lesa humanidad y genocidio cometidos.

Hay quienes dicen que callar es aceptar ciegamente lo que les vende la historia. Pero la historia es manipulable y muchas veces miente porque es construida con base en mentiras y engaños. La historia real es la que supera el tiempo y permanece en la memoria a través de las generaciones.

I

El súbito desastre

Islas de Barú, Nuevo Reino de Granada
viernes 8 de junio de 1708.
7:25 p. m.

El impacto fue severo e hizo que el navío se estremeciera. Miles de astillas y pedazos de madera volaron con furia por el aire cuando el proyectil de veinticuatro libras chocó con la base del palo mayor de la Capitana *San José*. El olor a pólvora se volvió cada vez más penetrante y se mezcló en el ambiente con el hedor de militares y marineros que corrían, amilanados, de proa a popa y de babor a estribor, intentando poner a salvo sus vidas. Unas vidas miserables.

El choque partió el mástil mayor en dos, que se desplomó con el peso de su velamen sobre el trinquete de proa. Un par de marineros en la cubierta fueron alcanzados. Uno cayó sin sentido mientras el otro procuraba mantenerse en pie, con la cabeza bañada en sangre. El caos se hizo mayor, los gritos y el llanto rompieron el instante ensordecedor que siguió al estruendo.

Arriba, sentado sobre la cofa principal, permanecía Pablo Rodríguez, uno de los tres tamboreros encargados de arengar a los militares. Estaba asustado. Con la manga mugrienta de su camisa limpió su rostro. Desde su lugar observaba impotente cómo el barco británico *Expedition* vapuleaba al más grande de los galeones ibéricos.

Una lluvia ligera conducida por el suave viento tropical abrazó su cara. La lobreguez de la noche fue sosegada por una refulgente luna llena, que seguía de cerca el fragor de la batalla entre navíos ingleses y españoles. El mástil se terminaría de desplomar en cualquier momento, arrastrando consigo las velas y los aparejos. Unos pocos amarres lo mantenían enredado al trinquete. Pablo sabía que era cuestión de minutos para que él, junto con el palo mayor, salieran despedidos del galeón.

Después de la primera andanada de cañonazos del *Expedition*, el capitán del *San José*, el general José Fernández de Santillán y Quezada, conde de Casa Alegre, ordenó atacar al navío inglés con toda la batería de estribor. Los militares cargaron de inmediato los cañones con sus balas más pesadas, las de dieciocho libras. Luego de disparar comprobaron con rabia y desconcierto que el daño ocasionado era irrisorio. El espeso humo de los cañones alcanzó la cubierta del *San José,* y ahora ahogaba los gritos que venían con las órdenes del general.

De nuevo, Fernández de Santillán pidió al contramaestre recargar los cañones. El tiempo también se convertía en su enemigo. Mientras sus hombres se encargaban de cumplir con la tarea, el general, de sesenta y siete años, atisbaba por estribor cómo el *Expedition* se acercaba con facilidad, gracias a su poca carga.

—Apresuraos. ¡Maldita sea!

La recarga de la batería tardaba más de lo debido, y el barco inglés, comandado por el comodoro Charles Wager, estaba a unos doscientos metros de distancia.

El capitán sabía de sobra que Wager no buscaba hundir su barco porque conocía del gran tesoro que transportaban los galeones. Su intención era clara: inhabilitarlo disparándole al timón y derribando su velamen. Así podría abordar y robar el botín del rey Felipe V.

Pablo, desde la cofa, paseó con tristeza su mirada sobre la cubierta y vio a varios de los tripulantes correr enajenados. Algunos buscaban refugio en las bodegas, otros saltaban al mar, presas del terror. Los disparos de los mosquetes provenientes del *Expedition* llamaron su atención. El barco se acercaba por estribor, estaba a no más de sesenta metros. Aguzó la vista y se percató del movimiento en las portillas de los cañones de la nave enemiga. En cualquier momento los ingleses volverían a abrir fuego y ese sería el final para el galeón español.

Alzó los ojos para implorar al cielo, y descubrió a otro de los tamboreros, quien permanecía aferrado al mástil en la cofa de trinquete. En él encontró su propio reflejo. Buscó a su amigo Simón entre los hombres que corrían en la cubierta. No logró divisarlo. Tampoco sabía de la suerte que estarían corriendo Cristóbal y su familia.

Una descarga de disparos de mosquete hizo blanco de nuevo en el galeón. Algunos gritos se escucharon cerca de la popa mientras la humareda comenzaba a disiparse. Lo que encontraron sus ojos, más allá de esa niebla enrarecida, lo conmovió y le arrancó un lamento de dolor desde su pecho. Allí, hincado en una de sus rodillas, estaba herido de muerte su capitán, el conde de Casa Alegre, por quien sentía gran admiración y un agradecimiento absoluto.

Fernández de Santillán había sido el único en apoyarlo. No solo lo vinculó a la tripulación del galeón a su mando, sino que confió en él hasta el punto que más tarde lo designó como uno de sus tamboreros.

—¡Capitán!… ¡Capitán!… —Desgarró sus pulmones en cada grito de desaliento.

Le dolía ver a ese famoso portento derrotado y destinado a morir lejos de los suyos. El general levantó la cabeza, más por instinto que por haberlo escuchado, y lo miró a los ojos desde la distancia. Pablo encontró en ellos humillación y desespero. En su rostro curtido por el sol se acentuaban las arrugas y en sus ojos no se apreciaba ya ese brillo de las lejanas victorias en altamar. Parecía como si las últimas horas a bordo del galeón le cobraran un precio alto, envejeciéndolo hasta la decadencia. Con dificultad, el general levantó su brazo y gritó algo que Pablo no pudo escuchar.

Segundos después, el fuego invadió la cubierta y una fuerte explosión proveniente de la santabárbara despedazó algunas piezas de madera. La detonación abrió un gran agujero en la quilla del navío y el barco comenzó a llenarse de agua. El tamborero salió volando por los aires. El mar Caribe lo recibió.

Sintió pavor. Sabía que, si deseaba mantenerse con vida, debía mantener la calma y cuidar que su cabeza no fuera alcanzada por alguno de los objetos que flotaban. Vio cómo algunos tripulantes y pasajeros luchaban por mantenerse a flote, y notó con dolor que muchos sucumbían ante sus ojos.

Frente a él aún permanecía el *Expedition.* Habrían pasado pocos minutos desde la explosión. El tiempo en su cabeza se medía en bocanadas de agua y fuego, en acumular tanto oxígeno como le permitiera el miedo. Se dio la vuelta para ver la suerte que estaría corriendo el *San José* y quedó estupefacto al comprobar que este ya no estaba. El mar se lo había tragado.

Incrédulo e impotente, recostó su cabeza sobre la pieza de madera que tenía entre sus brazos, mientras veía que algunos marineros se acercaban a él. Nunca había anhelado algo con tanta claridad: abandonar ese lugar, retroceder el tiempo. Cerró los ojos y viajó un mes atrás, cuando atravesó la selva inhóspita desde Panamá para llegar a Portobelo.

Pablo iba con Simón el Dispensero, el encargado de las provisiones del galeón, un mercader enorme y bonachón que veía cómo la mula que montaba se hundía hasta la panza en un terreno fangoso. No podía avanzar. Varios hombres, negros, corpulentos y desnudos, empujaban a las bestias para desatorar el camino. La recua de veintidós mulas iba acompañada por ellos dos: Simón el Dispensero y Pablo el Tamborero, además del amo con sus doce esclavos.

Corría la tarde del séptimo día desde que dejaran Panamá. El estrecho camino se hacía por momentos intransitable y la selva amenazaba con devorarlos en cualquier momento. Pablo estaba exhausto, solo deseaba llegar a Portobelo.

Antes de dejar Panamá intercambiaron por plata y oro algunas bisuterías que había traído Simón de Cádiz. Pensaban que si lograban vender su mercancía en Panamá, conseguirían un mejor beneficio al quitar de en medio a los comerciantes que acaparaban el mercado en Portobelo. Nunca sopesaron el alto costo y el rigor del desplazamiento. El alquiler de las mulas y el pago al patrón de los esclavos apenas si fue cubierto con el dinero que consiguieron a cambio de su mercadería. Ello, aunado a las agotadoras jornadas, marcó en aquellos hombres un sentimiento de frustración y derrota.

A no más de dos leguas de Portobelo se separaron del grupo y decidieron continuar el camino por su cuenta. Pensaron que serían objeto de burlas por parte de la tripulación del galeón *San José*. Muchos compañeros les insistieron en abandonar tan desatinado propósito; sin embargo, ellos hicieron oídos sordos, pensando que aquellas recomendaciones nacían de la envidia.

Ahora caminaban en silencio, sucios, cansados y pestilentes, y cavilaban sobre su mala fortuna. Un chillido de mujer, cerca de allí, los sacó de su ensimismamiento.

—¡Ayuda! —se escuchó inicialmente. Unos segundos después una voz masculina se unió al pedido de auxilio—. ¡Ayuda, por la gracia de Dios!

Esperaron un instante para escuchar con atención y determinar de dónde provenían los lamentos.

—¡Que alguien nos ayude! —imploró un hombre.

—¿Dónde estáis? —gritó Simón, mirando en todas direcciones.

—Aquí, buen hombre, por el caminito cerca de la hondonada. —Pablo identificó el lugar. Le hizo una seña a Simón y avanzó unos pasos hacia allá. Este lo detuvo de repente por el hombro.

—Un momento…

—¿Qué os sucede? —preguntó Pablo con ansiedad.

—¿Y si es una trampa?

—¿Y si no lo es? —contestó Pablo de inmediato—. Además, os recuerdo que nuestras pertenencias se limitan a cuatro prendas sucias y malolientes. No creo que alguien quiera adueñarse de ellas —repuso zafándose de su amigo y dirigiéndose al barranco.

Allí, un hombre de mediana edad se hallaba sumergido hasta el pecho en las fangosas aguas de un pozo. Con la ayuda de una joven mujer, que yacía de bruces en el piso, trataban infructuosamente de sacar a un pequeño del agua.

—Ayudadnos, nuestro hijo se ahoga —les dijo el hombre, de cejas pobladas y cabello de puercoespín.

De un salto Simón se acomodó sobre un montículo de tierra a un lado del pozo. Luego se estiró hasta sujetar al niño por las manos. Tomó una gran bocanada de aire y haló con todas sus fuerzas. El chiquillo lanzó un grito de dolor. No logró que se moviera ni un milímetro. El agua tocaba su mentón. El padre, visiblemente consternado, se inclinaba una y otra vez en el agua, intentando localizar lo que mantenía atrapado a su hijo.

Pablo encontró en la expresión de angustia de ese hombre la abrumadora situación que vivió en el *San José*, pocos días después de haber zarpado del puerto de Cádiz el 10 de marzo de 1706. Uno de los marineros más experimentados llevaba a su hijo en el navío, en el que sería el viaje de iniciación de su vida como navegante.

A la semana de zarpar, cerca de la medianoche en altamar, una gran tormenta trajo consigo olas gigantes que azotaron el galeón sin compasión. El muchacho subió a la cubierta en contra de las indicaciones de su padre, pensando que la semana de entrenamiento era suficiente para enfrentar una situación como esa. Una enorme ola entró de improviso y barrió con todo. El hijo de aquel marinero fue una más de las muchas posesiones que el mar habría de arrancarle al *San José*.

—Abríos paso. Dejadme intentarlo —les pidió Pablo a los padres del niño en el pozo al tiempo que se quitaba la camisa.

Pablo recién había cumplido diecisiete años. Era en extremo delgado, a pesar de ser uno de los que mejor se alimentaban en el barco, gracias al oficio de su amigo Simón. Huérfano de padre y madre, se entrenó desde los nueve años en el Colegio Seminario de San Telmo, en Sevilla, para hacer carrera en el mar. Allí estuvo por seis años, antes de dedicarse a husmear aquí y allá en la villa de Puerto Real, en la provincia de Cádiz. Así transcurrieron su niñez y su adolescencia, cerca de los barcos y de la vida del mar.

El entrenamiento en el seminario lo preparó para ser un paje, lo que lo alejaba de poder ejercer las labores de un marinero. Solo esperaba la oportunidad de poder enlistarse en la tripulación de algún barco mercante. Fue rechazado por su corta edad y por su nula experiencia navegando.

Lo intentó por primera vez en septiembre de 1703, con doce años, cuando el general José Fernández de Santillán se esforzaba, por cuarta vez en cuatro años, en zarpar del puerto español con rumbo a Cartagena de Indias.

No fue sino hasta febrero de 1706, dos años después, cuando se le aceptó como grumete y se enlistó con la tripulación que viajaría a América ese 10 de marzo. Bajo este cargo recibiría mil maravedíes mensuales, el equivalente a veintinueve reales al mes, un salario irrisorio que representaba para él casi una fortuna.

Su idea era aprovechar la circunstancia y, dada su facilidad de aprendizaje, escalar rápidamente al rango de marinero. En cuanto llegó, trató de que su presencia no pasara inadvertida ante los ojos del general Fernández de Santillán. Siempre que pudo se mostró colaborador y dispuesto a realizar incluso oficios que no le competían.

A los pocos días de haber zarpado de Cádiz conoció a Juan, uno de los tamboreros, de quien aprendió con rapidez a llevar los diferentes compases para arengar a los militares en caso de guerra. Unas semanas más tarde, antes de alcanzar tierra firme, Juan enfermó de gravedad.

Una fuerte hinchazón en las encías y la presencia de múltiples hemorragias por debajo de la piel, debido al descuido en su alimentación, hizo que entrara en estado comatoso y muriera en medio de convulsiones. La causa de su muerte, según el médico del *San José*, fue la plaga del mar, dada la pobre ingesta de cítricos en la dieta del galeón. Ese mismo día por la tarde, Juan fue envuelto en un paño, y adosado a su cadáver colgaron un lastre de piedras. Luego rezaron sus oraciones y lo lanzaron al mar, al tiempo que la tripulación, como era costumbre, le deseaba un "buen viaje".

No obstante, la desgracia de Juan se convirtió en la fortuna de Pablo. Dado que gozaba de la simpatía del conde de Casa Alegre y que era el único en el barco que podía reemplazarlo, fue ascendido a tamborero con una mejora salarial.

—¿Que haréis? —preguntó Simón, poniéndose al lado del muchacho.

—Ya lo veréis. Ayudadme: deberéis levantarme y tendréis que sostenerme por los pies —dijo y se acostó bocabajo en el piso.

Simón lo levantó con facilidad.

—Introducidme con cuidado en el pozo. Luego esperaréis mi señal y me sacaréis de nuevo. Intentaré encontrar qué es lo que mantiene atrapado al pequeño.

Así lo hicieron, y por fin Pablo halló el origen del problema. El pie del chiquillo estaba atrapado entre el fondo del pozo y la raíz de un viejo árbol de cedro. Luego de varios intentos por fin pudieron liberarlo.

El hombre, uno de los muchos "cargadores a Indias", como se les conocía a los comerciantes que tenían permiso de la monarquía para comercializar productos en América, visitaba el Nuevo Mundo por primera vez, trayendo consigo una carga de ropa y zapatos estimada en seiscientos cincuenta ducados.

Los cargadores debían operar desde Sevilla en España, hasta Cartagena de Indias o Portobelo, utilizando el puerto de Cádiz para el embarque de sus mercancías. Este, en realidad, era un negocio lucrativo que llenó las arcas no solo de dichos mercaderes, sino también de tripulantes, oficiales y militares que aprovechaban la oportunidad para traer artículos a la feria, aunque ello estaba teóricamente prohibido.

—Habéis salvado la vida de mi hijo. Os debo mi gratitud eterna —dijo el hombre haciendo una breve reverencia.

—No os preocupéis por ello. Solo hicimos lo que vos de seguro haríais por uno de nosotros en la misma situación —repuso Simón, restándole importancia al asunto.

—Oh, no lo dudéis ni por un segundo, podéis estar seguros de que haré lo que vuestras mercedes necesitéis. Mi nombre es Cristóbal, ella es Clara y el crío que nos quita la paz, Fernando.

Luego de la rápida presentación, se dirigieron en grupo a Portobelo. Durante la larga caminata Cristóbal les relató la penosa aventura que vivió en compañía de su familia al haber tenido que navegar en el río Chagres con algunos géneros que, finalmente, vendió en Panamá. Se prometió que nunca repetiría tal hazaña.

Cristóbal, siempre y mientras duró la amistad, manifestó su agradecimiento a Simón y Pablo, hasta el punto que al segundo día de su regreso a Portobelo le entregó a cada uno veinte ducados como muestra de su gratitud. Los dos hombres se negaron, en principio, pero ante la insistencia terminaron aceptando la ofrenda, lo que subsanó con creces la reciente pérdida económica de Simón.

Portobelo sería el punto de partida de los galeones *San José*, *San Joaquín* y otros más que les servirían de escolta en su periplo a España. Los navíos tocaron tierra panameña el 10 de febrero de 1707, provenientes de Cartagena de Indias, con la firme intención de recoger dinero, oro, plata y un sinnúmero de objetos valiosos, especialmente provenientes del virreinato del Perú, por disposición del rey de España, Felipe V, el Animoso.

Seis años atrás y como respuesta a la proclamación de Felipe de Borbón, el Duque de Anjou y quien fuera el segundo hijo del delfín de Francia y nieto del rey galo Luis XIV, como sucesor de Carlos II de la casa de Habsburgo al trono español, Inglaterra y las Provincias Unidas, formaron un frente de ataque contra España y Francia.

Las potencias marítimas aducían que el nombramiento era, sin duda, una treta manejada por la monarquía francesa, que vio en la muerte de Carlos II una magnífica oportunidad para apoderarse del comercio español con el Nuevo Continente.

Carlos II, el Hechizado, como era conocido dada la enfermedad que al final le imposibilitó traer herederos al mundo, hizo un testamento unos días antes de morir, en el cual designó a Felipe como su sucesor, a pesar de saber que ello desencadenaría de manera inevitable una guerra en Europa.

Conocedores de los quebrantos de salud de Carlos II, el rey de Francia, Luis XIV, de la casa Borbón, y el emperador del Sacro Imperio Romano Germánico, de la casa Habsburgo, Leopoldo I, se pusieron a la vanguardia para reclamar el trono español, pues para nadie era un secreto lo que ello representaba.

Tanto Luis XIV como Leopoldo I se sentían con derecho a reclamar la corona, por cuanto los dos estaban casados con las infantas españolas hijas de Felipe IV y hermanas de Carlos II. Por otro lado, las madres, tanto de Luis como de Leopoldo, eran hijas de Felipe III, abuelo del rey extinto.

Una vez coronado Felipe V como rey de España, Inglaterra y sus aliados consolidaron un frente de guerra y atacaron por mar y tierra a Francia y España, demandando que el digno sucesor de Carlos era el segundo hijo de Leopoldo I.

Así, y sin ningún ánimo conciliador entre los implicados, comenzó la guerra de la Sucesión Española. El rey Felipe V demandó al general Fernández de Santillán zarpar al Nuevo Mundo para recoger los fondos procedentes en su mayoría del virreinato del Perú, y poder sufragar así los altos costos de la confrontación bélica para mantener a raya a sus enemigos.

El general, dos años atrás, había sido nombrado conde de Casa Alegre por mano del rey, título nobiliario que se unía a los de caballero de la Orden de Alcántara, capitán general de la Armada y la Carrera de Indias y miembro del consejo de su Majestad en la Junta de Armada. A pesar de su edad, sesenta y siete años, se le abonaba la exitosa defensa del puerto de Cádiz contra las flotas anglo-holandesas, por lo que Felipe V no tuvo reparo en dejarlo a cargo de su armada.

Finalmente, luego de la larga espera de más de siete años, el galeón *San José* levó anclas en compañía de su gemelo, el galeón *San Joaquín*, y del galeón *Santa Cruz*. La nave capitana iba al mando de los tres galeones y de veintiséis barcos mercantes.

En el navío insignia de la Corona española viajaba el nuevo virrey del Perú, Manuel de Oms de Santa Pau y Semanat, marqués de Castelldosrius, quien fuera designado para el cargo en 1704 por Felipe V, y solo hasta ahora llegaba a América a tomar posesión. Él estaría a cargo de reunir los impuestos de la Corona y disponerlos en Portobelo para que fueran trasladados a España, donde el rey los esperaba ansioso.

Sin contratiempos, cruzaron el Atlántico y arribaron a Cartagena de Indias cuarenta y ocho días después. Una vez allí celebraron una pequeña feria, congregando a varios comerciantes que llegaron desde Quito, Popayán y Santa Fe. La gran atracción del evento fue, sin duda, el *San José*. Nunca se había visto navegar en las costas caribeñas un barco de esas dimensiones.

Dos largos años permanecieron los galeones anclados en Cartagena. No existía mucho apremio en llegar a Portobelo, por cuanto el tesoro real aún no se encontraba en su destino. Sin embargo, el almirante Villanueva, comandante del galeón *San Joaquín*, no perdía ocasión para sugerir al general Fernández de Santillán que zarparan a Panamá para ganar algo de tiempo.

—Usía, partiremos cuando Dios me envíe su mensaje. —Esa fue siempre la respuesta del general.

Era bien sabido que quien decidiera ir en contra de la decisión de un delegado del rey, estaba sujeto a afrontar la pena capital. Por ello nadie se atrevía a poner en tela de juicio las determinaciones tomadas por Fernández. No obstante, todos, incluidos los capitanes de los navíos escoltas, sabían que la negación de este a partir obedecía a los líos de faldas en los que se le veía a menudo.

A finales de enero de 1708 llegó un comunicado del marqués de Castelldosrius, virrey del Perú. En él se le notificaba al conde de Casa Alegre del exitoso arribo de la Armada del Sur a tierras panameñas y, con ellos, del tan esperado tesoro real. Cientos de mulas fueron preparadas en Panamá con el valioso cargamento. Un séquito formidable de hombres armados lo custodiarían hasta que estuviera a buen recaudo en Portobelo.

II

Ruta de Portobelo

Cartagena de Indias, Nuevo Reino de Granada
jueves 2 de febrero de 1708.
6:00 a. m.

Muy temprano por la mañana y antes de dejar Cartagena, la carga del galeón fue inspeccionada por los oficiales del rey. Para sorpresa de todos, la mercancía no estaba completa: algunos barriles de vino llegaron vacíos y muchos de los géneros ya no estaban en el barco. El capitán se enfureció por la displicencia de unos y la insolencia de otros. Indignado, reunió a la tripulación en busca de los responsables. Como era de esperarse, ningún marinero fue acusado ni mucho menos sentenciado.

Solo una mujer fue llevada ante su presencia.

—Capitán, esta mujer fue encontrada deambulando por las bodegas del galeón —dijo un oficial mientras sostenía a la muchacha por el brazo.

Fernández de Santillán miró a la chica de arriba abajo. Era una mulata agraciada, de rasgos finos y de escasos veinte años.

—¿Cómo os llamáis? —preguntó el capitán levantando la barbilla de la joven con un rollo de papeles que tenía en su mano.

—María Tamayo—contestó la mujer con acento francés, alejando despectivamente su cara del papel.

—María Tamayo —repitió el capitán en tanto caminaba alrededor de la chica, observándola con un gesto de aprobación.

—Haced que se bañe. Y luego hacedla prisionera en mi camarote —ordenó al oficial, quien adivinó de inmediato sus intenciones.

—No lo hagáis —dijo María, resistiéndose al arresto—, soy hija de Jean Baptiste Ducasse.

—¿Ducasse? ¿Os referís a quien fuera gobernador de Santo Domingo?

La muchacha asintió y, al levantar la mirada, enseñó unos hermosos ojos canela que de inmediato cautivaron al capitán.

—¿Y qué estaría haciendo en mi barco la hija de Jean Baptiste Ducasse, descalza, sucia y vistiendo esos harapos?

—Tenéis que creerme. No os detengáis en lo circunstancial.

—Lo siento, no os creo una palabra. ¡Proceded! —ordenó al oficial, y en un rápido movimiento les dio la espalda—, confiaré en vuestra prudencia y en la forma como trataréis a mi invitada —agregó sin mirar atrás.

Antes de dejar la bahía de Cartagena de Indias, las bodegas del navío fueron cargadas con una gran cantidad de baúles, atestados de valiosas esmeraldas provenientes de Muzo y finas perlas de Riohacha. En la tarde zarparon hacia Portobelo, escoltados por la flota de galeones y por el convoy de navíos mercantes.

Tan pronto se hicieron a la mar, pudo sentirse una franca felicidad a bordo. Todos, menos la indefensa María, estaban contentos. Ella no hacía sino pensar en su inmediato futuro. Poco sabía del general Fernández de Santillán y necesitaba confiar en la divina providencia, pedirle que moviera sus fuerzas misteriosas para que aquel hombre se comportara de acuerdo con su linaje y, finalmente, creyera en su palabra.

Para su infortunio no fue así. El hombre le hizo llevar alimentos a su cuarto antes de que se pusiera el sol y hacia las siete de la noche se presentó en el camarote. Ella se levantó de la cama asustada y se ubicó a los pies de la misma. Fernández de Santillán paseó la mirada por el reducido recinto y luego reparó en ella, brevemente.

—Es increíble lo que un poco de agua y un vestido limpio han hecho por vos —dijo mientras se despojaba de su ropa.

—General… por favor… —rogó la muchacha con los ojos húmedos de miedo—. Os juro que es verdad lo que he dicho acerca de mi padre.

De nada sirvieron los ruegos y gritos de María. Esa noche la mulata, que nunca había estado desnuda frente a un hombre, fue violada. Desde entonces, aquel camarote se convirtió en su prisión, y el general, en su más cruel verdugo.

Ocho días más tarde el convoy llegó a puerto y alcanzó el castillo de la Gloria. Allí, sin perder tiempo, se dispuso a organizar la tan esperada feria. A su llegada, el general manifestó su preocupación por el estado del navío. En las ochenta leguas que habían recorrido desde Cartagena, la embarcación hizo aguas y esa era una muy mala señal. Una pronta reparación sería necesaria. Horas después de tocar tierra ordenó que de los galeones fueran descargadas todas las mercancías que venían en las bodegas, y que se dispusieran en la playa para ser revisadas por los oficiales reales con el fin de saber su valor y evitar los tan frecuentes fraudes fiscales.

A pesar de los controles que se ejercían, era difícil que los oficiales cumplieran su labor a cabalidad. El caos y la confusión causada por los mercaderes que se encargaban de abastecer a la América española era total por cuanto cada uno quería acaparar lo mejor para sí.

Debido al peligro al que estaban expuestos y a lo vulnerables que resultaban ante los eventuales ataques de corsarios y piratas, que de seguro ya sabrían de su presencia y de la mercancía en el puerto, Fernández de Santillán instó a los oficiales a acelerar las transacciones. La feria no debía prolongarse más allá de lo necesario.

Al llegar la noche, la vigilancia en el puerto había sido redoblada. Los piratas estaban al acecho y no perderían oportunidad de levantarse con cualquiera que fuese el botín. Aún estaba fresco en la memoria de decenas de pobladores de Portobelo el cruento ataque al que fueran sometidos por el pirata Henry Morgan, cuarenta años atrás.

Fue durante una oscura noche de 1668. Morgan y cuatrocientos de sus bucaneros tomaron el puerto de Naos, distante diez leguas de Portobelo, también llamado "puerto del Tesoro" por la cantidad de mercancías y metales preciosos que se acumulaban en épocas de feria. Al llegar al puerto atacaron el convento mientras la guarnición española se atrincheraba en el castillo de San Jerónimo. En un acto vil y cobarde, Morgan colocó a las monjas y a los clérigos como escudo humano para parapetarse del fuego español. Uno a uno fueron cayendo los cuerpos sin vida de los religiosos, en tanto Morgan se acercaba a su objetivo: el gobernador del lugar.

Cerca del final de la batalla, el pirata logró tranzarse en franca lid con el gobernador. Blandieron sus espadas hasta que Morgan pudo desarmarlo y, luego de someterlo, con barbarie extrema, lo desolló delante de su esposa, hijos y demás sobrevivientes.

Al día siguiente el corsario izó una bandera roja con la que identificaba sus asaltos en una de las torres más altas del pueblo, al tiempo que sus hombres colgaban los cuerpos ahorcados de cincuenta soldados de la guarnición española. Como era de esperarse, Portobelo fue saqueado impunemente y sus habitantes debieron entregar sus riquezas.

Al finalizar la segunda semana de mayo de 1708, el galeón *San José*, la Capitana, y su gemelo, el galeón *San Joaquín*, la Almiranta, comenzaron a ser cargados con oro y plata acuñados en monedas, que fueron transportados desde el puerto peruano hasta Panamá y de allí atravesaron el istmo a lomo de mula a través del camino real, estrecho e incómodo.

En la mañana del tercer día, cuando el cargamento estaba siendo embarcado en el *San José*, Simón, quien no perdía la costumbre de husmear en las bodegas, se percató de algo inusual y buscó a su amigo Pablo para decirle lo que había visto. Pronto lo encontró puliendo los tambores en cubierta y se sentó a su lado sin dejar de jadear.

—¿Qué os pasa? ¿Qué buen viento os ha traído por aquí? —le preguntó Pablo suspendiendo de momento la limpieza del tambor.

—¿Por qué lo preguntáis? —Simón se llevó las manos a su pecho, como tratando de prodigar más aire a sus pulmones.

—Porque os conozco. No os apareceríais aquí de esa manera si no fuera porque tenéis algo urgente que contar.

—Soy demasiado predecible, creo que hay algo que debéis saber —agregó cerciorándose de que nadie los escuchaba.

Simón Araoz era el tercero de cinco hermanos de una modesta familia de Sevilla. Pocos meses atrás y mientras estaban en Cartagena, cumplió veintinueve años. Comenzó sus labores en el mar como grumete en un viejo barco mercante. Poco a poco aprendió casi todos los oficios, hasta que fue ascendido al grado de despensero. Disfrutaba de su rango por la responsabilidad que tenía y por la forma en la que el resto de la tripulación lo trataba.

Por ratos se mostraba ensimismado y su mirada se perdía por encima del mar en el horizonte, con dirección a su amada España. Allá en su Sevilla natal estaba esa preciosa mujer que se quedó con su corazón desde el momento mismo en que la conoció. La bella Catalina. El día antes de zarpar le juró que volvería con más de mil reales para formar un hogar y brindarle una vida decente. Y ya casi lo lograba. Sus ahorros hasta ese momento sumaban 878 reales, solo un esfuerzo más y cumpliría con lo prometido.

Pablo se había convertido en su protegido a raíz de un conato de bronca que se suscitó en el barco pocos días antes de que este fuera nombrado tamborero. Durante un juego de naipes, que estaban prohibidos en el galeón y se realizaban a escondidas, hubo un altercado cuando uno de los marineros ocultó adrede una de las cartas debajo de su pierna. Pablo, al darse cuenta del engaño, montó en cólera y se abalanzó sobre el muchacho, quien de inmediato se vio apoyado por dos de sus camaradas. Y se hubiera llevado la peor de las palizas de no ser por la aparición del corpulento Simón, quien de un solo empujón envió al piso a dos de sus oponentes, mientras el tercero puso pies en polvorosa.

En adelante se afianzaron sus lazos de amistad y Pablo se convirtió en paño de lágrimas y confidente de los secretos de

Simón. En él, Pablo encontró un hombre bueno y vulnerable, que merecía estar al lado de su amada.

—¿De qué os habéis enterado? —preguntó Pablo retomando la limpieza de su tambor.

—Se trata del galeón, ¡lo están cargando con piedras!

—¿Piedras? —

—¡Bajad la voz!

—¿Piedras? —

—¡Piedras! —

—No entiendo. ¿Por qué el general habría de llevar piedras, si de piedras tenemos llenas las Españas?

—Tampoco yo lo entiendo.

—¿Estáis seguro de lo que visteis?

—Completamente. Uno de los hombres encargados de almacenar los baúles en las bodegas resbaló y el baúl que llevaba consigo cayó al piso y se abrió en dos. Cuál sería mi sorpresa cuando en lugar de ver plata, oro y piedras preciosas rodando por el suelo, me encontré con que los baúles solo contenían piedras comunes y corrientes, de diferentes tamaños.

—El hombre ese que decís… ¿Visteis su rostro?

—No del todo, ¿por qué lo preguntáis?

—Me preguntaba si él también se sorprendió con lo que había en los baúles.

Una vez embarcados todos los tesoros, los funcionarios del rey en Portobelo procedieron a levantar un acta con el reporte detallado de toda la mercancía a bordo del galeón *San José*. El acta consignaba únicamente la relación de los impuestos recaudados para Felipe V y algunos otros para la Iglesia católica. En ella nunca se incluyeron las mercancías y posesiones de los pasajeros y tripulantes del *San José*, que a decir verdad, al igual que los bienes reales, eran colosales.

La gran cantidad de joyas, objetos valiosos y monedas de oro y plata fueron distribuidos entre la Capitana y la Almiranta por orden real, siendo el galeón *San José* el que más mercancías llevaba en sus bodegas. Las piedras que fueron cargadas en el barco obedecían a una estrategia del capitán para engañar y confundir al enemigo. Muchos eran los espías que Charles Wager tenía en puerto, y Fernández de Santillán lo sabía a la perfección.

—¡Alrededor de doce millones de monedas de oro y plata! —le soltó Simón a Pablo.

—¿A qué os referís?

—Lo que lleva el galeón.

—Fiuuuuu

—Amén de una gran cantidad de piedras preciosas y objetos de alto valor.

—¿Os olvidáis del cargamento de piedras que llevamos?

—Tenéis razón. El importante cargamento de rocas americanas.

Los dos se echaron a reír. Aún no comprendían la decisión del capitán del *San José*, pero tenían el mejor de los ánimos: partirían en pocos días y el solo hecho de pensar en regresar a España los llenaba de regocijo.

—Simón, ¿habéis escuchado cuándo zarparemos?

—No. Al parecer al capitán le han llegado noticias de Cartagena del gobernador Zúñiga. No muy buenos vientos soplan para nuestro viaje.

—¿A qué os referís?

—No creáis todo lo que sale de mi boca, pero la otra noche escuché decir a uno de los oficiales del rey que hay barcos ingleses esperando por nosotros.

—Me asustáis.

—Tenéis por qué estarlo —dijo Simón al tiempo que se despojaba del gorro azul oscuro de lana con que siempre cubría su cabeza—: en el mejor de los casos, si no somos asesinados por esos rufianes, nos despojarán de todos nuestros bienes y seremos apresados.

—¿Creéis que no estamos preparados para darles batalla?

—No. Por el contrario. Son esos hijos de puta los que se llevarán la peor parte si se cruzan en nuestro camino.

—Por nuestro bien, espero que tengáis la razón.

El general José Fernández de Santillán, en efecto, estuvo recibiendo constantes advertencias del gobernador de Cartagena. Se le indicaba sobre las intenciones del comodoro inglés Charles Wager de atacar los navíos españoles. La escuadra británica tenía su asentamiento en Jamaica. Wager dominaba desde allí la zona con sus barcos —el *Expedition*, el *Kingston*, el *Portland*, la fragata *Severn* y uno de menos calado, el *Vulture*—; así controlaba todo lo que navegara entre las islas de Barú y los bajos de Salmedina. Su intención no era otra que atacar los galeones del rey y hacerse con los tesoros que transportaban.

El general estaba en una encrucijada: debía atender los urgentes requerimientos del rey, quien le demandaba regresar cuanto antes a la península con los tesoros, y por otra parte debía sopesar el riesgo de enfrentar a los navíos ingleses que de seguro los estaban esperando. Conocedor del acecho del comodoro Wager, decidió reunir en una de las casas de la Contaduría de Portobelo al marqués de Villarocha, presidente de la audiencia de Panamá; a los diputados del comercio; a varios de los oficiales reales; al almirante Miguel Agustín Villanueva, capitán del galeón *San Joaquín*; a los capitanes Nicolás de la Rosa y José Francis, del navío *Santa Cruz* y de la urca *Nuestra Señora de la Concepción*; y al capitán Araoz, comandante del patache *Nuestra Señora del Carmen*.

Allí les expuso la situación y se aprestó a escuchar las exhortaciones de aquellos que tuvieran a bien sugerir alguna solución. El almirante del *San Joaquín* era del claro pensamiento de que debían zarpar cuanto antes, ya que la demora podía empeorar las cosas; sin embargo, todos estaban de acuerdo en enviar botes pequeños que espiaran los movimientos de los ingleses.

—Os aseguro que en la prontitud de la salida está el buen suceso —dijo el almirante, con la esperanza de que sus palabras influyeran en la decisión del conde de Casa Alegre. En definitiva, era él quien al final tomaría la decisión.

El arribo de algunas fragatas francesas que servirían de escolta a los galeones unos días más tarde, hizo que el general considerara nuevamente la posibilidad de levar anclas. El emisario francés se puso a disposición de Fernández de inmediato. Una vez hubo llegado, le entregó al español una nota escrita pulcramente por el exgobernador de Santo Domingo y ahora teniente general de las Armadas Navales de Felipe V, Jean Baptiste Ducasse. En ella el oficial le dejaba saber que lo esperaba en La Habana con varias fragatas para escoltarlo hasta Cádiz.

Antes de retirarse, el francés le entregó discretamente una segunda misiva, diciéndole que era un asunto personal del teniente y que aquel rogaba por su indulgencia. Fernández de Santillán se mostró extrañado ante la solicitud de Ducasse. Buscó en su mente y no encontró algo personal que lo pudiera relacionar con ese hombre. Con cuidado, quebró el sello de parafina con una marca en él y desplegó la hoja mientras se acrecentaba su interés. En ella se podía leer con claridad:

"General José Fernández de Santillán, conde de Casa Alegre, me ha correspondido por este medio haceros llegar mi saludo y mi súplica para que en vuestra gracia y condescendencia se apiade de mí y de mi hija María, quien se encuentra bajo su protección. Un lamentable y fortuito suceso propició que mi primogénita creciera a las sombras como bastarda, grave asunto este que busco enmendar. Ruego vuestro consentimiento para que María sea liberada y regrese a mi lado. No sabe vuestra merced el bien que eso traería a nuestras almas".

—¿Cómo puede ser posible? —se preguntó el general mientras estrellaba el puño contra su escritorio de madera.

Se dejó caer pesadamente en su asiento. Esa no era una posición favorable para su reputación. Se restregó los ojos, pensativo en la carta de Ducasse. Unos pasos rápidos le sacaron de sus pensamientos.

—Capitán, capitán —entró corriendo su contramaestre.

—¡Pero qué demonios!

—Lo siento, capitán

—¿Qué os sucede?

—Es un náufrago, capitán. Acabamos de rescatarlo.

—¿Y os traéis semejante alboroto por un simple náufrago que habéis rescatado?

—No es un náufrago cualquiera, capitán.

—Explicaos.

—Es un prófugo de los ingleses. Logró escaparse y estuvo siete días a la deriva. Dice el pobre hombre que Wager le torturó casi hasta la muerte, pues quería saber de vuestras intenciones.

—Y el hombre este al que vos referís, ¿cómo podría saber mis intenciones?

—Es uno de los comerciantes de Portobelo. Wager pensaba que era muy cercano a vuestra merced.

Ante los nuevos eventos, el general instó a todos a una junta de emergencia para determinar cuál sería la decisión que tomarían. El consenso general fue el mismo. El presidente de la audiencia, los diputados del comercio y algunos oficiales del rey se mostraron contrarios a que el barco saliera de Portobelo una vez conocido el peligro.

Los más conservadores aconsejaron que los barcos fueran descargados. El conde de Casa Alegre, ante esa encrucijada y a sabiendas de que el galeón *San José* necesitaba algunas reparaciones, ya que estaba haciendo agua, decidió, finalmente, zarpar hacia Cartagena, admitiendo que tomaría las precauciones del caso, pero que a su favor jugaba el innegable hecho de la inmensidad del mar.

—No os confiéis en ello, general Fernández, recordad que ese tal comodoro Wager es un viejo lobo de agua salada —dijo uno de los diputados, mirándolo por encima de sus espejuelos.

—No tenéis por qué preocuparos. Es cosa de cuidado, la mar es ancha y diversos sus rumbos.

La partida de Portobelo estuvo plagada de contratiempos por las artimañas fraudulentas del marqués de Castelldosrius, quien, al igual que Villarocha, manipuló el dinero del cobro de los impuestos de salida en beneficio personal. Eso retrasó su salida.

El capitán general no quería aplazar la partida de la flota, pues pronto estarían ante la temporada de huracanes en el Caribe y no deseaba lidiar con ellos. En su mente estaba llegar a Cartagena de Indias, hacer las reparaciones necesarias al *San José*, cargar algunas provisiones y partir a La Habana, donde se les uniría la escuadra francesa para escoltarlos hasta España.

III

La batalla

Portobelo, Nuevo Reino de Granada
lunes 28 de mayo de 1708.
5:30 a. m.

Al despuntar el alba, el general José Fernández de Santillán ordenó a cada uno de sus galeones hacerse a la vela. Con ellos zarpó un convoy de catorce mercantes que los escoltarían hasta Cartagena de Indias. Partían en un corto viaje que, para muchos, sería el último de sus existencias.

La relación de las cuentas oficiales reales registró que la flota comandada por el *San José* zarpó de Portobelo con un tesoro avaluado en un millón quinientos y cincuenta y tres mil seiscientos nueve reales y medio, cifra que no incluía los bienes de los particulares que viajaban en el barco.

El *San José*, al igual que el *San Joaquín*, era relativamente nuevo. La Corona española encargó su construcción a Cristóbal de Aróstegui, quien inició la fabricación en 1697 en los astilleros de Mapil, en Usurbil, a diez kilómetros de San Sebastián, en España.

La nave poseía dos cubiertas y un castillo. La eslora del navío medía setenta y un codos, la manga era de veintidós y el puntal en la bodega de diez. La superficie habitable del barco no era mayor a cuatrocientos metros cuadrados, esto lo convertía en un lugar de hacinamiento, toda vez que albergaba a más de seiscientas personas, dejándoles tan solo un poco más de medio metro cuadrado a cada uno.

Las bodegas y parte de las cubiertas del navío iban atosigadas de barriles y cajas con toda suerte de provisiones. El reducido espacio debía ser compartido con cochinos y animales de corral, que serían sacrificados llegado el momento y de acuerdo con la necesidad. Pero esos no eran todos los animales que viajaban en el galeón. Ratas, cucarachas, chinches y piojos también se paseaban orondos por la nave, sin mucho que sus tripulantes pudieran hacer para eliminarlos.

La comida no era buena ni suficiente. No obstante, Pablo y Cristóbal contaban con Simón, quien se las ingeniaba para socorrerles raciones extras. El único fogón en el barco estaba dispuesto en la cubierta, cerca de la proa, y era prendido una vez al día, sobre las doce. De esa manera todos podían gozar de una comida caliente cada veinticuatro horas.

Para Cristóbal era un infierno cada vez que su esposa, Clara, debía atender sus necesidades personales. Fernández de Santillán había ofrecido las letrinas dispuestas cerca de la cabina del capitán, reservadas para él y un puñado de viajeros ilustres, para que también las usaran las poquísimas mujeres que viajaban en el *San José*. Pero a Cristóbal no dejaba de parecerle más que vergonzoso que las damas debieran usar esos dos baldes metálicos con sentadera frente a los ojos de muchos hombres; algunos de los cuales no reparaban en ocultar su impudicia.

Los hombres utilizaban una tabla con agujeros adosada a la proa y a la popa del barco, que sobresalía para que los excrementos cayeran al océano, directamente. Y al igual que las mujeres, tenían que exponer sus atributos a la mirada de todos. Por esa razón, Cristóbal le insistía a su esposa en que solo visitara la letrina en horas de la noche. Él siempre la acompañaba, pues sabía de un par de malintencionados que se daban sus mañas para espiar no solo a Clara, sino a todas las chicas que viajaban con ellos.

El hombre trataba de cubrir a su esposa mientras ella se entregaba a sus oficios, pero era imposible resguardarla por los cuatro costados al mismo tiempo. La mujer, de una natural belleza andaluza, era consciente del atisbo furtivo de algunos marineros. Le asustaba que su marido se viera envuelto en una querella por su culpa, por ello siempre bajaba la mirada para evitar que sus ojos se encontraran con los de alguno de los fisgones.

Los olores nauseabundos eran parte de la vida cotidiana. Por ser tan escasa, estaba prohibido usar el agua para la higiene personal. Aunado a esto, el olor a estiércol, a comida descompuesta y a vómito flotaba en todos los rincones. Deambular en el barco para que el viaje fuera más llevadero no era una buena alternativa; el calor era abrasador y la humedad del ambiente convertían los días en jornadas agotadoras. Solo las madrugadas, cuando eran frías, ofrecían un breve descanso. Durante las noches estrelladas, los marineros, cargados de nostalgia y melancolía, sacaban sus chirimías, trompetas y guitarras, escogían lo mejor de su repertorio y cantaban alegres y bohemios. Otros se entregaban al juego de dados o de naipes, a pesar de ser prácticas no permitidas. Los demás se acostaban en cubierta y arropaban sus cuerpos con cobijas.

Las relaciones sexuales en el galeón no eran consentidas. Sin embargo, algunas parejas encontraban maneras. El hacinamiento de hombres por largas temporadas llevaba a algunos al homosexualismo, pero sobre ellos pendía un gran peligro, pues estas relaciones, cuando eran descubiertas, se castigaban con la muerte.

El capellán del barco, un religioso de inquebrantable fe, oficiaba misa todos los días, en la mañana y en la tarde. A su recomendación, más que a su solicitud, todos se confesaron y comulgaron antes de subir al barco. Era corriente escuchar entre los marineros, momentos antes de zarpar, el popular dicho de los navegantes: "Quien no sabe rezar, que no se meta al mar".

Las horas a bordo del *San José* fueron abrumadoras después de que este zarpara de Portobelo. La corta estadía en Cartagena sería un aliciente para el alma y una completa purificación para los cuerpos. Pablo se valía de su condición de tamborero para subir a la cofa cada vez que se fastidiaba con el maremágnum humano en cubierta. Pasaba las horas enteras junto al vigía de turno, divisando a sus anchas el panorama que le ofrecía el mar. Su bienestar allí solo era opacado por el sentimiento de lealtad que sentía hacia Cristóbal y su familia. No podía evitar sentirse miserable en su comodidad, mientras aquel buen hombre pasaba penurias con los suyos.

—Este será el primer y último viaje en que os traeré conmigo. Este no es lugar para una dama decente y mucho menos para los críos. No sé en qué diantres estaba yo pensando cuando decidí traeros a las Américas.

—Que ese pensamiento no os torture, esposo. Fue voluntad de Dios que viniéramos con vos. Además, podéis también mirar las cosas positivas de este viaje.

—¿Positivas, decís? ¿Dónde están, que no las veo?

—Pues que estamos juntos, que hicisteis tus negocios, que tenéis nuevos amigos.

—En algo tenéis razón, Clara; sin embargo, no olvidéis que los nuevos amigos son consecuencia de que casi perdemos al crío. No concibo venir desde tan lejos a morir en esta tierra inhóspita, dejada de la mano del Señor.

La flota avanzaba lentamente, los vientos no eran favorables. Tomó diez largos días con sus noches cubrir las primeras sesenta leguas. Apenas el 7 de junio en la tarde divisaron las islas de San Bernardo, y el viento ya les era propicio para la navegación. El conde de Casa Alegre, sin embargo, decidió anclar la flota allí, ya que era conocedor de los bajos de la isla de Barú y no deseaba correr el riesgo de que alguna de las naves encallara. Ahora solo veinte leguas les separaban de Cartagena de Indias.

El comodoro Wager, que se mantenía a la expectativa, sintió la más grande frustración de su vida al dar por hecho que su misión había fracasado. Según sus cálculos, los galeones debían haber aparecido dos días atrás. No era descabellado pensar que los españoles habían cambiado la ruta a última hora y en esos momentos se dirigirían orondos al puerto de La Habana.

Se lamentaba por los años perdidos en la misión. Debería tomar una decisión de inmediato, pues si los galeones iban rumbo a La Habana, existía una leve esperanza de alcanzarlos en su ruta a España. Solo que ahora las cosas serían más difíciles porque las naves estarían mejor custodiadas. Decidió esperar un día más. Sabía que su desespero lo podría llevar a tomar una mala decisión. Se dio fuerzas en medio de la noche. De cara al mar y con la luna llena en su rostro, gritó con la fuerza que tenía reprimida en sus pulmones:

—¡Un hombre que no pelea por un galeón, no pelea por nada!

Con la primera luz del día, el galeón *San José* apuntó su proa hacia el noroeste y así se mantuvo buscando el puerto afanosamente. Eran las cinco y treinta de la mañana del 8 de junio de 1708. Todo estaba en calma y la suave brisa marina prometía un día sin contratiempos. A las tres de la tarde, todo cambió dramáticamente.

El galeón *Santa Cruz*, tercero al mando de la flota, divisó en el horizonte cuatro navíos ingleses que avanzaban hacia ellos. Pronto le hizo saber la mala noticia al general Fernández de Santillán, quien se encomendó a Dios y se dispuso a alistarse para la batalla.

El viento que los favoreció en las últimas horas también parecía ponerse en su contra, facilitándoles las cosas a los ingleses, quienes surcaban el mar con facilidad por ser más livianos. La Capitana continuó su carrera hacia el puerto, pero sobre las cinco de la tarde, al no lograr rebasar la isla de Barú, buscó una posición que le ofreciera la mejor ventaja. Al no poder izar el estandarte real, disparó, como señal a su flota para que formaran la línea de batalla.

Rápidamente, el galeón *San Joaquín* se ubicó en la retaguardia, el navío *Santa Cruz* se formó en la vanguardia y el *San José* en el centro. Todos los demás navíos se situaron a sotavento de los galeones.

Charles Wager avanzaba eufórico tras los españoles. Comandaba el navío *Expedition*, que contaba con setenta y cuatro cañones. A babor, el *Kingston*, gobernado por el capitán Simón Bridge y provisto con una batería de sesenta cañones; y a estribor, el *Portland*, el más pequeño de los navíos ingleses, al mando del capitán Edward Windsor, con cincuenta cañones.

Más atrás los acompañaba el brulote *Vulture*, cargado solo con ocho cañones.

La Almiranta y la Capitana estaban provistas de sesenta y cuatro cañones cada una; el navío *Santa Cruz*, de cuarenta y cuatro; la urca *Nuestra Señora de la Concepción*, con cuarenta, y el patache *Nuestra Señora del Carmen*, con veinticuatro cañones. Todos se aprestaban para responder. Junto a ellos, las fragatas francesas *Le Mieta*, con treinta y cuatro cañones, y *Saint Esprit*, con treinta y dos, estaban listas para ayudar a repeler el ataque.

Antes de que el sol se pusiera, los ingleses atacaron. El *Kingston* fue el encargado de abrir fuego. Sus disparos fueron dirigidos hacia la Almiranta *San Joaquín*, con tal suerte que estropearon el mástil, haciendo que el galeón perdiera velocidad, lo que permitió que los ingleses se abrieran camino.

Wager, por su parte, iba en busca de la Capitana. Luego de abrirse paso a descargas de cañón, logró situarse a trescientos metros del *San José* y disparó su primera batería contra el barco, atacándolo por estribor. Una de las balas impactó en la base del palo mayor y lo partió en dos. José Fernández de Santillán dio la orden de contraatacar, su batería respondió, pero el daño infligido al *Expedition* fue intrascendente.

—¿Dónde está Villanueva? Maldito cobarde, ¡nos ha dejado solos! —se lamentó el general viendo que la Almiranta abandonaba al *Santa Cruz* a su suerte.

En el *San José* todo era confusión. La gente trataba de resguardarse sin saber dónde hacerlo. No había sitio seguro donde las balas no pudieran llegar. Los militares en estribor apuntaban sus mosquetes y escopetas al *Expedition*, esperando que se acercaran al menos a setenta metros para tenerlos a tiro. Al acortarse la distancia entre ellos, se abrió un intercambio de disparos de mosquetes que hirió de muerte a varios hombres en cada bando.

De repente, una fuerte explosión en la santabárbara provocó un boquete en la quilla del barco. En pocos segundos, el *San José*, el barco insignia de la realeza española, desapareció de la vista de todos. El mar quiso apoderarse del barco y sus riquezas. Mientras la nave se hundía, muchas personas gritaban y lloraban. Cristóbal luchaba por alcanzar a su hijo, que se estaba ahogando, y Clara no daba señales de estar por ahí.

Simón luchaba por mantenerse a flote. El recuerdo de su amada Catalina lo obligaba a no desfallecer. Sin embargo, luego de dos minutos, ya extenuado, se hundió en la profundidad de ese mar que tanto amó. En el camarote del capitán, María Tamayo intentaba con desespero abrir la puerta que siempre estaba asegurada desde afuera. El agua llenó el recinto en segundos hasta que la cubrió por completo.

Wager, impotente y con rabia, vio desaparecer ante sus ojos el galeón con el más grande tesoro del que se tenga memoria. Él no deseaba que eso sucediera, quería tomarse el galeón y, con él, todas sus riquezas. No obstante, era consciente del duro golpe que le estaba propinando a las finanzas de Felipe V, lo que lo disminuiría en su lucha por defenderse en la guerra de la Sucesión y aplacaría en cierta forma el poderío expansionista español en Europa.

Al despuntar el alba, el mar descubrió el devastador panorama que dejó el naufragio. Toneles vacíos flotaban en ondulantes bamboleos; algunas piezas de madera, hojas de papel y otros elementos nadaban sin rumbo sobre el océano. Los navíos ingleses permanecían aún en el que fuera horas atrás el sitio de batalla. Los barcos españoles habían logrado escapar durante la noche.

Uno de los marineros del *Expedition* oteaba en el horizonte, a la espera de ayuda para componer las averías que el navío sufriera durante el enfrentamiento. De repente, levantó la mano e hizo un ademán procurando la atención de Wager.

Aferrados a una sección del palo mayor del que fuera la Capitana, se hallaban varios náufragos cansados y entumecidos. Pronto fueron rescatados y puestos a salvo. La historia diría tres siglos después que del grueso paquete de comerciantes, militares y marineros, solo once hombres lograron salir con vida. Pablo fue uno de ellos. El mástil, al que estuvo aferrado todo el tiempo, le salvó la vida.

IV

La noticia

Cartagena de Indias, Colombia
sábado 5 de diciembre de 2015.
10:00 a. m.

"Me siento muy complacido, como jefe de Estado, de informarles a los colombianos que, sin lugar a dudas, sin lugar a ningún tipo de duda, hemos encontrado, trescientos siete años después de su hundimiento, el galeón *San José*".

Samuel Piracún, quien examinaba absorto un manojo de papeles sobre la rústica mesa de comedor de su pequeño apartamento en Bogotá, levantó la mirada, sorprendido, y la clavó en el televisor. En principio pensó que se trataba de una mala interpretación de la noticia que el presidente colombiano acababa de anunciar. De un salto se ubicó muy cerca al aparato y escuchó con atención.

"...Ha sido de interés de este gobierno el desarrollo de una política de investigación en patrimonio cultural sumergido, y que esté a la altura de las más grandes en el mundo. También en el marco...".

Su teléfono comenzó a sonar sobre la mesa, estaba seguro de saber de quién se trataba. Levantó el teléfono y contestó tratando de ocultar su emoción.

—¿La escuchaste? ¿Oíste la noticia?

—¿Cuál noticia? —replicó bromeando.

—Por Dios, Samuel. No me digas que no te has enterado.

—El galeón *San José*...

—¡Exacto! ¡El santo grial de los galeones sumergidos!

—Sí. Acabo de enterarme. Están en vivo desde Cartagena.

—¿Qué opinas del hallazgo?

—Creo que ha tomado a todo el mundo por sorpresa.

—Se lo tenían bien calladito.

—Me gustaría saber quiénes están involucrados en el hallazgo y quiénes están financiando esta investigación. Hay un litigio pendiente con una compañía estadounidense que reclama ciertos derechos sobre la recuperación del tesoro con el que naufragó el galeón.

—Buen punto —acotó Ernesto—, pero lo que debe importarnos es si este acontecimiento afectará de alguna manera nuestras investigaciones.

—Aún es muy pronto para saberlo. Aunque…

—¿Qué?

—¡Quizá el hallazgo sea la cereza que le faltaba al pastel! —completó Samuel con aire divertido.

—No te entiendo. Imagino que ahora te estarán pasando mil y una cosas por la cabeza.

—Puedes jurarlo.

—Lo sé. El galeón ha sido una de tus obsesiones. ¿Crees que es el auténtico *San José*?

—Difícil saberlo, pero estoy seguro de que esta noticia levantará ampollas en muchos gobiernos que están interesados en quedarse con una parte del tesoro.

—¡Como siempre, los oportunistas! Llámame si quieres que pase por tu apartamento, sé que te morirás por hablar de esto.

—Déjame digerirlo. Te mantendré al tanto.

—¿Quieres que reúna el grupo?

—No todavía.

Samuel cortó la llamada y dedicó la siguiente media hora a escuchar con atención los pormenores del hallazgo del navío español. Con lápiz y papel en mano, garabateó algunas notas que le parecieron de importancia, y pensó que la información suministrada por el mandatario era vaga e imprecisa por encontrarse "sometida a reserva de ley y por tratarse de un asunto de Estado".

El teléfono volvió a repicar. Sin tomar el receptor, miró en la pantalla de cuarzo y vio que era Diana, pero no quería hablar con ella. No por ahora. Quería concentrarse en el asunto del galeón.

Una vez terminada la alocución presidencial, Piracún encendió su portátil y escribió tres palabras en el motor de búsqueda. Más de un centenar de referencias aparecieron de inmediato desde diferentes portales en el mundo. Se acomodó en su silla, prendió un cigarrillo, se ajustó las gafas y se dispuso a leer cada uno de los artículos sobre el galeón *San José*.

Samuel Piracún trabajaba en un prestigioso bufete, donde se encargaba de reunir información para entablar las demandas en los casos de negligencia médica y hospitalaria. Eran múltiples y variados los procesos que la firma adelantaba, y de su buena investigación dependía, en gran parte, el éxito que tuvieran los litigios.

El abogado, de escasos treinta y cuatro años, vivía solo en un apartamento ubicado en el norte de Bogotá. Provenía de una humilde familia que tenía su asentamiento en Sesquilé, sesenta kilómetros al nororiente de la capital. A pesar de la limitada capacidad económica de sus padres, se acomodó tan bien como pudo, gracias a su notable inteligencia, en una de las mejores universidades del país.

Se trasladó a Bogotá siendo muy joven, y se prometió a sí mismo que se graduaría como abogado no solo para conseguir un título universitario que lo ayudara a mejorar sus ingresos, sino porque sentía el deber de sacar a la luz la crueldad, la saña y la sevicia con que sus antepasados fueron aniquilados en su propia casa.

Lento su caminar, pausada el habla, Piracún analizaba las situaciones y delineaba como ningún otro sus conceptos. Pragmático, justo y en extremo razonable, procuraba mantener sus opiniones en reserva. Para nadie era un secreto que entre la población colombiana existía una marcada discriminación; que aún se marginaba a las comunidades indígenas y muchas veces se las condenaba a vivir a la sombra, sin voz ante la sociedad.

Descendiente directo de la comunidad muisca, que tuvo su asentamiento en el altiplano cundiboyacense, Piracún hablaba de sus antepasados con orgullo y solía repetir que un manto oscuro se había cernido sobre los nativos desde el mismo instante en que el hombre español posó sus pies sobre el continente americano, trayendo enfermedades, destrucción y muerte a lo que otrora fuera el más bello y extraordinario paraíso.

El lunes, muy temprano en la mañana, Samuel se presentó a la oficina como era su costumbre. Se libró del sobretodo que traía puesto y lo colgó sobre el perchero detrás de la puerta. Afuera llovía y el frío se hacía insoportable. Los cristales empañados dejaban resbalar las gotas de lluvia que se detenían por momentos. Ernesto llegó casi pisándole los talones.

—Estuve esperando tu llamada

—Lo siento. Me la pasé diagramando algunas cosas.

—¿El galeón?

—Algo tiene que ver con eso.

—No vayas a comenzar con tus evasivas, por favor.

—No es el momento.

—¿Cuándo, entonces?

—Durante el almuerzo. Te lo prometo.

Samuel lo miró por encima de los lentes, sin que se moviera uno solo de los músculos de su cara. Apreciaba mucho a aquel hombre. Podría decirse que era su único amigo.

Se conocieron diez años atrás, cuando los dos intentaban incorporarse al famoso buró de abogados. Ernesto, por su abolengo, era el más firme candidato para ocupar la vacante disponible en el bufete. Sin embargo, los dos demostraron tanta competitividad que el vicepresidente de la compañía no tuvo reparo en contratar a ambos.

Nunca hubo competencia entre ellos. Por el contrario, desde el primer día mostraron su ánimo solidario para desarrollar proyectos en conjunto, cosa que el buró vio con muy buenos ojos. Sus lazos de amistad se consolidaron más cuando Samuel conoció a la esposa de su amigo. Entablaron una muy buena amistad, hasta el punto de que a veces parecía que Piracún hubiera conocido primero a Claudia que Ernesto.

Cerca de la una de la tarde, el hombre se apareció de nuevo frente a su oficina. Llevaba su chaqueta enganchada del pulgar derecho y colgada sobre su hombro.

—¿Nos vamos?

Samuel lo miró y arqueó las cejas, sin evitar hacer un gesto de impaciencia con los ojos.

—Vamos.

Un mes atrás, Piracún, con el apoyo de Ernesto y Claudia, se había embarcado en un propósito descomunal y, a oídos de muchas personas, descabellado: demandar a la Corona española.

El hombre, activista social por naturaleza, quería, a título personal, abanderar la causa de los nativos, para de alguna forma aliviar ese sentimiento de rabia e impotencia latente en las comunidades indígenas, incluso ahora, quinientos veinticuatro años después del mal denominado "día del descubrimiento de América".

Para él, como para muchos nativos e incluso para gran parte de los pobladores hispanoamericanos, el término "día de la raza" o "del descubrimiento de América", celebrado cada 12 de octubre, no era más que un cliché de mal gusto a conveniencia del gobierno español.

El joven abogado buscaba reunir la evidencia necesaria y disponible en los anaqueles de la historia para demandar ante la Corte Suprema de Justicia colombiana a la Corona española, por el gran genocidio que se cometió durante la invasión de aquellos a lo que hoy en día se conoce como el territorio colombiano. Su objetivo era claro y su propósito transparente. De seguro, nadie apostaría un centavo a tan quijotesca pretensión. Sin embargo, él intuía que esa era la misión por la cual había llegado a este mundo nacido en el seno de una familia indígena.

Samuel Piracún sabía que necesitaba mucho más que documentar suficientemente su demanda, y para ello se valió de Teresita, una historiadora amiga que se puso a su disposición, a pesar de su escepticismo frente al improbable éxito de su gestión. Largo era el camino por recorrer y muchas las puertas por tocar. Sí, no sería una tarea fácil, repetía él, pero eso la hacía más interesante, porque los retos le parecían fascinantes. Y este, más que un desafío, era un llamado a la dignidad, a la honra y a la justicia de los hombres.

La primera reunión entre ambos tuvo lugar en el apartamento de Samuel hacía tan solo dos semanas. Allí convinieron que era importante trazar un programa de investigación con base en el alcance del proyecto. Teresita se ofreció a señalar los temas de más relevancia para, a partir de allí, desarrollar el contenido con la información requerida. Y pasaron pocos días para que ella lo llamara y, con cierto merodeo, le pidiera un encuentro nocturno, pues tenía algo urgente que comentarle. El abogado, extrañado en principio, aceptó y acordó que se verían sobre las siete en un restaurante cerca del centro. Lejos estaba el hombre de imaginarse la sorpresa que su amiga le tenía preparada.

Piracún llegó unos minutos antes y se ubicó en una mesa cerca de un enorme ventanal que le permitía ver el pesado tráfico de la capital. La pertinaz llovizna y el sonido de los automóviles aportaban una tensa lobreguez a la noche, envolviendo el ambiente en su entorno melancólico.

Teresita llegó a la cita un tanto retrasada, lo que era inusual en ella. Se puso al frente y lo saludo sin dar muestras de querer tomar asiento. El hombre la miró a los ojos y notó en ellos un brillo efímero.

—Teresita —dijo levantándose de la silla.

—Hola, Samuel, quiero presentarte a Diana —agregó y extendió su brazo detrás de la humanidad del abogado.

Él se extrañó, pues no sabía que vendría acompañada. La muchacha a quien se refería permanecía en un punto ciego para él. Viró de inmediato para saludarla y se asombró al encontrarse con una chica hermosa, que le sonreía. Teresita, con aire divertido por la espontánea reacción de su amigo, tomó asiento y abrió espacio para que su invitada hiciera lo mismo. Ordenaron algo de tomar y luego de un breve silencio, la historiadora le dijo a Piracún:

—Te preguntarás quién es ella y qué hace aquí.

—Por lo que veo es tu amiga y está acompañándote.

—En realidad, no somos tan amigas aún, pero espero que pronto lo seamos. Hace poco tuve el honor de conocerla en el departamento de Antropología de la universidad y le pedí que viniera hoy conmigo. Su presencia aquí tiene que ver más contigo que conmigo.

Samuel la miró sin poder ocultar su confusión.

—No sé si estoy entendiendo…

—Diana es antropóloga y la conocí ayer en la biblioteca mientras buscaba información de nuestro proyecto.

—Antropóloga —reflexionó Samuel, asintiendo mientras detallaba el angelical rostro de la muchacha.

—Después de dialogar un poco, supe que Diana ha asistido a diversos seminarios, entre ellos el de…

—Etnografía de las regiones indígenas de México —le recordó la chica con una bella sonrisa.

—También asistió a otro en Argentina que tiene que ver con las migraciones —apuntó la mujer, procurando que Samuel se interesara en Diana—; pensé que de seguro sería de gran ayuda para nuestro proyecto —agregó, bajando la voz para que solo el hombre la escuchara.

—Entiendo.

El hombre clavó sus ojos sobre el humeante café que la mesera acababa de dejar cerca de él. Teresita buscó acuciosa la mirada de Piracún, quien miraba embelesado la lluvia a través del cristal.

—¿No tienes nada que decir? —preguntó la mujer con un dejo de impaciencia en la voz.

El abogado la miró por fin mientras sorbía su bebida, sosteniendo la mirada con cierto aire inquisitivo.

—Pues... la verdad, sí. Me gustaría saber cómo le pagaremos a la antropóloga por sus servicios. Tú sabes que no contamos con presupuesto propio.

—Ya hablé con ella al respecto.

Samuel asintió con la cabeza, invitando a Teresita a que prosiguiera.

—Verás. Le comenté a Diana sobre el proyecto y le mencioné acerca de nuestra situación financiera. Ella no tiene reparo en unirse al grupo. Me mencionó que desea colaborar con nosotros y de paso conseguir alguna información que le podrá ser de utilidad para una investigación que ella adelanta por su cuenta.

Piracún miró a la chica, quien le sonrió. En verdad, era un gesto de amabilidad y él lo agradecía. En este momento una ayuda de semejantes características podía ser más que bienvenida al proyecto.

Esa noche no tocaron más el tema y no fue hasta la siguiente sesión de trabajo cuando se reunieron, intercambiaron pareceres y dialogaron con profundidad. Diana, además de hermosa, era divertida e inteligente. Su conocimiento sobre las diversas culturas indígenas americanas constituiría, sin duda, un aporte valioso para la investigación. Samuel la puso al tanto de los pormenores del proyecto muy pronto. Ella lo escuchaba en silencio, interesada, y hacía algunas anotaciones en una pequeña libreta. Luego de escuchar las disertaciones del abogado, tomó la palabra y expuso abiertamente su criterio.

—El proyecto es muy interesante y novedoso, pero hay algunas cosas que deberían ser tenidas en cuenta si queremos que se convierta en un monstruo.

—¿Un monstruo? —preguntó Ernesto sin saber a dónde quería llegar la chica.

—Sí. Eso mismo.

—¿Podrías ser más precisa? —pidió Claudia.

—Ustedes y, concretamente tú, Samuel, ¿estás realmente convencido del éxito que puede tener este proyecto?

—Por supuesto que sí, de lo contrario no estaríamos aquí en este momento —apuntó con firmeza.

—¿Entonces por qué no llevar la demanda a otro nivel?

—¿A qué nivel?

—He estado analizando el proyecto. ¿Fortalezas? ¡Muchas! ¿Debilidades? Quizá unas pocas.

Si la chica buscaba captar la atención, lo estaba logrando. Samuel, inquieto, prendió un cigarrillo mientras seguía de cerca sus movimientos.

—Una de las debilidades que encuentro es la ausencia de alianzas, las que debemos conseguir si de buscar el éxito se trata. Es necesario rodearnos de cuantas comunidades indígenas nos sea posible.

—Estamos en pos de esas alianzas, mi intención es establecer un puente de comunicación entre ellos y nosotros. Viajaré por todo el país de ser necesario.

—Samuel, mi propósito va más allá de tu deseo. Cuando hablo de las comunidades indígenas me refiero a las que están involucradas en masacres, torturas y esclavitud en toda América. No puedes condicionar tu demanda limitándola solo a nuestro país.

—¿Estás hablando de invitar a indígenas de otros países? —preguntó Teresita.

—Exactamente. Nuestra denuncia ha de ser a gran escala. Las alianzas deben buscarse en todos aquellos países que también fueron víctimas de los españoles.

—¿Te refieres a la Corte Penal Internacional? ¿A La Haya? —chilló Ernesto, tomándose la cabeza con ambas manos mientras enarcaba sus cejas.

—Tú lo has dicho.

—¡La Corte Penal Internacional! —repitió Samuel, moviendo negativamente la cabeza—, aplaudo tu pretensión, pero creo que has perdido el juicio.

—¿Por qué?

—No sabes lo que dices. Llegar a esa instancia será imposible.

—¿Por qué imposible?

—Diana —intercedió Ernesto—, una cosa es llevar la demanda ante la Corte Suprema de Justicia en nuestro país y otra muy diferente es querer radicarla ante un organismo internacional de esa talla.

—¿Crees que no sé eso?

—De seguro que lo sabes, pero… ¡Es la Corona española!

—¡La Corte Penal Internacional! —repitió una vez más Samuel sintiendo mariposas en el estómago.

—Estoy con Diana, ¿por qué no? —dijo Teresita, entusiasmándose con la propuesta de la chica.

—Yo también —reconoció Claudia, uniéndose a las mujeres.

Los hombres intercambiaron miradas y se encogieron de hombros. Luego de un segundo dijeron al unísono:

—¿Por qué no?

V

El rescate

Península de Barú, Nuevo Reino de Granada
sábado 9 de junio de 1708.
2:00 a. m.

Charles Wager se resistía a creer que el galeón *San José* había naufragado. Con sus manos apoyadas en la borda miraba el agua donde horas atrás desapareció el más grande de los galeones con toda su riqueza. Era absurdo que las cosas hubieran salido tan mal.

—Comodoro, los hombres esperan órdenes —le espetó el capitán Henry Long, su segundo a bordo.

—No podemos irnos con las manos vacías. Vamos por el *San Joaquín.*

Enfilando toda su artillería y secundados por dos navíos que se les unieron, atacaron sin piedad y desde todos los flancos al buque *Santa Cruz*, confundiéndolo en la oscuridad con el Almiranta. Más tarde, cuando lo abordaron, se percataron de su equivocación. No encontraron tesoros. El botín, que les costó la vida a noventa españoles y catorce ingleses, se limitó a las pertenencias de las trescientas almas que se transportaban en el barco.

Después de su primer encuentro con el *Expedition*, Miguel Agustín de Villanueva ordenó la retirada del galeón *San Joaquín* para reparar los daños sufridos en la jarcia y en las velas. Para las tres de la mañana ya navegaba en solitario evitando ser atacado de nuevo por los ingleses.

A medida que transcurrían las horas, los vestigios de la batalla estaban en todas partes. Palos humeantes y restos de los barcos que se negaban a naufragar flotaban a la deriva. El capitán Long, quien realizaba un breve recorrido en busca de sobrevivientes y de cosas que pudieran ser de valor, vio el cuerpo de una mujer que aún daba señales de vida y se mantenía a flote sobre lo que parecía ser la puerta del camarote de uno de los navíos.

La náufraga fue subida a bordo y puesta al lado de los prisioneros.

—Soy la hija de Jean Baptiste Ducasse…

Bien sabida y respetada era la reputación de Ducasse, una fiera para el robo y la matanza, y quien poco tiempo atrás abandonó su condición de corsario al ser nombrado gobernador de Santo Domingo y caballero de la orden de San Luis por la Corona francesa. Ahora dedicaba su ingenio a escoltar barcos mercantes, sobre todo los dedicados al contrabando.

—¿Y a quién mierdas le importa eso? —le increpó uno de los marineros sobrevivientes del *San José*.

Más adelante se sumó Cristóbal a la lista de rescatados del mar. Pablo, quien permanecía amarrado en la cubierta a la base del mástil, se alegró al verlo aparecer. Abrigaba la esperanza de que Simón también estuviera con vida.

—¿Qué hacemos con los prisioneros? —le preguntó Long a Wager.

—¿Cuántos son?

—Dieciséis.

—¿Dieciséis? Matadlos a todos —respondió el comodoro mientras con un catalejo oteaba en busca del galeón *San Joaquín*.

—Pero… comodoro…

Wager interrumpió su exploración para lanzarle una mirada fulminante a su segundo.

—¿Sí, capitán?

—De inmediato…

Henry Long le hizo una seña al contramaestre, ordenando degollarlos.

—Esperad —dijo de pronto Wager observando de nuevo a la distancia—... creo que bien nos vendrá la ayuda de esos infelices.

—¿A qué os referís?

La idea del comodoro era utilizar a los náufragos para explorar qué tan profundo era el océano donde había zozobrado el *San José*. Algunos de aquellos no sabían nadar, pero ¿cuál era la diferencia? De todos modos, iban a morir.

El proceso fue dramático. Los primeros hombres dijeron ser expertos nadadores y fueron lanzados con sogas al mar, pero no lograron llegar más allá de veinte metros en la profundidad del mar. Pronto regresaban a la superficie asegurando que no lograban ver el navío.

—Amarradles maderos a los pies. Así podrán bajar lo suficiente.

Murieron cinco de ellos. Fueron sacados a la superficie después de cinco minutos en el agua. Uno de estos desdichados fue Cristóbal, quien, resignado, aceptó de buena gana su destino y se reunió con los suyos en el fondo del océano.

—El siguiente —le gritó el contramaestre al guardiamarina, quien se dispuso a desatar a Pablo.

—No, por favor. No me matéis. Soy tamborero, os aseguro que sacarán mejor provecho de mí en las batallas.

Lo que dijo nadie lo entendió, y si alguien lo hizo, pareció no revestir importancia. La suerte de Pablo estaba echada, pero cuando ya se disponían a lanzarlo al agua, el grito del comodoro cambió las cosas dramáticamente. Avizoró a lo lejos el velamen del galeón *San Joaquín*, paseándose orondo delante de sus narices.

Era la última oportunidad que tenían los ingleses para hacerse con lo que quedaba del tesoro español. No obstante, El HMS *Expedition* no podía ir tras él por los daños que presentaba su arboladura. Sin perder tiempo les ordenó a los capitanes Bridge y Windson, quienes comandaban el *Kingston* y el *Portland*, que fueran tras de él y lo capturaran.

La persecución duró treinta horas y solo se detuvo en los bajos de Salmedina a la entrada de Cartagena, cuando sobre las dos de la tarde del 10 de junio, los ingleses lanzaron sus cañonazos sin éxito. Villanueva, desde el *San Joaquín*, respondió a la amenaza con su artillería, y logró desarbolar uno de los navíos y ponerse a salvo en el fuerte de Bocachica.

Pablo, advirtiendo la confusión que reinaba en el *Expedition*, esperaba un descuido de los guardiamarinas para saltar al mar por estribor. Cuando ya se aprestaba a hacerlo, sus ojos se encontraron con los de María Tamayo. Era fácil adivinar la suerte que le esperaba a la muchacha a manos de los marineros. Un estruendo sacudió de repente el barco, lo que aprovechó el tamborero para correr hasta donde permanecía la mujer.

Desató sus manos con rapidez y, tomándola del brazo, la haló consigo por la cubierta hasta llegar estribor. Una vez allí se encaramó en la borda y le extendió la mano a la chica, invitándola a saltar con él.

—No puedo hacerlo. No sé nadar.

—Debéis confiar en mí, no os preocupéis que nada malo os pasará.

María Tamayo estaba aterrada. Si a algo le temía, era a morir ahogada.

—Apuraos, pronto notarán vuestra ausencia.

La mulata terminó por aceptar el ofrecimiento. Tomó la mano de Pablo, se trepó a la borda del barco y se dispuso a saltar.

—No me dejéis morir.

Varias horas después los muchachos fueron recogidos por un pescador, quien los puso a salvo en Cartagena de Indias.

—Soy pablo, el tamborero —se presentó finalmente el muchacho, admirando los ojos acanelados de la chica.

—María Tamayo. Soy hija de Jean Baptiste Ducasse.

—¿De quién? —preguntó el pescador, observando con picardía cómo se pegaba el vestido de la mulata a su cuerpo.

—Escuché que lo mencionasteis en el barco. ¿Quién es él? —preguntó Pablo a su vez con curiosidad.

—¿No lo sabéis?

—Nunca lo había escuchado.

—Hummm... Después os lo diré.

Al día siguiente arribó el patache *Nuestra Señora del Carmen*, comandado por el capitán Araoz, quien para escapar de los ingleses navegó por el canal de Barú, refugiándose en aguas poco profundas. La urca *Nuestra Señora de la Concepción*, a cargo del capitán José Francis, no corrió con la misma suerte debido a su mayor calado. En su afán por escapar del enemigo intentó refugiarse en las costas de Barú, pero al notar la presencia de los ingleses encalló la nave y le prendió fuego para evitar que fuera capturada.

Desde ese momento Pablo y María se volvieron inseparables. Solo la muerte de uno de ellos los separaría, casi cuatro años después. La vida en Cartagena de Indias estaba plagada de necesidades. Rebuscar el pan o encontrar un sitio donde pasar la noche se convirtieron en sus prioridades. La muchacha, en ocasiones, dejaba aflorar su fama de pilluela y con la complicidad de Pablo robaba en el mercado alimentos para calmar el hambre.

Pasaban las noches en un terreno baldío, metros abajo de la iglesia de San Ignacio de Loyola, a la que muchos pordioseros llegaban a dormir. Fueron momentos muy difíciles. Pablo se convirtió de pronto, a su corta edad, en el protector de la muchacha, asegurándose de que ningún malandrín se les acercara con malas intenciones. Un cuchillo viejo y oxidado que el tamborero encontró tirado en la bahía era la única arma que los acompañaba por si se presentaban problemas.

Un evento durante su tercera semana en Cartagena sacó las cosas de control. Mientras dormían, dos marineros ebrios del patache *Carmen*, arremetieron contra María con la intención de abusar de ella. Pablo brincó en su defensa, pero el golpe de uno de los hombres bastó para sacarlo de combate. Ninguno de los indigentes que dormían allí se interesó en lo que estaba sucediendo.

—Soy la hija de Jean Baptiste Ducasse —les gritó María con altivez.

—¿De quién? —preguntó el más incisivo de los marineros.

—Jean Baptiste Ducasse.

—Lamento deciros que no conozco a vuestro padre, por tanto, creo que él tampoco me conoce a mí, y si eso es así, entonces, ¿Qué me importa que seáis su hija?

—No os atreveréis…

—Podéis apostarlo. Hija o no de Ducasse esta noche te convertiréis en la mujer de Pinzón.

Entre los dos despojaron a María de sus ropas. Pablo se levantó atontado y tomó su cuchillo. Uno de los hombres sujetaba a la muchacha mientras el otro intentaba violarla. Sobre este saltó el tamborero y hundió el cuchillo en su espalda.

El marinero soltó a la chica y se echó hacia atrás al ver caer a su amigo desgonzado. Estaba herido de muerte. A prudente distancia apuntó su dedo en dirección a Pablo mientras se alejaba de allí.

—¡Pagaréis por esto! ¡Los dos la pagaréis! ¡Asesinos!

Pablo retrocedió al ver lo que había hecho. Horrorizado, vio cómo aquel sujeto se revolvía en su sangre. Jamás imaginó lo fácil que podía resultar quitarle la vida a una persona. María cubrió rápidamente su desnudez y tomó al tamborero por la mano.

—¿Estáis bien?

—Sí… Eso creo.

—Debemos marcharnos. Pronto regresará ese sujeto con más hombres.

Deambularon el resto de la noche pensando en lo que debían hacer. Ahora tenían muchos enemigos. Podían ir con el corregidor y denunciar los hechos, pero era poco probable que el representante del rey en la colonia les diera más crédito a las palabras de dos vagabundos que a la de un marinero al servicio de la Corona española. Necesitaban el apoyo de alguien, pero no de cualquier persona, sino de uno con poder en Cartagena.

—Podemos ir con el almirante Villanueva —se le ocurrió de pronto a Pablo—, es la única carta que tenemos. Quizá si hablamos con él…

—Tenéis razón. Le diremos que soy la hija de…

—Ya no sigáis con eso. Está visto que ese asunto de vuestro padre de nada os ha servido.

Luego de la batalla, el segundo comandante y almirante de los galeones, Miguel Agustín de Villanueva, arremetió contra varios capitanes de la flota, quienes censuraron no solo su escasa valentía para proteger al *San José*, sino también el haber abandonado el navío *Santa Cruz* a su suerte. Esto le valió la enemistad de varios de ellos, por lo que hubo de refugiarse en un convento para evitar ser asesinado.

Después de mucho rogar, los jóvenes fueron recibidos por el almirante, quien no entendía qué asunto tan importante podía llevar a esos dos desarrapados a hablar con él. Pablo le relató de su labor en el *San José* y de los últimos momentos antes de que el galeón se hundiera. Luego le hizo referencia a lo que había sucedido la noche anterior y a la manera como tuvo que defender el honor de la muchacha.

—Cuestión en verdad lamentable, pero no soy yo a quien debisteis acudir. Buscad al corregidor, es a él a quien corresponde definir esta pendencia.

—Os suplicamos vuestra gracia. No tendremos opción contra el marinero.

—No hay manera de que pueda ayudaros. Id con el corregidor. He escuchado que es un hombre justo. Ahora, si me lo permitís… Tengo asuntos que requieren mi atención…

—Almirante… —intercedió María—. He escuchado que estáis en problemas…

—Si los tengo o no, creo que no es de vuestra competencia.

—Y estoy consciente de ello. Solo quería que supierais que si lo necesitáis os puedo brindar mi ayuda.

—No os ofendáis, pero ¿cómo podríais hacer tal cosa? —le preguntó el almirante paseando su mirada por el vestido raído de la muchacha.

—No fijéis en mi apariencia, os aseguro que es cosa temporal.

—Hablad.

—Quiero que sepáis que soy la hija de…

—Por el amor de Dios, María, ya no sigáis con ello.

—Dejadla hablar. ¿De quién decís que sois hija?

—De Jean Baptiste Ducasse.

Villanueva guardó silencio en tanto analizaba lo que decía la muchacha. Recordaba los rumores que hablaban de que José Fernández de Santillán mantenía prisionera en su camarote a la hija bastarda de Ducasse, cosa que nunca fue comprobada. De lo que no cabía duda era de que aquellos harapientos eran dos de los pocos sobrevivientes del *San José*.

—¿Os referís al almirante francés?

—¡El mismo! —contestó María con orgullo.

—¿Y por qué he de creer que lo que me manifestáis es cierto?

—Entiendo la razón de vuestra duda. Mi color de piel… Mis harapos… Mi compañía… —dijo mirando de reojo a Pedro—. Pero si lo aceptáis, haremos un trato.

—Decidme, ¿de qué se trata?

—Como lo advertís, necesitamos protección, albergue y comida. Podéis enviar una carta a La Habana y mencionarle a mi padre que estoy a cargo de vuestra merced. Estoy segura de que él sabrá recompensar tan noble gentileza.

Mas allá de cualquier agradecimiento, Villanueva sabía que de contar con Ducasse, quien tenía el favor de Felipe V, podría retomar su viaje a España custodiado por las fragatas francesas. Aceptó el trato con la condición de que solo los ampararía por un mes, mientras recibía una respuesta del almirante Ducasse.

Una semana después, el comodoro Wager regresó a Jamaica dejando al brulote *Vulture* con los dos navíos en cercanías de Cartagena. Sabía que parte del tesoro estaba allí y esta vez no dejaría que los españoles escaparan con él.

VI

El hallazgo

Océano Atlántico, inmediaciones de las Islas del Rosario, Colombia.
Viernes 27 de noviembre de 2015.
3:00 a. m.

Una difusa imagen traída desde las profundidades del mar por el sonar, alertó a todos en el buque *Malpelo* de la Armada colombiana. Se trataba de un inmenso montículo que coincidía en su tamaño con el hasta entonces mítico galeón *San José*, desaparecido trescientos siete años atrás. Al ver la mancha rojiza, todos contuvieron la respiración. Bien podía tratarse de otra anomalía, como las muchas con las que se habían encontrado desde que se dieron a la tarea de localizar el legendario pecio.

El equipo a cargo de la investigación estaba integrado por un grupo altamente competitivo. Expertos oceanógrafos, arqueólogos marinos, analistas de sonar y algunos miembros de la tripulación analizaban la imagen con cautela y profesionalismo, aunque a muchos de ellos, a decir verdad, los embargaba la emoción.

—Los cálculos apuntan a que podría tener cuarenta metros de eslora —acotó uno de los analistas.

—¿Cuarenta? —preguntó Néstor Castiblanco, antropólogo experto en patrimonio cultural sumergido, director operativo y cabeza responsable de la investigación—. ¿Estás seguro?

—Sí, doctor. Esos son los números.

—Revisa de nuevo. Quiero estar seguro.

El hombre clavó la mirada en el computador mientras definía las coordenadas de la nueva medición. Libardo Hernández, arqueólogo especialista en historia medieval y segundo abordo del proyecto, seguía los movimientos del analista corroborando los datos en la pantalla.

—39,8

—Estamos cerca. ¿Crees que pueda ser? —preguntó Hernández mirando a Castiblanco sintiendo mariposas en su estómago.

—¡Estoy seguro!

Andy Carnegie, que era el que contaba con más experiencia en asuntos de exploración marina en el grupo, se levantó de su asiento con evidente nerviosismo.

—*We need to take some pictures.*

—Mandaremos los equipos —consintió el director visiblemente entusiasmado—. Nos tomará algo de tiempo.

—*¡Lo sé, lo sé!.*

Sin embargo, era muy pronto para asumir que se trataba de la Capitana española.

Llegar a esta instancia les tomó casi dos años de ardua investigación. Luego de que se aprobó la ley que regulaba el patrimonio subacuático en 2013 por el gobierno colombiano, tuvieron que esperar un año más para que fuera reglamentada. Fue entonces cuando comenzó en firme la exploración científica para dar con el pecio desaparecido por más de tres siglos.

Inicialmente, se concentraron en recopilar todos los documentos de la época, en los cuales ingleses y españoles dejaron sentada su versión de los hechos. Así las cosas, varios archivos históricos fueron revisados minuciosamente en busca de pistas que pudieran arrojar una luz acerca del lugar aproximado donde aconteció la batalla. Los más prominentes historiadores del Instituto Colombiano de Antropología e Historia dedicaron meses enteros, en procura de develar el misterioso paradero del famoso galeón.

Basados en los datos meteorológicos del 8 de junio de 1708, hicieron una reconstrucción de la posible ruta trazada por el navío español antes de enfrentarse al barco inglés. Ello los llevó a trazar unas coordenadas que lo ubicaron en una zona nunca explorada.

Ese era apenas el inicio de una extensa serie de obstáculos en el camino. Ahora la tarea se centraba en conseguir los sofisticados equipos para la exploración marina. El buque *Malpelo* fue subido a dique en un astillero de Cartagena para poder adecuarlo abajo. Un sonar de barrido lateral, un perfilador de subfondo marino, un vehículo subacuático autónomo y una ecosonda multihaz para producir mapas batimétricos digitales en tercera dimensión, fueron solo algunos de los muchos elementos electrónicos con que se equipó el buque.

El instrumento en el que todos cifraron sus esperanzas al zarpar fue, sin duda, el vehículo subacuático norteamericano *Remus 6000*. Se trataba de un submarino amarillo de cuatro metros de longitud, provisto con unas cámaras de alta tecnología y que se rumoraba que tenía un costo de dos millones y medio de dólares.

Después de casi tres meses de constante búsqueda, de cientos de exaltaciones que rápidamente se convirtieron en desencanto; de cerca de una treintena de anomalías que descansaban en el fondo del mar y del inesperado hallazgo de cinco naufragios que nada tenían que ver con el *San José*, por fin una luz mostró su destello al final del túnel.

El *Remus* enviaba las primeras fotografías del inmenso montículo desde el fondo del lecho marino, a trescientos metros de profundidad. La tensión en el recinto era palpable. El silencio solo era interrumpido por el monótono sonido de los sensores electrónicos y por la respiración entrecortada de algunos en el cuarto. Poco a poco aparecieron unas imágenes indefinidas en la pantalla del ordenador, que, con los segundos, se fueron haciendo más precisas.

El corazón de Libardo Hernández parecía un potro desbocado que aceleraba su galope a medida que las imágenes tomaban forma. Líneas claras dibujaron el contorno de múltiples tinajas, que descansaban envueltas en el denso sedimento de los años, sobre el arenoso lecho marino. Frascos, conchas, varios vestigios de un naufragio y hasta la empuñadura de una espada aparecieron en escena, cercando las vasijas.

Era un inmaculado encuentro con la historia, pero ¿sería acaso esa la historia tras la cual ellos dirigían con premisa y diligencia sus sentidos? De hecho, ya habían tropezado en las semanas anteriores con otros naufragios y no querían hacerse falsas ilusiones con los elementos hallados cerca del enorme barco.

De repente, Andy, el oceanógrafo estadounidense, perdió la compostura y después de pegar su nariz aguileña contra el monitor dejó escapar un grito que se escuchó en toda la estancia:

—¡Oh, por Dios!

Néstor lo empujó levemente, apartándolo de la pantalla del computador. Una nueva fotografía dejaba ver el cuerpo de tres cañones en perfecta condición. Pero no eran los cañones los que llamaban la atención: era el tipo de material con que fueron construidos y, más que eso, las asas yuxtapuestas en ellos.

El galeón *San José*, a pesar de ser construido en el siglo XVIII, cuando la mayoría de las embarcaciones eran equipadas con cañones de hierro fundido, fue guarnecida en Cádiz con numerosos cañones de bronce con asas en forma de delfín. Y eso era precisamente lo que tenían ante sus ojos. ¡Habían encontrado el pecio del galeón *San José*!

El hallazgo, para los entendidos en el tema, era un logro de mayor trascendencia e importancia que el descubrimiento mismo del *Titanic*, dado su valor histórico y la enorme posibilidad de recuperación del naufragio. Su valía histórica era incluso superior al monto estimado del tesoro, que los expertos tasaban en más de diez mil millones de dólares.

—No lo puedo creer —repetía Libardo extasiado—. ¡Encontramos el *San José*!

El teléfono celular retumbó en la recámara presidencial del Palacio de Nariño, en la capital colombiana. Eran las 4:12 de la madrugada.

El mandatario abrió los ojos, sobresaltado y adormilado comprobó la hora en el antiguo reloj sobre su mesa de noche. Restregó sus párpados y tomó el pequeño receptor mientras cubría con su mano un largo bostezo. Su corazón saltó en el pecho cuando vio en la pantalla del aparato el nombre de Néstor Castiblanco. Contestó la llamada con evidente nerviosismo, a la espera de que fueran buenas las noticias que le tendría aquel hombre. Un fuerte alborozo y gritos de entusiasmo se escuchaban al otro lado de la línea. Luego la voz tensa y entrecortada de Castiblanco llenó el auricular.

—Presidente, presidente, ¡lo encontramos!

El sábado siguiente y en medio de un ambiente de formalismo, el grupo decidió reunirse en casa de Ernesto Saavedra al final de la tarde. Diana se presentó con unos estrechos pantalones vaqueros y una blusa de satín blanca muy sugerente. Estaba radiante, y eso no escapó a los ojos de Samuel, quien trató de disimular.

El abogado tenía claro que lo último que le interesaba, de momento, era iniciar una relación. Sin embargo, eso no quería decir que no pudiera admirar los atributos de Diana. Se resistía a involucrarse con alguien, ya que seis meses atrás había vivido la más grande de las decepciones amorosas. Su pareja por más de siete años había decidido, un día cualquiera, romper la relación y abandonarlo. Y pensar que la consideraba la persona más importante en su vida. No hubo explicaciones, tampoco una llamada, ni siquiera una breve nota de despedida. Simplemente, al regresar ese día de su trabajo, la soledad era la única que lo esperaba en su frío apartamento. Su adorada compañera, aquella con quien había vivido sórdidas tristezas y gloriosas alegrías, se había marchado en silencio.

Dos semanas después se enteró por un amigo en común que ella estaba viviendo con uno de sus compañeros de trabajo. La herida estaba fresca y el recuerdo aún lo atormentaba. Por eso no quería compromisos.

Diana, por su parte, a pesar de que aún vivía con sus padres en una hermosa casa a las afueras de Bogotá, dejaba entrever el amor por su libertad y la inusitada pasión que la antropología hacía correr por sus venas.

—¿Instaurarás la demanda por crímenes de lesa humanidad?

—Aún no sé qué delitos están tipificados aquí, en su momento lo sabremos —replicó Piracún poniendo los ojos sobre Ernesto y procurando adivinar su pensamiento—, sigo pensando que la Corte Penal Internacional rebasa todas nuestras expectativas —agregó meditabundo.

—No, Samuel, no las rebasa, esta es la oportunidad que has estado buscando. No la puedes dejar escapar.

—Diana tiene razón, debes ir por lo alto —señaló la mujer de Ernesto, esperando que sus palabras influenciaran la decisión de su amigo—. No le temas a los resultados. Anímate, bien sabes que cuentas con nuestro apoyo.

—Lo sé, Claudia, es solo que a veces siento temor porque este proyecto no tiene antecedentes.

—Confía en que todo saldrá bien.

—Eso espero.

El preludio de la noche bogotana se antojaba un tanto frío. Una densa llovizna impregnaba de letargo los sentidos e invitaba al sosiego con haraganería. Más de uno allí estaba desde hacía un buen rato considerando la posibilidad de disfrutar entre sábanas calientes de una humeante taza de café.

—En esta reunión me gustaría que lográramos esquematizar nuestro plan de trabajo y asignar labores a cada uno. Así le daremos pies y cabeza a nuestro proyecto —dijo Samuel.

—Estoy de acuerdo —aceptó Ernesto— hay mucha tarea por hacer.

La reunión no se prolongó más allá de una hora.

Rápidamente, se pusieron de acuerdo y establecieron las responsabilidades de cada integrante del grupo. El hombre se sentía en extremo agradecido, pues si bien esta era su batalla, la iba a librar con una colaboración firme y desinteresada de sus amigos.

Afortunadamente, todos, excepto Diana, tenían sus propios trabajos y prometieron utilizar algunas horas de su tiempo para adelantar la investigación. La chica colaboraba eventualmente con una revista científica y, aunque no fuera así, el dinero no sería una de sus preocupaciones, dado que provenía de una prestante y adinerada familia bogotana.

Piracún, a sabiendas de que todos lo ayudaban por considerar que era un asunto justo y querían apoyarlo en su propósito, les prometió que si tenían éxito, todos se enterarían de que gracias a ellos se pudo llegar hasta el final.

Ernesto se encargaría de hacer contacto con la Corte Penal Internacional para las instancias preliminares y de bosquejar el borrador inicial de la demanda ante ese organismo. De seguro, en un determinado momento habría que conseguir el concurso de un bufete de abogados internacionales que los representara a ellos e instaurara la demanda.

Teresita procuraría reunir la mayor cantidad de información posible, con referencia a las comunidades indígenas a lo ancho y largo de América. Era necesario establecer de qué manera la incursión española habría intervenido en la desaparición de algunos grupos nativos. La investigación tendría que ceñirse a la realidad, haciendo uso de cuanta referencia y documentación histórica estuviera disponible. La mujer, de cincuenta y cinco años, se desempeñaba como profesora de historia de una prestigiosa universidad bogotana, y contaba entre sus títulos con el de doctora en historia y magíster en estudios sociales.

Claudia, experta en temas financieros, se había graduado en ciencias económicas cinco años atrás, y ahora trabajaba como analista financiera en una empresa del sector petrolero. Ella se encargaría de buscar recursos con entidades que quisieran patrocinar la causa. En realidad, tendría a su cargo la tarea más compleja, pues de seguro la mayoría de las asociaciones filantrópicas encontrarían descabellada esta propuesta. No obstante, era imprescindible localizar recursos, pues en la medida en que avanzaran se haría indispensable sufragar los costos, sobre todo de los abogados penalistas.

Diana procuraría contactar a los líderes de los diversos resguardos indígenas en Latinoamérica y agendaría reuniones con ellos, buscando su apoyo. Desde luego, enfrentaría una fuerte resistencia por parte de estos grupos, que se caracterizan por una desconfianza total a todo lo que salga de su entorno. Esta hermosa mujer veía en Samuel a la persona que tendría el papel más importante en los diálogos con estos líderes, dado su origen y el hecho de ser el abanderado del proyecto.

El abogado no poseía rasgos indígenas marcados. Medía 1,70, tenía complexión atlética, rostro anguloso, ojos negros penetrantes y sonrisa sincera. Quizá no sería el más guapo de los hombres, pero a ella le parecía apuesto y agradable. La muchacha tenía en mente perfilarlo como líder. Tal vez debía convencerlo para hacer algunos cambios en su vida. Su particular forma de peinarse, sus atuendos formales y su gusto por el cigarrillo eran cosas por las que habría que comenzar. Pero eso tendría que ser más adelante, si él le permitía entrometerse en sus asuntos personales. Por ahora, ella dudaba que eso llegara a suceder.

Samuel Piracún era la cabeza visible del proyecto y decidiría hacia qué dirección irían las investigaciones, teniendo como punto de partida y base para el proyecto el holocausto indígena en América a manos de los españoles. Todos estuvieron de acuerdo y se comprometieron a dar lo mejor de cada uno.

—¿Y cómo llamaremos al proyecto? —preguntó Diana cuando ya todos se disponían a abandonar la casa de los Saavedra.

—¿Crees que necesite un nombre? —dijo Ernesto.

—Todo gran proyecto tiene un nombre.

—"El Gran Genocidio" —dijo Samuel, colocándose su abrigo— lo llamaremos "El Gran Genocidio".

Tan pronto como se difundió la noticia sobre el hallazgo del galeón *San José*, las reacciones llegaron desde diferentes puntos del mundo. *CNN, The Washington Post, la BBC de Londres y hasta la National Geographic* se pronunciaron con respecto al descubrimiento y a la forma en que el gobierno colombiano anunció su intención de mantener en secreto su ubicación.

—¿Qué seguirá ahora? —preguntó Hernández apurando un trago de cerveza en un céntrico bar de Cartagena—. Me preocupa lo que pueda suceder con el galeón.

—Todo está bajo control —lo tranquilizó Castiblanco—, todo fue calculado para que no haya espacio para el error.

—Ese es el asunto.

—¿Qué quieres decir?

—Sabes cuál es mi posición. Odiaría pensar que estoy haciendo parte de algo que tiene que ver más con fines comerciales que científicos.

—No tienes por qué pensar de esa manera.

—He escuchado algunos rumores. Mi deseo es que el tratamiento que se le dé al galeón esté basado meramente en un contexto arqueológico y como patrimonio cultural de Colombia y de la humanidad.

—Y así será.

—Pero no tardarán los pronunciamientos de todos los que se sienten con derecho sobre el *San José*.

—Ah, de eso puedes estar seguro, mi querido Libardo.

Y eso fue lo que sucedió.

La compañía norteamericana Sea Search Armada (SSA), el gobierno español, Panamá y Perú entraron de inmediato a pugnar sobre los derechos de las riquezas del *San José*. Incluso, era de esperarse que hasta los descendientes de los casi seiscientos pasajeros muertos durante el naufragio aparecieran de un momento a otro a presentar sus reclamaciones.

La SSA sacó a colación nuevamente el acuerdo de exclusividad suscrito con el gobierno colombiano tres décadas atrás, del que se valió para demandar al Estado en varias ocasiones. En enero de 1980, esta compañía cazatesoros, conocida hasta hacía poco como Glocca Morra Company, mostró un obcecado interés por conseguir el permiso para el rescate del pecio a como diera lugar, hasta el punto de haber entregado dádivas por doquier para lograr su propósito: a algunos altos mandos del Ejército, un ministro y varios congresistas colombianos.

Lo curioso es que más de la mitad de los socios de la SSA eran miembros activos del Congreso y funcionarios del gobierno estadounidense, además de algunos reconocidos actores de cine. El senado se convirtió de repente en el bastión de la SSA, desde donde ciertos congresistas ejercieron presión ante el gobierno colombiano para obtener el permiso para el rescate. Y no era para menos. La compañía cazatesoros los sedujo prometiéndoles una jugosa ganancia del cuarenta y cinco por ciento sobre la inversión, una oferta más que tentadora y que de inmediato fue aceptada por sus socios.

La firma estadounidense se salió con la suya y obtuvo un permiso de la Dirección Nacional Marítima Portuaria de Colombia para buscar y localizar el sitio exacto donde reposaba el galeón español. Durante la primera semana de marzo de 1982, la SSA entregó un reporte al gobierno colombiano en el que mencionaba el hallazgo de una anomalía de entre cuatro y seis metros de altitud sobre el fondo del lecho marino, cubierta por una fina capa de sedimento. Junto con el reporte consignaron en el documento las coordenadas geográficas de la ubicación exacta del pecio.

Según sus exploraciones, este descansaba en el fondo del mar, en las coordenadas 10°10'17" latitud norte - 76°00'20" longitud oeste.

Un par de años más tarde, el entonces presidente colombiano Belisario Betancur, ante la situación jurídica que se avecinaba, emitió un decreto civil en el que rebajaba la comisión para los rescatistas, del cincuenta a tan solo el cinco por ciento, y con la premisa de que se pagaría esa comisión siempre y cuando lo hallado no hiciera parte del patrimonio arqueológico.

La llegada en 1986 de Virgilio Barco, nuevo mandatario de los colombianos, no aclaró el panorama en absoluto. El gobernante se enteró de todos los detalles oscuros en los que había incurrido la SSA para lograr su propósito y los calificó como un nido de pirañas. Por tal razón fue muy enfático al declarar que de ninguna manera permitiría el saqueo del galeón y, al año siguiente, invitó abiertamente a varias empresas del mundo para trabajar en conjunto en la búsqueda y posterior rescate del santo grial de los naufragios.

Japón, Estados Unidos, Inglaterra y Suecia aceptaron la invitación, pero en realidad nunca se concretó ninguna negociación. La década de los noventa se convirtió en escenario de disputas jurídicas y acciones legales de parte y parte. Mientras la SSA demandaba al gobierno colombiano, este se preocupaba más por la protección y vigilancia de su plataforma marina. Bien era sabido el incremento de las compañías cazatesoros y su intención de saquear al menor descuido los bienes arqueológicos dispersos por el mundo.

Aunque dichas compañías pregonaban a los cuatro vientos ser consorcios enmarcados fuera de la clandestinidad y ceñidos a todas las normas legales vigentes, para los expertos estos no eran más que unos vulgares piratas del siglo XXI, con gran presencia en las principales bolsas de valores del mundo, con la ayuda de la mejor tecnología disponible en el planeta y, desde luego, respaldados por bufetes dispuestos a venderle sus almas al diablo.

En 1994, la SSA ganó la primera da las batallas. El Juzgado Diez Civil del Circuito de Barranquilla falló a favor de la compañía estadounidense, declarando que los bienes que tuvieran calidad de tesoro habrían de ser divididos a partes iguales entre la SSA y el gobierno colombiano, decisión no aceptada por este último y celebrada por la empresa cazatesoros.

A finales de 2010 la SSA volvió a tomar protagonismo, cuando, consciente de que poco o nada haría el gobierno por retomar el tema del rescate del galeón, exigió una indemnización por diecisiete mil millones de dólares, por las supuestas pérdidas logísticas y contractuales generadas desde el inicio de la búsqueda del galeón en 1982.

Pocos meses después, la Corte de Apelaciones del Distrito de Columbia en Estados Unidos desestimó el recurso de apelación de la SSA, al no encontrar mérito en las pretensiones de la empresa estadounidense. El estado colombiano propugnó la prescripción e improcedencia de la acción judicial contra ellos y a su favor alegó que las coordenadas entregadas por la antigua Glocca Morra no correspondían al sitio del pecio.

¿Estaría la SSA especulando y solo estaba haciendo tiempo para lograr el permiso y dedicarse en realidad a la búsqueda del pecio? ¿Quizá sabían del lugar exacto, pero entregaron unas coordenadas diferentes para proteger la información en caso de que fueran traicionados por el gobierno colombiano? Si el segundo era el caso, podía darse por sentado que el tiro les saldría por la culata, una vez que se comprobara ante el mundo la ubicación exacta del naufragio. La otra gran batalla habría de librarse contra el gobierno español, quien apareció también en escena con el argumento de que el *San José* y toda su preciosa carga eran parte importante de su patrimonio.

Con resolución y manifiesta celeridad, el Estado español se movilizó como nunca para poner su bandera en resguardo del famoso galeón. A su favor esgrimió que España era propietaria de la embarcación y que la mayoría de los que perecieron en el naufragio eran ciudadanos de su país.

Los españoles, una vez tuvieron conocimiento del hecho, dejaron conocer su posición al respecto y por medio de su secretario de cultura ratificaron su interés en el hallazgo, aclarando que su gobierno "solicitaría al colombiano una información precisa y clara, acerca de la aplicación de la legislación de su país en la que fundamenta y justifica la intervención sobre un pecio español".

Luego añadió, imprimiendo a sus palabras un tono dramático con innegable tinte nacionalista, que "hay cuerpos españoles y eso es tremendamente importante, porque tenemos que honrar a aquellos que defendieron a España hace tantos siglos". El ministro de Cultura de España declaró unos días después en Valladolid que su país firmó la Convención de la Unesco, "y las leyes internacionales hay que cumplirlas, aunque sé que Colombia no ha firmado esa convención". Luego iría más lejos al agregar que el *San José* era un barco de Estado, de guerra, y no un barco privado, lo que le daba pertenencia al país donde estaba abanderado el galeón. Al final aseveró, refiriéndose a Colombia, que "si no se podía resolver por un acuerdo amistoso, ellos entenderán que nosotros reclamemos y defendamos nuestros derechos".

La Convención de la Unesco a la que el ministro español hacía referencia fue la que tuvo lugar en París en 2001, cuando se establecieron los criterios sobre la protección del patrimonio cultural subacuático. Entre el 15 de octubre y el 3 de noviembre de ese año, la conferencia general de la Organización de las Naciones Unidas para la Educación, la Ciencia y la Cultura estableció los principios básicos para la protección del patrimonio subacuático, previendo un sistema de cooperación pormenorizado entre los Estados, mediante la aplicación de normas prácticas para el tratamiento e investigación del patrimonio cultural.

En el tratado se marcaron como principios la obligación de preservar este patrimonio, la preservación *in situ* como opción prioritaria, la no explotación comercial y el entrenamiento en intercambio de la información. Sin embargo, la Unesco dejó sentado al final de su tratado que la convención no pretendía dirimir disputas o demandas relativas a la propiedad, como tampoco reglamentaba la cuestión de la propiedad de un bien cultural entre distintas partes interesadas. El pacto comenzó a regir en 2009 y fue ratificado por cincuenta y tres estados. Colombia se abstuvo de firmar el convenio, al igual que Estados Unidos, Reino Unido, China y Rusia.

No obstante, en julio de 2013 Colombia fijó su propia Ley de Patrimonio Cultural Sumergido, reglamentando tres artículos en su constitución política. Con ello estableció las condiciones para proteger y recuperar dicho patrimonio, además de dejar en claro su posesión sobre todos aquellos pecios que se encontraran en sus aguas territoriales.

Ante la intransigente posición adoptada por el gobierno español, algunos expertos en política internacional criticaron la manera en la que España se preocupaba desde la comodidad de su asiento, en reclamar su propiedad sobre el *San José* y sobre otros pecios alrededor del mundo, sin desvelarse por rescatar la gran cantidad de naufragios en su mar territorial.

Además, no era descabellado pensar que Colombia le podría presentar su cuenta de cobro a España, por toda la barbarie y desmanes de aquellos durante la Conquista y la Colonia, modelo que seguramente muchos en Latinoamérica imitarían sin vacilación. Cualquiera que fuera el resultado en el rescate del pecio *San José*, este establecería sin duda una pauta legal, en la que se basarían los rescates futuros de los cientos de embarcaciones que se encontraban hundidas en el mundo, muchas de ellas en aguas colombianas.

Quizá por ello era corriente ver que los españoles pasaban de repente de etapas de intransigencia y agresividad, a estados de amabilidad, diálogo y diplomacia, mientras el gobierno colombiano esperaba con prudencia el desarrollo de los acontecimientos.

Perú también reclamaba el tesoro como suyo. La historia del virreinato dejó escritas con letras de absolutismo la forma arbitraria en que las riquezas fueron arrancadas de sus tierras y embarcadas en el galeón del imperio español.

Con diligencia, sin dejar la sensatez de lado, el gobierno peruano adelantó que el tema sería oportunamente evaluado por su Cancillería y por su Ministerio de Cultura. Deseaban primero contar con una opinión jurídica antes de emitir algún concepto.

Aún tenían fresco en la memoria el trago amargo que tuvieron que pasar al intentar recuperar de España el patrimonio hundido de la fragata *Nuestra Señora de Las Mercedes*, cuatro años atrás. Y no fueron los únicos que tuvieron este sinsabor.

La compañía cazatesoros norteamericana Odyssey Marine Exploration, que extrajo quinientas mil monedas de oro y plata de este pecio en mayo de 2007 en el golfo de Cádiz, tuvo que devolver el tesoro a España en febrero de 2012, por orden de dos cortes estadounidenses.

Las diecisiete toneladas que pesaba el tesoro fueron entregadas finalmente a los españoles, sin que el pueblo peruano pudiera hacer algo para recuperar lo que por mandato de Dios les fue entregado a sus antecesores.

El tiempo se encargaría de determinar quién tenía la razón, si la SSA con sus demandas internacionales, España con sus patrióticos argumentos, Perú con los sucesos de la historia, los descendientes de los pasajeros desaparecidos con su permanente luto o Colombia por encontrarse el pecio en su mar territorial.

Como quiera, el rescate no sería una tarea fácil. Varios años pasarían antes de que se extrajera la primera moneda de oro del galeón. Quizá ya para entonces se habría resuelto tan intrincado asunto.

VII

La cereza del pastel

Bogotá, Colombia,
lunes 7 de diciembre de 2015
12:35 p. m.

Samuel y Ernesto cruzaron las céntricas avenidas de la capital colombiana y se dirigieron con paso rápido hasta uno de los prestigiosos restaurantes del sector, que era frecuentado por un selecto grupo de ejecutivos. Aunque la lluvia se había disipado, las calles aún permanecían húmedas y el sol se mantenía oculto tras la infranqueable barrera que formaban las nubes.

Ya en la mesa y mientras esperaban la orden, Ernesto soltó la pregunta que tenía atorada en la garganta desde que hablaran por teléfono, el sábado durante la alocución presidencial.

—¿El hallazgo del galeón afectará al proyecto?

Samuel lo miró pensativo, como si al escudriñar su rostro un argumento razonable se develaría para responder.

—Estoy estudiando el tema para ver si se reúnen suficientes elementos de peso. Todavía no lo sé.

—No hay que estudiar lo que de por sí es evidente. El *San José* simboliza de manera indiscutible todas las atrocidades que cometieron los españoles en suelo americano. Todo está allí, en el pasado siniestro del galeón.

—Cálmate, el ímpetu no es buen consejero. Tenemos que analizar las cosas concienzudamente.

—Yo lo tengo claro. Creo que debería estar igual de claro para ti.

—Mira, si al asunto le quitas algo de pasión y le agregas mucho de objetividad, podrás encontrar que quizá el presente del galeón nos aporte mucho más que su pasado.

—¿A qué te refieres?

—Mañana se lo haré saber a todos durante la reunión.

En la tarde Ernesto entró a la oficina de Samuel, pero esta vez visiblemente alterado.

—¿Qué te sucede? —le preguntó Piracún al verlo en ese estado.

—¡Esto es una mierda!

Samuel se preocupó al percatarse de que su amigo buscaba algo de privacidad.

—Cálmate. ¿Qué fue lo que pasó?

—Otra vez Ramírez. Se está pasando de la raya.

—¿Qué te dijo esta vez?

—El hijo de puta pretende que revise de nuevo todos los litigios del mes anterior para ver si encuentro en cada expediente algo que hayamos pasado por alto.

—¡Eso es mucho!

—Por supuesto. Como si yo no estuviera lo suficientemente ocupado con todo el trabajo que llegó la semana pasada.

—¿Le explicaste eso?

—Pues claro que lo hice, y ¿sabes qué me contestó el estúpido?

—Puedo adivinarlo.

—Que ese no era su problema y que quería ver un informe en su escritorio antes del viernes.

—Tendrás que quedarte todas estas noches si quieres tenerlo a tiempo.

—¡Prefiero renunciar!

—Eso es lo que él quiere que hagas.

—Por más duro que trabaje, será imposible tener eso listo para el viernes.

—No te preocupes. Estará listo.

—¿Cómo?

—Yo te ayudaré.

A partir de esa noche estuvieron los abogados trabajando hasta las primeras horas de la madrugada, en una labor tediosa y abrumadora.

A la mañana siguiente, Samuel recibió una llamada antes de que amaneciera. Era Diana.

—Hola Samuel, disculpa que te llame tan temprano.

Esta era una de las pocas veces que hablaban por teléfono.

—No hay problema. ¿Está todo bien?

—Todo bien. Sí. Solo que tengo algo importante que decirte.

—Claro, soy todo oídos.

—¿Has escuchado acerca del gran acuífero Maya?

—La verdad no, pero algo me dice que muy pronto escucharé acerca de ello.

—Trataré de ser breve para no importunarte.

—No lo haces. Adelante.

—Hace poco se inició una exploración bajo la península de Yucatán, en México. Allí hay un complejo sistema de cuevas y ríos subterráneos, llamados cenotes. Todo en su conjunto se conoce como el gran acuífero Maya.

—Suena interesante.

—Lo es. Sin embargo, lo más importante es que allí, diseminados en los cenotes que son más de seis mil, hay una gran cantidad de restos arqueológicos que datan de la edad de Hielo.

—No entiendo cómo eso puede estar relacionado con nuestro proyecto.

—No lo está.

—Entonces, ¿por qué me estás diciendo todo esto?

—Es lo que iba a comentarte. Hace algunos meses me ofrecieron ser parte del grupo de antropólogos a cargo de la exploración. Por motivos personales rechacé la oferta y recomendé a un gran amigo mío, quien aceptó la propuesta.

—Entiendo. ¿Y...?

—Pues que hace una hora recibí una llamada del jefe del proyecto, quien me mencionó que mi amigo tuvo que abandonar su puesto por quebrantos de salud.

Samuel por fin comprendió el motivo de la llamada de Diana. Era claro que los iba a abandonar cuando el barco apenas se preparaba para zarpar.

—¿Te quieren allá?

—Así es.

—¿Te irás?

—Es una oportunidad que nadie en su santo juicio rechazaría dos veces.

Piracún enmudeció. Si bien era cierto que apenas se estaba hilvanando el proyecto del Gran Genocidio, no era bueno para el mismo perder en el inicio a una persona que en tan pocos días le había inyectado una enorme carga de entusiasmo y dinamismo. Además, al margen del trabajo, debía reconocer que su corazón manifestaba un sobresalto cada vez que veía llegar a la hermosa chica a las reuniones.

—¿Cuándo te irás? —preguntó el hombre tratando de disimular la melancolía que embargaba su voz.

—Hoy. Al final de la tarde.

—¿Hay algo que pueda decir para que te quedes?

—Lo siento, Samuel. No lo hay.

—Entiendo. Quiero que sepas que agradezco mucho lo que hiciste por nosotros en tan corto tiempo. Si cambias de parecer, ya sabes dónde encontrarnos.

—Lo disfruté mucho. Ustedes son un grupo como pocos.

—Te deseo mucha suerte. Sé lo importante que es esto para ti. Además…

—¿Además…?

—Bueno, pues además allí sí te pagarán por tu trabajo —agregó el abogado con una risa triste.

Durante la tarde, Samuel estuvo organizando algunos documentos mientras esperaba a los demás miembros de su grupo. Ese martes 8 de diciembre, día de la Inmaculada Concepción, se contaba como uno más de los muchos días festivos que se celebran en Colombia. A pesar de que todos acostumbraban a descansar en esa jornada, el grupo acordó reunirse ese día para tocar algunos temas acerca del proyecto. Querían aprovechar el tiempo al máximo, pues pronto se vendrían las festividades de fin de año y muy seguramente no tendrían la misma disponibilidad. Todavía no había comentado con nadie el abandono de la joven antropóloga. Tocaría el tema durante la reunión y buscaría él mismo la manera de asumir las funciones de la chica.

—¿Y Diana? —preguntó Claudia acomodándose en el mullido sofá.

—Precisamente, de eso quería hablarles.

—¿Sucedió algo? —preguntó Teresita.

—Bueno, la verdad es que —comenzó diciendo Piracún cariacontecido cuando alguien llamó a la puerta—... ahora les comento. Primero déjenme recibir las pizzas que ordené.

Claudia, inquieta, se volvió hacia Ernesto y le preguntó en un susurro:

—¿Sabes si sucedió algo con ella?

—No, no lo sé —contestó el hombre encogiéndose de hombros.

Samuel tomó su billetera de la mesa de comedor y cruzó el pequeño apartamento en un santiamén. Al abrir la puerta, una sensación familiar invadió su interior dejando que la perplejidad lo dejara transitoriamente sin aliento, por lo que allí encontraron sus ojos: Diana, estática, afuera de la puerta y con un gracioso tocado rojo sobre la cabeza, lo miraba con aire divertido.

—¿Qué haces aquí? —preguntó él en voz baja, aún sin reponerse de la sorpresa.

—Decidí que esto es lo que quiero hacer. ¡A menos que alguien haya ocupado ya mi puesto!

—Estamos por comenzar la reunión, por favor, pasa.

—¿Les alcanzaste a decir?

—No. Apenas iba a mencionarlo.

—Entonces que sea nuestro secreto —dijo la chica coquetamente, mientras le guiñaba el ojo a su anfitrión.

Entraron y se estaban acomodando todavía cuando llamaron a la puerta nuevamente. Esta vez se trataba de un joven con dos cajas de pizza.

Después de la cena entraron de lleno en materia, y fue Samuel quien tomó la palabra. Sin mucho preámbulo comentó de su interés por vincular el reciente hallazgo del galeón San José como argumento de trascendencia en su demanda.

—¿Y cómo lo piensas hacer? —preguntó Ernesto.

—Creo que el tema del galeón nos servirá en dos escenarios. El pasado y el presente del navío español.

Claudia y Diana escuchaban en silencio mientras Teresita garabateaba algunas cosas en su libreta, a medida que Samuel hablaba.

—Lo del pasado lo tengo claro. El *San José* es una muestra irrecusable del saqueo y la expoliación de las riquezas de las colonias americanas por parte de los españoles. ¿Correcto?

—Algo así —confirmó Piracún encendiendo un cigarrillo.

—Lo que no entiendo es cuando haces referencia al presente del galeón.

—El hallazgo ha puesto de manifiesto una vez más, como era de esperarse, la voluntad y el pensamiento del gobierno español. Podría creerse que ellos evolucionaron con el paso de los años, pero no es así. Actúan de la misma manera, dejando entrever su codicia y ambición desmedidas.

—Creo que esa codicia y ambición de las que hablas también se manifiestan entre algunos de nosotros.

—¿Hablas del gobierno colombiano?

—Entre otros. Hay temas que no están muy claros y dan espacio a las especulaciones. Pero bien, regresando a mi pregunta, ¿utilizarás eso en nuestro favor?

—No, Ernesto. Lo utilizarán ellos en su contra. Si vamos a unir a los pueblos americanos de Norte a Sur y de Oriente a Occidente, debemos tener en cuenta no solo el comportamiento asesino y delincuente de los españoles en el pasado, sino también dejar por sentada su belicosidad y odio hacia todo el pueblo latinoamericano en el presente. Esa será la cereza del pastel.

La convicción y la pasión de Samuel se mezclaban por momentos con su rencor. Eso, a juicio de su amigo Ernesto, nublaba su pensamiento, lo hacía menos objetivo.

—El gobierno español se ha cuidado en disimular muy bien su encono hacia las comunidades indígenas remanentes y, en general, hacia la comunidad hispana proveniente de América.

—Cuidado. No podemos generalizar.

—No, Ernesto, sé lo que estoy diciendo. He analizado ese asunto y me he encontrado con un sentimiento innato y perverso que fluye por la sangre de aquellos que nos consideran inferiores. Es como si hubiera un gen que se transmitiera de generación en generación.

—Estoy de acuerdo si aceptas que ese sentimiento solo es relevante a una pequeña parte de esa población.

—¿Pequeña? ¿Consideras pequeño el incremento de ataques racistas a latinoamericanos en España? Semanalmente se evidencian manifestaciones xenófobas, acompañadas a veces de agresiones físicas. ¿Y qué está haciendo el gobierno por evitarlo? Nada en absoluto.

—Es cierto —coincidió Diana—, tengo algunos amigos que viven en España y me han contado que los latinos en ese país se sienten maltratados por la forma como se refieren a ellos, utilizando apelativos como "sudacas", "peruchos", "koalas", "indios" o "panchitos", desconociendo que el propósito de los que han llegado a suelo español es trabajar honradamente y dar lo mejor por el país, contrario a los españoles que llegaron a América a robar sus riquezas, violar a sus mujeres y matar a su gente indefensa.

—Aquí la pregunta es: ¿creen ustedes que esto obedece a un consenso general? —intervino Teresita, procurando ser imparcial—. Estamos asumiendo injustamente que todos los españoles piensan y actúan de igual manera, incluso en las redes se afirma que el país ibérico es uno de los más racistas del planeta, a pesar de que son un pueblo marginado y visto con fastidio por el resto de los países del mundo. Pero ¿en verdad es así?

—Yo creería que sí —afirmó categóricamente Samuel.

—¿Qué tal si no? Quiero recordarles que muchos españoles durante la guerra civil del siglo XX tuvieron que abandonar su país y llegaron a Cuba, México, Venezuela o Argentina donde se establecieron y se convirtieron en mano de obra trabajadora.

—Teresita tiene razón —apuntó Ernesto—, debemos tener cuidado con nuestras apreciaciones. Algo que no esté bien sustentado puede hacer que se caiga toda nuestra investigación.

—Retomando el tema del galeón —dijo la historiadora con un gesto de incredulidad—, escuché que su tesoro podría cubrir la deuda externa de nuestro país. ¿Es eso verdad?

—La deuda externa de Colombia en la actualidad es de casi cien mil millones de dólares —replicó Claudia—. ¿Así de inmenso es ese tesoro?

—El tesoro del galeón *San José* es el más grande en la historia de la humanidad, pero con eso y todo no creo que supere los diez mil millones —aclaró Samuel.

—Eso tiene más sentido —dijo Teresita—; aun así, se trata de mucho dinero.

—Así es —convino Samuel—, veremos la manera de sacar lo mejor del galeón para reforzar nuestra demanda.

—¿Puedo compartir con ustedes lo que investigué durante los últimos días? —pidió Teresita y sacó varias hojas de su maletín.

—Por supuesto, adelante.

—Antes quiero leerles un aparte del diario del primer viaje del almirante Cristóbal Colón a su llegada al continente americano, el 12 de octubre de 1492. Lo hago con el fin de ponerlos en contexto sobre cuál fue su impresión al pisar estas tierras:

Yo porque nos tuviesen mucha amistad, porque conocí que era gente que mejor se libraría y converteria a nuestra santa fe con amor que no por fuerza, les di a algunos de ellos unos bonetes colorados y unas cuentas de vidro que se ponían al pescueço, y otras cosas muchas de poco valor, con que ovieron mucho plazer y quedaron tanto nuestros que era maravilla. Los cuales después venían a las barcas de los navíos adonde nos estábamos, nadando, y nos traían papagayos y hilo de algodón en ovillos y azagayas y otras cosas muchas, y nos las trocavan por otras cosas que nos les dávamos, como cuentezillas de vidro y cascaveles.

En fin, todo tomavan y davan de aquello que tenían de buena voluntad, mas me pareció que era gente muy pobre de todo. Ellos andan todos desnudos como su madre los parió, y también las mugeres, aunque no vide más de una harto moça. Y todos los que yo vi eran todos mancebos, que ninguno vide de edad de más de treinta años. Muy bien hechos, de muy fermosos cuerpos y muy buenas caras, los cabellos gruessos cuasi como sedas de cola de cavallo, y cortos. Los cabellos traen por encima de las cejas, salvo unos pocos detrás que traen largos, que jamás cortan.

De ellos se pintan de prieto y ellos son de la color de los canarios, ni negros ni blancos, y de ellos se pintan de blanco y de ellos de colorado y de ellos de lo que fallan. Y de ellos se pintan las caras y de ellos todo el cuerpo, y de ellos solos los ojos y de ellos solo el nariz. Ellos no traen armas ni las conocen, porque les amostré espadas y las tomavan por el filo y se cortavan con ignorancia. No tienen algún fierro, sus azagayas son unas varas sin fierro y algunas de ellas tienen al cabo un diente de pece y otras de otras cosas. Ellos todos a una mano son de buena estatura de grandeza y buenos gestos, bien hechos.

Yo vide algunos que tenían señales de feridas en sus cuerpos y les hize señas qué era aquello y ellos me amostraron cómo allí venían gente de otras islas que estavan acerca y los querían tomar y se defendían. Y yo creí, creo, que aquí vienen de tierra firme a tomarlos por captivos. Ellos deven ser buenos servidores y de buen ingenio, que veo que muy presto dizen todo lo que les dezía. Y creo que ligeramente se harían cristianos, que me pareció que ninguna secta tenían. Yo, plaziendo a Nuestro Señor, levaré de aquí al tiempo de mi partida seis a vuestras altezas para que deprendan fablar. Ninguna bestia de ninguna manera vide, salvo papagayos en esta isla.

—Ahí está clara la inocencia de los nativos americanos —dijo Diana—, creo que, al menos desde una perspectiva antropológica, agregar alguna cosa a ese documento estaría de más.

—Quiero, además, comentarles que reuní varios testimonios de testigos de excepción de esa época, dentro de ellos fray Bartolomé de las Casas, un sacerdote de la orden de los dominicos que documentó la forma cruel y despiadada con que los españoles se ensañaron contra los indígenas. Lo que encontré escapa a la imaginación de cualquiera. Creo que solo mentes perturbadas pudieron ocasionar un exterminio de tal magnitud.

—¿Tienes un cálculo aproximado de los nativos americanos que fueron exterminados? — preguntó Diana.

—¿En toda América o por obra directa de los españoles?

—Por los españoles.

—Los datos varían de un historiador a otro, pero todo apunta a que el número de indígenas exterminados por acción directa e indirecta de los españoles fue de alrededor de setenta millones.

—¿Setenta millones? —gritó Ernesto— ¡Santo Dios!

—Setenta millones —repitió tristemente Samuel, mientras escribía el número en uno de sus borradores.

—Lo siento —se disculpó Teresita—, debes estar preparado, pues te encontrarás con muchas cosas que podrían hacerte daño.

El abogado asintió con dolor. Sufría de solo imaginar todas las situaciones que sus antepasados tuvieron que afrontar.

Teresita convino en entregar el resultado de sus investigaciones durante los siguientes días. Era la que de momento tenía más adelantada la tarea, pero igual era quien más tendría que indagar, por lo que Diana se ofreció a echarle una mano con las averiguaciones.

—Ernesto —dijo Samuel mirando a su amigo—, ¿quieres ser el siguiente?

—Sí. Solo dame unos segundos.

Mientras abría algunos archivos en su computador, Claudia aprovechó para preguntarle a Teresita sobre las fuentes que estaba utilizando para su investigación. Diana siguió la conversación de las mujeres por un instante, luego viró instintivamente hacia el abogado al sentir que la observaba. Sus ojos se encontraron por segunda vez en esa noche. Un inusitado brillo en los ojos color miel de la joven antropóloga le trajeron un fugaz recuerdo de Victoria, su excompañera.

—Para comenzar, tengo que decirles que, aunque conocemos el fundamento y la base de la demanda, es necesario que redactemos cuidadosamente los puntos.

—Eso será fácil —aseguró Piracún, anticipándose a su compañero.

—¿Tienes los puntos de la demanda y las pretensiones?

—Logré compilar los puntos que a mi juicio son los más relevantes. Sin embargo, si ustedes encuentran algunos que se me hayan pasado, les recomiendo que me lo hagan saber para incluirlos.

—Antes de que nos pongas en contexto, dinos contra quién o quiénes quieres entablar la demanda.

Samuel miró de reojo a Ernesto, quien se estaba tomando muy en serio su papel de juez de la corte.

—La lista de acusados es bastante larga —comenzó diciendo el abogado—, pero para efectos de la demanda citaré únicamente a los que están con vida actualmente. Se trata de Juan Carlos Alfonso Víctor María de Borbón y Borbón-Dos Sicilias, mejor conocido como Juan Carlos I, quien abdicó en favor de su hijo, que también hace parte integral de esta demanda, Felipe Juan Pablo Alfonso de Todos los Santos de Borbón y Grecia, a quien se le conoce popularmente como Felipe VI.

—Ya está. ¿Te parece bien si comenzamos con los puntos de la demanda? —dijo Ernesto acomodándose en su silla.

—Por supuesto. Son cinco puntos. El primero tiene que ver con la demanda a la Corona española, por lesionar gravemente nuestra libertad de culto: teníamos nuestro credo y nuestros dioses. A pesar de que nuestras comunidades en general adoptaron la religión católica como propia, es indispensable dejar claro que sus creencias nos fueron impuestas con fuerza excesiva y con castigos que, en ocasiones, llegaban a la muerte. Cercenaron nuestro derecho a elegir libremente nuestra religión o a decidir si creíamos o no en la existencia de un dios.

—Imposición de fe, se podría decir.

—Exacto. El segundo punto de la demanda contra la monarquía tiene que ver con la implantación a los pueblos nativos americanos de un idioma extranjero. Fuimos castigados y obligados a hablar, en nuestra propia tierra, un lenguaje que desconocíamos. Se coartó la libertad de expresarnos como nos habían enseñado nuestros ancestros, se nos intimidó y se nos exigió olvidar los idiomas indígenas.

—No estoy seguro, pero creo que es un aparte de la libertad de expresión.

—El tercer punto de la demanda es por el robo de identidad cultural y el desprecio por las costumbres de nuestros pueblos. Debimos adoptar sus costumbres y su cultura como propias, cuando nunca lo solicitamos. Se nos arrebató un patrimonio que, como legado, nos llegó de nuestros antepasados. Un patrimonio lleno de tradiciones, valores y símbolos que crecieron en el espíritu indígena con un gran sentido de pertenencia.

—¿Desarraigo cultural?

—Es posible. Cuarto, por delitos de lesa humanidad, por el secuestro y esclavitud bajo la figura llamada "encomienda", ejercida en todos los pueblos amerindios para su explotación. Por la violación sexual de nuestras mujeres, mediante la implantación del terror y el abuso del poder. Por la tortura, esclavitud sexual, embarazo forzado y prostitución a que fueron sometidas ellas vil y salvajemente.

—Está claro. Por delitos de lesa humanidad —apuntó Ernesto en su agenda.

—Por último, por el delito de genocidio, por ser responsables de la muerte de más de setenta millones de personas, debido a las guerras, masacres y enfermedades que ellos inocularon en nuestros pueblos.

—Interesante, abogado. Ahora sí, vamos con las peticiones.

—En primer lugar, que desaparezca el nombre a la celebración que tiene lugar el 12 de octubre en varios países del mundo y que se denomina, según la nación, Día de la Raza, de la Diversidad Cultural Americana, del Respeto a la Diversidad Cultural, del Descubrimiento, Panamericano, de la Descolonización, de la Liberación o de la Identidad y de la Interculturalidad, del Encuentro de Dos Mundos, de las Culturas, del Encuentro entre Dos Culturas, de la Interculturalidad y Plurinacionalidad, de Colón, de la Hispanidad, de la Resistencia Indígena, de los Pueblos Originarios y del Diálogo Intercultural, de las Américas o Aniversario del Descubrimiento de América.

—No sabía de tantos nombres —apuntó Diana, sorprendida.

—Segundo. Que ese día se conmemore en todos los pueblos a donde llegó la invasión española, la matanza que en adelante se conocerá como el Gran Genocidio. Por supuesto, lo ideal sería que se convirtiera en un día de luto y de meditación. O, al menos, plantearlo de esa manera.

—Apropiado —aprobó de nuevo Ernesto, anotándolo en su portátil.

—Tercero. La restitución absoluta de todos los tesoros sustraídos de nuestros países durante la Conquista y la Colonia, constituidos por monedas y lingotes en oro y plata, perlas, esmeraldas, orfebrería, artesanía y todo aquello que aparezca documentado en el archivo general de Indias en Sevilla y en los diferentes manuscritos de la historia.

—Quizá lo más difícil —reconoció Teresita.

—Cuarto. La devolución de las riquezas recuperadas en el rescate de naufragios, incluido, pero no limitado, el galeón Nuestra Señora de la Mercedes, sin importar que este se considere como cosa ya juzgada, y otros pecios recuperados del mar.

—Me imagino que eso incluye al galeón *San José*.

—Por supuesto. No obstante, hablando específicamente del *San José*, considero que como están las cosas, el gobierno colombiano no tardará en tomar cartas en el asunto y creará un comité para la defensa del tesoro. Por ello no estoy seguro de incluir ese pecio en alguna parte de nuestra demanda. Será un elemento de prueba. Podemos citarlo como un argumento válido, aunque no se constituirá en el elemento principal. No dudo de que el gobierno haya delegado ya a algún bufete para ese asunto… Quinto. El reconocimiento público ante Dios y el mundo, por parte de la Corona española, en cabeza de su rey Felipe VI y de su padre, el rey emérito Juan Carlos I, de todos los vejámenes, torturas, secuestros y esclavitud cometidos en América durante la invasión ordenada por la monarquía imperial.

Samuel levantó la mirada y al ver que nadie pronunció algo al respecto, continuó con los puntos de sus pretensiones.

—El sexto tiene que ver con las cifras que Teresita nos acaba de mencionar, pero que se ajustarán a medida que obtengamos un número más aproximado a la realidad. Si bien nunca será suficiente ni borrará de la historia las atrocidades cometidas, se le exige a la Corona española que pida perdón a los pueblos indígenas y a los países latinoamericanos por el aniquilamiento de más de setenta millones de personas, durante su desbocada y ambiciosa carrera por hacerse a los tesoros americanos.

—¡Perfecto! —apuntó Ernesto entusiasmado—. ¿Tienes algo más?

—Eso es todo por ahora. Solo quiero agregar que es muy importante que no se tomen nuestras pretensiones como un sentimiento puramente nacionalista, queremos ejercer el derecho de los pueblos indígenas a reclamar ante el mundo a la Corona española por las acciones genocidas cometidas en suelo americano.

—Debo decir que me parece estupendo —reconoció Diana.

—Así es —Claudia se mostró de acuerdo—, no dejaste escapar detalles.

—Solo hago la tarea —agradeció Samuel con un dejo de humildad.

El turno correspondió a Claudia y, a la postre, a la parte financiera.

La mujer manifestó que hasta el final de esa tarde no había logrado que alguien se interesara en el proyecto. Sin embargo, admitió que era cuestión de tiempo. Iba a tocar otras puertas. Samuel le entregó el nombre de un par de amigos que podrían interesarse. No era seguro, pero era lo que tenían de momento.

Diana fue la encargada de cerrar la reunión. Durante el día logró hacer contacto con un líder de la comunidad indígena aimara al sur de Perú, aunque él en ningún momento aceptó reunirse con ellos, sí era desde luego un importante acercamiento. Al igual que Claudia, prometió seguir en la búsqueda. Era probable que tuviera que viajar a algunos lugares, pues muchas de estas comunidades seguían aisladas de la tecnología y algunos pueblos indígenas aún no tenían contacto con el mundo exterior.

Terminaron la reunión acordando que en adelante se reunirían dos veces por semana para examinar el curso de las investigaciones. Aprovechando la despedida de las chicas, Ernesto se acercó hasta su amigo y le preguntó, casi susurrándole al oído:

—Antes de que llegara Diana nos ibas a decir algo acerca de ella. ¿Qué era?

—Que había llamado para decirnos que se retrasaba.

—Algo me dice que a esa respuesta le hace falta algo.

—No dejes volar tu imaginación, recuerda, amigo mío, que la fantasía no es buena consejera.

—No me dirás que… ¿Tú y ella…?

—No, hombre. ¡Cómo se te ocurre!

—¿Estás seguro?

—Sabes que si hubiera algo ya te lo habría hecho saber. Además, la chica solo me llama la atención como amiga y colaboradora del proyecto.

—Recuerda que si estás mintiendo no es a mí a quien engatusarás. Eres tú mismo el que se está engañando.

—Ya no digas más. Te aseguro que no hay nada. Vete.

Cuando todos se marcharon, el abogado sirvió una copa de vino tinto y puso algo de música de los años setenta en su estéreo. Se sentía satisfecho con lo logrado hasta el momento. Era gratificante que lo que comenzó a rondar como una vaga idea en su cabeza tuviera ahora una forma más estructurada. Ya eran de nuevo cinco en el equipo. Definitivamente, le parecía una bendición que Diana decidiera unirse otra vez al grupo. Con los ojos cerrados pasó el dedo sobre la boca de su copa. Desde esa mañana la imagen de la chica lo perseguía y él no hacía mucho por borrarla de su mente.

El viernes en la mañana Ernesto logró tener listo el reporte que su jefe había solicitado. Y aunque de no ser por la ayuda que recibió de Samuel jamás habría terminado el informe a tiempo, se sentía cansado por las horas de trasnocho durante la semana. Aborrecía a Ramírez y no se preocupa en ocultarlo.

El abogado se acercó hasta la oficina del director y, al ver que este no estaba aún allí, tiró sobre su escritorio la información recopilada en cuarenta y ocho páginas. Luego se alejó de ese lugar mientras decía mentalmente: "Ok, doctorcito, ahí tiene su puto informe listo".

VIII

El regreso

Cartagena de Indias, Nuevo Reino de Granada
viernes 27 de julio de 1708.
9:00 a. m.

Un emisario del barco-correo que había tocado puerto la tarde anterior procedente de La Habana se presentó en el convento con noticias para el almirante Villanueva. El sujeto confirmó que cuando su carta arribó a la isla, Jean Baptiste Ducasse ya se encontraba de camino a España y no pudo recibirla.

El francés y Diego Fernández de Santillán, sobrino del comandante del galeón San José, estuvieron esperando en Cuba la llegada de las embarcaciones para partir a España. Al ver que finalizaba el mes de junio y sin tener razón del general, zarparon hacia Europa el 4 de julio con la flota de navíos Nueva España. Diego partió ignorando la muerte de su tío. Se había convertido, sin saberlo, en heredero del título de Casa Alegre.

Villanueva se enfrentaba al dilema de enviar el correo a Cádiz o esperar a que Ducasse regresara a La Habana. Pablo y María esperaban entre tanto en el patio del monasterio. El tamborero se mostraba inquieto. De la respuesta que trajera el emisario dependía su futuro. La pareja había consumado su relación hacía apenas dos semanas bajo el mismo techo del convento. María quiso esperar hasta estar segura para convertirse en su mujer.

—No os preocupéis. Las manos del emisario traerán las buenas nuevas —aseguró la muchacha esa tarde acariciando su vientre.

—La verdad, esperaba que fuese vuestro padre quien llegase a visitaros.

—Es un hombre muy importante y, por tanto, su cabeza anda en mil ocupaciones.

—¡Pero sois su hija!

—Sí, pero no olvidéis que también debe atender los asuntos del rey.

—¿Estáis bien, María? Os noto preocupada.

—Lo estoy. Tengo algo que deciros, aunque mucho me temo que eso pueda cambiar lo que hay entre nosotros.

—¿Qué ha pasado? Me asustáis.

—Se trata de la visita aquella que tenemos las mujeres cada mes. Espero que sepáis a que me estoy refiriendo.

—¿Visita? ¿De qué visita estáis hablando? ¿Del emisario del correo?

—*¡Mère de Dieu!* No me estáis facilitando las cosas.

—Hablad con claridad. Así podré entenderos.

—¡He dejado de sangrar!

—¡No me habíais dicho que estabais herida! —le dijo el mozalbete.

Largo rato le tomó explicarle los cambios de su cuerpo. Cuando al fin él lo entendió, se alejó de su lado con los ojos desorbitados.

—¿O sea que tendréis un crío?

—Eso creo.

—¿Un crío de los dos?

—Es de eso de lo que quiero hablaros. Vuestra merced no sois el padre.

María ya rondaba su tercer mes de embarazo. Era el general Fernández de Santillán quien había dejado en el cuerpo de la mulata la prueba de su fechoría. Pablo se mostró comprensivo. A pesar de que no fue él quien lo concibiera, se mostró dispuesto a que naciera como hijo suyo.

Villanueva optó por enviar la carta de Ducasse a Cádiz. A la que ya había escrito añadió una nota en la que ponía al francés al corriente de la preñez de su hija. Lejos estaba de imaginarse que este, buscando evadir a los ingleses, se dirigía ahora a la costa Cantábrica cerca de San Sebastián. Para ese momento, era poco probable que la misiva llegara a sus manos.

A finales de agosto la flota de Ducasse fondeó en el puerto de Pasajes en la península ibérica. Un tiempo después se enteró del trágico final del San José. Se sentía devastado por lo que pudo ser la muerte de una de sus hijas. Resignado, permaneció en Madrid mientras esperaba instrucciones reales para regresar a América.

Miguel Agustín de Villanueva, preocupado por las averías que algunos barcos de la flota presentaban, se dedicó de lleno a su reparación, preparándolos para su próximo viaje a España. Fue necesario que implementara varias medidas con el gobernador Lázaro de Herrera y Leiva para cubrir con el erario no solo los gastos de los arreglos, sino, además, el de los salarios de sus oficiales y de la tripulación.

Pablo estuvo colaborando con las reparaciones a pesar de no ser bien recibido por los marineros, quienes lo veían como un asesino. María fue puesta a cargo de la cocina, donde las esclavas negras y las indígenas preparaban los alimentos para los hombres que trabajaban para el almirante.

A comienzos de diciembre el comandante se enteró de que los capitanes Bridge y Windson habían sido expulsados de la Marina inglesa ante los resultados de su ataque a la flota española, y, puntualmente, por su fracaso en la captura del galeón San Joaquín. Charles Wager, por su parte, fue ascendido a contralmirante por su acción en combate.

Antes de que terminara el año, Villanueva dio una recepción para varios de sus amigos, su tripulación y un par de oficiales franceses al servicio de Ducasse que estaban de paso por Cartagena. La velada vio de pronto interrumpida su tranquilidad cuando el anfitrión les comentó que tenía bajo su protección a la hija de su comandante.

—¿Marthe Ducasse está con vuestra merced? —le preguntó sorprendido uno de los oficiales.

—Estáis confundido con el nombre. Ella se llama María.

—Siento contradeciros, almirante. La conozco perfectamente. No tengo duda en ello: su nombre es Marthe. Estuve en su matrimonio. La bella dama fue desposada por el marqués Louis de la Rochefoucauld y recibió una dote de 1.200.000 libras de su padre.

Villanueva mandó llamar a la mulata, quien se presentó con ropas ordinarias y muy desaliñada. El oficial no pudo contener la risa al verla entrar en la recepción, lo que causó la indignación del comandante.

—¿Qué os causa tanta risa? ¿No es acaso esta mujer la hija de Ducasse?

—Disculpadme, almirante, por mi poca cordura. Lamento deciros que esta mulata no es la hija de Jean Baptiste Ducasse.

La indignación de Villanueva fue tal que estuvo a punto de golpearla. El impulso lo llevó a acercarse a ella con el brazo en alto, pero su avanzado estado de gravidez lo disuadió de hacerlo.

—¡Echadlos de aquí! A ella y al tamborero.

La mujer se resistía a ser expulsada, gritando que ella sí era hija de Ducasse. No obstante, la orden estaba dada y la pareja fue sacada a empujones a la calle. Al percatarse de la manera como María estaba siendo arrojada, uno de los oficiales españoles preguntó por lo que estaba sucediendo.

—El almirante ordenó echarla. Es una impostora.

Sin perder tiempo ingresó hasta la habitación donde se encontraba el almirante y le pidió permiso para hablar con él.

—¿Qué es tan perentorio que no pudisteis esperar a la mañana?

—Lo lamento, pero no podía dejar que se cometiera una injusticia.

—Explicaos. ¿De qué estáis hablando?

El oficial le manifestó que estando al servicio del general Fernández de Santillán en Portobelo, encontró en cierta ocasión una nota tirada en el piso que estaba firmada por Jean Ducasse y le pedía al capitán su intercesión por una hija bastarda suya llamada María.

—¿Estáis seguro de lo que decís?

—Completamente. Tuve esa carta en mis manos.

La oportuna intervención de aquel oficial permitió que la pareja pudiera regresar a sus aposentos bajo la protección de Villanueva. Con ese trago amargo terminaron aquel año bisiesto que les dejó bastantes infortunios.

Dos años transcurrieron antes de que Felipe V, advertido por los consejeros franceses de que los buques galos eran los únicos fiables para traer los caudales resguardados por Villanueva, expidiera un decreto en el que ordenaba zarpar a América al jefe de escuadra Jean Baptiste Ducasse con un escuadrón de tres navíos de guerra para escoltar el San Joaquín con su tesoro a España.

Paradójicamente, aquel sujeto que catorce años atrás atacara y saqueara Cartagena de Indias con veintinueve naves y más de seis mil filibusteros, ahora se disponía a proteger la ciudad, sus barcos y la riqueza española del ataque inglés. Una vez atracó, se presentó de sorpresa ante el almirante español, quien no ocultó su alegría al verlo.

—Temía que nunca os vería por estas tierras.

—Esperaba órdenes de su majestad.

—¿Acaso no estáis aquí por la carta que os envié?

—Lo siento, usía, no sé de qué carta me habláis. Fui enviado por el rey a llevaros a buen puerto con los tesoros de la Corona.

—Sabia providencia la de su majestad —consintió Villanueva, recibiendo un documento que le alargó Ducasse.

—¿A son de qué me enviasteis una carta?

—Quería que supierais lo que había sucedido con vuestra hija —contestó el almirante, refiriéndose a María y su embarazo.

—Me enteré de ello. Fue algo inesperado —dijo Ducasse, estremeciéndose al pensar en sus últimos segundos de vida—. Me ha costado recuperarme.

—No esperaba que lo tomaríais así.

—¿Cómo más lo tomaría?

—Con resignación.

—De sobra la he tenido. Las lágrimas no han faltado en mis noches.

—Perdonadme, vuestra merced, pero creo que el asunto, aunque penoso, no da para tanto.

—¿Cómo os atrevéis a decir tal cosa? Es claro que no es vuestra hija.

—No os ofendáis. No ha sido mi intención abochornaros.

—Os pido que abordemos temas menos dolorosos.

Ducasse le manifestó su intención de zarpar a España con la mayor brevedad posible. Contaba con varios navíos que servirían como escolta al galeón y confiaba en que si todo estaba en orden se harían a la mar a finales de julio.

Esa noche Villanueva le manifestó a María Tamayo que Jean Baptiste nada quería saber de ella por el asunto aquel del embarazo. La mulata se resistía a creer que su padre hubiese dicho eso. Le dolía tanta indiferencia de su parte. Sin embargo, si esa era su decisión, la respetaría a pesar de que ansiaba verlo y deseaba que conociera a su nieto.

Al final de la tarde del primero de agosto se reunieron en puerto los almirantes y capitanes de las embarcaciones para ultimar detalles. Acordaron que desatracarían dos días después. Luego de terminada la reunión, Ducasse se dirigió a su aposento y, mientras caminaba, sintió unos pasos que lo seguían en la oscuridad. Al doblar la esquina, se camufló bajo el pórtico de una casa y allí esperó al sujeto. Jean Baptiste saltó de entre las sombras y asió al individuo por el cuello, inmovilizándolo, al tiempo que ponía una daga en su rostro.

—¿Quién sois? ¿A santo de qué me estáis siguiendo?

—Por favor, soltadme, almirante. Soy Pablo, el tamborero del San José. No quería asustaros. Solo deseaba hablar con vuestra merced.

—¿Hablar en las penumbras? ¿No os creo una palabra?

—Me estáis haciendo daño. Por favor, dejadme hablar. Vengo en nombre de vuestra hija María.

—Sois un badulaque. Debería cortaros la lengua aquí mismo. Si no estabais enterado, mi pobre María está muerta.

—Si pensáis eso, os aseguro que estáis equivocado. Más muerto estoy yo que vuestra hija.

—¡Y lo estaréis si no conseguís aclarar este asunto de una buena vez!

El encuentro de Jean Baptiste Ducasse con su hija fue muy emotivo. El francés le espetó a Villanueva por no haber sido claro durante su conversación, ya que ello hubiera "despachado la tribulación" que lo atormentaba. Se sintió complacido de saberse abuelo, aunque la semilla de ese crío fuera de Fernández de Santillán, a quien ahora se refería como "un presumido de pisaverde, con una gravedad necia, que no competía a su calidad".

Pablo fue acogido con gusto por el almirante, quien le ofreció un puesto en su tripulación. No obstante, el tamborero aplazó la oferta, pues sentía gratitud con Villanueva.

—Dejadme que haga este último viaje con el San Joaquín. En adelante estaré con vuestra merced —fue la respuesta del tamborero al ofrecimiento.

María viajaría con su hijo en el navío Saint-Michel, comandado por Ducasse, y se reuniría con Pablo al llegar a España. La noche antes de partir, la pareja caminó tomada de la mano por el puerto. Les sorprendió ver bastante movimiento en la oscuridad en los barcos gobernados por los dos almirantes. Temprano en la mañana zarparían y al despedirse se darían el que se convertiría en el último de sus besos.

Debidamente aprovisionados con agua y alimentos para el largo recorrido, la flota de Indias partió de Cartagena con su valiosa carga el 3 de agosto de 1711. Varios navíos y fragatas franceses escoltaron al galeón San Joaquín, entre los que destacaban el Saint-Michel, el Hercule y la fragata Griffon. En altamar los barcos trepaban las olas con la velocidad que les prodigaban los velámenes, abrazados por un sol radiante y un mar de un azul intenso. En ocasiones María se asomaba por la borda buscando a Pablo, quien movía su brazo desde la cofa principal del San Agustín. Algunos hombres de la tripulación del Saint Michel se mostraban inconformes con que la hija de Ducasse viajara con ellos. Consideraban de mal augurio que fuera la única mujer en el barco, pues las supersticiones apuntaban a que su presencia en el navío podía atraer las tormentas.

Premonitorio o no, al día siguiente de la partida un fuerte temporal con olas de doce metros dispersó la flota. Los barcos se bamboleaban con los embates de un mar embravecido que amenazaba con partirlos en pedazos. El almirante francés, avizorando el peligro, regresó con sus navíos a Cartagena sin darle aviso a Villanueva, quien se encontró navegando solamente con uno de los pataches luego de la tempestad.

Tres días más tarde el comandante del galeón San Joaquín avistó una escuadra de embarcaciones que venían a su encuentro. Erróneamente pensó que era Ducasse. Se trataba de la escuadra del comodoro inglés Littleton, quien había zarpado de Port Royal, en Jamaica, dos semanas atrás con los navíos Salisbury, Jersey, Newcastle, Weymouth y Salisbury Prize. Villanueva, sin quererlo, se había metido en la boca del lobo.

El almirante trató de dar batalla a los ingleses, pero su desventaja era abrumadora. El San Joaquín fue capturado por el comodoro Littleton y en la toma, su comandante, Miguel Agustín de Villanueva, cayó herido de muerte por la bala de un mosquete. Pablo, el alegre tamborero, fue otra de las víctimas ese funesto 7 de agosto.

Para infortunio de los ingleses, no se encontró ningún tesoro en el galeón. La noche previa a zarpar y por orden del rey Felipe V, todas las riquezas fueron trasladas del San Joaquín al Saint Michel. Esto llevó a muchos a pensar que el San Joaquín había sido utilizado como un señuelo para salvar las riquezas. Pocos días después Ducasse partió nuevamente de Cartagena, enviando una parte de su escuadra a Port du Paix y la otra a Martinica. Semanas más tarde arribó a España, donde fue recibido con los más altos honores.

Así pues, los dos últimos galeones terminaron sus días viendo caer a sus comandantes. Y María vio cómo estos se llevaron consigo la vida de los padres de su hijo.

IX

El genocidio

Bogotá, Colombia,
lunes 14 de diciembre de 2015.
5:42 p. m.

La siguiente reunión se dio una semana después, en la sala de juntas del bufete de abogados donde Samuel y Ernesto trabajaban. Al final de la tarde, Claudia tomó la palabra y explicó los escasos avances de los últimos días: había logrado hablar con una de las personas que le recomendó Piracún, pero el hombre no mostró interés en el proyecto y, lamentablemente, el otro de la lista no pudo ser contactado. Sin embargo, dijo, consiguió hablar personalmente con un empresario boliviano de ascendencia indígena que se encontraba de paso por Colombia. Él no le prometió nada de momento, pero aseguró estar interesado. Le dijo que estaría de vuelta en La Paz en dos semanas, que para entonces le tendría una respuesta y que tenía un par de amigos que también podrían involucrarse. Que entre tanto le enviara a su correo electrónico toda la información que tuviera sobre el proyecto.

Diana, por su parte, aún no recibía la aceptación del líder aimara, por lo que decidió intentar reunirse con un miembro importante de la comunidad muisca en el resguardo indígena de Bosa, en los suburbios de Bogotá. El hombre le expresó su voluntad de colaboración, por lo que acordaron que se reunirían en el resguardo el siguiente sábado en horas de la mañana. Allí les presentaría a Miguel Tauta, un líder muisca que los estaría esperando.

—¿Lo conoces? —le preguntó la chica a Samuel, pues sabía que aquel hombre pertenecía a su misma comunidad.

—No lo conozco, pero es posible que mi padre sí.

En su agenda, Diana tenía programado hacer contacto con dos comunidades indígenas, una en México y otra en Honduras. Si todo salía de acuerdo con sus planes, en menos de una semana podrían estar viajando a Centro, Norte y Suramérica. Teresita llevaba una gran cantidad de documentos, separados con ganchos y en fólderes de diferentes colores. Cada uno estaba rotulado y conservaba un número asignado metódicamente por la mujer.

—Lo que tengo que decir es un poco extenso —comenzó diciendo la historiadora.

—Tómate el tiempo que sea necesario, si no puedes terminar con el reporte hoy, lo continuarás en nuestra próxima reunión.

—Yo también estuve investigando —añadió la antropóloga, dejando sus apuntes sobre el inmenso escritorio.

—Gracias, Diana —correspondió Teresita y se entregó a su informe luego de acomodarse los lentes.

En la sala, todos tenían sus ojos puestos en ella.

—Investigué en el trabajo de varios historiadores y a pesar de que ninguno se pone de acuerdo en la cantidad exacta de indígenas exterminados, todos coinciden en que lo ocurrido en América fue una verdadera masacre. Algunos cálculos hacen pensar que a la llegada de los españoles la cantidad total de indígenas que habitaban lo que hoy se conoce como América Latina era de alrededor de setenta millones. Estudios posteriores indican que ciento cincuenta años después quedaba en la misma zona una población de solo tres millones y medio de amerindios.

—¿De qué porcentaje estamos hablando? —preguntó Samuel.

—Hablamos de que, en ciento cincuenta años, la población se habría reducido en un noventa y cinco por ciento.

—Tengo unas cifras similares —dijo Diana—, solo me gustaría agregar que esos números nos indican que en la América hispana se presentó, a la llegada de los españoles, una disminución promedio de 443.000 indígenas por año, 37.000 mil por mes, 1.231 por día.

A cada nueva cifra, la cara de Samuel se tornaba más enrojecida. Se le hacía inevitable escuchar esas abrumadoras estadísticas sin que un sentimiento de dolor e impotencia le desolara el alma. Eran espinas que espoleaban su espíritu, hierros candentes que le quemaban su aliento.

—Vale la pena aclarar —continuó Teresita retomando su exposición— que la mitad de estas muertes pudo deberse a las enfermedades y pestes traídas por los españoles. La otra mitad fue asesinada por la acción de las guerras o por su abuso y explotación.

Dicho esto, la mujer se acercó a cada uno en la sala y les entregó varias hojas de papel con gráficos e informaciones.

—Pongamos todo en contexto —dijo—, de esa manera encontraremos un posible escenario de cómo pudieron suceder las cosas.

—Te ayudaré con eso —prometió Diana.

—Colón partió del puerto de Palos hacia América acompañado de ochenta y seis tripulantes repartidos en dos calaveras y una nao española. De esos tripulantes, veintidós eran marineros y dieciséis eran grumetes. El resto eran personas que realizaban trabajos de diversa índole, no relacionados con tareas del mar.

—Siempre se ha afirmado que muchos de estos tripulantes eran delincuentes, que vieron conmutadas sus penas cuando aceptaron acompañar a Colón en su viaje. De hecho, algunos manejan la hipótesis de que ciertas cárceles de España quedaron vacías ante este suceso —agregó Diana.

—La cuestión aquí es que ellos no fueron los únicos que viajaron con Colón a América en ese primer viaje. Los navíos estaban plagados de pulgas, chinches, piojos, ratas y cucarachas. Como si esto fuera poco, los españoles portaban virus y bacterias que se esparcieron por el nuevo mundo a su llegada, contagiando a los indígenas de enfermedades contra las que carecían de defensas. ¿Tienes datos sobre las enfermedades? —preguntó Teresita dirigiéndose a su colaboradora.

—Por supuesto. Algunos años después de que arribaran los españoles a América se desató la primera gran epidemia de viruela en la isla La Española, en los territorios que hoy ocupan Haití y Santo Domingo, y luego alcanzó México y el imperio inca un tiempo después. El alcance de la enfermedad fue devastador.

—La mortandad indígena en ese primer ataque de la viruela fue casi del ochenta por ciento en algunas comunidades. Desgraciadamente, a esta epidemia le siguió el virus del sarampión, que acabó con otra gran parte de la población nativa —agregó Teresita.

—¿Hicieron algo los españoles para controlar la enfermedad? —preguntó Ernesto concentrado en el relato.

—No existen antecedentes de que hayan hecho algo o no.

—Pero imagino que, de igual manera, tampoco se puede asegurar que los invasores no introdujeron a propósito esas enfermedades a América —apuntó Samuel.

—¿Como una especie de arma biológica? —terció de nuevo Ernesto.

—Sí, a eso me refiero.

—Eso podría tener sentido: al diezmar la población pudieron ejercer más control sobre ellos.

—Señores, tampoco perdamos la objetividad —intervino Teresita—: si bien es cierto que está documentada en Europa la utilización durante las guerras de elementos como catapultas con cadáveres en descomposición contra los enemigos, no creo que podamos generalizar esa práctica y decir que fue usada contra los indígenas.

—Teresita, sobre eso hay algo que me gustaría compartir —dijo Diana buscando unas notas entre sus papeles—: en 1710, las fuerzas rusas atacaron Suecia lanzando cadáveres infectados con peste sobre la ciudad de Reval. En otro caso aislado, en

1785, militares tunecinos lanzaron contra sus enemigos ropas contagiadas de virus y bacterias.

—Pero eso no puede ser utilizado como una prueba fehaciente en América. Es muy ambiguo.

—Eso tal vez no, pero qué opinas de esto: en 1763, el comandante inglés a cargo del fuerte Pitt en Pennsylvania le entregó al representante de los indígenas Delaware dos cobijas y un pañuelo que fueron expuestos previamente a la viruela, con la clara intención de "transmitir la viruela a los indios"; incluso, en una carta del comandante Lord Jeffrey Amherst escrita el 16 de julio de ese año, dirigida a su oficial Henry Bouquet, se lee: "Hará bien en intentar inocular a los indios por medio de cobijas, así como intentar cualquier otro método que pueda servir para extirpar esa execrable raza".

Todos guardaron silencio. Samuel tragó la saliva que le había dejado un sabor amargo en su paladar. La atribulación, la crueldad y el infortunio podían haber tocado la puerta de todos los nativos en América al mismo tiempo, desde punta de Barrow hasta cabo de Hornos y desde cabo San Roque hasta cabo Príncipe de Gales.

—Creo que eso hace suficiente mérito para que, en adelante, consideremos que los españoles pudieron utilizar armas de tipo biológico para el exterminio indígena, como lo hicieron los ingleses en Norteamérica —aceptó Teresita—; no obstante, es bueno recordar que hay casi doscientos años de diferencia entre la llegada de los españoles y este hecho. Por otro lado, quiero que analicemos una circunstancia igualmente importante.

—Solo una cosa más antes de que continúes —pidió Diana levantando el dedo—, en este punto es importante recalcar que las enfermedades pudieron contribuir de manera indirecta en la reproducción de los indígenas, dado que el sarampión podía ocasionar malformación en los fetos de las mujeres embarazadas; y las paperas o la viruela, infertilidad en los hombres.

Claudia se levantó con amargura de su silla y miró hacia la calle a través de las persianas. La gente, allí afuera, deambulaba en todos los sentidos como ríos humanos. Pronto la noche cubriría con su manto la ciudad y el frío se apoderaría de calles y avenidas. Le agobiaba pensar cómo el ser humano fue concebido para tener capacidad de albergar tanto odio en su corazón.

—Bien —prosiguió la historiadora—, algo que me generaba cierta duda respecto a la desaparición forzada de los indígenas era la concesión que tuvieron los primeros súbditos españoles para la explotación de los aborígenes.

—Ajá, la infausta y tristemente célebre "encomienda" —dijo Diana moviendo negativamente la cabeza.

—Esa misma.

—¿La encomienda? —preguntó Ernesto—. Algo he escuchado, pero ¿de qué se trata?

—Luego de la Conquista, la Corona española decidió asignar una determinada cantidad de indígenas a los súbditos españoles, en compensación por los servicios prestados. A esa maniobra la llamaron: la encomienda.

—Un sinónimo de esclavitud.

—Sin duda. Los encomenderos eran responsables de la evangelización de los nativos a su cargo y a cambio se beneficiaban con los trabajos realizados por ellos.

—¿Y cuál es tu punto? —preguntó Samuel, mirando a Teresita.

—Que los españoles, conocedores de este privilegio, muy seguramente lo pensarían dos veces antes de aniquilar a alguien que bien podía ser su esclavo.

—Depende de la óptica con que mires el asunto —intervino Claudia, quien hasta el momento solo se limitaba a escuchar los diferentes puntos de vista—, creo que es importante analizar aquí dos tipos de situaciones.

—Te escuchamos —dijo Ernesto.

—Si pensamos en el hombre que dejaba España para radicarse en América y formar una nueva vida, es posible que su pensamiento fuera el de tener una granja con esclavos a su servicio. Pero si hablamos de los muchos que llegaron, con codicia desbordante por el oro y con la mente cargada de maldad y de sevicia, a ellos poco o nada les interesaría el tema ese de la "encomienda".

—Buen punto, mi amor.

—Todos los detalles son importantes y debemos tenerlos muy en cuenta —recomendó Samuel.

—El último punto de mi informe tiene que ver, precisamente, con el abuso y el maltrato a los que fueron sometidos los nativos, y la forma brutal y despiadada como muchos de ellos fueron aniquilados —dijo Teresita, mirándolos por encima de las gafas—: la separación de las familias, el trabajo forzado en las minas para la explotación de metales preciosos, la encomienda y las hambrunas fueron quizá las formas más pacíficas, entre comillas. Las guerras les ofrecían, tal vez, una única posibilidad de morir defendiéndose en pie de lucha; no obstante, las armas utilizadas por los aborígenes eran una minucia comparada con los mosquetes y los rifles usados por los españoles. En varios documentos encontré relatos sobre la manera descarnada en que los indígenas eran ultimados. Hay investigaciones que aseguran que la sevicia y el salvajismo se apoderaron de la mente de los españoles, quienes se enfermaron de odio y se encarnizaron igual contra hombres, mujeres o niños, dejando ríos de sangre a su paso. Fue algo verdaderamente macabro.

—Quiero felicitarte por tu aporte —reconoció Piracún—, ya lo sabíamos, pero es un honor y será de gran ayuda contar con tu trabajo.

—Estoy de acuerdo con Samuel —convino Ernesto—, sencillamente extraordinario.

—Gracias, muchachos, —dijo Teresita sonriendo—. Para finalizar, quiero leerles algo que escribió el sacerdote español fray Bartolomé de Las Casas, quien fue testigo de lo hecho por mano de su propia gente. Es un relato revelador y al mismo tiempo espeluznante:

En la isla Española, que fue la primera donde entraron cristianos y comenzaron los grandes estragos y perdiciones de estas gentes y que primero destruyeron y despoblaron, comenzando los cristianos a tomar las mujeres y hijos a los indios para servirse y para usar mal de ellos y comerles sus comidas que de sus sudores y trabajos salían, no contentándose con lo que los indios les daban de su grado, conforme a la facultad que cada uno tenía (que siempre es poca, porque no suelen tener más de lo que ordinariamente han menester y hacen con poco trabajo y lo que basta para tres casas de a diez personas cada una para un mes, come un cristiano y destruye en un día) y otras muchas fuerzas y violencias y vejaciones que les hacían, comenzaron a entender los indios que aquellos hombres no debían de haber venido del cielo; y algunos escondían sus comidas; otros sus mujeres y hijos; otros huíanse a los montes por apartarse de gente de tan dura y terrible conversación.

Los cristianos dábanles de bofetadas y puñadas y de palos, hasta poner las manos en los señores de los pueblos. Y llegó esto a tanta temeridad y desvergüenza que al mayor rey, señor de toda la isla, un capitán cristiano le violó por fuerza su propia mujer.

De aquí comenzaron los indios a buscar maneras para echar los cristianos de sus tierras: pusiéronse en armas, que son harto flacas y de poca ofensión y resistencia y menos defensa (por lo cual todas sus guerras son poco más que acá juegos de cañas y aun de niños); los cristianos con sus caballos y espadas y lanzas comienzan a hacer matanzas y crueldades extrañas en ellos.

Entraban en los pueblos, ni dejaban niños y viejos, ni mujeres preñadas ni paridas que no desbarrigaban y hacían pedazos, como si dieran en unos corderos metidos en sus apriscos. Hacían apuestas sobre quién de una cuchillada abría el hombre por medio, o le cortaba la cabeza de un piquete o le descubría las entrañas.

Tomaban las criaturas de las tetas de las madres, por las piernas, y daban de cabeza con ellas en las peñas. Otros, daban con ellas en ríos por las espaldas, riendo y burlando, y cayendo en el agua decían: bullís, cuerpo de tal; otras criaturas metían a espada con las madres juntamente, y todos cuantos delante de sí hallaban.

Hacían unas horcas largas, que juntasen casi los pies a la tierra, y de trece en trece, a honor y reverencia de Nuestro Redentor y de los doce apóstoles, poniéndoles leña y fuego, los quemaban vivos. Otros, ataban o liaban todo el cuerpo de paja seca pegándoles fuego, así los quemaban. Otros, y todos los que querían tomar a vida, cortábanles ambas manos y de ellas llevaban colgando, y decíanles: 'Andad con cartas'. Conviene a saber, lleva las nuevas a las gentes que estaban huidas por los montes.

De los ojos de Samuel cayeron varias lágrimas, que, en silencio, recorrieron sus mejillas. El crudo relato del clérigo recreó con intensidad los espantosos sucesos en su mente. Sintió que estuvo allí. Que fue a él a quien cercenaron en pedazos. Sufrió al pensar en aquellos a quienes calcinaron vivos. Si eso no era un genocidio, entonces ¿qué lo era? La reunión bajó su telón con la última palabra de la historiadora. Nada más se diría ya esa noche. Diana se acercó al verlo afligido y puso la mano sobre su hombro. No le dijo nada.

En silencio y como si dejaran el salón de un funeral, se dirigieron a sus hogares, acompañados por la lobreguez de la noche.

X

Punto de partida

Bogotá, Colombia
jueves 17 de diciembre de 2015.
9:30 a. m.

Libardo Hernández entró a la oficina de Néstor Castiblanco con cara de pocos amigos. Llevaba en su mano varios periódicos en los que se reseñaban en primera página las negociaciones que el gobierno estaba adelantando con una empresa de la que no se conocía nada.

—¿Qué es esto? —dijo lanzando los periódicos sobre el escritorio del director.

Castiblanco tomó los diarios y les echó una rápida mirada. Era claro que sabía a la perfección de lo que su amigo estaba hablando.

—¿No es evidente? Es la formalización del acuerdo para rescatar el galeón.

—No es lo que esperaba, creí que sería de otra manera.

—Quizá al presidente se le pasó llamarte para pedir tu opinión con respecto a lo que se debería hacer.

—Néstor, sabes que aquí hay algo que huele mal. Cuando me llamaste para hacer parte de tu equipo me aseguraste que el objetivo primordial era salvaguardar el patrimonio histórico de los colombianos. Ahora me estoy enterando de que no será así.

—Estás asumiendo cosas que no son.

—Lo que veo es una cortina de humo alrededor de todo esto. ¿Por qué el gobierno se empeña en quitarle la transparencia a este asunto?

—Te recuerdo que en este momento tú estás haciendo parte de este comité.

—Soy parte del cuerpo de investigación, pero no de la gestión administrativa. Ahora mismo no tengo idea de cuál es el objetivo real del proyecto ni sé quiénes serán los encargados de llevar a cabo el rescate del galeón.

—Ya se nos informará en su momento.

—No entiendo por qué tanto misterio. Este patrimonio pertenece a todos. Deberíamos compartir la información con la opinión pública. Creo que se le está dando un manejo por demás sospechoso a la situación.

El director le lanzó una mirada fulminante.

—Si tienes algo que decir, dilo. No me gusta que te andes con rodeos.

—Como arqueólogo espero que se contemple el principio fundamental de conservación *in situ* y se avale la viabilidad de manejar el rescate como un proyecto de cooperación internacional. No obstante, el gobierno, desestimando nuestras recomendaciones, está empecinado en contratar un socio privado, sabiendo Dios qué hay escondido detrás de esa negociación, ofreciéndole el cincuenta por ciento de lo que la nación no considere como patrimonio.

—¿Qué hay de malo en ello? No tendremos que esperar una partida presupuestal para llevar a cabo la excavación.

—¿A cambio de qué? ¿De entregárselo todo a unos malditos cazatesoros a quienes les importan un bledo la historia y la ciencia?

—Creo que estamos en orillas distintas, mi estimado Libardo.

—Yo siempre he sabido en qué orilla estoy. Me pregunto si algo o alguien hizo cambiar tu posición.

—Las palabras dichas incorrectamente suelen traer consecuencias indeseadas. No lo olvides.

—No me gustan las amenazas.

—Por fin estamos de acuerdo en algo. A mí tampoco me agradan. Creo que debes relajarte un poco y ver las cosas desde otro ángulo. Estás haciendo algo que te gusta y te están pagando muy bien. ¿Qué más quieres? Por si no lo sabías, ya trabajan en lo que será el laboratorio de conservación donde se exhibirán los hallazgos. Si dejas tanta inquina, podría arreglar las cosas para que tú fueras su director.

—Venderle el alma al diablo.

—¿A qué te refieres?

—Olvídalo —dijo Hernández, mirando con tristeza por la ventana—. Creo que solo me restan un par de preguntas por hacerte.

—Si eso ayuda a que te pongas de nuestro lado…

—¿Quién es el originador? —preguntó el arqueólogo en referencia a la empresa especializada en rescates subacuáticos y que haría parte del *dream team* contratado por el gobierno colombiano.

—No lo sé.

—¿Es eso verdad?

—Si lo supiera te lo diría.

—Escuché que detrás de esa empresa misteriosa están varios de los cazatesoros que han trabajado para Odyssey Marine Exploration, la que saqueó la fragata Nuestra Señora de las Mercedes en el 2007.

—Ya te dije que no lo sé.

—Lo que más me preocupa es que estos bandidos serán al final los que decidan qué es y qué no es patrimonio cultural. Por lo que he podido analizar, fuera de la categoría patrimonial ellos ponen todas las cargas comerciales constituidas como materiales en su estado bruto. ¿Puedes creerlo? Esmeraldas, perlas, corales y demás piedras preciosas.

—No tengo comentarios al respecto.

—¿Y qué me dices de lo que han establecido como bienes seriados? O sea, todas las monedas y lingotes de oro que estén en el barco.

—No fui yo quien lo decidió así.

—Por último, debo decirte que me parece por demás ignominioso que, aduciendo la falta de tecnología y de personas especializadas en nuestro país, se le tenga que pagar a una empresa privada con el cincuenta por ciento de lo que el Estado no considera como patrimonio. ¿También estás de acuerdo con eso?

—Es lo que tenemos, Libardo, y si consideras que no estás de acuerdo con esto…

—No te preocupes, no es necesario que me despidas.

—Qué bien. Sabía que entrarías en razón.

—Sí, ahora veo las cosas con más claridad.

—Tendremos una cena esta noche con Danny.

—¿Él también está metido en esto?

—Todos estamos metidos en esto.

—No todos. Yo no me quedaré a hacer parte de este complot por acabar con lo que siempre he considerado como sagrado. Eres mi amigo, pero en este acto criminal contra mi país y contra la humanidad no estaré contigo. Prefiero dar un paso al costado y luchar desde la otra orilla por que no se atente de esa manera contra nuestro patrimonio.

Libardo Hernández dio media vuelta y se marchó dejando a Castiblanco inmerso en sus pensamientos.

Mientras se acicalaba frente al espejo de su baño, Samuel analizaba con cabeza fría la información recibida la noche anterior. Ahora era su tarea, y la de Ernesto armar el rompecabezas para la adecuada redacción de la demanda. Pensaba en cómo la estructuraría, cuando escuchó su teléfono repiquetear en el cuarto. Rápidamente, alcanzó el receptor antes de perder la llamada y lo contestó sin percatarse de quién se trataba. Era Diana.

—Hola, quiero saber cómo estás —saludó la chica.

—Bien, ya a punto de salir hacia la oficina. ¿Y tú?

—Aquí en casa. Te llamo porque quiero preguntarte algo.

—Claro, dime.

—¿Tienes planes para esta noche? —le soltó la chica de golpe.

—¿Planes? —repitió el hombre sorprendido.

—Sí, planes. ¿Tienes?

—No, la verdad no tengo ninguno.

—Te gustaría venir conmigo a una reunión en casa de unos amigos.

—Ehhh… ¿Esta noche?

—Sí, esta noche. ¿Quieres? —preguntó la chica comenzando a arrepentirse de haber llamado.

—Sí. Claro —contestó rápidamente Samuel al percatarse de que estaba poniendo a Diana en una situación incómoda—. ¿A qué hora?

—A las ocho. Te enviaré un mensaje de texto con la dirección —dijo la muchacha y cortó la comunicación.

El hombre salió camino a su oficina con varias ideas que se alternaban caprichosamente entre su proyecto y la bella Diana. En realidad, no sabía cuál era la intención de la chica al invitarlo, pero él se mantenía firme en su convicción de mantenerse alejado de momento de cualquier relación y no deseaba que la mujer tuviera una perspectiva equivocada.

Diana nunca tuvo en mente invitar a Samuel a la reunión, pero al verlo la noche anterior, deprimido y luchando triste por su causa, decidió que un cambio de ambiente produciría un efecto positivo en su ánimo.

La ocupación del viernes en la oficina fue más alta de lo usual. Piracún trabajaba contra el tiempo en varias demandas y era menester tener todo listo y a punto para el siguiente lunes. Amaba su trabajo. Ponía con denuedo toda su atención para que no quedaran cabos sueltos. Sabía que de su esfuerzo dependía el buen trámite de los casos en las cortes.

Ernesto entró a su oficina con un cartapacio de documentos debajo del brazo. De seguro tendría preguntas con respecto a alguno de los casos que manejaba, pensó.

Mientras Samuel y su amigo dialogaban, entró la secretaria de gerencia.

—El abogado Ramírez quiere verlo en su oficina —dijo dirigiéndose a Ernesto.

—Iré en cuanto pueda. —Su rostro se transformó de inmediato y un fuerte calor inundó su cabeza.

—Creo que es urgente. Por favor, no lo haga esperar mucho —acotó la secretaria y se alejó sin esperar respuesta.

—Por favor no lo haga esperar mucho —repitió Ernesto intentando imitar la voz de la muchacha—, parece que ahora hasta su secretaria puede decirme qué tengo que hacer.

—No comiences con eso. Trata de llevar las cosas de la mejor manera. Verónica simplemente sigue las órdenes de Ramírez.

—Te juro que por momentos me gustaría decirle unas cuantas verdades a ese tipo en su cara y...

—Y perder tu puesto —terminó diciendo Samuel—, algo estúpido teniendo en cuenta que no tienes para dónde irte de momento.

—Créeme que solo eso me detiene.

Minutos más tarde, Ernesto se presentó ante su jefe, quien extrañamente, y para su sorpresa, le invitó a tomar asiento.

—He estado revisando el caso de Piñeros contra la Clínica Santa Ana y he encontrado muchas falencias en los argumentos que se plantean. Creo que ha faltado mucha investigación y, sin duda, con las pruebas que tenemos, que a decir verdad considero que carecen de fundamento, perderemos la demanda irremediablemente. Necesito algo más conciso; de lo contrario, tendré que entregarle este proceso a otra persona.

Ernesto apretó fuertemente los descansabrazos de su silla para evitar decir algo que lo metiera en problemas. Estaba fastidiado con la actitud del aquel menudo sujeto con rostro de simio y gafas redondas.

—Lo revisaré —contestó Saavedra sin levantar la mirada del piso—. ¿Eso es todo?

—Por ahora —dijo Ramírez como disfrutando de la situación.

Sobre el mediodía, Samuel le ayudó a revisar cada uno de los puntos que Ernesto exponía en la demanda y no encontró inexactitudes, como lo manifestaba su jefe. Claramente, el hombre estaba tratando de hacerle la vida imposible a su amigo y él no iba a permitir que eso siguiera sucediendo. Cuando el abogado se percató, al final de la tarde, de que solo unos pocos empleados del bufete permanecían todavía en las oficinas, levantó el teléfono y pulsó tres dígitos en él.

—¿Sí? —contestó Ramírez al otro lado de la línea.

—Soy Piracún. Necesito que hablemos de un asunto muy importante que puede tener consecuencias en pocos días.

—Ven a mi oficina —dijo el hombre y colgó el teléfono.

Samuel ordenó unos documentos sobre su escritorio mientras ponía en orden sus ideas. Luego salió con paso seguro hacia la oficina de su jefe.

—Tengo entendido que hay problemas con el trabajo de Ernesto.

—Es cierto, y eso no es de tu incumbencia.

—Yo diría que sí me atañe, sobre todo si sé que el bufete se puede quedar sin uno de sus mejores abogados.

—¿De los mejores? —rio sarcásticamente Ramírez—. Si Saavedra se quiere ir es porque quiere, aquí nadie lo está despidiendo.

—Solo voy a decir algo: hace días recibí una llamada de González y Asociados. La firma de abogados quiere incursionar en el campo de las demandas médicas y me ofrecieron trabajar con ellos —mintió Samuel, hablando con la mayor naturalidad que le era posible—, yo les dije que no estaba interesado, por lo que me pidieron que les dejara saber si alguien de nuestro bufete quería hacer carrera con ellos.

—No sabía que querían convertirse en nuestra competencia.

—Pronto lo serán, y no sé cómo nuestra Presidencia vería que uno de sus más experimentados abogados se va a trabajar con ellos, presionado por el ambiente laboral en esta oficina. O quizá no uno solo, sino dos —terminó diciendo Piracún levantándose de la silla—. Doctor... —agregó despidiéndose mientras hacía una leve genuflexión con su cabeza.

Cuando Samuel miró la hora en su reloj, se percató de que estaba justo a tiempo para cumplir la cita con Diana. Habló con su asistente, le entregó algunos documentos y le dijo que procuraría ir en la mañana. Tendría que pasar por su apartamento, cambiarse y salir sin perder tiempo. Para su fortuna, el sitio estaba a pocas cuadras de su apartamento.

La chica estaba radiante y le presentó a sus amigos, quienes se mostraron amables y conversadores. Él la vio hablando jovialmente con todos y, aunque estuvo pendiente de él, le pareció claro que solo quería su amistad y por eso lo había invitado. Él, sin saber por qué razón, no pudo evitar sentirse contrariado. Era como pretender tomar el agua entre las manos, pero no querer mojarse. Se decía a sí mismo que no estaba listo ni deseaba una relación, pero habría preferido tener a Diana solo para él durante la reunión.

En un momento cerca de la medianoche, pudo por fin acaparar la atención de la chica. No sabía, a ciencia cierta qué era lo que tanto lo cautivaba de ella: si un mágico entorno navideño, el fresco aroma que escapaba de su cabello o el rojo carmín que pintaba sus finos labios.

—¿Tienes planes para este fin de año? —le preguntó Diana levantando la voz por encima del sonido de la música.

—En realidad, no. Samuel y Claudia me invitaron a su casa. Aún no sé si asistiré.

—Deberías ir. Ellos son muy buenos amigos tuyos.

—Sí, lo consideraré. ¿Y tú? ¿Qué harás?

—Viajaré con mis padres. Tienen algo planeado desde hace tiempo y me incluyeron dentro de sus planes.

—¿Puedo saber adónde iras?

—Nassau. En Las Bahamas.

—Hummm, he escuchado que es un lugar paradisiaco —dijo el hombre sacando un paquete de cigarrillos del bolsillo de su chaqueta.

—Nunca he ido, pero también he escuchado buenos comentarios.

—¿Piensan estar varios días en la isla?

—Nos iremos el 23 de diciembre y regresaremos el 3 de enero.

—Qué envidia. Ojalá te diviertas.

—Lo haré. Te lo aseguro.

Hacia la una de la mañana se despidieron de todos y él la acompañó hasta su carro. Hacía frío y la niebla no permitía ver más allá de cien metros.

—Gracias por invitarme —dijo él despidiéndose.

—Espero que te hayas divertido.

—Imposible no hacerlo a tu lado y al lado de tus amigos.

—Ellos son fantásticos. Los adoro —comentó ella mirando a la casa que acababan de dejar.

—¿Por qué lo hiciste?

—¿Por qué hice qué cosa?

—Invitarme.

—¿Por qué no lo haría?

—No me lo esperaba.

—Creí que necesitabas un cambio de ambiente, luego de nuestra última sesión.

Samuel se sintió apenado. Él siempre se mantuvo a la expectativa para que la chica no equivocara la perspectiva de las cosas, y era él, ahora, quien comenzaba a desviarla. Se despidieron con un beso en la mejilla y acordaron que se verían de nuevo hacia las diez de la mañana para la entrevista con el líder indígena. Un minuto después la vio partir en su auto en medio de la madrugada.

A la mañana siguiente despertó con la garganta seca mientras miraba su reloj despertador. A pesar de no haber ingerido mucho licor la noche anterior, se sentía atontado. Como si eso no fuera suficiente, una resaca como no recordaba otra lo agobiaba sobremanera. Quizá su malestar no era ocasionado solamente por la ingesta de las bebidas, el consumo excesivo de tabaco, al parecer, también le estaba pasando su cuenta de cobro. Desde hacía unas semanas había comenzado a pensar que esa era una señal que le indicaba que debía alejarse para siempre de ese vicio. Sonó el teléfono y vio que era Ernesto. Lo atendió con una voz aún adormilada.

—Estuve hablando con Ricardo González, el abogado amigo mío que es especialista en derecho penal internacional, y le comenté nuestra intención de demanda.

—¿Y qué te dijo? —preguntó Samuel ahogando un bostezo.

—Lo que me dijo Ricardo no nos deja bien parados.

—¿De qué estás hablando?

—Según me dijo, será casi imposible que podamos entablar una demanda contra la Corona española en La Haya.

—¿Qué dices?

—Lo siento —dijo Ernesto bajando el tono de su voz.

Samuel sintió que un frío sudor le comenzaba a correr por la espalda. No esperaba haberle dado forma a su proyecto y llevarlo hasta esa instancia para que todo quedara allí. Sentía que sus sienes palpitaban. Sentado en la cama, tomó su cabeza entre las manos. No sabía qué pensar ni qué decir. Cerró los ojos y en su mente apareció la juvenil silueta de Diana. De reojo, miró nuevamente la hora en el reloj y se percató de que estaba bien de tiempo para su cita con ella. No deseaba seguir hablando con Ernesto.

—¿Puedes traer a nuestra reunión de esta tarde toda la información que lograste con ese abogado? Así todos estaremos al tanto de la situación actual del proyecto.

—Cuenta con ello. Nos vemos en tu apartamento sobre las cinco.

Pasadas las diez de la mañana, Samuel arribó en compañía de Diana al resguardo indígena de Bosa, al suroccidente de la capital colombiana. Allí, un hombre de mediana edad llamado Rigoberto los esperaba para llevarlos con Miguel Tauta, uno de los líderes indígenas de la comunidad. Mientras esperaban la aparición del líder muisca, Piracún reparó en una enorme valla a un lado del camino, en la que estaba escrito en grandes caracteres: "Cabildo Indígena Mhuysqa de Bozha". Un poco más abajo se podía leer: "Tchie Guy Hytcha Ta", que en español significaba: "Nosotros somos tierra y labranza".

Quince minutos después, Miguel se presentó ante ellos. De seguro, Rigoberto no transmitió de manera exacta el mensaje acerca de la razón que traía al abogado y a Diana ante el líder, ya que el hombre de avanzada edad se mostró sorprendido cuando comprendió el motivo de la visita.

—¿Ustedes son periodistas? —preguntó Miguel sin molestarse en mirarlos.

—No —contestó Samuel diligente—, estamos aquí porque deseamos saber su posición y pensamiento con respecto a lo que sucedió luego de la llegada de los españoles a América hace quinientos años.

—Si no son periodistas, ¿por qué están interesados en saber lo que pienso con respecto a eso?

Samuel buscó la mirada de la muchacha, quien hizo una leve inclinación con la cabeza.

—Estamos buscando alianzas entre todas las comunidades indígenas de Colombia y Latinoamérica para llevar a un juicio internacional a la Corona española por los desmanes causados durante y después de lo que ellos dieron en mal llamar "la Conquista".

Miguel lo miró por primera vez a los ojos. Su mirada mostraba la sinceridad y la humildad que no había visto antes en nadie.

—¿Por qué se preocupan por el pasado, cuando nuestros problemas están en el presente?

—Porque quizá revolviendo en el pasado podamos encontrar un resarcimiento que ayude a nuestros pueblos indígenas a ser aceptados y reconocidos como víctimas de un genocidio.

—¿La muchacha —dijo Miguel señalando a Diana— es también descendiente directa de una comunidad indígena?

—No, Miguel —contestó la chica, anticipándose a Samuel—. Yo estoy aquí porque considero que esto nos atañe a todos. No es algo que solo tiene que ver con las comunidades indígenas, es algo que tiene que ver con todo el mundo.

Miguel la miró de soslayo mientras hacia una mueca de escepticismo con su boca.

—A través de generaciones nos han transmitido, de abuelos a padres y de padres a hijos, la barbarie que cometieron los españoles contra nuestros pueblos. No obstante que las naciones del mundo saben de las aberrantes acciones cometidas contra los pueblos nativos americanos, nadie se ha pronunciado al respecto, como tampoco nadie ha hecho algo por resarcir de alguna manera esos actos criminales. ¿Qué les hace pensar que ustedes podrán lograrlo?

—El apoyo de ustedes —ripostó Diana de inmediato—, sin ello será imposible emprender una cruzada que nos lleve al mejor resultado.

—Miguel, necesitamos la ayuda de todas las comunidades indígenas —intervino Samuel—, solo con las alianzas que logremos podremos llevar a cabo la demanda internacional.

El líder muisca guardó un largo silencio. Sus ojos meditabundos recorrieron la inmensa sabana coronada por los majestuosos cerros de oriente. Como en un mágico ritual, cerró los ojos y tomó una larga bocanada de aire, como pretendiendo hinchar sus pulmones con el olor de esa tierra. Su terruño. Ese territorio usurpado que una vez fue patrimonio único de sus ancestros. Miguel era un hombre que acostumbraba a hablar poco, pero cuando lo hacía procuraba que la gente entendiera sus palabras a cabalidad.

Diana lo observaba con cierta reserva. El líder indígena llevaba puesto un pantalón de mezclilla blanco con una camisa clásica a cuadros y unos zapatos de cuero. Una gorra de lana de color ocre y un reloj de pulsera metálico.

—Nuestra posición respecto a los invasores españoles está clara y definida. Todos nuestros hermanos indígenas en los diferentes cabildos, no solo en Colombia, sino en todos los países latinoamericanos, coincidimos y censuramos la barbarie cometida por esos individuos que carecieron de moral y de amor por la humanidad.

—Esa es la razón por la que queremos ponerlos en la picota pública, para que respondan por todos los actos cometidos, no solo en nombre de la Corona española, sino además en nombre de la religión.

—Si de buscar un castigo se trata, no serían ellos los únicos responsables de nuestra miseria. Los gobernantes, desde el mismo momento en que se firmó la independencia, hasta nuestros días, son culpables por omisión, dada la pasividad con que afrontaron y con la que siguen manejando la problemática indígena.

—Estoy de acuerdo contigo, Miguel, pero es importante que tengamos un punto de partida, de esa manera seremos escuchados y podremos poner en contexto todas nuestras condenas.

—Nunca ha habido un gobierno que se preocupe realmente por nuestra situación. Como siempre, resaltan nuestros problemas y los abanderan en sus programas para lograr la presidencia, pero una vez allí, se olvidan de que existimos.

—Creo que ese es el común denominador en todos los países de América Latina —apuntó Diana mientras escribía algunas cosas en su agenda.

El hombre la miró, como buscando una respuesta en ella.

—El salvajismo y la crueldad empleados por los españoles en tierra americana no solo puede ser entendido en contra del pueblo indígena. Los mestizos, los mulatos, los afroamericanos y los zambos deben ser considerados también como víctimas a lo largo de la historia. No obstante, pareciera que algunos olvidaron muy rápido lo que el malvado español hizo en nuestra casa, y de manera inefable ensalzan su nombre, para que permanezca por siempre como algo bienhechor.

—Discúlpame, Miguel, pero no sé si entiendo a lo que te refieres.

—Es apenas lógico que no lo entiendas, quizá mucha gente lo ignora, así vivan con ello a diario. Solo les citaré algo: ¿cómo se puede entender que después de todos los crímenes que los españoles infligieron a nuestros pueblos, los gobiernos de este siglo y, en su mayoría, los del siglo pasado pretendan perpetuar noblemente la memoria de esos asesinos en nuestras propias calles y ciudades?

—De nuevo. Sigo sin entender.

—Te lo explicaré. De una manera por demás absurda, en los últimos cien años, los gobiernos distritales, departamentales y hasta el mismo gobierno central se han dado a la tarea de erigir estatuas y bautizar las principales calles en todo nuestro país, en conmemoración de los verdugos que masacraron y llevaron a mi raza casi al exterminio.

—¿Los conquistadores?

—Todos ellos, desde Colón hasta el último de los virreyes.

—No lo había visto desde esa óptica —aceptó Diana.

—Tenemos estatuas de Pedro de Heredia, de Sebastián de Belalcázar, de Gonzalo Jiménez de Quezada, de Cristóbal Colón, de la reina Isabel la Católica, de Blas de Lezo y de muchos más. Principales avenidas con el nombre de algunos de ellos, en lugar de los héroes caídos en batalla o de nuestros líderes indígenas inmolados. ¿Tiene eso algún sentido?

—No, no lo tiene.

—Eso equivale tanto como pretender que luego de la II Guerra Mundial el pueblo judío hubiera decidido erigir estatuas en sus parques con la imagen de Adolfo Hitler, Joseph Menguele o Reinhard Heydrich, o asignar los apellidos de estos a algunas de sus calles.

Diana y Samuel se miraron sin saber qué decir. Era claro que concordaban con los argumentos expuestos por Tauta.

—Incluso, si no queremos ir tan lejos —continuó diciendo Miguel—, recuerden las palabras de nuestro jefe de Estado hace unas semanas, cuando entregó la noticia al mundo sobre el descubrimiento del galeón San José. De manera sorprendente, rindió homenaje a los seiscientos navegantes que fallecieron al momento del hundimiento del barco. Me pregunto si debo lamentar la muerte que viene por mano de Dios de aquel que entró a robar mi casa, asesinó vilmente a mi pueblo y violó a nuestras mujeres. No se trata de celebrar un suceso como ese, pero mucho menos de rendir un inmerecido tributo al transgresor español.

—¿Sabías que muchos españoles consideran que ellos en ningún momento abusaron de los pueblos indígenas y que, por el contrario, trajeron su cultura, su religión y su idioma a un pueblo al que consideraron sin alma? —preguntó Diana aprovechando la pausa que hizo Miguel.

—Los españoles invadieron nuestras tierras. Ellos nunca fueron invitados a venir. Al llegar aniquilaron a nuestra gente, se apropiaron de las tierras, robaron el oro, nos esclavizaron, nos despojaron de la cultura y, como si fuera poco, violaron a nuestras mujeres. ¿Se supone que debemos agradecerles por ese intercambio cultural?

La reunión se extendió por dos horas más.

Durante ese tiempo, Miguel les dejo saber que él se consideraba a sí mismo un luchador nato. Nunca daba algo por perdido hasta que ya irremediablemente lo estaba. Pero en este caso, en la batalla que estaban tratando de fraguar Samuel y su amiga en contra de la monarquía española, consideraba la lucha como algo puramente romántico e idealista. Les deseó toda la suerte del mundo, pero les aclaró que ni él ni su comunidad se desgastarían en un proceso al que consideraban una gran utopía.

Antes de que estos partieran, les conminó a que enfocaran su esfuerzo en objetivos que, de facto, evidenciaran alguna posibilidad de éxito.

—Nuestras comunidades indígenas están atiborradas de necesidades. Agradecemos su lucha, pero encaucen su energía en apoyarnos en esta ofensiva que tenemos en la actualidad contra el gobierno. Tenemos hambre, no tenemos dónde vivir, nuestros hijos necesitan educación, es indispensable que se nos reconozca por lo que somos.

—No hay batalla demasiado grande que no se pueda ganar ni disputa, por pequeña que sea, que no podamos perder —dijo Samuel, despidiéndose del hombre.

—Bastante profundo —aceptó Miguel, apretando la mano del abogado—. ¿Quién lo dijo?

—Yo. Realmente, esa es mi forma de pensar.

XI

La joya de la corona

De camino al apartamento de Samuel se detuvieron en un restaurante. Diana estaba que desfallecía del hambre. Allí opinaron sobre la postura del líder indígena. No entendían que mostrara rasgos de un gran intelecto y un amplio discernimiento, pero al mismo tiempo fuera tan necio y negligente. Llegaron al encuentro pasadas las cinco, y después aparecieron Ernesto, Claudia y Teresita. Rápidamente, los pusieron al tanto de lo sucedido durante la reunión con Miguel Tauta. Dejaron entrever su desánimo y la postración que la respuesta del líder muisca causara en ellos. Una vez concluido el breve informe, cedieron el turno a Ernesto, de quien se sabía que traía también novedades desalentadoras.

—No me gusta ser portador de malas noticias, pero, desafortunadamente, creo que hoy no tengo elección.

—Di lo que tengas que decir —le apuró su amigo—, creo que es ya muy poco lo que puede decaer nuestro ánimo.

Ernesto aclaró la garganta mientras pasaba la mirada por cada uno de los puntos que temprano en la mañana escribiera en su agenda. Luego de repasarlos con su mente, frunció el ceño, en tanto movía negativamente la cabeza. Posó sus ojos sobre Samuel y se soltó en lo que pareció un resoplido.

—El rey es intocable —dijo y se sentó pesadamente en uno de los sillones.

Todos se miraron entre sí. ¿Qué era eso de que el rey era intocable? ¿Era acaso una broma de mal gusto?

—¿Cómo que el rey es intocable? —preguntó Samuel visiblemente contrariado.

—Espera. No te alteres. Te explicaré lo que me dijeron —se defendió Ernesto ante la actitud beligerante de su amigo.

—Ernesto, es que lo que estás diciendo carece de sentido —apuntó Teresita levantando las cejas y en apoyo a Piracún.

—Lo sé. También sé que suena como si estuviéramos en la Edad Media, pero les ruego que me dejen exponer lo que me explicó mi amigo. De hecho, ese solo es un punto de varios contra los que nos enfrentaremos.

—Te escuchamos —dijo Diana.

—Según los estatutos de la constitución española, "la persona del rey es inviolable y no está sujeto a responsabilidad", por tanto, no podrá ser perseguido por los diferentes delitos que pueda haber cometido durante su ejercicio como monarca.

—Ese es un claro llamado a la impunidad —chilló Samuel—, esos estatutos están orientados a proteger a la monarquía.

—Me pregunto quién los redactaría y al servicio de quién —dijo la antropóloga encogiéndose de hombros.

—¿O sea que si el rey mata a algún ciudadano no podrá ser perseguido penalmente, dado su carácter de inviolabilidad? —preguntó Teresita con los ojos desorbitados.

—Algo así.

—Esto es inconcebible —concluyó Samuel—. ¡La joya de la Corona!

—Un momento, pero en el caso de Juan Carlos I, él ya no es rey —dijo Teresita mientras colocaba un lapicero sobre sus labios en actitud reflexiva—. Esto quiere decir que en caso de que encontremos barreras con esa ley, podríamos atacarlo desde otro flanco. ¿No es así?

—Lo anotaré para tenerlo en cuenta —apuntó Ernesto.

—Esperen, esperen... —dijo Samuel, quien algunos segundos atrás había prendido su computador personal y ahora buscaba algunas cosas en la red—. Creo que encontré algo importante.

—¿De qué se trata? —preguntó Claudia.

—Estoy investigando en un portal de España y acabo de encontrar un artículo de un jurista experto en derecho penal que argumenta que sí existe la condición de inviolabilidad para el rey, pero no es de carácter absoluto. Quizá dentro del territorio español pueda ser clasificada de esa manera, pero si se aplica a nivel internacional, pierde ese sentido y su aplicación es totalmente relativa.

—¿Eso quiere decir que existe la posibilidad de que el rey pueda ser enjuiciado por crímenes fuera de su país? —preguntó Samuel, abrigando una esperanza.

—Según este artículo, sí. Tendremos que averiguar el alcance y la veracidad de su contenido.

—¿Puedo echarle un vistazo? —pidió Ernesto, acercándose a su amigo.

—Debemos contactar a ese jurista. Él puede tener las respuestas a todos nuestros interrogantes —aseveró Piracún, ahora con cierto optimismo.

—¿Cuáles son los otros puntos por los que debemos sentirnos preocupados?

—Te diré que, en principio, tenía mis reservas con respecto a la prescriptibilidad de los delitos tipificados como genocidio o de lesa humanidad por la Corte Penal Internacional.

—Prescrip… ¿Qué? —preguntó Claudia desconcertada.

—Me refiero a la antigüedad máxima del delito, para que la demanda pueda ser aceptada en las cortes. Hace un tiempo la ley establecía la prescripción en los crímenes cometidos al cumplir veinte años; no obstante, mi amigo me aseguró que eso fue abolido y que, según una ley firmada hace algunos años, los delitos por genocidio o de lesa humanidad no tienen ya caducidad.

—¿Así hayan pasado quinientos años? —preguntó Diana.

—Correcto. Lo importante es que podamos aportar todas las pruebas y testimonios que acrediten la veracidad y validez de la demanda.

—Nos encargaremos de que eso suceda —aseguró la bella chica haciendo un guiño.

—Nos apoyaremos en el Estatuto de Roma. El documento fue suscrito por varias naciones, entre ellas España y algunos países latinoamericanos. Allí se convino perseguir los delitos de genocidio en todo el mundo.

—Hay mucho trabajo por hacer.

—Sí. Lo hay. Debemos contratar un bufete de abogados especialistas en derecho internacional que nos represente idóneamente ante la Corte Penal.

—¿Hay algo más? —preguntó Samuel.

—Por lo pronto, deberé hacer unas consultas, pero es relevante encontrar la conexión que nos permita responsabilizar a los representantes actuales de la Corona española por los delitos cometidos por la realeza en los siglos anteriores.

—La monarquía es una institución y, como tal, deberá responder ante el mundo por sus crímenes en cabeza del rey. Creo que eso no tiene objeción.

—Yo pienso lo mismo. Esperemos no tropezar con barreras jurídicas que el gobierno español haya tenido la astucia de formular en aras de proteger a la Corona.

—Debemos estar preparados por si eso sucede.

Una vez concluida la reunión y antes de que cada uno partiera para sus casas, Diana tomó la vocería y manifestó que ella tenía la seguridad de que todo saldría bien. Lo hacía porque quería eliminar del ambiente esa sensación latente de pesimismo y desesperanza que por momentos se cernía sobre ellos. Era importante mantener la confianza y la credibilidad en el proyecto. Deberían seguir golpeando puertas. Tendrían que seguir buscando apoyo. Solo así lograrían su cometido.

—Nadie dijo que sería fácil. No nos regalarán nada. Tendremos que luchar a brazo partido si queremos ser escuchados. De no hacerlo, se nos puede caer toda la estantería.

El siguiente martes sería la última reunión del año. Tomarían tres semanas de descanso y volverían a encontrarse el 12 de enero.

Diana se quedó después de que todos se marcharon. Se sentía a gusto hablando con Samuel. Por otro lado, le parecía aburridor tener que ir a encerrarse en su casa tan temprano en esa noche de sábado. El abogado también gozaba de su compañía. Estaba claro que ellos no compartían los mismos gustos; sin embargo, la pasión por el proyecto que estaban manejando les había proporcionado algo satisfactorio en común. Una afinidad electiva.

—Gracias por haber dicho eso —le dijo Piracún alcanzándole una copa con vino y refiriéndose al comentario de la mujer de que debían luchar en conjunto.

—No lo hice por ti. Lo hice porque eso es lo que creo.

—¿Crees que lograremos algo?

—Estoy segura de eso. Es una causa justa, ellos deben responder por lo que hicieron.

—En ocasiones como hoy siento miedo. La zozobra me llena el pensamiento y me hace dudar sobre lo que siempre he tenido como seguro.

—Creo que a todos nos pasa. No tienes por qué preocuparte, todo saldrá bien. Ya lo verás.

Cuando terminó su copa de vino, la chica se levantó, con cierta calma tomó su bolso del abullonado sofá y lo colgó en su hombro. Sus dedos acomodaron un rebelde bucle de cabello que caía coqueto sobre su frente, mientras observaba a Samuel, quien la miraba con una desconocida expresión en su rostro.

—¿Aceptarías salir conmigo esta noche? —dijo por fin el abogado, sintiéndose por primera vez a sus anchas frente a la chica.

—Creí que nunca lo dirías —contestó Diana regalándole una pícara sonrisa—, conozco un sitio recién inaugurado. La música es buena y creo que podríamos hablar un rato.

—¡Perfecto! Vamos.

De camino a casa Ernesto abordó a su esposa mientras escuchaban un ritmo caribeño en el radio de su auto.

—He estado pensando en que es tiempo de que tomemos una decisión con respecto a la posibilidad de que seamos padres.

—Por favor, Ernesto, ya hemos hablado de ese tema y sabes cuál es mi posición al respecto.

—Sí, la sé muy bien. Y no quiero discutir, amor, pero creo que es una posición egoísta y arbitraria. Debes tener en cuenta mi opinión a la hora de tomar esta decisión.

—Si me embarazo, puedo llegar a perder mi empleo y creo que hemos luchado mucho para lograr la estabilidad que tenemos en este momento. Tal vez en un futuro…

—Eso mismo llevas diciendo hace mucho tiempo. Yo quiero que me des un hijo, no puedes negarme la posibilidad de tener esa experiencia.

—No te la estoy negando. Solo digo que tienes que esperar.

—¿Esperar qué? Llevamos tres años de casados, debes admitir que ha sido tiempo suficiente. No quiero esperar más.

—Pues, mi amor, tendrás que hacerlo. De momento no tengo la intención de ser mamá. Quiero primero realizarme a nivel profesional. Ya después pensaremos en hijos.

—Deberías recapacitar, estamos en el mejor momento de nuestras vidas. No debes tomar las cosas tan a la ligera, sobre todo en asuntos tan importantes como el futuro de nuestra familia.

Claudia lo miró sin saber qué contestar. En el fondo pensaba que él tenía razón; sin embargo, se llenaba de temores con la sola idea de depender únicamente de su salario. Al llegar a la casa dejaron el tema de lado, aunque ella sabía que su esposo no desistiría hasta que ella aceptara su petición.

Esa noche y bajo el influjo de unas copas, Ernesto dejó que su frenetismo lo convirtiera en el mejor de los amantes. Tenía muy claro los sentimientos por Claudia. La amaba como nunca quiso a otra mujer. Esa era la razón más importante por la que quería un hijo suyo. Se entregaron a la pasión como lo hacían a menudo y terminaron la velada desnudos y exhaustos, uno al lado del otro. Ernesto, reflexivo después de hacer el amor, pasó los dedos sobre el tatuaje de una mariposa blanca que parecía posada sobre el triángulo invertido, formado por el monte de venus de su esposa. Recordó cuando vio el tatuaje por primera vez. Claudia le explicó que había sido una locura de su juventud. Una tarde varias estudiantes de la secundaria decidieron que querían hacer algo diferente y optaron por grabar algo en sus cuerpos. Fue algo que mantuvo en secreto y que dejó de serlo el día de su matrimonio. No le insistiría por ahora, pero aguardaría el momento para pedirle de nuevo que le diera un hijo.

Diana movía la cabeza al compás de la música y observaba a una pareja tomada de la mano en la mesa al lado de ellos. Sin saber por qué, su mente voló años atrás, cuando aún sostenía una relación con Camilo. Sintió que su alma se inundaba de un extraño sentimiento de soledad. En realidad, no añoraba a ese sujeto. Echaba de menos las salidas durante los fines de semana a que estaban acostumbrados y a la visita a algunas discotecas en los diferentes puntos de la ciudad.

—Estás bastante pensativa hoy. —La sacó de repente Samuel de sus recuerdos.

—Lo siento, solo me acordaba de algo.

—¿Puedo hacerte una pregunta?

—Por supuesto, dime…

—¿Estás saliendo con alguien?

—¿Por qué lo preguntas?

—Simple curiosidad.

—No, Samuel. De momento no estoy saliendo con nadie. Creo que aún no estoy lista para involucrarme con alguien.

—Entiendo. En ocasiones no es fácil llevar una relación.

—Así es… He notado que fumas con mucha frecuencia —dijo la chica cambiando el tema de conversación, pues le incomodaba cuando se hablaba de ella.

—Es un mal hábito que quisiera dejar.

—¿Lo has intentado?

—No como debería.

—Sabes el daño que eso te ocasiona.

—Sí que lo sé. Diana… ¿Cuáles son tus sueños?

—¿Mis sueños?

—Sí, ¿adónde deseas llegar en tu vida?

—Tengo muchos planes, si a eso te refieres. Como antropóloga hay muchas cosas que aún me faltan por hacer. Nuestra área de investigación es muy extensa y, sin duda, me gustaría participar en hallazgos importantes. Creo que ese es el sueño de todos los de mi profesión. ¿Y tú? ¿Cuáles son tus sueños?

—Llegar a formar una familia. Tener hijos y nietos. Tal vez terminar mis años en una casa de campo con algunos animales. Nada exuberante, como puedes ver.

—Suena divertido. Ojalá algún día lo puedas realizar y puedas tener los hijos que quieres.

—Primero debo conseguir con quién tenerlos.

Los dos rompieron en carcajadas. Eran detalles insignificantes, como una pregunta o una respuesta banal, los que hacían que cada uno gozara de la compañía del otro. Eran personas solitarias que hallaban un complemento en el diálogo. Eso estrechaba cada día más sus lazos de amistad.

El lunes en la mañana y mientras Samuel revisaba uno de sus casos, entró Ernesto a su oficina con una mezcla de preocupación y desconcierto.

—¿Y esa cara? —le preguntó Piracún.

—Ramírez.

—Noooo. ¿De nuevo? ¿Y ahora qué te hizo?

—Eso es lo raro. No sé qué bicho le picó, pero me llamó para saber cómo me iba con una de las demandas que estoy manejando y me dijo que apreciaba mi trabajo. Ese tipo está loco.

—Es extraño. Quizá algo lo hizo recapacitar —sonrió Samuel—, demuéstrale que tú eres bueno.

—Siempre he sido el mejor —señaló Ernesto—, tú lo sabes más que nadie.

Al día siguiente se reunieron según lo acordado, pero fueron muy pocas las cosas que trajeron a la mesa de trabajo. Las dos horas que estuvieron dialogando se centraron más en sus asuntos familiares de cara a las festividades navideñas. Al final, todos se dieron un abrazo fraternal y expresaron sus sentimientos y deseos.

Samuel aceptó la invitación de Ernesto y Claudia y se reunió con ellos en la noche de Navidad. Departieron hasta el amanecer. Una pareja amiga del matrimonio también se hizo presente y compartieron alegremente en grupo.

Luego de que Ernesto tuviera varias copas en su cabeza, tomó la palabra y recordó la manera como terminó enamorándose de Claudia. Con la voz achispada les relató cómo siendo muy buenos amigos terminaron involucrados en una relación sentimental. Ernesto era una especie de amigo-confidente que en su momento aconsejó a Claudia sobre un vínculo amoroso que la muchacha estaba comenzando con un amigo suyo. Ernesto le sugería varias cosas para que ella, inexperta, mantuviera sus amores en armonía. No obstante, a medida que pasaba el tiempo y avanzaba la conexión entre ellos, un sentimiento hacia Claudia, que Ernesto desconocía, comenzó a aflorar en su corazón. Entonces los consejos a su amiga comenzaron a brotar de sus labios con rabia y con recelo. Ya no se sentía a gusto cuando hablaban del novio de Claudia, hasta que un día Ernesto se reveló y le aconsejó a la muchacha algo que la dejó literalmente con la boca abierta.

—He estado pensándolo muy bien y tengo que decirte que ese tipo no te conviene. Debes dejarlo de inmediato y poner tus ojos en alguien que en verdad valga la pena. Si en verdad eres mi amiga, terminarás tu relación con ese hombre y ya no volverás a frecuentarlo.

—¿De qué estás hablando?

—De lo que debí haberte dicho hace mucho tiempo. Termina ya con ese hombre.

—Pero ¿por qué? Ese muchacho me gusta.

—No es el indicado. Tú mereces a alguien mucho mejor.

—¿Y cómo vas a saber tú que no es el indicado?

—Solo lo sé. Eso es suficiente.

—Suenas como si te molestara que él sea mi novio.

—Me molesta —dijo Ernesto furibundo.

—Oye, te estás pasando. Si no te conociera, diría que estás celoso.

—Pues entonces no me conoces.

—¿Qué estás diciendo? —preguntó la chica sin poder salir de su asombro.

—Que estoy celoso. Ya no soporto más ver que sales y te diviertes con ese sujeto.

—Pero somos amigos…

—Pues tendremos que cambiar eso.

—¡Ernesto, estás loco!

—Sí, Claudia, en eso tienes razón. Estoy loco. Completamente loco, pero por ti —y sin esperar respuesta de su amiga, la tomó por la cintura y la beso con frenesí.

A partir de ese momento y después de cinco años de una buena amistad, comenzaron una relación sentimental, la que los llevaría a casarse solo seis meses después.

Samuel pasó una noche agradable en compañía de los Saavedra y sus amigos, sin embargo, se sentía inquieto y por momentos añoraba la compañía de Diana. Con los primeros rayos del sol abandonó la casa y se dirigió a su apartamento, donde permaneció encerrado el resto del día. A la semana siguiente se dirigió a Sesquilé y allí pasó la última noche del año en compañía de sus padres. Cerca de las once de la noche su teléfono sonó. Era un número que desconocía.

—Hola, ¿cómo estás? —escuchó esa inconfundible voz que tanto añoraba.

—¡Diana! Qué gusto escucharte.

—Solo llamé para darte mi saludo de año nuevo y decirte que deseo que podamos lograr nuestro propósito en La Haya.

—Gracias por acordarte de llamar.

—No podía dejar de hacerlo. Acostumbro a llamar a todos mis amigos.

Samuel hubiera preferido escuchar algo distinto. Se sentía contento de hablar con la muchacha.

—Tengo pocos minutos y aún debo llamar a Teresita y a Claudia.

—Lo entiendo. De nuevo gracias. Te extra…

El abogado no acabó de terminar la frase cuando escuchó el clic de la comunicación al cortarse. No fue mucho el tiempo que dialogaron, pero ese corto minuto significó mucho para él.

Las actividades y el adelanto del proyecto durante los meses de enero y febrero fueron casi nulos. Parecía que habían entrado en una etapa de estancamiento, pues no se avizoraban avances significativos en el plan. Diana se mostraba contrariada y en un par de ocasiones se lo manifestó a Piracún. En la reunión que tuvieron a finales de febrero le mencionó que debían imprimirle dinamismo al asunto; de lo contrario, el proyecto estaba destinado, irremediablemente, al fracaso.

Samuel estaba de acuerdo. No era necesario recordarle a la bella chica que él era el principal interesado. Haciendo eco de las palabras de la muchacha, se reunió con Ernesto y Teresita y les pidió que hicieran un esfuerzo y redoblaran su colaboración. Temía que la antropóloga pudiera perder el interés y terminara abandonándolos. Todos se comprometieron a inyectarle energía al programa con un cambio de actitud que al final repercutiría en el progreso de este. Todo quedaría plasmado en la siguiente reunión del grupo, que estaba programada para el siguiente martes, primer día de marzo.

El último sábado de febrero, el abogado, como ya lo había hecho antes, invitó a Diana a una taberna en La Calera, al nororiente de la capital, y de nuevo pasaron allí una velada agradable. Aunque solo eran amigos, gozaban estando juntos. Samuel era cauteloso y no deseaba dañar su amistad con la muchacha por un error de apreciación. A pesar de ello, una cosa era lo que él pensaba y otra muy diferente lo que su corazón dictaminaba.

Al convite nocturno Diana invitó a Marcela, una colega antropóloga suya, quien llegó en compañía de su novio, un joven universitario menor que ella, quien nunca encajó en el pequeño grupo. Todo el tiempo se mostró huraño y sin la menor intención de participar en sus diálogos. La muchacha, al enterarse del proyecto de Samuel, le entregó una tarjeta personal y le dijo que estaría dispuesta a colaborarles con lo que necesitaran.

—Nunca dos manos están de más —dijo el abogado mientras guardaba la tarjeta.

Una hora después, la pareja se marchó arrastrando con ellos el pesado ambiente que generaba el novio de Marcela.

—¿La llamarás?

—¿La necesitamos?

—En absoluto —contestó la muchacha dejando ver su lado egoísta—, creo que conmigo es más que suficiente. No quiero que alguien más meta sus narices en este asunto.

Samuel la miró a los ojos tratando de descifrar sus pensamientos. Un largo e incómodo silencio se hizo entre los dos.

—Se hará de acuerdo con lo que digas.

—Discúlpame, no quería que sonara así.

—No tienes por qué disculparte. Considero que nadie más que tú sabe lo que necesitamos. Seguiré tus indicaciones al pie de la letra —dijo Piracún guiñándole el ojo.

La velada transcurrió en armonía. Por momentos dejaban el diálogo de lado, mientras, animados, seguían las notas acompasadas de la música. Unos minutos antes de partir, Diana se animó a preguntarle al abogado algo que le causaba curiosidad y que no preguntó antes para no parecer indiscreta.

—Escuché que estuviste casado —dijo la chica provocando una reacción de sorpresa en Samuel.

—No estuve casado. Nunca lo he estado. Solo estuve viviendo con alguien. Pero para bien o para mal, eso no funcionó.

—Lo siento —dijo Diana sintiendo que lo estaba incomodando.

—Está bien. Creo que fue algo que nunca debió comenzar.

—A veces ese tipo de cosas pasan.

—Así es. Lo mejor en esos casos es pasar la página. Levantarse y seguir el camino.

—¿No la has vuelto a ver?

—No.

—Quizá sea mejor así. ¿No crees?

—Estoy convencido de ello —contestó el hombre, pensativo, mientras asentía con la cabeza—. ¿Y tú? ¿Cómo ha ido tu vida sentimental?

—Un poco de lo mismo. Nada relevante. Decisiones mal tomadas.

—En ocasiones nos involucramos con las personas incorrectas.

—La historia de mi vida —acotó Diana sonriendo, mientras Samuel apuraba su último trago de licor.

XII

LA ESPERANZA

Bogotá, Colombia,
lunes 29 de febrero de 2016
9:30 a. m.

Al filo de las tres de la mañana, Diana arribó al Aeropuerto Internacional El Dorado de la capital colombiana. Se dirigió al mostrador de Latam y le entregó un pasabordo a la auxiliar de módulo de la aerolínea.

—¿Lima será su primer destino? —preguntó la chica.

—Sí. Así es.

—Y su siguiente conexión será Buenos Aires, el miércoles.

La muchacha asintió, mientras observaba cómo la sala aeroportuaria comenzaba a congestionarse.

—Por favor, diríjase a la salida tres, el abordaje comenzará en cuarenta y cinco minutos.

Diana se encaminó pensativa al punto de control de seguridad, escribió un corto mensaje en su teléfono y se lo envió a Samuel. De seguro, él lo vería algunas horas más tarde, cuando se levantara. Seguidamente, llamó a su madre, a sabiendas de que a esa hora ella tendría apagado el teléfono. Le dejo un mensaje voz: "Madre, saldré por unos días. No te preocupes, estaré bien. Regresaré el jueves. No tuve tiempo de decírselo a mi padre, dale un beso de mi parte. Los amo".

Unas horas después, Samuel terminó de acomodar el nudo de su corbata y se metió en la chaqueta de cuero café que estaba sobre la cama. Mil cosas rondaban su cabeza. Pensaba cómo programaría su semana para sacar adelante no solo los proyectos pendientes de su oficina, sino reunir lo necesario para entablar la demanda en la corte de La Haya. Al tomar su teléfono, vio que tenía un mensaje. Mientras revisaba su contenido, recordó la agradable velada que había tenido con Diana. Los lazos de amistad se estaban afianzando y el abogado comenzaba a dar muestras de que estaba interesado en la mujer. Ella, entre tanto, mantenía más hermetismo.

"Hola, Samuel, quiero darte las gracias por lo bien que la pasé el sábado. Me divertí bastante. Tengo que decirte que no podré asistir a nuestra reunión mañana, se me presentó algo inaplazable. Pero cuenta conmigo para el jueves. Trataré de llegar a tiempo. Un abrazo".

Samuel pensaba que ese no era el mejor momento para que ella se escabullera. Era mucho lo que estaba aportando y tres días que no estuviera al lado de ellos podían significar un verdadero atraso, justo ahora que querían acelerar las cosas. Sin embargo, tampoco podía pretender que Diana dejara sus asuntos personales a un lado y se enfocara únicamente en su proyecto del que no percibiría ningún beneficio económico.

El martes la reunión tuvo lugar en la oficina de abogados. Ernesto les dijo que había tenido muy poco adelanto, pero que de seguro aportaría importantes sucesos en cuestión de días. Teresita traía consigo un legajo de papeles. Después de documentar distintos hechos del genocidio, estableció un modelo de comportamiento para determinar patrones de acción. Buscaba hacer un análisis comparativo entre varios casos. Era indispensable saber en qué punto de la escala, si se podía establecer alguna, se situaba el magnicidio cometido contra el pueblo indígena. Eso justificaría ante las altas cortes la necesidad de castigar a los responsables, además de indemnizar por los daños ocasionados a quien correspondiera. Todo fue clasificado y ordenado. Después de analizarlo con cuidado, escogió los casos más importantes para hacer la comparación. La mujer se acomodó los lentes y, sin perder tiempo, los introdujo de lleno en su investigación.

—Es sorprendente la cantidad de genocidios cometidos por el hombre a través de la historia. Me tomé la libertad de escoger solo aquellos que, por su magnitud, son considerados los más atroces, aunque todos deben ser tenidos en cuenta dado su carácter criminal, sádico y perverso.

—Es importante que aportemos pruebas de estos genocidios. ¿Crees que podremos hacerlo? —preguntó Ernesto.

—Fácil no será. En la mayoría de los casos tendremos que apoyarnos en las reseñas históricas y en las evidencias que quedaron de los hechos.

—¿Crees que la corte acepte ese tipo de pruebas? —le preguntó Samuel a Ernesto, con un ademán que dejaba entrever su duda.

—No lo sé, esperemos que así sea.

—Por favor, Teresita, continúa.

—Después de revisar todos los casos, realicé un diagrama con el número de asesinatos de cada genocidio e hice una gráfica que llamé "tipo serranía".

—Tipo serranía —repitió Samuel arqueando las cejas—, suena interesante. ¿De qué se trata?

—Como sabemos, en una serranía siempre hay una montaña que destaca por su tamaño. Pues bien, en este caso el pico más alto y relevante de todos los genocidios cometidos en el mundo es, precisamente, el que se hizo durante y después de la invasión española a América.

—¿Fue el mayor de todos los genocidios? —preguntó Claudia con cierta sorpresa.

—Sí, ha sido el más grande de todos. En total, tomé once casos, y el cometido contra el pueblo indígena de América pareciera dividir en dos la historia de ellos. Nuestra montaña más alta se erige justo en el centro de la reseña de los grandes magnicidios.

Teresita tomó unas hojas que había dejado sobre la mesa de juntas y le entregó una copia a cada uno. Allí se apreciaba la gráfica "tipo serranía" de la que hablaba y una breve crónica de los delitos cometidos a lo largo del tiempo. De esa manera, se hacía referencia a los tres millones de personas asesinadas por

Julio César durante la guerra de las Galias, en el año 52 A. C.; a la revuelta de An Lushan, en el año 760 de nuestra era, y que dejó treinta y cinco millones de homicidios en China; a la guerra de las Cruzadas a manos de la Iglesia, sucedida entre 1096 y 1444, donde perdieron la vida cinco millones de personas; la masacre de los mongoles en el siglo XIII, bajo el régimen de Gengis Khan, que dejó más de treinta millones de muertes, y la caída de la dinastía Ming en China, con alrededor de veinticinco millones de personas aniquiladas.

En el centro de la gráfica aparecía un enorme pico que estaba coronado con el nombre "Invasión Española", junto a una cifra: setenta millones. Era el caso que menos estaba reseñado, pero, por supuesto, del que más sabían todos.

Luego del holocausto indígena, Teresita ubicó otros cinco genocidios igualmente: la guerra civil en Taiping, China, donde murieron veinte millones de personas por motivos religiosos y sociales, entre 1851 y 1864; la masacre causada por Leopoldo II en el Congo, en las últimas décadas del siglo XIX, donde perecieron cerca de diez millones de congoleños. En el siglo XX estaban: la Primera Guerra Mundial, donde veintitrés millones de personas perdieron la vida, entre militares y civiles; la dictadura de Joseph Stalin, que dejó un saldo de cuarenta millones de muertes, y la Segunda Guerra Mundial a la cabeza de Adolfo Hitler, con sesenta millones de homicidios en seis años y un día.

—Ignoraba que Stalin hubiera sido un genocida —dijo Ernesto mientras observaba las monstruosas cifras en el papel.

—Y has de saber —repuso Teresita con ironía—, que nuestro amigo Stalin tuvo la desfachatez de citar lo siguiente: "La muerte de una persona es un hecho trágico, pero la de un millón es simple estadística".

—¡Válgame Dios! —apuntó Claudia cubriendo su boca con la mano.

—Gracias, Teresita, creo que este material hace un aporte importante al proyecto. Debe ser desglosado e incluido dentro de las justificaciones de la demanda.

—No te preocupes, Samuel, tengo cerca de cuarenta páginas con cada uno de los genocidios debidamente documentados.

—Creo que eso es todo por hoy —dijo Samuel.

—No tan rápido, señor Piracún —soltó de repente Claudia haciendo que todos la miraran.

—¿Sucede algo, Claudia?

—Sí. Tengo algo importante que decirles.

—Espero que sea algo bueno. —Bromeó Piracún torciendo los ojos.

—No lo sé. Júzgalo tú mismo. Ayer recibí un correo electrónico del empresario boliviano que estuvo de paso por Colombia hace unas semanas.

—Sí. Lo recuerdo. ¿Qué te dice?

—Me comenta que estuvo revisando la base del proyecto que le envié y él no cree que tengamos éxito con la demanda. Sin embargo, cree que estamos haciendo lo correcto. Él es de nuestra misma opinión y considera que, además de ser una labor loable, también busca que los responsables enfrenten la justicia del hombre.

—¿No nos ayudará?

—Él dice que debemos seguir adelante. Que de seguro encontraremos muchos tropiezos y debemos sortearlos. Me prometió que nos recomendará con dos amigos suyos, a quienes ya les habló y les participó de nuestros planes.

—Bueno, no nos ayudará económicamente, pero al menos nos recomendará con algunas personas.

—Yo no he dicho eso.

—Dijiste que nos recomendará con dos amigos.

—Me refiero a que dices que no nos ayudará económicamente. ¿Lo hará?

—Sí —respondió Claudia mostrando una amplia sonrisa.

—Oh, por Dios. Lo lograste.

—Corrección, lo logramos. Somos un equipo. Lo has dicho siempre.

—¿Y sabes de cuánto será su contribución?

—No todavía. Debo enviarle un informe completo con el presupuesto. Él lo analizará y nos lo hará saber.

—Magnífico. Es la mejor noticia que hemos tenido desde que comenzamos con esto.

—No me dijiste nada —reclamó Ernesto.

—Quería sorprenderlos hoy.

—Y te juro que lo hiciste —dijo Teresita con evidente satisfacción en su rostro.

En la noche, mientras se preparaba para descansar, Samuel sintió la necesidad de llamar a Diana. Quería ponerla al corriente de todo. Se resistía a pensar que era otro el instinto que lo impulsaba a llamarla. Sentía que la llama de la esperanza lo quemaba. Esa esperanza que siempre mantuvo a su lado y nunca quiso abandonarlo. Ahora anhelaba compartir las buenas nuevas de ese día con su amiga. Su llamada lo llevaba directamente al buzón de mensajes. Intentó una vez más y, al obtener el mismo resultado, desistió de su propósito. No era urgente hablar con ella, en verdad solo quería escuchar su voz. Decidió que la llamaría nuevamente en la mañana.

Al día siguiente fue igual. A pesar de que lo intentó en varias ocasiones, no logró comunicarse con la mujer. Pensó que a lo mejor Diana buscaba algo de aislamiento o no deseaba ser interrumpida. Hacia el mediodía, Samuel recibió una llamada de un número de teléfono que desconocía

—Aló —contestó, pero nada se escuchaba al otro lado de la línea— ¿Aló? ¿Aló? —repitió antes de colgar.

El teléfono volvió a timbrar un minuto después. Él contestó y de nuevo nadie habló, por lo que cortó la llamada. Cinco minutos más tarde el aparato volvió a sonar, pero prefirió ignorarlo.

Tan pronto como el dispositivo dejó de repiquetear, un pitido le indicó que le habían dejado un mensaje de voz. Era Diana.

—¡No puede ser! —masculló entre dientes al darse cuenta.

"Samuel, necesito tu ayuda. Mañana te...", era todo lo que decía el mensaje. De inmediato, marcó el número que aparecía en la pantalla de su dispositivo, pero nunca lo atendieron. Ahora sí tenía una razón para estar preocupado. Intentó comunicarse con la chica, llamándola a su celular, pero permanecía apagado. No sabía qué hacer. ¿Por qué Diana lo estaba llamando de un teléfono que no era el suyo? ¿Por qué estaba pidiendo ayuda? Lo asustaba pensar que algo malo le estaba pasando.

—¿Qué te sucede? Te ves preocupado —le dijo Ernesto al entrar en su oficina.

—Tengo mucho trabajo atrasado —respondió Samuel, procurando que no se enterara aún de lo que sucedía. No quería preocupar a nadie más hasta estar seguro de lo que estaba pasando.

Aunque de por sí se consideraba buen amigo de la chica, existían muchas cosas que desconocía de ella. Una de estas era dónde vivía. Trató de reunir toda la información que poseía y que le ayudara a encontrar la dirección del hogar de Diana. Recordó la reunión en casa de los amigos de la muchacha a mediados de diciembre. Sabía cómo llegar. No podía acordarse del nombre de esos amigos, pero se las arreglaría para hablar con ellos. De repente se acordó de la tarjeta que la amiga de la mujer le dio unas noches atrás en el bar.

Buscó afanosamente en su billetera y la encontró.

—¿Marcela?

—Sí, soy yo. ¿Con quién hablo?

—Mira, soy Samuel, el amigo de Diana.

—Hola —dijo la muchacha entusiasmada—, no creí que me fueras a llamar tan pronto.

—Marcela, necesito que me ayudes con algo importante.

—Claro. Dime qué necesitas.

—¿Tú sabes dónde vive Diana?

Marcela guardó silencio. No era eso lo que esperaba que se le preguntara.

—Una vez estuve en su casa y creo saber cómo llegar. Pero ¿por qué la pregunta?

—Es que… quiero hacerle llegar unas flores y deseo que sea una sorpresa.

—Oh, tan romántico. Ojalá yo tuviera tanta suerte.

—Yo creo que la tienes, se ve que tu novio te quiere mucho —dijo arqueando las cejas y nada convencido de su halago. Quería ser amable y lograr obtener la información que buscaba. La muchacha le dio las indicaciones de cómo llegar. Él miró su reloj y constató que le llevaría por lo menos dos horas llegar hasta ese lugar. Sobre las tres de la tarde abandonó la oficina y se dirigió hacia allá.

—¿Quién eres tú? ¿Por qué preguntas por mi hija? —fue lo que le preguntó la madre de Diana al verlo indagar por ella.

—Somos amigos… trabajamos en un proyecto juntos.

—Es extraño, ella no me ha comentado nada de eso.

—Quizá es porque comenzamos hace relativamente poco.

—¿Y por qué no la llamas a su teléfono?

—Lo he hecho. Pero el teléfono está apagado.

—Quizá no quiere que la molesten.

—Lo mismo pensé yo, pero hoy recibí este mensaje de ella —dijo Samuel y le dejó escuchar la grabación que le dejó la chica en su buzón.

La madre de Diana se llevó la mano a la boca con honda preocupación.

—Por favor, pasa —le dijo a Samuel.

—No quería preocuparla, señora, pero es que me pareció importante venir hasta aquí y ver si ustedes sabían algo de ella.

—Ella me envió un mensaje de texto hace dos días. Me dijo que estaba bien y que regresaría mañana.

—También recibí un texto de ella en el que me dice lo mismo.

—Me preocupa que se esté viendo con Alfredo.

—¿Alfredo? ¿Quién es él?

—¿No te contó?

—Algo me dijo, pero no lo recuerdo ahora —contestó Samuel, procurando obtener más información.

—Fue el hombre con el que mi hija sostuvo una relación.

—Ahora que lo menciona, sí recuerdo que me lo dijo. Pero no creo que esté con él, por lo que entendí no tuvo una buena experiencia a su lado.

—Esa relación le hizo mucho daño.

—¿Hay alguna otra persona con la que Diana tenga estrecho contacto?

—Sí, su prima Sandra. La llamaré.

La muchacha se preocupó al escuchar a su tía y le comentó que no sabía de Diana desde hacía casi una semana. Le pidió que por favor la tuviera al tanto de lo que supiera de su prima. Al tiempo que la mujer hablaba con su sobrina, llegó el padre de Diana, quien se mostró extrañado de ver a ese desconocido sentado en la sala. La señora los presentó y luego le hizo saber a su esposo lo que estaba sucediendo.

—Creo que ustedes están formando una tormenta de un vaso de agua —dijo el hombre, reparando en el abogado—. Si ella dijo que mañana estaría aquí, es porque así va a suceder. No le den más vueltas a eso.

—Lo siento, señor, no era mi intención molestarlos. Solo creí que debía enterarlos.

—Entiendo —aceptó el hombre. Cambió de actitud y se mostró un poco más amable.

—Mientras ustedes hablan, revisaré algo en el cuarto de Diana —señaló la mujer levantándose de la silla.

El padre de Diana siguió con la mirada a su esposa hasta que esta desapareció en uno de los corredores de la bella casa.

—¿Hay algo entre ustedes? —le preguntó súbitamente el hombre aflojando un poco el nudo de su corbata.

—¿Perdón?

—¿Tienes alguna relación con mi hija?

—Noooo. Nosotros somos amigos. Diana, al igual que otras personas, me está ayudando con un importante proyecto. Entre ella y yo solo hay una amistad.

—Discúlpame, pero tenía que preguntar.

—Está en su derecho, pero, como le digo, no hay nada entre nosotros. Diana es una excelente mujer y, profesionalmente, nos ha colaborado al máximo. Estoy muy agradecido con ella por todo lo que ha hecho por el proyecto.

La madre de Diana regresó a la sala justo cuando Samuel terminaba de hablar. Estaba cariacontecida.

—¿Qué sucede?

—Hacen falta varios vestidos en el ropero de Diana.

—Claro. Es normal. Se fue de viaje —indicó el esposo restándole importancia al asunto.

—Quizá eso sea lo de menos.

—¿Qué quieres decir?

—No está su pasaporte. Al parecer salió del país.

—¿Qué estás diciendo? Eso no es posible. Diana no haría eso. No saldría del país sin decírnoslo primero.

Samuel Piracún abandonó la casa con las primeras sombras de la noche. Se sentía mal por haber dejado angustiados y en medio de la incertidumbre a los padres de Diana. Pensaba que a medida que conocía más cosas alrededor de la vida de la antropóloga, más se sentía atraído por ella. Era como si su entorno tuviera un poderoso imán que lo cautivaba, no obstante, aún seguía con la premisa de que no deseaba involucrarse con nadie.

Recordando las palabras del padre de la chica y por el mensaje que recibió de la mujer en el que mencionaba que estaría sin falta en la reunión del jueves, decidió que esperaría un día más y, si no llegaba, entonces iría hasta la casa donde estuvo reunido con sus amigos. Existía la lejana posibilidad de que ellos supieran algo al respecto.

Mientras analizaba la situación, por primera vez sopesó la posibilidad de que Diana los hubiera abandonado. Se presumía que ella había salido del país, también era claro que durante las últimas semanas manifestó su inconformismo en varias ocasiones por la forma tan lenta como avanzaba el proyecto. ¿Pudo acaso haber aceptado ese trabajo del Acuífero Maya en México? Era posible que al ver que las cosas no marchaban como ella deseaba, decidiera dar un paso al costado y emigrar.

No la conocía lo suficiente, pero estaba seguro de que Diana no actuaría de esa manera. Siempre se mostraba como una mujer de palabra y decidida a defender una causa. Confiado, pisó el pedal del acelerador mientras rogaba al cielo por que ella no los hubiera abandonado. Ojalá que no fuera así.

XIII

El bufete

El jueves se reunieron en el apartamento del abogado, como lo habían previsto, y la junta inició sin la presencia de Diana. Samuel estaba preocupado, pero procuró que sus emociones no fueran percibidas por sus amigos. Ernesto llegó con una gran sonrisa, por lo que era fácil adivinar que traía buenas noticias. En efecto, esa mañana logró contactar en Madrid al jurista español que Diana encontró en un portal de internet. El hombre no se mostró sorprendido por lo que escuchó de boca Ernesto.

—Sabía que algún día pasaría eso.

No obstante, fue claro en manifestar que él no podía ayudarles con un tipo de demanda como esa, pero que sabía quién podía hacerlo.

Le dio un número de teléfono de un con sede en Bruselas:

—Pregunta por Pierre Meulemans. Él habla nuestro idioma.

Ernesto sabía que debía comunicarse antes del mediodía, de lo contrario tendría que esperar hasta la mañana siguiente. A pesar de que intentó en varias ocasiones, su llamada siempre era enviada a un sistema atendido en francés. A su parecer se le daba a escoger una opción, pero no tenía la más leve idea de cuál sería la correcta. Casi sobre el mediodía intentó una vez más y, al escuchar nuevamente las opciones en la contestadora, oprimió el número dos en su teléfono y esperó a ver qué sucedía.

—*Cabinet d'avocats, Mathis parle, comme je vous aider?*

—Pierre —fue lo único que atinó a decir Ernesto—, Pierre Meulemans.

—*Un momento s'il vous plait.*

Ernesto seguía en la línea con la esperanza de que el hombre le hubiera entendido. Luego de unos segundos alguien tomó la llamada.

—*Pierre parle.*

—¿Pierre? ¿Hablas español?

—Sí, por supuesto, ¿quién sois?

En principio Pierre escuchó con atención la reseña que le hizo Ernesto y, más que viable, le parecía novedosa la demanda que se quería instaurar. Sabía que la realeza española era blanco de críticas y de demandas de todo tipo, pero esto era diferente. El hombre le solicitó a Ernesto un documento formal. De igual manera, se hacía necesaria una transferencia de fondos al Generale Bank a favor del bufete por la suma de trescientos cincuenta euros.

Tan pronto como la confirmación de la transferencia fuera recibida, Pierre procedería al estudio del documento, para verificar la viabilidad de que su firma aceptara el caso.

—¿Crees que podrás tomar el caso? —preguntó Ernesto con cierta ansiedad.

—No lo sé, pero me parece interesante. Si recibo la transferencia, mañana mismo podría teneros una respuesta.

Con detenimiento estuvieron por dos horas dándole forma al documento que sería enviado por Ernesto. Leyeron varias veces el borrador en procura de no omitir detalles y de darle el mejor contenido posible. Una vez corregido y terminado, lo enviaron al correo electrónico de Pierre. Acto seguido, utilizaron una tarjeta de crédito de Samuel e hicieron la transferencia. Pasadas las ocho de la noche se despidieron y dejaron a Samuel en el apartamento.

Una vez que se marcharon, Piracún se cambió rápidamente de camisa, se puso unos pantalones de mezclilla y unos zapatos deportivos. Esperaba que no fuera muy tarde para presentarse en la casa donde estuvo con Diana dos meses atrás. Al abrir la puerta saltó hacia atrás, asustado, al ver a una persona, a quien no reconoció a primera vista, estática al frente de la entrada de su apartamento. Era Diana y traía con ella una maleta de viaje.

Al reconocerla, se abalanzó hacia ella y la abrazó fuertemente.

—¡Diana! —gritó con frenetismo.

—¿Está todo bien? —preguntó la chica desconcertada, sin saber por qué Samuel la estaba recibiendo de esa manera.

Piracún comprendió lo bochornoso de la situación y la soltó de inmediato.

—Sí. Todo está bien. Solo es que estaba muy preocupado por ti. De hecho, en este momento salía a buscarte.

El hombre le comentó que trató de comunicarse con ella en varias oportunidades y que después se preocupó bastante cuando recibió ese mensaje donde ella le pedía ayuda.

—No sabía qué hacer. Creí que estabas en peligro.

—Eres exagerado, Samuel. Te llamé porque necesitaba una información de la comunidad indígena mapuche, pero no logré buena comunicación desde el teléfono que te llamé.

—Me preocupé. Eres mi amiga. De hecho, en este momento salía para la casa de tus amigos para saber si sabían algo de ti. Dijiste que llegarías a la reunión hoy y al ver que no llegaste…

—Aquí estoy.

—Gracias al cielo. ¿Estabas de viaje? —preguntó ayudándole con la maleta.

—Sí. Estaba trabajando en algunas cosas —contestó la mujer, sentándose en una de las sillas de la sala.

—Discúlpame, no quise abochornarte —se excusó Samuel.

—Pierde cuidado. No lo hiciste.

—¿Deseas tomar algo? ¿Ya cenaste?

—Sí, deseo tomar algo y no, aún no he cenado.

El abogado le ofreció un refresco y se sentó frente a ella mientras la chica se lo bebía.

—¿Te parece si vamos a cenar?

—Estupenda idea.

—¿Y me dirás dónde estabas? ¿O soy imprudente al preguntar?

—Estaba fuera del país. Te lo contaré durante la cena. Me muero de hambre. Como ves, vengo directamente del aeropuerto.

Encontraron un restaurante de comida italiana a pocas cuadras de allí. Una vez ordenaron sus platos, la muchacha comenzó a relatarle los detalles de su viaje.

—Estuve en Perú y en Argentina.

—¿En estos cuatro días?

—Sí. Mi viaje tuvo que ver con tu proyecto. No te daré todos los pormenores, pues el sábado tendré que hablar con todos al respecto.

—Nuestro proyecto —corrigió Samuel.

—Nuestro proyecto —aceptó Diana—, me reuní con dos comunidades indígenas, una en Lima y otra en Buenos Aires.

—¿Por qué no me comentaste eso? Te hubiera acompañado.

—El domingo contacté a un hombre en Lima, él se ofreció a atenderme el lunes en la tarde. A su vez, me dio el número telefónico de un conocido suyo en Buenos Aires, a quien también llamé y le pedí que me atendiera el miércoles en la mañana. Fue toda una carrera. No tenía sentido que te llamara, pues no habrías tenido tiempo suficiente para arreglar tus cosas.

—Ahora lo entiendo, pero ¿cómo te fue? ¿Lograste entrevistarte con esos hombres?

—Sí. Pero los detalles los sabrás el sábado. Primero debo preparar mi informe.

Luego de cenar, regresaron al apartamento y allí Samuel se encargó de ponerla al corriente de los avances del proyecto. Diana se mostró sorprendida y entusiasmada por lo logrado en la semana. Hacia la medianoche, Samuel acompañó a la chica hasta un taxi que llegó a su apartamento y allí se despidió de ella con cierto aire de nostalgia.

—Antes de que te vayas, hay algo que tengo que decirte —le dijo el hombre abriéndole la puerta del vehículo.

—Por supuesto.

—Creo que me vas a matar.

—¿Qué hiciste?

—Fui a casa de tus padres.

—¿Qué cosa?

—Lo siento. Entiendo tu posición, pero, por favor, ponte por un minuto en mis zapatos.

—¿Qué les dijiste?

—Que no sabía dónde estabas y que me preocupaba que estuvieras en peligro.

—¿Cómo te atreviste a hacer eso? —dijo la muchacha con evidente molestia.

—Por favor, perdóname.

—No debiste preocupar a mis padres.

—Lo siento. De haber sabido que se presentaría esta situación, créeme que jamás lo hubiera hecho.

—¿Por qué lo hiciste?

—Ya te lo dije. Porque estaba preocupado.

—¿Por qué te preocupas tanto?

—Me dejaste un mensaje pidiendo ayuda. ¿Qué se supone que tenía que hacer?

—Está bien. Hablaré con ellos.

—No sabes cuánto me alegro de volver a verte —reconoció el hombre—, todos se van a poner contentos. Estos días sin ti se hicieron interminables. Le haces mucha falta al proyecto.

—¿Al proyecto?

—Humm, quise decir: a todos —contestó Samuel con el rostro ruborizado.

Se despidieron con un abrazo y acordaron verse el sábado a las dos de la tarde en casa de Ernesto.

Al llegar a casa, Diana fue asaltada por su madre, quien la recriminó por haberse marchado tan lejos sin decírselo a ellos.

—Madre, he estado trabajando. No puedes pretender que te cuente todo lo que pasa a mi alrededor. Era solo un viaje de trabajo.

—Pudiste habernos dicho. Además, no debiste preocupar tanto a ese muchacho.

—Aun no entiendo cómo fue capaz de venir hasta mi casa.

—Parece que está muy interesado en ti.

—Oye, no digas eso.

—¿Por qué no? Me pareció un hombre muy decente y veo que está muy pendiente de ti.

—Por Dios, no te imagines tantas cosas. Solo somos amigos y así seguirá siendo.

—Si tú lo dices… —terminó diciendo la madre mientras besaba la frente de su hija.

Claudia decidió dedicar el viernes a trabajar en la elaboración del presupuesto que entregaría al empresario boliviano y sus amigos. La tarea, a decir verdad, era mucho más compleja de lo que a primera vista parecía. Debía relacionar cuidadosamente todos los gastos, incluyendo aquellos de los que aún no conocía su valor.

Samuel le confirmó que la comitiva que iría a La Haya estaría conformada por todos los miembros del grupo y al menos dos representantes de cada comunidad indígena. Si tenían suerte y lograban que al menos diez de estas colectividades los apoyaran, estarían hablando de veinticinco personas, volando desde diferentes partes de Latinoamérica hasta los Países Bajos. Teniendo en cuenta que estarían allí alrededor de tres días mientras se daban las deliberaciones del caso, era necesario proveer el alojamiento y la alimentación para todos ellos. El cálculo aproximado era de cincuenta mil dólares.

La parte más intrincada del asunto tenía que ver con la preparación de la demanda por parte del grupo. Ernesto le sugirió tomar como base el valor promedio del salario profesional de cada uno de ellos y asumirlos por tres meses. Era el tiempo que él preveía que duraría la recopilación de toda la documentación para el bufete.

La cifra que redondeó Claudia para este rubro fue de quince mil dólares. El costo de honorarios de los abogados aún estaba lejos de conocerse; inicialmente, esperaban contar con la aceptación del caso para luego reunirse y negociar un acuerdo de monto y pago por el servicio jurídico. En muchos casos los burós de abogados acostumbraban a tasar sus honorarios en un porcentaje, por lo general el treinta por ciento del monto logrado del demandado.

No obstante, en esta atípica y concreta situación, los patrones normales no podían ser considerados y lejos estaba Ernesto de establecer cómo sería el proceso y cuál su valor.

—Necesito una cifra. Debo enviar mi reporte con la mayor brevedad.

—Amor, no puedo decirte algo que no sé. Si se tratara de un asunto doméstico, podría darte un monto aproximado, pero en este caso no sé qué decirte.

—¿Puedes proponer un punto de partida?

—¿Qué quieres decir?

—Si me das un monto de partida, puedo exponer ese punto a nuestros patrocinadores, como "monto inicial y a ser ajustado".

—Podría darte un...

—¿Cuánto?

—Oye, espera, déjame pensar.

—¿Cincuenta mil dólares?

—No. Definitivamente no.

—¿Cien mil?

—Ciento veinticinco mil. Pon ciento veinticinco mil.

Claudia hizo una extensa documentación de los gastos que se ocasionarían y los tasó en ciento noventa mil dólares. Al final, agregó diez mil más, un pequeño porcentaje del total, para cubrir imprevistos.

Así las cosas, el reporte enviado al empresario boliviano reseñaba que el presupuesto total del proyecto en ese momento era de doscientos mil dólares. Ahora era cuestión de esperar la respuesta de aquel hombre y de sus amigos.

XIV

Las alianzas

El sábado, todos llegaron a casa de los Saavedra sobre el mediodía. La moderna edificación ubicada a las afueras de la ciudad ofrecía una visión imponente. El paisaje, bello y soleado, contrastaba con el frío de la sabana, y el verde agreste del campo motivaba a un día de esparcimiento. Los anfitriones decidieron sorprender a sus amigos con un almuerzo campestre para atenuar el carácter formal presente en todas las reuniones. Luego de servidos y devorados los alimentos, procedieron a dar inicio a la reunión.

Diana se excusó ante todos por su inasistencia a las dos anteriores juntas. Deseaba dejar clara su posición con respecto al grupo y que no existiera duda de su interés, para que las cosas fueran por el mejor de los caminos.

—Debo decirles que el sábado en la noche, al llegar a mi casa, supe que había algo que tenía que hacer.

Samuel, de inmediato, se transportó a esa noche y recordó cuando vio partir a la mujer en su auto pasada la medianoche. Trató de recordar su conversación con la chica, pero no encontró algo que hubiera dicho o hecho que la llevara a tomar la determinación de viajar repentinamente.

—Después de analizar las cosas y al ver que se nos cerraban algunas puertas en nuestras narices, decidí que teníamos que buscar alianzas en otros lugares —continuó diciendo la chica, mientras se levantaba y se acercaba a la ventana que daba a la parte trasera de la vivienda.

—Sabíamos que las cosas iban a ser complicadas —dijo Samuel.

—En cierto momento sentí que el proyecto se venía abajo. Todos aquí saben que rechacé una gran oportunidad laboral que difícilmente volveré a tener. Decidí quedarme a luchar al lado de ustedes y pensé que era el momento de dejar la reflexión a un lado y actuar.

—¿Y qué fue lo que hiciste? —preguntó Ernesto.

—Hace unos años hice unos trabajos para un arqueólogo en Perú. El domingo muy temprano por la mañana lo contacté y le pedí ayuda con sus amigos, para conseguir una entrevista con una persona de las comunidades indígenas que viven en Lima. El hombre me pidió algo de tiempo, pero tres horas más tarde ya me había puesto en contacto con un líder de la comunidad shipibo, quien diligentemente me atendió y me prometió recibirme al día siguiente.

—Oye, me asombra la rapidez con que haces las cosas —apuntó Teresita, sonriente.

—Este mismo personaje me contactó con un amigo suyo en Buenos Aires, perteneciente a la comunidad indígena mapuche.

—¿Viajaste a Argentina? —preguntó Claudia sin poder dar crédito a lo que Diana decía.

—Sí. El hombre prometió recibirme el miércoles en la mañana. Por esa razón hice mis reservaciones el mismo domingo y el lunes antes de que saliera el sol ya estaba camino a Lima.

Segundo Pacaya, un miembro de la comunidad indígena shipibo-conibo, de Cantagallo, la estaba esperando el lunes, como habían acordado, y de manera muy atenta la recibió afuera de una de sus casas, humildes y artesanales. Sentado en una inmensa piedra a un lado de un camino polvoriento, Segundo seguía con atención la exposición de la muchacha, quien trataba de persuadirlo para que se uniera a su causa. Sin embargo, la mujer no pudo evitar sentirse angustiada y profundamente afectada ante la triste realidad que tenía ante sus ojos: esa amarga y penosa situación a la que fueron relegados los indígenas. Algunas casas cubiertas con paneles de madera apolillada y otras con estropeadas láminas de zinc atiborraban todo el horizonte y acordonaban un inmenso cerro, testigo de excepción de la más infrahumana condición a que fue subyugado ese miserable grupo conformado por doscientas familias.

Era la historia común de todos los indígenas latinoamericanos. No solo debieron afrontar la embestida del verdugo español por más de tres siglos, sino además convertirse en marginados de la sociedad, una vez que el enemigo fue desterrado. Doscientos años de malos gobiernos, de pésimas administraciones, de corrupción, de abusos y violaciones, de persecución y muerte. Esos elementos eran el claro y más fidedigno testimonio de lo que la chica tenía ahora ante sí.

—Segundo Pacaya quiso que yo conociera del continuo engaño al que están siendo sometidos y todos los problemas que tiene su comunidad —la voz de Diana se entrecortó. Aclaró su garganta e intentó continuar, pero las palabras se negaron a salir.

Sin quererlo, su mente revivió los momentos cuando abandonaba ese lugar y una chiquilla de escasos cinco años se le acercó y, con su manecita cubierta de polvo, le haló tiernamente el pantalón. Diana se asustó, pero de inmediato se volvió hacia la niña. Su cara estaba sucia. Las lágrimas se habían secado en su rostro. Vestía una falda larga y arrugada, que casi cubría sus tobillos. Cargaba un suéter rojo.

—Siñorita, siñorita —repetía la pequeña, de inocentes ojos cafés—. ¿Mi rigalas un sol?

La chica dejó escapar un sollozo en la sala de sus amigos. Agachó la cabeza para evitar que vieran su rostro. Sentía dolor en el alma. Su corazón estaba angustiado. Claudia se levantó de su silla para acercarse, pero Ernesto le hizo un ademán para que la dejara sola. Era bien sabido que la injusticia y el sufrimiento eran el común denominador para los indígenas, un grupo al parecer condenado al olvido.

—Lo siento —se excusó Diana limpiando sus ojos con un pañuelo—, es triste ver cómo a estos pueblos les han matado también la esperanza. Creo que es lo último que les quedaba.

No obstante la preocupación que atormentaba al líder shipibo por la decisión unilateral del alcalde de Lima de cancelar el proyecto Río Verde, que buscaba la reubicación de la comunidad indígena, le confirmó su apoyo total e irrestricto a la mujer y le manifestó que conseguiría el respaldo de algunos líderes de otras comunidades en el Perú. Antes de despedirse, ella le ofreció una sincera disculpa por lo que el mundo les hizo. Sentía pena y culpa por no haber actuado antes.

—No es tu culpa, Diana —le había dicho Pacaya—. La culpa está en la indiferencia de nuestros gobernantes. Para ellos nunca seremos personas. Solo somos una piedra en su zapato, una molestia en sus establecidas y bien organizadas existencias.

Ernesto saltó como un resorte de su silla al escuchar que tenían ya su primer adepto.

—Esto va viento en popa —dijo dando tres sonoros aplausos—, ya tenemos no solo un patrocinador, sino además un aliado para nuestro proyecto. Como si fuera poco, alguien está ya revisando la demanda en Bélgica. Es fantástico. Nunca creí que lo lograríamos.

—Las noticias que traes son muy buenas —concordó Claudia—: eres una mujer como pocas, atreverte a ir sola a un lugar tan retirado y con el firme propósito de sacar adelante el proyecto. En verdad, eres digna de admiración.

Samuel, a pesar de estar contento, se mostraba parco y distante. Su pensamiento estaba con el indígena peruano y las familias de Cantagallo. No podía dejar de pensar en las penurias de esa gente que se constituía, a la larga, en sus hermanos de sangre. Miró por unos segundos a Diana, quien observaba algunas hojas de su informe. Sentía mucho aprecio por la chica. Era una bendición contar con su colaboración en el grupo. Ya eran varias las ocasiones en las que pensaba en ella como la mujer perfecta.

Esa noche, luego de su encuentro con Pacaya, la mujer durmió en un hotel del centro de Lima y muy temprano en la mañana prosiguió su itinerario a Buenos Aires, adonde arribó pasadas las tres de la tarde. Se dirigió a un hotel ubicado cerca del aeropuerto de la capital y decidió descansar el resto de la tarde encerrada en su habitación, pues a la mañana siguiente tendría la cita con el líder mapuche.

Quidel Ñamcu era un hombre de unos cuarenta años, de complexión atlética, y que llegó a la cita vistiendo un atuendo deportivo. Diana esperaba encontrarse con alguien similar a Miguel Tauta, el nativo muisca, o a Segundo Pacaya, pero este no era en absoluto parecido a los otros. El hombre, de pantalón corto, camisa azul a rayas y botas modernas, llegó cubriendo sus ojos con unas gafas oscuras. Se le veía sonriente y siempre dispuesto al diálogo.

—Vos debés ser Diana.

—Y tú… ¿Quidel?

—El mismo.

La chica tuvo que escuchar, antes de plantear su propuesta, todo lo que el hombre mapuche tenía que decir. Y no era poco. Quidel había llegado a Buenos Aires diez años atrás, proveniente de una comunidad mapuche que tenía su asentamiento en la provincia de Neuquen, en la región patagónica de Argentina. Al llegar a la capital rioplatense se encontró con el primer inconveniente, pues su nombre no sería permitido para su inscripción en el registro civil. Fue mucho lo que tuvo que luchar para que se le permitiera conservar su nombre mapuche original. Dentro de su comunidad, Quidel fue considerado un *kona* desde muy joven, una posición solo reservada a los jóvenes guerreros.

Con el paso de los años y dado su carácter de portador de la voz de su pueblo, fue elevado al rol de *werken* o mensajero. Dejó de ser el guerrero que todos conocían y pasó a convertirse en la expresión del pueblo mapuche. Era una responsabilidad que le confería autoridad dentro del pueblo indígena. Le refirió a Diana los eventos de maltrato e indolencia que su pueblo diseminado entre Argentina y Chile sufría a diario. De cómo, con ignorancia y maldad, se les castigaba cuando se atrevían a hablar en su lengua nativa en algunos centros educativos.

—Ahora, ¿te podés imaginar los problemas que el reciente descubrimiento de pozos petroleros ha traído a nuestro pueblo? Eso ha sido lo más bárbaro que nos ha pasado últimamente. Entendés que no nos podemos quedar de brazos cruzados. Esta es nuestra tierra, la que heredamos de nuestros antepasados.

—Escuché algo de una agrupación que se autodenomina Resistencia Ancestral Mapuche. ¿Formas parte de ellos? —preguntó Diana de repente.

—Noooo. Cómo decís eso. La RAM no representa el ideal de todo el pueblo mapuche. Hay algunas cosas en las que concordamos, pero lo nuestro es pasivo, somos parte de la naturaleza y de su equilibrio. No somos partidarios de la violencia.

El grupo armado mapuche había declarado abiertamente la guerra a Chile y Argentina y perpetrado algunos ataques contra ciertos edificios gubernamentales. Su consigna era clara: "No queremos integrarnos, queremos liberarnos".

—Somos un pueblo de paz. Solo queremos que se nos acepte como una nación. No somos ni argentinos ni chilenos, somos nación mapuche. Todo el territorio libre y recuperado para nuestro pueblo.

Diana, por fin, pudo explicarle a Quidel la razón de su visita. El hombre la escuchó mientras escribía algunas cosas en un papel. Se le veía muy interesado en el tema.

—Nuestra posición con respecto a lo que sucedió con la llegada de los españoles a estas tierras es bien conocida. No sé si vos lo sepás, pero en 1995 hubo una comitiva, de la que fui parte, que fue recibida en audiencia por el entonces rey Juan Carlos. Éramos quince personas y reclamábamos una disculpa de la Corona española por la manera como violentamente conquistaron nuestro territorio.

—No lo sabía.

—Nuestro deber era recordarle al rey la persecución y el despojo de que fue objeto nuestra comunidad.

—¿Lograron algo?

—Nada. Tiempo después, durante una cumbre de mandatarios de varios países y a la que asistió el monarca español, las autoridades de nuestro pueblo mapuche hallaron la manera de hacerle llegar una carta, que como era de esperarse, tampoco tuvo respuesta.

Quidel Ñamcu se refería a una misiva que no tuvo trascendencia y que fue de conocimiento general. En algunos apartes de esta se podía leer: "Don Juan Carlos I de Borbón, su visita a territorio mapuche toca y lastima históricas heridas no cicatrizadas. Que el soberano español camine por territorio mapuche que sus antepasados mancharon con sangre de los nuestros, intranquiliza nuestro espíritu, golpea nuestra conciencia y revive el dolor en lo más profundo del ser mapuche. Consideramos que usted, en su calidad de soberano de la Corona española, tiene, como primer responsable histórico de los padecimientos de nuestro pueblo, una histórica oportunidad de reparar los daños morales y materiales infligidos a la nación mapuche en estos cinco siglos...".

—Hace poco se celebró en nuestro país el bicentenario de la independencia. Todo iba bien hasta cuando nos enteramos de que nuestro ilustre presidente había tenido la brillante idea de invitar a los actos al rey emérito de España.

—¿A Juan Carlos? Pero es ridículo.

—Y síí. Más que ridículo, es contradictorio. Cómo pretendés vos llevar a tu casa a alguien que entró a la fuerza a tu hogar, destruyó todo, violó a tus hijas, mató a tu familia, robó tus posesiones y ahora es tu invitado de honor.

—Sí, realmente no tiene sentido.

—Por supuesto que no lo tiene. Fuimos víctimas del mayor genocidio cometido en América, y Juan Carlos I de Borbón representa a esa institución que es la Corona española.

—Eso quiere decir que...

—Quiere decir que podés contar con nosotros. Hablaré con otras personas que de seguro te darán su apoyo también.

—Agradezco mucho que hayas sacado tiempo para recibirme y por apoyarnos en este gran proyecto.

—Contá con nosotros para lo que necesités.

—No quería despedirme sin antes preguntarte algo —dijo la chica, no muy segura de lo que iba a preguntar.

—Andá, preguntá.

—¿Tu nombre tiene algún significado?

—Por supuesto, todos los nombres mapuches tienen un significado.

—¿Y cuál es el del tuyo?

—Antorcha encendida. Eso es lo que significa mi nombre.

La chica continuó al día siguiente con la maratónica jornada. Partió cerca del mediodía del Aeropuerto Internacional Ministro Pistarini de Buenos Aires con rumbo a la capital colombiana. Iba con buen tiempo para llegar a la reunión, pero el avión sufrió un retraso a la salida, lo que hizo que perdiera dos horas en el terminal aéreo. Al llegar a Bogotá se dirigió de inmediato al apartamento de Samuel, con la esperanza de encontrar al grupo todavía allí.

Diana fue, nuevamente, centro de los elogios de sus compañeros. Todos estaban sorprendidos por sus alcances. Desde el principio demostró ser una líder. Dieron por terminada la reunión y el resto de la tarde la dedicaron a hablar de otras cosas, mientras se deleitaban con sus copas de vino tinto. Poco antes de terminar la velada, la antropóloga se acercó a Piracún y le preguntó con voz achispada.

—¿Tienes visa americana?

El hombre arrugó el entrecejo.

—¿Por qué la pregunta?

—¿Tienes?

—Sí. Sí tengo, ¿por qué?

—Creo que tendremos que viajar en dos semanas —contestó sin perder detalle de la reacción del abogado.

—¿A Estados Unidos?

—Sí. A Oklahoma, exactamente.

Samuel dejó escapar un resoplido. No sabía qué decir.

—¿Qué sucede? —preguntó Ernesto acercándose a ellos.

—Diana tiene planes para ir a Norteamérica.

—Ayer hablé con un amigo que vive en Dallas, Texas —explicó la mujer mientras vaciaba su copa de vino—, él me prometió conseguir una entrevista con un jefe cherokee en un pueblo de Oklahoma.

—¿Cuándo dejarás de sorprendernos? —preguntó Ernesto, asintiendo con la cabeza.

—Alguien nos está ayudando también —prosiguió la muchacha haciendo caso omiso al comentario— con los líderes de una comunidad indígena en México. Solo hasta el miércoles podremos saber si tenemos éxito.

—Sin duda, necesitamos del apoyo de México —dijo Samuel.

—Lo sé. Debemos esperar. Te dejaré saber tan pronto reciba una respuesta de Dallas. Sería bueno hacer un solo recorrido.

—Estoy de acuerdo. Ahora, si te parece bien, me gustaría que habláramos de los gastos de tu viaje.

—No en este momento. Eso podrá esperar un poco.

Diana se ofreció a llevar a Teresita en su carro, pero esta rechazó el ofrecimiento por cuanto sabía que la muchacha tendría que desplazarse muy lejos de su destino y, a decir verdad, no estaba del todo sobria.

—En verdad, te lo agradezco, pero pedí un taxi y llegará a recogerme en cualquier momento. Antes de despedirnos me gustaría hablar contigo.

—Claro, dime —aceptó la chica, dejándose arrastrar por la profesora lejos del grupo.

—Tengo que agradecerte por todo lo que estás haciendo por el proyecto. Me siento orgullosa de ti y me alegro de haber sido yo quien te trajo aquí.

—Gracias, Teresita, solo quiero colaborar y que las cosas salgan bien.

—Hay otra cosa que quería preguntarte.

—Te escucho —dijo la muchacha sin comprender el misterio.

—¿Has notado que Samuel te mira de una forma muy especial?

—¿Samuel? No. No he visto algo fuera de lo normal. ¿Por qué lo dices?

—Quizá me equivoque, pero hay un brillo en sus ojos cada vez que te mira.

—Me vas a perdonar, Teresita, pero creo que estás equivocada. Él es un caballero y siempre ha mostrado respeto hacia mí.

—Probablemente tienes razón. ¿Sabes? Él fue uno de mis alumnos en la universidad. Lo conozco hace mucho y sé que lleva un gran dolor interior.

—Escuché que no le fue bien en su matrimonio.

—Le fue bastante mal —dijo Teresita apretando los labios—, él es un buen hombre. No merece la suerte que tuvo con esa mujer.

—Lo siento por él… ¿Hace mucho vive solo? —preguntó Diana, al tiempo que levantaba su mano para despedirse de Samuel.

—Siete meses. Ocho, tal vez —contestó la mujer haciendo lo mismo.

—Reciente aún.

—No lo creo así. Él ya debería fijarse en una chica como tú.

—¡Teresita!

—Lo siento —dijo la mujer cubriéndose el rostro con las manos—, a veces no puedo tener esta boca quieta.

—Está bien. No te preocupes. ¿Tienes planes para mañana?

—Iré al cementerio. Debo cambiar las flores de la tumba de mi esposo.

—Oh. Olvidé que me comentaste que ibas todos los domingos al cementerio.

Teresita vivía sola en una casa al occidente de la ciudad. Su esposo había muerto cinco años atrás mientras dormía en su cama, luego de un infarto fulminante. Partió muy joven, con apenas cuarenta y siete años.

Para entonces, sus dos únicos hijos estaban casados y vivían con sus parejas en apartamentos, lejos de su casa. Le hubiera gustado a Teresita que alguno se mudara con ella después de la muerte de su padre, pero ninguno mostró el mínimo interés en hacerlo. Por su hijo mayor ya era abuela de dos preciosos niños y estaba a la espera de que su otro hijo la sorprendiera pronto con la llegada de otro nieto. Cada vez que los niños iban a visitarla, irradiaban la casa con su amor. Trajeron, indudablemente, un nuevo sentir a la vida de la afligida mujer.

La soledad, en ocasiones, la invadía. Extrañaba a su esposo, lamentaba que se hubiera ido tan pronto. Lo amó como no pudo amar a otra persona. Algunas noches lloraba en soledad su ausencia. Pese a eso, cada mañana se despertaba con ganas de seguir viviendo. Cada nuevo amanecer traía consigo una oportunidad de hacer algo por alguien.

Desde que murió su esposo se le vio vistiendo de manera sencilla, siempre acompañada de suéteres negros de lana. Su cabello cenizo cubría ahora casi toda su cabeza y una tierna sonrisa se dibujaba persistente en su ajado rostro.

La mujer se entusiasmó bastante cuando Samuel la invitó a hacer parte del proyecto. Sentía que haría algo por una noble causa. Sumergida en sus investigaciones, se consideraba útil y cada vez se esforzaba más por aportar lo mejor para su grupo.

Diana espero hasta que el taxi de Teresita se marchó. Luego se despidió de Ernesto y de Claudia y partió en su vehículo con las primeras sombras de la noche. Mientras se alejaba, recordó un par de noches atrás, cuando aquel hombre la abrazaba al frente de su apartamento. Por primera vez desde que se conocían, se preguntó si en su corazón existía algún sentimiento que no fuera algo más que amistad por ese hombre. Pensaba que Teresita era la segunda persona que le señalaba el interés que Samuel mostraba por ella.

XV

La leyenda negra

El lunes, sobre la media mañana, Samuel recibió una llamada inusual. Era Teresita. La profesora estaba ansiosa y muy entusiasmada.

—¿Te has enterado de quién está de visita en nuestro país?

—No tengo ni idea. Pero si me lo dices…

—El licenciado Juan Manuel Salinas.

—¿De veras?

—Sí. ¿Puedes creerlo?

—¡Claro! ¡Si tú lo dices!

—Siempre quise conocerlo y hablar con él.

—Y puedes decirme, por favor, ¿quién es él?

—Oh, por Dios. No puedo creer que no sepas quién es Juan Manuel Salinas.

—Pues, debo decepcionarte y decirte que no tengo ni la menor idea de quién es ese señor.

—Juan Manuel Salinas —dijo Teresita resistiéndose a creer que su amigo nada sabía acerca de ese personaje— es uno de los más famosos y connotados antropólogos e historiadores mexicanos, con especialización en las culturas indígenas latinoamericanas. Ha sido ganador de múltiples premios y reconocimientos en todo el mundo y, hoy por hoy, ha recibido el doctorado *honoris causa* de casi todas las universidades más importantes del continente.

—Muy interesante, pero no me dirás que quieres vincularlo al grupo…

—Esa es mi intención.

—Sería fantástico que una persona de semejante talante se interesara en nuestro proyecto, aunque estoy seguro de que él nunca lo haría.

—Ja, ja, ja, ja.

—Qué es lo que pasa, Teresita. No entiendo el porqué de tu risa. En verdad, me estás poniendo nervioso.

—Hace unos minutos tuve la oportunidad de hablar con él.

—¿Con el licenciado? ¿Qué te dijo?

—Me comentó que estará por dos meses en el país y que…

—¿Qué?

—Que para él será un inmenso placer colaborar con nosotros.

—Me dejas sin palabras —dijo Samuel, sintiendo un ligero cosquilleo en el estómago.

—Es más, esta tarde nos reuniremos en la biblioteca de la universidad, pues él quiere estar al tanto de lo que tenemos. Dice que podemos esbozar algunas cosas para nuestra reunión de mañana.

—¿Vendrá a nuestra reunión?

—¿Por qué crees que estoy tan exaltada?

Juan Manuel y Teresita se conocieron durante un seminario que el historiador mexicano presentó en la ciudad de Cartagena varios años atrás. La mujer quedó tan impresionada por el vasto conocimiento del hombre, que esperó un rato luego de finalizado el evento para hablar con él. Salinas quedó encantado con la historiadora. Se deslumbró con sus finos modales y con la manera refinada con que hablaba, con su clásico y puro estilo bogotano.

—Sería muy placentero que vinieras a la conferencia que daré en Bogotá el próximo mes de noviembre.

—Procuraré asistir.

Para entonces Salinas se reponía de su reciente divorcio y, aunque no estaba en busca de una relación, no podía negar que Teresita le llamó la atención poderosamente. Meses después, durante el último día de su conferencia y cuando el hombre había perdido ya toda esperanza de que la mujer se presentara, apareció Teresita con su amabilidad de siempre y elegantemente vestida. El historiador dejó entrever su entusiasmo.

—Creí que no vendrías.

—No me perdería uno de tus seminarios. Son muy interesantes.

—Me alegra mucho que lo hayas hecho, significa mucho para mí, te traje este presente, espero que te guste.

Era una réplica a escala de la pirámide del Sol. La profesora, tomada por sorpresa, recibió el regalo, devolviéndoselo a Juan Manuel un segundo después.

—Es una excelente reproducción de la pirámide y un gesto tuyo muy noble, pero no te lo puedo aceptar.

—Pero qué estás diciendo, Teresita, te lo traje con mucho cariño. Por favor, no lo rechaces.

—No quiero que malinterpretes mi amistad. Mi admiración por ti es inmensa, pero se limita al plano profesional.

—Pues si he de serte franco, mi bella señora, la admiración es recíproca. Por otro lado, no encuentro nada malo en que recibas este recuerdo de mi conferencia. Al menos consérvalo hasta que termine mi presentación y luego hablamos. ¿Te parece?

Una vez concluido el evento, Juan Manuel Salinas respondió algunas preguntas en un salón aledaño al escenario y, acto seguido, se excusó con todos, pues en sus palabras "tenía un asunto muy importante que atender". Estuvo dialogando con Teresita por casi una hora. La mujer se enteró de que el licenciado vivía solo en Ciudad de México, luego de separarse de quien fuera su esposa por más de veinte años. Producto de su matrimonio quedaba una hija de treinta años y un nieto de cinco.

El historiador le comentó que lo más duro que tuvo que afrontar después de su divorcio fue la terrible soledad. A pesar de que ya tenía tres años de haberse separado, aún no se acostumbraba a la idea de vivir solo el resto de su vida. La mujer lo escuchaba en silencio, imaginando su situación. No sabía, a ciencia cierta, por qué el hombre le comentaba todo eso, pero pensó que nada malo estaba haciendo al escucharlo.

Con el tiempo, mantuvieron una comunicación abierta por medio de correos electrónicos, pero Teresita se abstuvo de asistir a los seminarios en los que se presentaba el licenciado. Siempre le presentaba alguna excusa por su inasistencia, ya que ella tenía claro que el hombre buscaba algo más que una simple amistad. De repente, la comunicación se interrumpió pocos meses antes de la muerte inesperada del esposo de Teresita, y pasaron varios años antes de que ella volviera a tener noticias del historiador.

Cinco años después, Juan Manuel volvió a aparecer en su vida. Durante la conferencia de un prestigioso novelista español, Teresita se encontró inesperadamente con él. Allí, la catedrática le comentó acerca del proyecto en el que trabajaba sobre el genocidio indígena en América, y lo invitó a que participara en él, lo que aprovechó el hombre de inmediato, viendo una inigualable oportunidad para adentrarse en su vida.

Poco después se enteró por la mujer de la desafortunada muerte de su esposo años atrás y pensó que quizá su momento de cortejar a la dama por fin había llegado. Tenía ahora dos meses para robarse el corazón de la profesora.

La colaboración del historiador mexicano representaba un paso en la dirección correcta, pues, sin duda, él podría aportar una buena base con sus conocimientos para darle una mejor estructuración a la demanda. Así fue como al día siguiente no fueron cinco, sino seis las personas que se reunieron en la oficina de abogados.

Luego de las presentaciones de rigor, el licenciado tomó la palabra y les dijo que gracias a Teresita ya conocía a grandes rasgos el proyecto y que, a pesar de ser una aventura arriesgada, le gustaría que lo dejaran ser partícipe de la misma.

—¿Cuándo creen que estarán radicados los documentos en La Haya?

—Si todo va de acuerdo con lo esperado, creo que en tres o cuatro semanas —contestó Ernesto.

—Deben estar preparados para los argumentos que pueda exhibir la contraparte.

—Hemos revisado todos los puntos y creemos que tenemos recopilada suficiente evidencia que va a ser difícil de rebatir por parte de ellos.

—¿Que saben de la leyenda negra?

Ernesto y Samuel intercambiaron miradas. Teresita era, al parecer, la única que sabía de lo que estaba hablando aquel hombre bonachón, de contextura gruesa y bigote casi blanco.

—Tiene que ver con el sentimiento creado fuera de España en contra de ese país, por todas las cosas negativas que se asume que ellos hicieron —aclaró Teresita—; por lo que sé, muchos españoles consideran que estos son hechos tergiversados y carecen de fundamento

—Así es. Hay que tener en cuenta que ellos son especialistas en desmentir cualquier acusación en su contra y pasar de ser victimarios y verdugos a frágiles e inocentes víctimas.

—¿Por qué ese término de leyenda negra? —preguntó Diana.

—El término tiene su origen en 1913, curiosamente el mismo año en que se estableció en una población de España la celebración, cada año, de la fiesta de la Raza.

—Que después fue institucionalizada en toda España —agregó Teresita.

—Así es. Ese año, un funcionario del Ministerio de Estado español llamado Julián Juderías tituló con ese nombre una obra suya, con lo que buscaba refutar los comentarios negativos en contra del pueblo español. Básicamente, Juderías concentró su compendio en las cosas buenas que hacía España y que podían favorecer su imagen, pero que eran omitidas por los europeos, y rechazaba la exageración de estos por otras cosas no muy buenas que los españoles realizaban, con el único fin de perjudicarlos —explicó el licenciado.

—Para nadie son un secreto los desmanes producidos no solo por la Corona española, sino también por la Iglesia católica a través de los siglos. ¿Cómo desconocer todo eso? —preguntó Samuel.

—Ellos creen, y este es el punto a rebatir, que, por ejemplo, en la conquista española hubo un intercambio justo. Que se presentaron pérdidas humanas, pero que ello era una parte necesaria del proceso. Incluso, algunos afirman que los conquistadores recibieron colaboración de los indígenas en más de una ocasión.

—La presunción de algunos españoles es en realidad intolerable. Es ofensivo y desdeñoso pensar que los nativos americanos se sometieron dócilmente al recibir las baratijas y los espejos que ellos traían, y que en realidad no tenían otra intención que ser canjeados por oro y por otras riquezas minerales —apuntó Diana.

—Convengo contigo —aceptó el catedrático.

—Con referencia a las pérdidas humanas y a la presunta colaboración de los nativos —continuó diciendo la mujer—, es bien conocido que muchos de los caciques tuvieron que ayudar al enemigo para poder preservar sus tribus y su cultura. Al final, la mayoría de estos caciques se inmolaron y pasaron a la historia como valientes guerreros.

—¿Y qué decir del genocidio? ¿Y del saqueo? —dijo Piracún dirigiéndose a Juan Manuel Salinas.

—Ni genocidio ni saqueo.

—¿Qué?

—Espera. No es mi opinión —contestó el licenciado con una sutil sonrisa—, entiendan que estoy con ustedes. Solo quiero ser objetivo y que ustedes conozcan los argumentos que manejan los defensores de la intervención de los españoles en suelo americano. Los más críticos basan su defensa en que el oro proveniente de América era irrisorio.

—¿Irrisorio? Se llevaron cientos de toneladas.

—También arguyen que el oro no tenía valor para los indígenas. ¿Entonces por qué creer que fueron robados?

—Porque lo hicieron. Porque además se llevaron en sus barcos miles de toneladas de plata, de perlas y esmeraldas —refutó Samuel con el rostro enrojecido.

—En su defensa, ellos dejarán sentado que España no se quedó con esa riqueza. Muy seguramente comprobarán que los prestamistas europeos de la época, que patrocinaron los viajes a suelo americano, fueron los únicos beneficiados.

—¿Y la Corona? —replicó el abogado un poco más sosegado.

—Siempre le han hecho creer al mundo que su fuente de ingresos eran únicamente los impuestos.

—Sabemos que eso no es así.

—No basta con eso. Se deben tener pruebas contundentes. Hay que recolectar toda la información que existe de la relación de las cuentas reales oficiales en territorio americano. Algunos apuntan a que la Corona recibía, además, aportes de Castilla, Aragón, Navarra, Nápoles y Flandes, y se dice que esas contribuciones eran ocho veces superiores a lo que llegaba en barcos desde América.

—Pasemos al genocidio —pidió Samuel, en tanto Diana y Teresita tomaban nota de lo que se estaba hablando—. Se calcula en más de setenta millones la mortandad del pueblo amerindio, luego de la llegada de los españoles a nuestras tierras.

—¿Setenta millones? —dijo el licenciado mientras alisaba inconscientemente su bigote—, no estoy de acuerdo con esa cifra.

—¿Por qué no?

—Porque últimamente he encontrado reseñas en las que algunos investigadores de reconocida trayectoria ponen el número por encima de los cien millones; aquí se deben tomar en cuenta no solo las muertes que se endosan al pueblo español, también Brasil, Estados y Unidos y Canadá se convirtieron en víctimas por la llegada de Colón a América.

—¿Cuál es la posición de los defensores de la Corona con respecto al genocidio?

—No te gustará lo que vas a escuchar. Pero tienes que saberlo.

El licenciado mexicano le explicó, de manera concisa, que muchos en la península ibérica sostenían con sarcasmo que, para poder llevar a cabo un magnicidio de estas dimensiones, la Corona tendría que haber enviado tropas en un número tal, que seguramente España se habría quedado literalmente sin población. Por el contrario, su argumento se basa en que a la llegada de sus conquistadores, América era un territorio hostil y despoblado. La merced y misericordia de sus hombres, según ellos, fue indispensable para que estas tierras fueran pobladas mediante el mestizaje.

Otros, de formación más escéptica, aseguraban que en América era escasa la mano de obra, dado lo despoblado del continente, entonces: ¿por qué razón se querría matar a esos individuos, si además de cometer un pecado contra las leyes de Dios se incurría en un delito estipulado en la justicia de los hombres?

—Todos aquí sabemos que no había justicia que castigara los actos de los españoles —acotó Diana—, menos aun cuando ellos aseguraban que los indígenas eran seres sin alma.

—Buen punto. Tenlo presente —aceptó Salinas—; adicionalmente, los españoles discrepan del comportamiento y sentimiento del pueblo hispanoamericano, pues no entienden cómo nos arraigamos a una cultura que tiende a desaparecer, llámese inca, maya o azteca, cuando en realidad compartimos el lenguaje y la religión legada por el pueblo español.

—Las tradiciones y la cultura de nuestros pueblos indígenas no han desaparecido.

—A su modo de ver y en su sentir, las tradiciones de nuestros amerindios desaparecerán con el paso de los años, como han desaparecido cientos de lenguas y culturas a través de la historia.

—Sucederá si lo permitimos, pero no será así —aseguró Samuel, empuñando su mano.

La reunión se extendió casi hasta las diez de la noche. La conversación tomó un tinte melancólico y dramático cuando hablaron de los caciques indígenas que murieron en batalla luchando por su pueblo y que sucumbieron ante el poderío español. Encontraron héroes en todas las tribus americanas. Titanes reales, no de papel. Superhombres cuya capa era su autenticidad y que dieron su vida por resistirse al cambio. Personajes que derramaron lágrimas de sangre al ver cómo su pueblo era destruido por las fuerzas invasoras.

Fue imposible no hablar de Moctezuma y de Cuauhtémoc, entre los bravos aztecas; o no mencionar a Atahualpa y a su hermano Huáscar, del aguerrido pueblo inca; o de Tecún Umán, de los grandes mayas. De Calarcá, Lautaro, Hatuey, Caupolicán, Túpac Amaru, Gaicaipuro, Caonabo o Pelantaro, pertenecientes a otras tribus indígenas, quienes también fueron vilmente asesinados.

A juicio de Juan Manuel Salinas, las manifestaciones que se dieron en 1992 al cumplirse los quinientos años de la llegada de los españoles a América, marcaron un rumbo importante para el señalamiento a la Corona española de genocida. Lograr establecer que existió el delito, sin duda, abrió un camino expedito para que se pudiera producir una reparación a todo nivel, siendo los responsables de los crímenes de lesa humanidad y genocidio: España, Inglaterra y Portugal. Asimismo, se abriría una brecha para condenar los delitos por esclavitud que sufrieron por igual los indígenas y el pueblo africano, contra los mismos países, incluyendo, además, pero en menor escala, a Francia y Holanda.

—Escuché que viajarán a Estados Unidos —dijo el licenciado cuando ya se estaban despidiendo.

—Es lo que tenemos en nuestra agenda —corroboró Diana.

—No quiero ser pesimista, pero no tengo claro cómo pueden apoyarnos las comunidades indígenas de ese país, si ellos no fueron víctimas de los españoles. Sus problemas son muy diferentes a los nuestros y no creo que nos consideren como pueblos hermanos —dijo Piracún con evidente escepticismo.

—En eso te equivocas, amigo mío —acotó de inmediato Juan Manuel Salinas—. Creo que hay algunas cosas que ustedes desconocen.

—No entiendo.

—Seré breve, pues se me hace tarde y el hotel está un poco retirado —dijo el licenciado en tanto le echaba un vistazo a su reloj.

—No te preocupes —intervino Teresita—, estoy segura de que Samuel estará encantado de llevarte.

—Por supuesto. Será un placer —agregó el abogado.

—Desde hace algún tiempo he seguido de cerca las investigaciones de un grupo internacional que estudia la migración proveniente de Siberia y que tuvo lugar hace quince mil años, dando como resultado el asentamiento indígena en América, desde el norte de Canadá hasta Tierra del Fuego, en Argentina.

—¿Quieres decir que toda la población indígena americana tiene sus raíces en Siberia?

—Así es, mi estimada profesora. Los investigadores analizaron las muestras de más de cincuenta comunidades indígenas diseminadas a lo largo de América y las cotejaron con diecisiete datos tomados en Siberia. La comparación del ADN encontró similitudes entre todas las tribus amerindias, lo que nos lleva a la conclusión de que sí existe una hermandad de sangre entre sus pueblos.

—Es un punto importante que debemos tener en cuenta —aceptó Piracún, pensativo y, de alguna forma, emocionado de que fuera así.

—Sin duda —dijo el licenciado.

Muy temprano, al día siguiente, Juan Manuel se puso en contacto con Teresita y la invitó a salir en la noche. La mujer se rehusó sin dar explicación. El historiador trató en vano de convencerla, pero ella agradeció y volvió a rechazar su ofrecimiento. Era como si temiera involucrarse más de la cuenta. La asustaba darse otra oportunidad en la vida. Él, por su parte, estaba lejos de renunciar. Sabía de sobra lo que sentía por la catedrática.

Dos días después y aprovechando el fin de semana, Salinas intentó de nuevo convencer a la profesora para que tuvieran su primera cita. Ella lo escuchaba por teléfono mientras sostenía la vieja pirámide del Sol que aquel le obsequió años atrás. Se sentía impedida al pensar en lo que podrían decir sus hijos. Temía mancillar la memoria de su esposo.

—Juan Manuel, no creo que sea correcto que salgamos.

—Pero ¿por qué razón? ¿Qué hay de malo en ello?

—No sé. Aún no estoy preparada.

—Teresita, discúlpame, pero ya han pasado cinco años desde la muerte de tu esposo. ¿Cuánto más tienes que esperar?

—También debo pensar en mis hijos.

—No, Teresita. Debes pensar en ti. Estás sola, como lo estoy yo. Quiero que conozcas mis sentimientos. Te aseguro que son buenos y genuinos.

—Lo siento. No puedo.

Teresita estuvo pensando en esa situación con Juan Manuel el resto del día. Le preocupaba haber sido descortés con el historiador. En la noche lo llamó por teléfono desde su casa para aclarar las cosas. Salinas no contestó. Dos horas después intentó comunicarse de nuevo, sin fortuna. Era la primera vez que él no atendía sus llamadas. Sin duda se había molestado.

Triste por el camino que tomaron las cosas, se acostó lamentando que todo hubiera salido de esa manera, pero la despertó un sonsonete que venía de afuera y que se hacía cada vez más intenso. Era el rasgar de guitarras y violines, acompañados de la voz de varios hombres entonando una canción. Sorprendida, se levantó a fisgonear por la ventana para saber para cuál de sus vecinas era el homenaje. Quedó abochornada al descubrir a Juan Manuel entre los cantantes. La serenata duró lo que ella tardó en bajar las escaleras para disolver el grupo con sus gesticulaciones. Al frente de su puerta y en pijama le reclamó al hombre por haberse tomado esa libertad.

—¿Cómo fuiste capaz? —le increpó acomodándose el cabello—. ¿Qué dirá Margarita? ¡Qué podrá pensar Gertrudis!

—Pero Teresita…

—Pero nada, Juan Manuel. Vete a tu hotel. Mañana hablaremos después de la reunión. No quiero que me vean hablando contigo a esta hora y en estas fachas.

Al día siguiente, mientras terminaba de arreglarse para salir a su trabajo en la universidad, escuchó que alguien tocaba a su puerta. Se extrañó, pues no esperaba a nadie. Muy seguramente se trataba de alguna de sus vecinas chismosas, que venían a preguntarle por la serenata de la noche anterior. Sin prestarle atención, continuó en lo suyo esperando que quien fuera terminara desistiendo de su intención. Al abrir la puerta se encontró con un hombre que llevaba un ramo de rosas para ella. La tarjeta estaba firmada por Juan Manuel Salinas: "Teresita, espero que estas flores sean más elocuentes de lo que hasta ahora ha podido ser mi corazón". La mujer arrancó la tarjeta y recibió el ramo. Mientras lo hacía se percató con disgusto de que una de sus amigas fisgoneaba desde la ventana de su apartamento.

Al terminar la reunión nocturna en la oficina de los abogados, le pidió al licenciado que fueran a otro lugar donde pudieran hablar en privado.

—Agradezco tu amabilidad —comenzó diciendo la historiadora en el restaurante al que el licenciado la invitó a cenar—, no puedo negar que eres todo un caballero. Posees una galantería que a cualquier mujer le encantaría. Pero yo no soy esa mujer. Me agradas, podría pasarme horas hablando contigo. Pero no estoy interesada en una relación.

—Teresita, te he cortejado porque estoy convencido de que podríamos darnos una oportunidad. Estoy seguro de lo que siento por ti, pero si tu corazón no siente lo mismo, creo que será mejor que no siga en esta lucha por lograr tu amor. Si lo que deseas es que desista de mis intenciones, lo haré. Pero antes quiero que contestes una pregunta. Si tu respuesta es negativa, me levantaré y saldré de aquí y te prometo que no volverás a saber de mí.

—¿Qué es lo que quieres saber?

—Quiero que me digas, con toda sinceridad: ¿en verdad en tu corazón no habita ningún tipo de sentimiento hacia mí?

—¿Por qué me preguntas eso? ¿No podemos ser solamente amigos?

—Por favor, contesta mi pregunta.

—Juan Manuel, ¿cómo puedes pensar que no tengo sentimientos? Soy vieja, conservadora y quizá un poco anticuada, pero no se te ocurra que soy insensible. ¿Quieres saber la respuesta? Te la diré: sí, me gustas. Desde el primer momento que te vi me pareciste un hombre maravilloso, inteligente, atractivo. Esa fue la razón que me llevo a alejarme de ti. Porque amaba a mi esposo y no quería engañarlo ni siquiera con el pensamiento.

—Eso lo entiendo y créeme que lo valoro mucho. Habla muy bien de tu integridad. Pero, entonces, ¿qué te detiene ahora para poder conocernos mejor?

—Mis hijos… El recuerdo de mi esposo… Y lo más importante, tal vez: me da miedo enamorarme y perder de nuevo al ser que amo. No lo podría soportar. No otra vez.

Al final pudo más la persistencia del licenciado Salinas que el continuo rechazo de esa dama mesurada. De allí fueron a un bar en un centro comercial y pasaron largo rato en silencio escuchando algunas melodías. Antes de la medianoche, Juan Manuel se ofreció a acompañarla hasta su casa y allí se despidieron con un tímido beso.

—Hoy me has hecho el hombre más feliz del mundo. Gracias, Teresita —dijo Salinas mientras ella ingresaba a su casa.

La mujer cerró la puerta y se recostó sobre la misma. Cerró los ojos y sintió que su corazón cambiaba su ritmo y ahora cabalgaba más fuerte y parejo.

Luego de que Samuel y Diana dejaran todos sus asuntos en Bogotá y pusieran el proyecto en manos de Ernesto, reservaron el viaje a suelo estadounidense para la madrugada del martes 22 de marzo. Aprovecharían los días de receso por la celebración de la Semana Santa en Colombia para visitar al líder cherokee en su tierra.

Un vuelo directo de American Airlines los conectaría inicialmente con la ciudad de Dallas, en el sureño estado texano. Después habrían de cubrir un largo trayecto por tierra hasta la ciudad de Tahlequah, en Oklahoma. Dado que aún no contaban con los recursos necesarios para sufragar sus gastos de viaje y alojamiento, acordaron que el abogado usara una de sus tarjetas de crédito para cubrir el costo del traslado. Todos los recibos y soportes de estos gastos, así como los que se ocasionaron por el viaje de Diana a Perú y Argentina, le fueron entregados a Claudia para que en cuanto hubiera presupuesto les fueran reembolsados.

El indígena mexicano de quien Diana esperaba comunicación adelantó su llamada y el lunes en la mañana, antes del viaje, contactó a la chica para manifestarle su imposibilidad de recibirla durante las dos semanas siguientes.

—Lo lamento. Surgió algo de último momento y tendré que viajar a Ciudad Juárez. No regresaré sino hasta dentro de quince días.

—Esperaremos tu regreso. Por favor, avísanos cuándo estés listo.

—Si puedes, envía toda la información a mi correo electrónico.

—Claro, yo puedo hacer eso.

—Entre tanto yo lo revisaré y estaré enterado de todo para cuando formalicemos la reunión.

La chica procedió y le envió al líder nahua toda la documentación que ya tenían elaborada. Era prioritario contar con el apoyo de las comunidades indígenas mexicanas.

XVI

Sendero de lágrimas

Bogotá D.C., Colombia
martes 22 de marzo de 2016
9:00 p. m.

De acuerdo con lo convenido, Diana se encontró con Samuel en el aeropuerto El Dorado de la capital colombiana. La antropóloga le comentó que un muchacho llamado Óscar los esperaría en la terminal aérea y les daría todos los detalles sobre la entrevista. Allí alquilarían un automóvil y conducirían hasta donde estaba establecida la comunidad cherokee, a cuatro horas de allí. Cerca de la medianoche y sin retrasos abordaron la aeronave que los llevaría a territorio norteamericano.

—¿Cómo conociste a ese muchacho? —preguntó el abogado después de que el avión despegó.

—¿Recuerdas cuando te comenté del proyecto del Gran Acuífero Maya en Yucatán?

—¡Cómo olvidarlo! El que rechazaste por quedarte a ayudarnos.

—El hermano del director de ese proyecto vive en Dallas y conoce mucha gente. Él es antropólogo y lo conocí en College Station, cerca de Houston, durante una especialización que hicimos.

—¿El hermano del director es Óscar?

—Sí. Así es. Es una buena persona. Ya lo conocerás.

La muchacha guardó silencio y trató de dormir. Sabía que luego de llegar a Dallas tendrían un día muy largo. De repente, escuchó que Samuel susurraba su nombre.

—Diana…

—Sí, dime —contestó la mujer con los ojos entrecerrados.

—Si Óscar no viene con nosotros a Oklahoma, ¿cómo haremos para comunicarnos con el jefe indígena?

—No te preocupes. Ya veremos qué sucede.

Óscar estaba esperando cuando ellos atravesaron la gran puerta a la salida del área de inmigración. El muchacho abrazó a Diana y no escatimó esfuerzo en exteriorizar su alegría por el reencuentro con la bella chica.

—Estás chulísima —dijo antes de percatarse de que no venía sola.

—Hola, Óscar. Qué gusto verte.

—Oh, lo siento —se disculpó el hombre de inmediato en cuando vio a Samuel—. ¿Ustedes dos…?

—No, Oscar, no te preocupes. Samuel y yo somos solo amigos —contestó la antropóloga sonriendo y aprovechando el momento para presentarlos.

—Ufff —dijo Óscar aún ruborizado—, creí haber sido impertinente.

El mexicano les entregó varias hojas y les explicó que el jefe principal de la nación Cherokee los atendería al día siguiente. Allí estaban su dirección, el nombre del contacto, la hora a la que serían recibidos y varios mapas de la zona.

—Creí escucharte que nos vería hoy en la tarde.

—Eso me dijeron ayer por la mañana, pero anoche me llamaron para posponerla para el miércoles. ¿Quieres que llame a ver si pueden hacer algo?

—No, Óscar, no será necesario. Ya has hecho mucho por nosotros.

El muchacho los acompañó otro rato y no los dejó hasta asegurarse de que el auto les fuera entregado en el centro de alquiler. Luego de desayunar en un restaurante cerca del aeropuerto, digitaron la dirección en el GPS que les fue suministrado con el vehículo y emprendieron camino a Oklahoma. A la una de la tarde arribaron sin contratiempo a Tahlequah. El calor, a pesar de que apenas empezaba la primavera, se hacía sentir con rigor.

Transitaron Muskogee Avenue y se alojaron en un moderno hotel cerca de un centro comercial. Después de registrarse salieron a almorzar y, de regreso en el hotel, decidieron dedicar el resto de la tarde a descansar cada uno en su cuarto. La chica permaneció en su habitación hasta cerca de las cinco de la tarde. Tenía pensado bajar a la piscina del hotel en la planta baja, por lo que se puso un bikini rojo que traía en su equipaje.

Antes de salir se cubrió con una bata blanca de toalla, que encontró en uno de los compartimentos del cuarto. Luego tomó la tarjeta para abrir la puerta a su regreso y se dirigió al ascensor ubicado en uno de los pasillos. Samuel permanecía recostado en la cama. A pesar de sentirse cansado, le fue imposible conciliar el sueño. Miró el reloj sobre el escritorio de la habitación y comprobó que eran las 5:10 de la tarde. Le llamó la atención que, a pesar de la hora, el sol aún se mantenía casi en el cenit. Con el control del televisor en la mano saltaba por todos los canales disponibles, sin encontrar algo que fuera de su interés o que, al menos, se transmitiera en español. Era evidente su aburrimiento.

Resuelto, levantó el teléfono del hotel y marcó a la habitación de Diana. Escuchó el repiqueteo monótono en la línea, pero este nunca fue contestado. Pensó que la chica, seguramente, estaría dormida. Con cierto desespero, tiró el control sobre la cama, embutió sus pies en los zapatos de cuero, se alisó un poco el pantalón y salió del cuarto con paso firme.

La muchacha ingresó al área de la piscina y buscó el lugar donde estaban emplazadas las sillas para tomar el sol. Se dirigió hasta allí y se acostó placenteramente bocabajo. Nunca se borraba de su mente esa agradable sensación y el maravilloso placer que esto le causaba.

Samuel atravesó el *lobby* del hotel y se dirigió al bar. Miró a través de los grandes cristales que daban a la piscina y se detuvo de inmediato cuando sus ojos percibieron el cuerpo de una escultural mujer que yacía tendida sobre una de las sillas. Se acercó al inmenso ventanal, al tener la sensación de que algo le era familiar en esa muchacha. ¿Era su cabello? No estaba seguro. Con cierta duda, se acercó y empujó la puerta de vidrio que daba acceso a la piscina y caminó lentamente hasta donde se encontraba la chica.

A medida que se acercaba, comprobaba aún más los atributos de la sensual mujer. De repente, se detuvo cuando se le cruzó por la mente que se podía tratar de Diana. Pero era imposible. Ella estaba en su cuarto, además, ¿de dónde podría ella haber sacado un traje de baño? Estaba en un dilema. Continuaba avanzando hacia la chica o se alejaba y buscaba el camino al bar. ¿Y si era ella? ¿Y si no lo era? ¿Qué sería mejor: que fuera o que no lo fuera?

Decidido y con una idea fija en la cabeza, siguió y se plantó al lado de la mujer.

—¿Diana? —preguntó sin poder dejar de mirar las hermosas piernas de la chica.

La mujer saltó de la silla y quedó sentada frente a Samuel.

—Disculpa, no quería molestarte, es que estuve llamando a tu cuarto y al ver que no contestabas salí a buscarte. Creí que podías estar necesitando algo.

—No —dijo la chica un tanto sonrojada—, estoy bien. Solo bajé a tomar el sol y a nadar un poco.

—Ya veo. Estaré en el bar —dijo el hombre, me gustaría que me acompañaras cuando termines aquí.

—Está bien. Iré más tarde.

Se reunieron en el bar cuando el reloj marcaba las siete. Aún el sol se negaba a ocultarse y la noche se resistía a cubrir con su manto la pequeña ciudad. Mientras platicaban, tomaron algunas bebidas sin llegar a embriagarse. Sabían que al día siguiente debían estar lúcidos para llegar a tiempo a la cita con el jefe indio. Se planteaban, entre tanto, los posibles escenarios que se encontrarían al dialogar con el nativo americano.

A pesar de que la entrevista fue programada para las nueve de la mañana, y de que trasladarse desde el hotel a las instalaciones de la nación cherokee les tomaría no más de diez minutos, acordaron anticiparse y salieron a las ocho para evitar cualquier inconveniente o retraso. Diana quedó impactada con la organización y con las modernas oficinas que encontró a su llegada. El contraste entre el sitio en que atendía el jefe indio cherokee y cualquiera de los otros indígenas que visitó en sus comunidades era simplemente abismal, colosal, indescriptible.

Tuvieron que esperar cuarenta y cinco minutos en la recepción, pues a pesar de ser anunciados, no fueron recibidos sino hasta la hora convenida. El hombre, físicamente, también difería por mucho de la fisonomía que encontró en los indígenas latinoamericanos. Jimmy Smith era un hombre de unos sesenta y cinco años, de piel cobriza y facciones fuertes. Vestía un traje formal y sus modales enseñaban a una persona en extremo educada.

—*How may I help you, guys?* —preguntó una vez que se presentaron formalmente y que los visitantes se acomodaron en sus sillas.

—Well —comenzó diciendo la antropóloga para sorpresa de Samuel, quien desconocía que la chica hablaba inglés—: *We're here because we need your support to demand the Monarchy of Spain.*

El jefe principal indio, quien había estado manipulando irreflexivamente una pequeña pieza de madera, se detuvo *ipso facto* y miró fijamente a la muchacha.

—*What are you talking about?*

Diana se dedicó entonces por completo a explicarle al jefe de la nación Cherokee el propósito y alcance del proyecto que estaban organizando en Bogotá.

Le comentó del apoyo que tenían ya de la comunidad shipibo y mapuche en Suramérica y del patrocinio que les fue ofrecido por un empresario indígena en Bolivia. Enfatizó la manera miserable como los indígenas latinoamericanos estaban viviendo en la actualidad, producto de un proceso de deshumanización que comenzó cinco siglos atrás. Le habló de las matanzas, de las violaciones, de la esclavitud y del saqueo del que fueron víctimas los pueblos nativos de América. El hombre escuchaba con atención la exposición de la mujer, y de vez en cuando reparaba en el rostro de Samuel. Era como si en su mente rodara una película en blanco y negro, donde, escuetos y descarnados, se sucedían uno a uno los eventos ocurridos en el pasado.

Por último, y como para no darle espacio a la duda sobre el apoyo que el jefe indio debía brindarles, le refirió algunos puntos sobre el estudio genético que algunos investigadores adelantaban sobre los pobladores indígenas americanos. Después de casi treinta minutos de disertación, la muchacha guardó silencio y esperó a que Jimmy Smith se pronunciara. El silencio en el cuarto se tornó en incomodidad luego de que el jefe indio mantuvo su mutismo por más de cinco minutos. El abogado miraba a Diana, inquisitivo, pues no había entendido una sola palabra de lo que allí se dijo.

El sexagenario por fin tomó la palabra y les expresó lo que su razonamiento le indicaba. Su voz, ronca y pausada, retumbó en la elegante oficina colmada de toda suerte de elementos alusivos a su cultura. Se lamentó al saber la situación que estaban viviendo sus pueblos hermanos del sur. Le explicó que lo que ella veía en su oficina y en él no reflejaba la total realidad de lo que vivían las comunidades indígenas de Norteamérica.

Le manifestó también su conocimiento acerca de las investigaciones sobre los genomas de los pueblos amerindios y coincidió en que siempre consideró a todos los pueblos indígenas de América como sus hermanos. Ellos también vivían su propia tragedia. El gobierno no perdía oportunidad para recalcar que la primera potencia mundial se preocupaba profundamente por que las comunidades nativas mantuvieran su lenguaje, cultura e identidad, pero en muchos casos su pueblo era objeto de los abusos a manos de las autoridades locales.

Comentó que continuamente se presentaban casos, como el de una mujer nativa del pueblo comanche, quien, pocas semanas atrás, murió en una celda debido a los choques eléctricos propinados por la policía. La indefensa mujer había sido detenida por los uniformados pocas horas antes por estar ebria. Apesadumbrado, Jimmy Smith les confesó que muchos nativos de las diferentes etnias indígenas se refugiaban en el alcohol al sentirse rechazados por la sociedad. Un escaso veinte por ciento de ellos lograba conseguir trabajo en las ciudades. Adquirir vivienda se convertía en una pesadilla y la discriminación, como sucedía con los indígenas de otros países, era evidente.

Con el paso de los años, el pueblo cherokee logró agruparse y crearon empresas, abrieron fábricas y casinos. Así lograron tener un ingreso para las necesidades básicas de su comunidad. Otras naciones indígenas hicieron lo mismo, como los osage, quienes, al saberse dueños de los recursos del subsuelo de las tierras que habitaban, aprovecharon e incursionaron en el negocio de la explotación del petróleo.

Le indicó que la xenofobia en algunos sectores iba en preocupante crecimiento. Cada día eran testigos del acentuado racismo que fluía, venenoso, por las venas de algunos hombres blancos. El jefe se levantó de repente de su escritorio y, luego de sacar un pequeño disco de uno de los cajones, se encaminó hasta el televisor que colgaba de la pared. Con movimientos precisos, encendió el aparato e insertó el disco en uno de los compartimentos ubicado al lado del televisor. Mientras ponía a rodar un video, le mencionó a la chica que era importante que vieran su contenido.

En la reproducción se veía un grupo de norteamericanos en un parque cerca de una calle principal, con pancartas y banderas estadounidenses, protestando contra los inmigrantes ilegales en la unión americana. Unos segundos después apareció en escena un hombre de aspecto indígena empujando el coche de un bebé, visiblemente molesto y enfrentando a la multitud. El hombre, que rondaría los treinta y cinco años, les gritaba frenéticamente y en perfecto inglés:

"Cállense… cállense… ustedes son los verdaderos putos ilegales… ustedes son los ilegales… ustedes son los ilegales… a ustedes nadie los invitó a venir aquí… nosotros somos los únicos nativos americanos aquí… esa es la verdad… nosotros somos los únicos nativos americanos aquí… todos ustedes son ilegales… nosotros no los invitamos a venir a ustedes… esa es la verdad... lárguense... lárguense... con sus tontos argumentos... lárguense con sus tontos argumentos... debimos haberles puesto un anuncio cuando ustedes, hijos de puta, llegaron... sí... es la verdad... esa bandera representa la sangre derramada por verdaderos nativos americanos protegiendo esta tierra... cuando ustedes fueron los invasores... sí... verdad... verdad... no quieren escuchar la puta verdad, cierto... eso es lo que dice esa bandera... todos los nativos americanos que ustedes mataron cuando plantaron sus casas aquí... es la verdad... es la verdad... es la verdad".

La manifestación se disolvió de inmediato. Nadie quedó allí. Ni pancartas ni banderas. Solo el indígena americano con su pequeño bebé.

El líder indio le manifestó a Diana que existía el inconformismo. Que aún el odio persistía en muchos corazones de los pueblos indígenas. Quizá los problemas de los indígenas de Norteamérica diferían enormemente de los de sus hermanos indígenas latinoamericanos, pero también eran problemas. Al final, le dijo que la guerra de ellos no era contra los españoles. El problema de las comunidades indias de Estados Unidos era contra el hombre blanco. Le aseguró que seguiría de cerca la demanda, pero de momento no podía darle su apoyo.

Coincidió en que el hombre blanco y la Corona española deberían responder en conjunto al pueblo africano, a quien arrancaron de su tierra y esclavizaron en América, por su descomedida ambición de poder y dinero.

"El Triángulo Negrero" fue el gran negocio que duró varios siglos y que llevó a zarpar cientos de barcos de Europa hasta África para recoger esclavos y llevarlos al continente americano. En ese comercio transatlántico eran canjeados por oro que, a su regreso al viejo mundo, servía para comprar más barcos y, por consiguiente, llevar más esclavos a América. El hombre le dio un sincero abrazo a cada uno de ellos y cerró la entrevista con unas palabras que quiso que Diana le tradujera a Samuel.

"Si se quiere un mundo mejor, si queremos un planeta sin odios y sin resentimientos, las potencias europeas deberían comenzar

por reconocer sus atrocidades contra los pueblos indígenas de América, contra el pueblo africano y contra todas las víctimas que dejaron a su paso, en su desquiciada carrera por controlar el mundo y por hacerse dueños y amos absolutos del mismo. Eso debe cambiar si no queremos que continúen los Senderos de Lágrimas".

Regresaron al hotel con una combinación de sentimientos en los que prevalecían la decepción, el fracaso y la duda. Todos ellos se encadenaron arropando sus corazones con una triste y sombría emoción que agotaba y deprimía. En la noche decidieron visitar de nuevo el bar. Esa sería su última noche en suelo norteamericano. En la mañana viajarían de regreso a Dallas y en la tarde retornarían a la capital colombiana. Después de algunas cervezas y cocteles, decidieron que el tiempo no se había perdido del todo. En Jimmy Smith encontraron a alguien más en el camino que luchaba a su modo contra las injusticias del hombre. Estaban en el mismo bando, pero luchaban contra diferente enemigo.

—Hay algo que no entendí —dijo Samuel pensativo, mientras exhalaba el humo de su enésimo cigarrillo.

—¿Qué cosa?

—¿A qué se refería él cuando habló del Sendero de Lágrimas?

—Por lo que recuerdo, el "Sendero de Lágrimas" es como se le conoce a una marcha que tuvieron que emprender más de quince mil indígenas cherokee en 1838, desde varias partes del país hasta estas tierras. La travesía, que fue forzada por el mismo presidente Jackson, quien juró proteger al pueblo norteamericano, se realizó en medio del crudo invierno de ese año, presionados por las fuerzas militares, dejando más de cuatro mil indígenas muertos.

—Ahora entiendo por qué lo dijo con la voz quebrada.

Estuvieron en el bar hasta la una de la mañana, hora en que el lugar comenzó a cerrar. Entusiasmados, compraron una botella de vino, subieron al cuarto de Diana y allí la destaparon. No había motivo para celebrar, pero sí querían algo más de tiempo para platicar. Dialogaron por casi dos horas. Diana le comentó acerca de sus contribuciones para la revista científica de poco renombre que hacía con regularidad, y de sus investigaciones sobre el desplazamiento de los pueblos indígenas sucedidos en América desde su aparición en el continente.

Poco antes de las tres de la madrugada, Samuel, atontado por el licor, se levantó de la silla para despedirse de la chica, quien se reía por los ademanes graciosos del abogado. Ella, a su vez, se levantó para acompañarlo a la puerta y al intentar salir a través del reducido espacio disponible entre la cama y un ancho y abullonado sillón, se enredaron de tal forma que cayeron pesadamente uno encima del otro sobre la cómoda silla.

Las carcajadas no se hicieron esperar. La chica no podía contener la risa. Él trataba de levantarse una y otra vez y caía de nuevo sobre ella. Diana intentaba ayudarlo, pero desde su posición no había mucho que pudiera hacer. La hilaridad se transformó en sonrisas tímidas. En alientos que cortaban. En temblores invisibles. El ambiente se saturó de un silencio a la vez mágico y nervioso. La respiración acompasada de esos dos seres hambrientos de amor en la habitación sació el entorno. Con delicadeza, él la levantó en sus brazos y la acomodó en la cama con ternura. Agachando la cabeza, se arriesgó sin ambages a depositar sus labios sobre los de ella. Fue un beso largo y apasionado. La muchacha estaba cautivada. Cerró sus ojos y se dejó arrastrar. Ambos, por breves minutos, fueron dos cuerpos entregados a la seducción y el deseo. Ella no quería que acabara. La humedad de sus besos dio paso a caricias tiernas. Eran dos almas envueltas en un torbellino ensoñador.

Samuel la tomó por el cabello suavemente y comenzó a besar su cuello sin parar. Una vez que las prendas cayeron dejó que sus cuerpos se hicieran uno. El suave movimiento del amor los arrastraba en una melodía cadenciosa, que se detuvo bruscamente cuando, de repente y sin razón aparente, Samuel se levantó y dejó a Diana desnuda en la cama. Sola con sus sábanas.

—Lo siento —dijo—, debo irme.

Y sin esperar respuesta dio media vuelta y se retiró de la habitación. Diana se incorporó sorprendida. No tenía idea de lo que pudo haber provocado esa reacción en Samuel. La asustaba ese extraño comportamiento. Decidida a no pensar más en ese asunto se puso un pijama y se acostó a dormir.

Por el contrario, Samuel en su habitación parecía estar en *shock*. Sentado en la cama y con la cabeza a dos manos, pensaba en lo que acababa de hacer. Quería regresar a la habitación de la muchacha y ofrecerle una disculpa. Luego lo analizó mejor y decidió dejar las cosas como estaban y esperar hasta el día siguiente para darle una explicación. Su inconsciente le hizo confundir ese sublime momento, haciendo que por un instante pensara que estaba besando a su exmujer. Su mente lo había traicionado. No era él quien actuó de esa manera, fue una locura temporal que se encargó de mandar todo al traste.

En la mañana se encontró con la muchacha en la recepción. Subieron el equipaje al vehículo y estaban a punto de partir cuando uno de los empleados del hotel los alcanzó.

—*Miss Diana, somebody is asking for you at the lobby's phone.*

—¿Qué sucede? —preguntó Samuel, desconcertado.

—No lo sé. Alguien llamó a la recepción y pregunta por mí. Ahora regreso.

El abogado se quedó dentro del auto con el motor en marcha. No podía imaginar quién estaba llamando a la chica. Allí nadie los conocía.

—¿Aló? —contestó la muchacha con curiosidad.

—¿Diana? —escuchó la voz desconocida de un hombre al otro lado de la línea.

—Sí. Soy yo ¿Quién es?

—Mi nombre es Austin —se presentó el hombre hablando un español muy limitado.

—¿Y en qué te puedo ayudar?

—El jefe Jimmy decirme que tú estando en el pueblo.

—Así es, pero ya nos estamos marchando. Nos espera un vuelo en Dallas.

El hombre le dijo que trabajaba por su cuenta, que el jefe indio le comentó la noche anterior los pormenores de lo que estaban haciendo y que tenía la intención de colaborarles.

La mujer se mostró agradecida por el ofrecimiento y le pidió que hablaran de nuevo cuando ella regresara a Bogotá. Para ello le dio su número telefónico personal y quedaron en hablar en unos días.

De camino a Dallas le contó a Samuel lo que habló por teléfono.

—Quedamos en que me llamará cuando estemos de regreso en Colombia.

—Toda ayuda es bienvenida —dijo Piracún, tratando de eludir el sol que le daba de lleno en la cara.

—Lo mismo pienso yo.

—Diana, respecto a lo que sucedió anoche… —comenzó a decir el hombre cuando fue interrumpido por la chica.

—Anoche no existió —dijo tajantemente la muchacha, dejando en claro que no quería tocar el tema.

El abogado prefirió callar. Lo intentaría más tarde. No podían regresar a Colombia sin aclarar primero ese asunto. Un incómodo silencio los acompañó durante todo el recorrido. Llegaron a Dallas pasadas las dos de la tarde, almorzaron y se dirigieron de inmediato al aeropuerto. Unas horas más tarde el avión abandonó la pista del Aeropuerto Internacional Dallas-Fort Worth, y en pocos minutos se perdió en el azul horizonte del firmamento de Texas.

Mientras surcaban los cielos, Samuel intentó nuevamente hablar con la muchacha.

—Diana, por favor, déjame explicarte lo que pasó anoche en el hotel.

—Ya te lo dije una vez. Anoche no pasó nada. No deseo tocar más ese tema. Considéralo como un asunto olvidado.

El sábado, todos, incluido el licenciado Salinas, se reunieron en el apartamento de Samuel. La antropóloga se encargó de entregar un detallado informe de la gestión, no muy productiva, de su viaje a tierra estadounidense. Para nadie fue una sorpresa la respuesta negativa del pueblo indígena norteamericano. Sabían del riesgo que se corría cuando de conseguir apoyo se trataba. Tenían claro que debían seguir golpeando puertas. Algunas terminarían abriéndose.

Claudia atenuó el resultado obtenido por los viajeros, comentándole al grupo que el empresario boliviano aportaría la nada despreciable suma de veinticinco mil dólares. Pero eso no era todo. De los dos amigos suyos, uno no tuvo reparos en apoyarlos económicamente, haciendo una contribución de quince mil. El tercero de ellos fue enfático en decir que no pondría su dinero en algo que no tenía futuro.

—Los aportes suman ya cuarenta mil dólares y estarán disponibles en menos de una semana —dijo Claudia—, hay unos temas legales que ya está manejando Ernesto para darle transparencia al manejo del dinero recibido.

—Sí. Eso es importante. Creo que financieramente vamos bien. Debemos seguir. Apenas hemos conseguido el veinte por ciento del presupuesto total —dijo Samuel.

—No te preocupes. Tendré una cita con un hombre llamado Eddie Cardona. Vendrá pronto a Colombia y al parecer quiere ayudarnos. Entre tanto seguiré buscando con el sector privado, las alcaldías, gobernaciones, la banca y hasta con organismos internacionales.

—Quizá con algunos empresarios peruanos. Recuerda que muchos de ellos, como yo, tienen ascendencia indígena y eso los puede motivar a ayudar.

El turno le correspondió a Ernesto, quien, desde su llegada a la reunión, se mostraba inquieto y sonriente.

—Por mi parte, tengo que informarles… que no ha habido grandes cambios durante su ausencia. Excepto… que algunas cosas sí tuvieron algo…

—Me estás desesperando, Ernesto —interrumpió Claudia—. Si hay algo, dilo ya. Nos estás impacientando a todos.

—Mujer, no tienes calma. Estoy buscando las palabras para entregar mi informe. ¡No pierdas la paciencia!

—¡Ernesto!

—Está bien. Está bien. Le quitas la magia al momento… Pierre me llamó hoy en la tarde. ¡Tomarán el caso!

La tranquilidad reinante hasta ese momento en el apartamento de Samuel se transformó de inmediato en una algarabía total. Todos intentaban hablar al mismo tiempo. Teresita le prodigaba un fuerte abrazo a su exalumno, mientras que Claudia y Diana, con alegría, se tomaban de las manos. Ernesto gritaba a lo que daban sus pulmones, pero nadie lo escuchaba. Juan Manuel Salinas era el único que mantenía la calma, aunque disfrutaba igual de la alegría de sus nuevos amigos.

—Cálmense, por favor —pudo por fin decir Ernesto—, aún me queda algo muy importante que decirles.

Poco a poco se fueron apaciguando los ánimos, el jolgorio de repente dio paso a la mesura.

—Está bien, dínoslo ya —dijo Samuel.

—Nuestros abogados en Bruselas ya tuvieron contacto con la Corte Penal Internacional. Según el Estatuto de Roma, hay una posibilidad de que se pueda demandar a la Corona española como institución. No obstante, la Corte no quiere hacer algo indebido.

—¿Qué es exactamente lo que quieres decir?

—Ya te explico. La Corte abrirá una ventana para revisar toda la documentación que aportemos. Si encuentran fundamento suficiente en la evidencia que presentemos, entonces sí recibirán una demanda formal. Por ahora deberemos prepararnos suficientemente para sustentar la solicitud.

—¡Pero esa es una excelente noticia!

—Claro que lo es, no aceptarán la demanda aún, pero nos escucharán y de nosotros depende que la radiquen. Apenas si puedo creerlo.

—¿Cómo lo tomaron los abogados?

—Lo tomaron como algo previsible. Lo que dicen es lo que en realidad me preocupa.

Todos guardaron silencio. Sabían que no podía haber felicidad completa.

—¿Qué es lo que dicen? —preguntó Samuel.

—La Corte les dio cuarenta y cinco días para radicar toda la documentación.

—Eso quiere decir que…

—Quiere decir que solo tenemos treinta días a partir de hoy para entregar al bufete todo lo que tenemos.

—¿Qué pasa después? —preguntó Diana.

—La Corte se tomará quince días para reunirse y entregar el fallo.

—Es una carrera contra el tiempo.

—¿Hablaron de los honorarios? —preguntó Claudia.

—Ese es el otro punto.

—¿Qué pasó?

—Dicen que, por ahora, solo hablaremos del costo de la radicación para que la documentación sea revisada. No será mucho para comenzar, pero después de eso y, si aceptan la demanda, hablaremos del costo del proceso.

—¿Y qué tiene eso de malo? —dijo Diana al ver a Ernesto preocupado.

—Algo no me suena bien. No termino de creerme tanta amabilidad de estos abogados. Me asusta pensar que ellos estén tramando algo con los españoles. No podemos dejar de lado el hecho de que son europeos. Además, sabemos lo manipuladores que son los españoles con las altas cortes.

—Debemos confiar —lo conminó Piracún, encendiendo un cigarrillo—, no podemos dudar en estos momentos. Es todo lo que tenemos.

—Otra cosa, los abogados quieren que estemos conscientes de que el fallo que se dé en la Corte será en respuesta únicamente a nuestra solicitud y no a las pretensiones que estamos persiguiendo.

—Eso lo tenemos claro. Las pretensiones irán con la demanda final.

—Eso en caso de ganar la primera instancia.

—¿Qué pasa con tu optimismo? Claro que la ganaremos.

La reunión terminó en medio de abrazos y con el ánimo en su punto más alto. Entre Diana y Samuel también un abrazo, pero este fue tímido. Frío. Distante.

El teléfono de la antropóloga comenzó a sonar mientras ella conducía su automóvil hacia su casa en la soleada tarde de sábado.

—¿Aló?

—¿Diana? —preguntó una voz que ya le era conocida—, es Austin. Yo estoy aquí.

—¿Austin?

—Sí. Yo estuvo hablando contigo antes.

—Oh, sí. Hola. No sabía que hablabas español.

—Un poquito.

—¿Cómo estás?

—Bien, quería decirte a usted que yo estoy aquí.

—No te entiendo. ¿Dónde estás?

—Aquí, en Bogotá. ¿Dónde tú quiere verme?

—¿Estás en Bogotá? —preguntó de nuevo la chica confundida.

—Sí, eso es que estoy diciendo. Estoy en Bogotá.

—¡No lo puedo creer! ¿En qué parte de Bogotá estás?

—Yo estando en la aeropuerto.

—Está bien. No te muevas de ahí, voy en camino.

La mujer cortó la llamada y le marcó de inmediato a Samuel.

—Austin llamó. Está aquí en Bogotá.

—¿Quién? ¿Austin?

—Sí, el hombre que me lla…

—Sé de quién me estás hablando, pero ¿qué está haciendo aquí?

—No lo sé.

—¿Le dijiste que viniera?

—No. Yo no le dije eso. Solo le dije que hablaríamos cuando llegara a Bogotá.

—Quizá no fue eso lo que él entendió.

—Oh, por Dios. Creo que él asumió otra cosa. Voy camino al aeropuerto a recogerlo. ¿Lo puedo llevar a tu apartamento?

—Claro. Aquí los espero.

XVII

Los nuevos adeptos

Austin Sullivan, según el fino parecer de Diana, era un hombre encantador y en sumo grado interesante. El norteamericano, de expresivos ojos azules y frondoso y ensortijado cabello rubio, estaba plácidamente sentado en el andén fuera de la terminal aérea, leyendo un desgastado ejemplar de *Reflections on the Revolution in France*, de Edmund Burke, mientras esperaba la llegada de la mujer. La chica todo se imaginó, menos que aquel individuo de cuerpo atlético y piel bronceada, de actitud despreocupada y seductora sonrisa, con barba de varios días y solo un morral como equipaje, fuera el mismo con quien ella hablara por teléfono unos días atrás en esa pequeña población en el estado de Oklahoma.

Al ver que era el único hombre de apariencia estadounidense a la salida del aeropuerto, se estacionó cerca de él y probó gritando su nombre. El muchacho, de treinta dos años, solo entonces levantó la cabeza y le sonrió. Diana, quien en principio pensó que la llegada de aquel desconocido se le convertiría en la peor de sus pesadillas, paseaba ahora dispuesta y entusiasmada, mostrándole al forastero la congestionada y ruidosa metrópoli colombiana.

Fue ya entrada la noche cuando se presentaron en el apartamento de Samuel. El abogado se mostró apático desde el principio, luego de darse cuenta de que existía algo de química entre ellos. No quería que se le viera celoso. A su juicio, aquel hombre era el típico aventurero, de aspecto desaliñado, botas polvorientas y pantalones vaqueros raídos, que sin rumbo fijo deambulaba por el mundo buscándole una razón de ser y un sentido a su vaga y solitaria vida americana.

No obstante, haciendo gala de su cortesía y de su profesionalismo, recibió al recién llegado y lo atendió de la mejor manera que le fue posible. Diana, quien no se percató de la reacción inicial de Samuel, hizo un breve resumen del proyecto para que Austin entendiera el alcance del mismo. Hasta ese momento ellos no tenían idea de cómo el muchacho podía serles de utilidad.

El estadounidense les explicó que se había graduado hacía varios años en ciencias sociales y que, a raíz de uno de sus viajes de exploración en un campamento de verano, tuvo íntimo contacto con la cultura maya, lo que cambió su forma de ver la humanidad. Desde entonces, se dedicó a conocer las diferentes etnias indígenas de Centro y Norteamérica. Cuando escuchó hablar al jefe cherokee sobre la visita de ellos a su oficina y el proyecto con el que buscaban el apoyo de las comunidades indígenas, supo que era la oportunidad de conocer otras culturas y de brindar su ayuda, pues, a decir verdad, llevaba mucho tiempo investigando los problemas de los nativos en el continente americano.

Samuel trató de disuadir a Austin comentándole que el proyecto tomaría un tiempo en desarrollarse y que no contaban con presupuesto. Todos estaban de manera voluntaria, sin remuneración. El muchacho se mostró de acuerdo con las condiciones y ansioso de comenzar a colaborar. Eran evidentes su entusiasmo y su deseo de aportar conocimientos. Lo presentarían al grupo durante la siguiente sesión. No tuvo reparo en pasar la noche en la sala del apartamento del abogado: era algo incómodo, pero le parecía mejor que amanecer aislado en la soledad de un hotel.

A la reunión del martes, Juan Manuel Salinas llevó la documentación inherente a las investigaciones sobre el ADN de los amerindios.

—Retomando lo dicho —comenzó diciendo el licenciado—, las investigaciones permitieron establecer que todos los nativos en América tienen el mismo cromosoma, o si se prefiere, ADN, que los integra de manera definitiva a una misma etnicidad.

—Aunque no es algo que nos afecte en este momento —dijo Teresita—, me pregunto qué tanto de esa genealogía está presente en el pueblo mestizo que habita hoy los pueblos americanos.

—La tendencia es diferente en cada país. Recuerda que Latinoamérica es un caso sin par en el planeta. Es el único continente donde coincidieron varias razas provenientes de todo el mundo, produciendo una mezcla racial sin precedentes.

—Cierto.

—Eso convierte a Latinoamérica en un pueblo de múltiples etnicidades y diversos colores de piel, lo que ha contribuido a que los genomas presentes en los actuales pobladores de esta región varíen de acuerdo con la incidencia de estas mezclas en sus territorios.

—Creo que me perdí en esta última parte —admitió Claudia, confundida.

—Lo que quiero decir es que no es posible encontrar el mismo grado de mestizaje en todos los países de nuestra región. Los argentinos, por ejemplo, tienen un grado de mestizaje inferior al de los habitantes de Perú, México o El Salvador.

—¿De eso se puede inferir que ellos tienen más genes indígenas? —preguntó Samuel.

—Así es. Un estudio dice que el setenta por ciento de los genes del mexicano mestizo son de origen indígena. En la actualidad se está haciendo una genoteca con los sesenta y dos diferentes grupos indígenas existentes en México, para contar con un banco de ADN para las futuras investigaciones.

—Investigaciones que no les convendrán a muchos —dijo Piracún levantando las cejas.

—¿A qué te refieres?

—Lo siento, pensaba en voz alta. Es algo que se me ocurrió de repente y que les parecerá tonto.

—Compártenoslo. Así sabremos si lo es, aunque viniendo de ti, no lo creo —dijo la catedrática.

—Pensaba en que los norteamericanos, sin querer ofender a nadie, han aceptado que el suelo en el que viven pertenece en realidad a la gente que originalmente habitaba esas tierras. ¿Estoy en lo correcto?

—Lo estás.

—Tú dices que, de acuerdo con las investigaciones, todos los indígenas en América poseen igual información genética, y además se comprobó que el mestizo mexicano tiene en su sangre un setenta por ciento de genes indígenas. ¿Es así?

—Cierto.

—Entonces, por simple deducción, se puede determinar que el pueblo mexicano, al igual que los nativos norteamericanos, tienen más derecho que cualquier otro a la tierra que hoy habitan los estadounidenses —sustentó Samuel, seguro de lo que estaba diciendo.

—Ahora entiendo el punto. No sabía a dónde querías llegar —dijo el historiador mexicano esbozando una sonrisa.

—¿No tiene sentido?

—Sí que lo tiene. Ese es otro asunto que les quitaría el sueño a muchos, pero que no puede quitarnos tiempo en este proyecto.

—Tienes razón —reconoció el abogado—. ¿Te imaginas al pueblo mexicano reclamando por esos territorios, como descendientes casi puros de los nativos?

—Cuando preguntas eso no puedo evitar ver en ti ese espíritu que clama siempre por justicia e igualdad —dijo Teresita.

A pesar de su limitado español y de que apenas era su primer día con el grupo, Austin Sullivan les pidió que le dejaran exponer algo que él consideraba de importancia con respecto a su percepción de la forma como estaban viviendo los indígenas en la actualidad y en sus diferentes escenarios. Diana se ofreció a servirle de intérprete para darle dinámica a su participación y para que todos entendieran.

—La intención de Austin es que tengamos claro que las comunidades indígenas a lo largo y ancho de América nunca se han podido reponer del asalto propinado por los invasores españoles. Él dice que pronto se cumplirían 524 años de la irrupción y las secuelas persisten. A su parecer, los pueblos siguen padeciendo los vejámenes del verdugo que llegó sin ser invitado.

—¿Hay algo que podamos llevar a La Haya? —preguntó Samuel con esperanza.

—Austin asegura que la población indígena latinoamericana actual está constituida por más de cuatrocientos grupos étnicos y que supera los cuarenta millones de personas. Por lo que ha investigado, Bolivia, Perú, Ecuador y Guatemala son los países, no solo con mayor presencia indígena, sino, además, con el más alto índice de extrema pobreza.

—Bien. Podremos incluir esos datos dentro del informe.

—También dice que el próximo 9 de agosto, como todos los años, se celebrará el Día Internacional de los Pueblos Indígenas. Una celebración que estará enmarcada por la pobreza, consecuencia de la explotación minera y petrolera y por proyectos de infraestructura que han desplazado a comunidades enteras a la ciudad, donde la tasa de desempleo ha terminado por hacer su parte. Un panorama francamente desolador para el presente y futuro de estos pueblos.

No bien había terminado Diana de traducir cuando el muchacho se dejaba venir con otra andanada de información.

Uno a uno, fue describiendo los problemas de los indígenas en varios de los países que él había podido visitar o sobre los cuales había leído. Reseñó que los indígenas mapuches de Chile continuaban enfrascados en una lucha territorial de más de veinte años contra algunas empresas del sector agrícola; las comunidades indígenas ecuatorianas, entre tanto, persistían en diálogos con su gobierno para tratar no solo el tema de su pobreza, sino además de la industria petrolera y la minería. La etnia guatemalteca clamaba para recibir ayuda por su extrema pobreza, al tiempo que solicitaba condenar el racismo y la discriminación contra su pueblo. La comunidad mexicana, por su parte, solicitaba su inclusión y aceptación en la sociedad y la adecuación de programas educativos para sus niños.

Los indígenas panameños hacían ingentes esfuerzos para que no usurparan más sus tierras, en el afán de los gobiernos de dar paso a la minería a gran escala. Los peruanos, de igual manera, buscaban frenar el desarrollo de proyectos que forzaban la reubicación de sus comunidades a territorios marginados y carentes de servicios sanitarios.

Las etnias costarricenses buscaban la aprobación de una ley que les diera la propiedad sobre la tierra para su administración. Los venezolanos clamaban justicia por unos ochenta indígenas asesinados en la frontera con Brasil. En Argentina se buscaba detener los ataques de que eran objeto sus comunidades por parte de la Policía, con resultados fatales.

De igual manera, enumeró los asuntos legales que las comunidades indígenas paraguayas estaban llevando a cabo contra el gobierno central, por sentencias falladas a su favor por la Corte Interamericana de Derechos Humanos. Las etnias brasileñas, quizá las más vapuleadas de la zona, expresaban su indignación por la gran cantidad de indios asesinados en varios frentes de guerra, por la reserva de tierras o por la industria del caucho.

El afán de ser escuchados y respetados, de que se valorara su identidad y de que fueran visibles al mundo, de que se tomaran en cuenta sus problemas y sus necesidades: ese era el sentimiento generalizado de todas estas comunidades indígenas. Era una perspectiva desgarradora, un panorama desolador que dejaba en evidencia toda una maquinación ideada contra los amerindios desde todos los flancos, para su explotación, subyugación y marginación total de la sociedad.

Era un avasallamiento que comenzó cinco siglos atrás, cuando el usurpador llenó con oro americano sus bolsillos y lo llevó a Europa para construir no solo mejores ciudades, sino también para comprar el conocido Siglo de Oro español. Con estas palabras, llenas de un sabor amargo y cargadas de un profundo sentimiento, Austin cerró su participación, dejando a todos realmente sorprendidos. Era difícil que alguien que no estuviera en contacto directo con las comunidades indígenas pudiera entender a la perfección lo que el pueblo amerindio llevaba sufriendo desde su invasión.

A Samuel le fue imposible no ser objetivo. Aunque la espina de los celos se había incrustado en su corazón, no podía desconocer que la inclusión de este nuevo miembro al grupo era un acierto. El estadounidense demostró que sabía de lo que hablaba y, de seguro, aportaría muchas cosas buenas. Para él todo marchaba mejor de lo esperado. No obstante, se hacía necesario conseguir más patrocinadores e incrementar el apoyo de más comunidades indígenas. Claudia y Diana redoblarían sus esfuerzos, en aras de lograr nuevos adeptos que consolidaran su empresa definitivamente.

Diana, analizando sus posibilidades, aprovechó los minutos antes de la clausura de la reunión y le pidió a Juan Manuel Salinas un favor muy especial. Le rogó que en su calidad de coterráneo hablara con el líder indígena nahua y lo persuadiera de dar su respaldo al proyecto. El nativo mencionó que solo estaría disponible dentro dos semanas y para la chica el tiempo era ahora su principal enemigo. El licenciado se comprometió a hacer todo lo que estuviera a su alcance. No sería una labor en extremo dificultosa, pues el líder indígena ya tenía conocimiento del proyecto por el correo que Diana le había remitido unos días atrás. Austin, por su lado, les comentó que conocía a algunas personas en las comunidades centroamericanas y que trataría de contactarlos. Era probable que alguno de ellos se interesara.

Tenían ahora solo tres semanas para completar y remitir la documentación al bufete. Dado que ni Ernesto ni Samuel podrían asistir a las reuniones de la siguiente semana, porque debían acudir a un seminario empresarial en Cartagena, decidieron cancelar los encuentros de martes y jueves, con la promesa de que el siguiente sábado, en casa de los Saavedra, extenderían la reunión un par de horas más.

Tan pronto como concluyó la reunión del sábado, Juan Manuel Salinas le pidió a Teresita que lo acompañara hasta un lugar a las afueras de la ciudad en un vehículo que había alquilado el día anterior, ya que le tenía una sorpresa. La profesora dudó por un minuto. Luego aceptó pensando que estaría de regreso en su casa antes de que anocheciera. Mientras el carro avanzaba hablaron de historia, de política, de El Gran Genocidio y de los viejos amores. Dos horas después Teresita se alarmó al ver que aún no llegaban a su destino.

—¿Se puede saber adónde vamos?

—A un lugar del que he escuchado hablar bastante.

—Pero Juan Manuel, nos hemos alejado mucho. ¡A qué hora regresaremos!

—Tranquila, Teresita. Estamos por llegar. Y por la hora de regreso no te preocupes. Ya tengo todo coordinado.

Una hora más tarde arribaron al lugar.

—¿Villa de Leyva? ¿Me trajiste tan lejos?

—No exageres, Teresita. Solo estamos a tres horas de Bogotá.

—Hummm, ya pronto tendremos que regresar.

—Solo estaremos un par de horas en este lugar. Llegaremos cuando comience a anochecer.

El historiador detuvo el auto frente a la enorme plaza principal e invitó a la mujer a caminar por la zona empedrada y rodeada por viejas casonas coloniales. Las montañas detrás de la iglesia parroquial enmarcaban el panorama: era un paisaje costumbrista que invitaba al recuerdo y la inspiración. Mientras deambulaban, Juan Manuel intentó tomarla de la mano, pero Teresita lo rechazó instintivamente. El hombre lo intentó de nuevo un minuto después y en esta ocasión la catedrática no puso objeción.

Teresita no recordaba haber pasado dos horas tan fabulosas como las de esa tarde. Por más que lo intentaba, no encontraba en su memoria el recuerdo de caminar con su difunto esposo en un sitio como ese. Comenzó a pensar que su vida junto a él la mantuvo relegada a su hogar y a la consagración a su familia. No estaba arrepentida, pero sabía que las cosas pudieron haber sido diferentes.

—Debemos irnos —señaló ella mirando su reloj.

Cuando Juan Manuel intentó encender el motor del automóvil, este se negó a responder. Una falla eléctrica ocasionada por dejar las farolas encendidas los retrasó por varias horas y el problema solo pudo ser solucionado pasadas las siete de la noche.

—¿Nos podemos ir ya?

—Qué más quisiera yo que darte gusto, mi hermosa señora.

—¿Qué quieres decir?

—Creo que no podremos partir a esta hora. Padezco de ambliopía nocturna.

—¿Qué cosa? ¿Qué padeces qué?

—Llamémoslo "ceguera" nocturna. Tengo dificultad para ver en la oscuridad o segundos después de que veo pasar los faros brillantes de un coche.

—¿Y entonces? ¿Cómo nos iremos?

—Creo que esto nos obliga a buscar un hotel.

—No, Juan Manuel. Yo debo regresar a Bogotá.

—Pero Teresita, este es un asunto de fuerza mayor. Nos quedaremos esta noche y nos vamos tan pronto como amanezca.

Media hora le tomó al hombre convencer a la profesora. Ahora la tarea se concentraba en conseguir un hospedaje, algo más complicado de lo que parecía. Recorrieron casi toda la zona hotelera sin obtener resultados. Todo estaba ocupado. Solo les quedaba por averiguar en los hoteles que estaban a la salida del pueblo. La situación no era distinta.

—Necesitamos dos habitaciones, por favor —solicitó el historiador en el último hotel que les quedaba.

—Lo siento, señor —respondió el conserje— tengo únicamente un cuarto disponible.

—¿Con cuántas camas? —preguntó Teresita.

—Con una sola.

En ese momento ingresaron al hotel dos mujeres, con varias maletas en sus manos.

—¿Tienen una habitación? —preguntó la mayor de ellas mirando al hombre tras el mostrador.

—¡La tomamos! —gritó Teresita evitando la mirada de Juan Manuel.

Con la llave del cuarto en su poder, recorrieron Villa de Leyva. Buscaban un sitio donde comprar alguna prenda que la mujer pudiera usar para dormir. Todo estaba cerrado. Entraron a un restaurante y allí estuvieron hasta bien entrada la noche. Finalmente, regresaron al hotel.

Teresita se acomodó en la cama y Juan Manuel se tendió en el suelo. Unas mantas le ayudaron a suavizar la dureza del piso. A la profesora solo le bastó colocar su cabeza en la almohada para quedarse dormida. Tres horas más tarde se despertó y, con pesar, advirtió que el licenciado daba vueltas sin lograr conciliar el sueño. Ella lo miró, sintiéndose egoísta. Quizá sus principios estaban mal fundamentados. Había llegado el momento de cambiarlos. Apoyando un codo en la cama se irguió y lo invitó a acostarse a su lado.

Alrededor de las siete de la mañana, Teresita despertó y, al abrir los ojos, vio a Juan Manuel sentado al otro lado de su cama. El hombre, de quien solo podía ver su espalda, permanecía inmóvil y pensativo. Quiso saludarlo, pero aguantó ese mágico momento. Añoraba despertarse sin la constante y odiosa compañía de la soledad. Ahora que él estaba ahí quería disfrutar del apacible instante, a pesar de sentirse un tanto avergonzada.

Recostada, imaginó cómo estaría su rostro y pensó que en absoluto estaba presentable. Sin hacer ruido limpió los ojos con sus manos y compuso hasta donde le fue posible su cabello. Luego se enderezó y alisó su blusa.

Juan Manuel viró al percatarse de que Teresita había despertado. Se levantó y le dio un beso de buenos días. Eran estos detalles, por banales que parecieran, los que comenzaron a conquistar el corazón de la mujer.

La semana transcurrió dentro de una relativa calma. Solo un extraño suceso alteró el normal transcurrir de la misma. Mientras Ernesto estaba de viaje, recibió una rara llamada en su teléfono. En principio estuvo a punto de rechazarla, dado que desconocía el número que aparecía en la pantalla de su móvil, pero luego recapacitó al pensar que se podría tratar de los abogados en Bruselas.

—¿Ernesto Saavedra? —preguntaba alguien con acento del país ibérico.

—Con él hablas.

—Por un amigo mío me he enterado de que intentáis demandar a la Corona española.

Ernesto, sobresaltado, miró su teléfono, como si en él pudiera ver el rostro de la persona con quien estaba hablando. En su cara se dibujó una mueca de preocupación, pero decidió no cortar la comunicación hasta saber quién estaba al otro lado de la línea.

—¿Quién eres tú?

—Mi identidad es lo de menos. Solo quiero que me deis la oportunidad de ayudaros.

—No continuaré esta conversación si no sé con quién estoy hablando.

—Mi nombre no te dirá nada. Lo único que os puedo decir es que debéis creer en mi intención.

—No puedo creer en alguien a quien no conozco.

—Mira, Ernesto. Tengo mis razones para mantener mi identidad en el anonimato, después entenderéis el porqué. Por ahora solo te pido que me dejéis colaborar.

—¿A cambio de qué?

—A cambio de nada. Sé que hacéis lo correcto.

—¿Y cómo lo sabes?

—Solo lo sé.

—Discúlpame, pero tengo que cortar —dijo el colombiano resuelto a terminar la llamada.

—Espera —dijo el hombre suplicante—, solo dame una oportunidad para demostraros que es verdad lo que os digo. Quiero ayudaros.

Ernesto guardó silencio por unos segundos. No sabía, a ciencia cierta, ni qué decir ni qué hacer. Samuel había dejado el hotel a tempranas horas de la mañana y solo se verían hasta el mediodía. Su carácter cauto y desconfiado lo llevaba a pensar que se podía tratar, sin duda, de algún espía reclutado en las filas del famoso Centro Nacional de Inteligencia Español.

No recordaba haber sido advertido por sus colegas belgas acerca de mantener el hermetismo alrededor de la demanda, pero como abogado sabía que ese era uno de los preceptos fundamentales que le era recomendado a cada parte, demandante y demandado, en un proceso judicial. Por otro lado, debía admitir que si se equivocaba podía estar desestimando una excelente oportunidad de conseguir ayuda de primera mano. En caso de sentir que las cosas se salían de curso, simplemente podía cortar la comunicación y hacer caso omiso en lo sucesivo de ese sujeto.

—¿Ernesto?

—Aún estoy aquí. Dime: ¿cómo puedes ayudarnos?

—Me gustaría enviaros algo.

—¿Y que necesitas para hacerlo?

—¿Tienes un número de fax?

—No estoy en mi oficina. Estoy fuera de la ciudad.

—¿Estás en un hotel?

—Sí —respondió el abogado sintiendo la adrenalina en su cuerpo.

—¿Tienes acceso a su número de fax?

—Creo que sí, dame un segundo.

Ernesto aceleró su paso y se acercó al mostrador de la recepción del hotel. Allí tomó una de las tarjetas y buscó en la información el número del fax y se lo dictó al desconocido en su teléfono. Saavedra estuvo esperando durante casi media hora y al ver que no llegaba nada a la máquina de fax, salió del hotel y se marchó a la cita con su amigo.

Desde el apartamento de Samuel en Bogotá, Austin trataba de comunicarse con varios conocidos suyos en Nahuizalco, una población ubicada a setenta y cuatro kilómetros de la capital de El Salvador. Luego de su tercer intento, por fin logró la comunicación con Bonifacio, un viejo amigo suyo con quien había trabado amistad hacía varios años.

Le habló sobre la intención de conseguir su apoyo para el proyecto en el que estaba trabajando. El indígena, conocedor del carácter filantrópico del norteamericano, no dudó ni un segundo en apoyar la causa, además de decirle el nombre de otro líder de una comunidad vecina. Austin Sullivan también estaba en procura de otro adepto entre los líderes de las poblaciones tribales cheyenne de Oklahoma. Sus ingentes esfuerzos e incuestionables argumentos de nada sirvieron, pues ninguno de ellos se animó a participar en el proyecto.

Diana, por su parte, contactó a dos líderes de las comunidades indígenas quechua, de Bolivia, y secoya, de Ecuador. Aunque su tesis de convencimiento era siempre igual, al parecer ahora daba mejores resultados por la manera como la chica exponía sus razones y les enseñaba la luz al final del túnel. Los líderes expresaron por separado estar complacidos al ser tenidos en cuenta y manifestaron que estaban de acuerdo con las premisas planteadas y que se tomarían unos días para definir su apoyo a la demanda.

Claudia pudo lograr un acercamiento con un grupo de industriales peruanos a quienes invitó a participar haciéndoles llegar la propuesta formal y una copia de la aceptación lograda con los empresarios bolivianos. Seguidamente, hizo lo mismo enviando la proposición a varias personas del sector de la industria maderera mexicana. En Bogotá se dio a la tarea de pedir la colaboración del gobierno en todos los estamentos que le fue posible, pero era claro que el Estado no estaba interesado en ayudarles a ningún nivel. Para esa noche tenía concertada la cita con Eddie Cardona, un hombre panameño que desde hacía semanas había mostrado su interés en colaborar con la causa.

La reunión se llevaría a cabo en el *lobby* de un hotel del norte de la ciudad. Al llegar a la cita, la mujer se sorprendió, no esperaba encontrarse con un hombre tan apuesto. Por su trabajo estaba acostumbrada a rodearse de todo tipo de individuos, pero este en realidad la impresionó. No obstante que ella le había enviado la información del proyecto días atrás, Eddie le pidió que se lo expusiera de nuevo, brevemente. Ella no tuvo objeción en hacerlo y media hora después ya lo tenía al tanto de todo. El panameño le entregó un cheque por diez mil dólares.

—Impresionante. No me equivoqué cuando decidí que quería colaborarles.

—Te lo agradecemos. Esta causa necesita de más personas como tú.

—Espero que por lo menos me des el gusto de tomarme un trago contigo para celebrar.

—Lo siento, Eddie, debo marcharme.

—Solo será uno. No me niegues el placer.

—Está bien. Solo uno.

Estuvieron platicando por largo rato. Eddie le comentó que tenía una empresa dedicada al comercio internacional y que siempre tendría un puesto para ella si se animaba a cambiar de aires. Ya a punto de marcharse se levantó y le extendió la mano a su acompañante. Él le pidió que se tomara una última copa.

—No, Eddie, ahora sí, lo siento. De veras, tengo que irme a casa.

—Estoy de paso en Bogotá y no conozco a nadie aquí. Mañana debo partir a Quito.

—Quieres decir que solo viniste a…

—Así es. A dejarte mi aporte.

Claudia sintió que estaba haciendo mal. Ese no era el comportamiento hacia alguien que se portaba de una manera tan generosa. Un trago más no haría la diferencia. De todos modos, al llegar a casa se sentiría muy sola sin Ernesto.

—Está bien. Pero esta vez sí será verdad.

—Te lo prometo.

—Mientras lo ordenas iré al tocador.

Luego de una agotadora jornada de largas conferencias y discursos, Samuel y Ernesto arribaron al hotel. Eran cerca de las siete de la noche. El sofocante calor era mitigado por la brisa marina, que en un incesante compás golpeaba el rostro de quienes transitaban con parsimonia por sus calles. Entraron y, al atravesar la recepción para dirigirse cada uno a su cuarto, escucharon la voz de la empleada del hotel llamando a Ernesto.

—Señor Saavedra… señor Saavedra.

Ernesto se detuvo y se dirigió hasta el mostrador.

—Llegó algo para usted —expresó la muchacha entregándole un manojo de hojas de papel con bastante información en ellas.

—Gracias —dijo Ernesto y se encaminó hasta donde Samuel, curioso, lo esperaba.

—¿Qué es eso?

El hombre le explicó brevemente acerca de la llamada que recibió en la mañana. Le dieron una rápida ojeada a los documentos que envió el enigmático personaje y concluyeron que quien quiera que fuera ese individuo, se trataba de alguien que no mostraba mucha devoción por la Corona.

XVIII

Los asuntos reales

Las treinta ocho páginas recibidas en el fax del hotel se podían dividir en tres secciones. La primera era una carta del individuo, en la que hacía una breve reseña de lo que estaba enviando, además de exponer algunas de las razones de su proceder. La carta iba acompañada por una fotografía en la cual se veía al monarca con un rifle en sus manos posando al lado de un elefante muerto. En letra imprenta se leía debajo de la fotografía: "El rey y su respeto por la naturaleza".

La segunda parte era una seguidilla de casos juzgados contra civiles, en lo que parecía ser un abuso de poder por parte de la monarquía española. La última sección describía una serie de comportamientos censurables del emérito rey de España, Juan Carlos I, que no solo lo ponían en el ojo del huracán, sino que, además, deberían ser aclarados por los efectos jurídicos que incorporaban.

La carta, escrita pulcramente a mano, revelaba un alto inconformismo e indignación contra todos los asuntos reales de la casa de los Borbones.

"Os he hecho llegar estos documentos, algunos de ellos de dominio público, para que los reviséis en detalle. Ningún otro motivo me mueve a enviaros estas hojas, más que el ánimo de hacer justicia y de descubrir el velo de lo que en verdad representa la Casa Real española, una institución anacrónica que desconoce por completo el estado democrático de nuestra nación.

Podéis estar seguros de que estas no serán las únicas evidencias que os enviaré. Los testimonios, acallados por las duras leyes emanadas por el despotismo de la Corona para su protección, se cuentan por decenas. Ya somos muchos los que nos hemos unido y no descansaremos hasta derrocar la monarquía".

Al final de la carta, aparecía garabateada una firma en la que se leía: B del R.

Ernesto separó el cartapacio de documentos en minúsculos librillos y los dividió en dos grupos. Uno se lo entregó a Samuel y el otro lo llevó consigo a su cuarto. Revisarían la información y compartirían sus impresiones al día siguiente. Desde su habitación intentó en vano comunicarse en varias ocasiones con Claudia. Pensó que quizá estaba dormida. La llamaría nuevamente en la mañana.

Los casos a los que se refería el sujeto estaban dirigidos contra ciudadanos españoles que se atrevieron a cuestionar en su momento algunas acciones del rey.

El informe comenzaba con el proceso adelantado y que llevó a la cárcel a Xavier Sánchez, director de la revista *Punto y Hora*, por el supuesto delito de injurias a la Corona por un artículo publicado en 1981. Varios años más tarde, Arnaldo Otegi fue también llevado a prisión por un crimen similar, al señalar que el rey Juan Carlos I era "jefe de torturadores", por los suplicios a los que fue sometido Martxelo Otamendi, director del diario *Egunkaria*.

Otro medio que fue perseguido fue la revista *Jueves*, que publicó en su portada del 18 de Julio de 2007 una caricatura del actual monarca, Felipe de Borbón, y Letizia Ortiz en una postura sexual explícita en referencia a un comentario del entonces presidente del gobierno español Rodríguez Zapatero. La revista fue cerrada en su edición digital, la publicación recogida, se confiscaron los moldes y se prohibió la venta de ese ejemplar. La medida disparó a tal grado el interés del público en la revista, que incrementó sus lectores en ciento treinta y cinco mil en solo unos días. Los ejemplares que alcanzaron a circular llegaron a venderse a cien euros cada uno por internet.

El caso que estaba más documentado tenía que ver con un proceso que se le siguió y por el que fue condenado el coronel del Ejército e historiador Amadeo Martínez Inglés, por los delitos de calumnia e injurias graves contra la Corona. El sumario se sostenía en un artículo publicado por Martínez, en diciembre de 2012, en la revista digital *Canarias Semanal* y que en uno de sus apartes decía: "Sí, tú, último representante en España de la banda de borrachos, idiotas, descerebrados, cabrones, vagos y maleantes que a lo largo de los siglos han conformado la foránea estirpe real borbónica…". Otra de las frases que llevó a la Audiencia Nacional española a condenar al coronel en retiro, de 77 años, a pagar 6.480 euros, era: "rey sin par que crees provenir del testículo derecho del emperador Carlomagno", lo que consideraron una absoluta falta de respeto.

En otro sonado caso, el exagente del Centro Superior de Información de la Defensa, CESID, Ramón Francisco Arnau de La Nuez, conocido como la Araña, se convirtió en otra de las víctimas y terminó en prisión al acusar al rey de estar involucrado en 1.051 delitos. Entre los crímenes citados por el hombre estaban malversación de fondos, lavado de activos, paternidad irresponsable, cohecho, apropiación de dinero y varios más.

Otros casos engrosaban el informe enviado por aquel misterioso hombre, en los cuales grupos musicales, un alcalde, grupos de izquierda y otros diarios fueron acusados por injurias al rey, coartando la libertad de expresión y el libre pensamiento.

La tercera parte de los documentos se relacionaban con las conductas criminales atribuidas al rey durante su reinado.

La principal de ellas tenía que ver, según varios de los detractores de la Corona, con el presunto asesinato de Alfonso de Borbón y Borbón e infante de España, a manos de su hermano Juan Carlos. Alfonso perdió la vida a los catorce años en Estoril, cerca de Lisboa, por una bala que perforó su cabeza. El infante se encontraba a solas con su hermano cuando sucedieron los hechos y, según varios conocedores de su entorno, era el elegido para suceder en el trono a su padre, Juan de Borbón, que se encontraba exiliado en Portugal.

Nunca, ni en Portugal ni en España, se abrió una investigación para aclarar las circunstancias que acabaron con la vida del niño. El arma homicida desapareció y nunca se supo cómo Juan Carlos, de dieciocho años y con instrucción militar, no pudo evitar la tragedia.

También se le imputaba al rey, entre muchos crímenes, la participación que tuvo en la intentona de golpe de Estado en 1980, para derrocar el gobierno legítimo de la nación española; la creación, tres años más tarde, de los denominados batallones de la muerte para exterminar a los miembros de ETA y el desvío reiterado de fondos reservados del Estado para su beneficio personal.

Era señalado, además, por su prolífica actividad sexual, campo en el que algunos se aventuraban a asegurar que Juan Carlos I habría tenido relaciones sexuales con al menos mil quinientas mujeres mientras que estuvo en el trono. Alrededor de una de sus presuntas amantes, la joven y bella actriz española Sandra Mozarowski, se tejió la versión de que estaba embarazada del rey y que la diva se había quitado la vida lanzándose por un balcón por la depresión que esto le causó. Una historia, en verdad, bastante difícil de creer para los detractores del rey.

El informe finalizaba destacando que fruto de los encuentros furtivos del rey nacieron varios hijos que vieron la luz del mundo en calidad de bastardos, ya que nunca fueron reconocidos. Algunos de ellos se atrevieron a llevar su reclamo a los estrados, como la belga Ingrid Jeanne Sartiau y el catalán Alberto Solá Jiménez, demandas que aún trasegaban en los tribunales.

Samuel y su compañero tuvieron bastante de qué hablar a la mañana siguiente. Pensaban en si existía objetividad en los documentos que habían recibido. Era difícil saberlo, pero podían, de seguro, investigar qué se decía de estos casos en las redes digitales.

—A decir verdad, no creo que existan muchas cosas aquí que puedan ser de utilidad para el proyecto —dijo Ernesto mientras salían del hotel.

—Creo que servirá para mostrar a la realeza al desnudo.

—¿Incluiremos todo?

—Solo lo que nos sirva. Hay algo que no deja de preocuparme.

—¿Qué cosa?

—¿Qué sucederá si la monarquía española es abolida antes de que podamos someter la demanda?

—Eso no pasará. Creo que aún le quedan unos años de vida a la Corona. No verá el comienzo de una nueva década, de eso estoy seguro, pero tendrá primero que responder a nuestra demanda.

—No quisiera estar en los zapatos de Juan Carlos I cuando pierda también todos sus privilegios como rey emérito. No la va a pasar nada bien y los estrados judiciales se convertirán en su hogar.

El timbre del teléfono hizo que Claudia se despertara sobresaltada. La luz del día se filtraba a la habitación a través de las cortinas. Estaba confundida. La cabeza amenazaba con partírsele en dos. Cerró los ojos mientras se sentaba en la cama. Al abrirlos, no pudo evitar que un grito brotara de su garganta. A su lado, Eddie dormía profundamente.

—¡Oh, por Dios! ¡Oh, por Dios! —decía fuera de control al tiempo que se levantaba.

Con estupor, comprobó que estaba desnuda. Mientras se vestía, intentaba recordar lo que había sucedido. Solo se acordaba de haber ido al baño cuando pidieron el segundo trago, pero de ahí en adelante su mente estaba en blanco. Tambaleando, entró al baño y se acicaló lo mejor que pudo frente al espejo. Confiaba en que el individuo hubiera usado protección. Buscó infructuosamente, con la esperanza de encontrar algún preservativo usado. Lo único que halló fue un sobre con varias pastillas blancas en su interior y el nombre de Rohypnol inscrito en él, en la cesta de la basura.

Pronto se encontró fuera del hotel y en camino a su casa. Desde el vehículo llamó a Ernesto, quien se alegró al escuchar su voz. Ella estaba temblando.

—Mi amor. Estaba preocupado. Te he llamado más de cien veces. ¿Dónde estabas metida?

—Lo siento. Mi teléfono se descargó.

—¿Dónde estás?

—Se me hizo tarde, voy camino a la oficina. Te llamaré en cuanto pueda.

—Está bien, cariño. Cuídate.

—Ernesto…

—¿Sí, mi amor?

—Te amo.

—Igual yo. Espero tu llamada.

Claudia dejó que el agua y sus lágrimas recorrieran su cuerpo por muchas horas. El dolor se confundió con el arrepentimiento. Se sentía sucia. Se juzgaba mala. Quería, como nunca, tener la capacidad de retroceder el tiempo.

No fue hasta el siguiente viernes al mediodía cuando Juan Manuel Salinas pudo, finalmente, contactarse con el líder indígena mexicano. La conversación fue breve. El licenciado le hizo saber de la gran oportunidad que tenían de hacer sentir su voz de protesta. Quinientos años de silencio ya eran suficientes. Era momento de actuar. El líder nahua escuchó los razonamientos de Salinas y le bastaron unos minutos para tomar su decisión. Entendió que la causa también era suya. De su pueblo. De todos los pueblos nativos de América.

En la noche y con la satisfacción del deber cumplido, invitó a Teresita a un bar a tomarse unas copas mientras escuchaban la añorada música de los setenta. La mujer se mostraba ahora menos cohibida por lo que los demás, incluidos sus hijos, pudieran pensar de su relación. Ahora se mostraba convencida de que su felicidad debía prevalecer. Juan Manuel era un gran hombre. No podía decir que lo amaba con locura, pero los momentos juntos durante los últimos días le mostraban a alguien a quien estaba aprendiendo a querer.

Esa noche estuvieron en un lugar que se antojaba cargado de una atmósfera romántica. Varias copas de vino fueron servidas a lo largo de su conversación, que iba desde temas triviales hasta asuntos complejos relacionados con la historia. Juan Manuel le participó de varias anécdotas a lo largo de su carrera y de cómo logró ganarse una buena reputación entre su medio.

Teresita se escandalizó al ver en su reloj que eran las dos de la madrugada. No recordaba haber estado una sola vez hasta tan altas horas de la noche fuera de su casa. La mezcla entre lo agradable y lo prohibido se hizo un solo sentimiento. Estaba contenta y quería seguir así. Como era de esperarse, Juan Manuel la acompañó hasta la puerta de su casa. El frío era intenso. Allí, bajo el pórtico metálico, él se despidió depositando sus labios sobre los de ella, mientras le prodigaba un tierno abrazo.

—¡Juan Manuel! Estás temblando —le dijo Teresita con su mano entre las de él.

—Ya se me pasará, es que aún no me acostumbro al frío de Bogotá.

—No te dejaré ir así. No, señor —dijo la mujer tomándolo del brazo—. Por favor, pasa, te prepararé una bebida caliente.

—¿Estás segura?

—Por supuesto que lo estoy. Cierra la puerta. Estaré en la cocina.

Estuvieron platicando por una hora más, hasta que el cansancio comenzó a evidenciarse en sus cuerpos.

—Debo irme, Teresita. Me he divertido mucho, pero me siento agotado.

—Ya pronto amanecerá. ¿No te gustaría quedarte? —los dos se sorprendieron ante la pregunta que brotó de la boca de la mujer.

—Me gustaría mucho… Pero me aterra dormir en los sofás —contestó el licenciado paseando su mirada por las sillas de la sala.

—¿Y quién dijo que dormirías allí? —replicó Teresita inclinando la cabeza al tiempo que tomaba a un sorprendido Juan Manuel de la mano y lo halaba consigo a las escaleras.

La mañana siguiente, Diana recibió una llamada de un indígena peruano de la comunidad aimara, amigo de Segundo Pacaya, quien expresó su apoyo. En sus palabras: deseaba hacer historia. Para ella fue toda una sorpresa, pues los adeptos estaban llegando por sí solos de los lugares menos esperados.

Minutos antes de comenzar la reunión, repiqueteó el teléfono de Samuel en la sala de los Saavedra. El abogado atendió la llamada y, para su sorpresa, constató que se trataba de Miguel Tauta, el indígena que visitó en la comunidad de Bosa, algunas semanas atrás.

—Quería decirte que yo y toda mi comunidad estamos contigo. Te apoyaremos.

—Esa es una excelente noticia, Miguel —agradeció Samuel mientras levantaba su puño en silencio—. Eres más que bienvenido al proyecto.

—Gracias. He hablado con algunos líderes más y es posible que se unan pronto.

—Diles, por favor, que todos son bienvenidos.

—Cuenta con ello.

—¿Puedo hacerte una pregunta, Miguel?

—Por supuesto.

—¿Qué te hizo cambiar de parecer?

—"No hay batalla demasiado grande que no se pueda ganar..." —recitó Miguel lo que el abogado le dijo cuando se despidieron luego de rechazar su propuesta.

Hacia las dos de la tarde dieron comienzo a la reunión. Los siete integrantes del grupo estaban presentes y desbordantes de entusiasmo por lo logrado en la última semana. La reunión se vio interrumpida en varias ocasiones por el repicar del teléfono de Diana. La chica contestó todas las llamadas y siempre se le escuchó decir lo mismo.

—¿De qué comunidad? —preguntaba para luego apuntar alguna información en su libreta. Por lo general, se le oía luego decir:

—Por supuesto. Necesitamos el apoyo de todos.

Diana, Austin Sullivan y hasta el mismo licenciado Salinas reportaron sus logros al grupo. Era satisfactorio cerrar la semana con tan buenos frutos. La bola de nieve ya rodaba cuesta abajo y pronto se convertiría en una inmensa mole. La convocatoria estaba siendo un éxito mayor de lo que habían pensado.

La esperanza ahora se centraba en obtener el mismo resultado atrayendo patrocinadores, lo que se estaba convirtiendo en la más ardua de las tareas. Claudia estaba desalentada. A pesar de sus esfuerzos, muy pocos querían apostar por el proyecto. Otro de los industriales peruanos con los que estuvo en contacto permanente le había confirmado la noche anterior que él los apoyaría con diez mil dólares. Sin embargo, ningún otro manifestó estar interesado. Aunque la meta estaba lejos, ella —dijo— confiaba en conseguir el apoyo de otros patrocinadores. Contaban, a la fecha, con cincuenta y seis mil dólares, pues los gastos de viaje a Estados Unidos, Perú y Argentina se habían llevado ya cuatro mil. Debían conseguir ciento cuarenta mil más en un tiempo récord, cosa que casi ninguno veía factible.

Por otro lado, los sentimientos de culpa y de frustración la perseguían en todo momento, acompañados de una dosis altísima de estrés y ansiedad. Ella temía que este cambio en su comportamiento la pusiera en evidencia con Ernesto. Le aterraba pensar en las consecuencias que eso pudiera traer, y no quería ni imaginarse una separación o la pérdida de confianza de su marido. Antes de que los invitados llegaran habló con él y, sintiéndose manipuladora, le dijo que luego de pensarlo con detenimiento había decidido acceder a su petición. Tendrían un hijo. La reacción de Ernesto fue, como era previsible, de euforia total. Tomó a su esposa por la cintura y la izó en el aire. No se limitó en el uso de adjetivos hacia ella, confirmándole que con esa noticia lo hacía el más feliz de los hombres.

Claudia lloró mientras abrazaba a su esposo. Sus lágrimas brotaron no solo por las manifestaciones de alegría de Ernesto, sino porque se sentía como la más ruin de todas las mujeres.

—Solo nos quedan dos semanas para la entrega de la documentación, pero para conseguir el dinero todavía tenemos un mes —aclaró Claudia.

—Difícilmente llegaremos a cien mil dólares —dijo Ernesto rascándose la cabeza.

—Podríamos pedirles ayuda a las comunidades indígenas —bromeó Austin, pero cuando vio que nadie celebró su apunte, se sentó en una silla del comedor y guardó silencio.

—Hasta el momento contamos con el apoyo de siete comunidades indígenas diferentes. ¿Qué tienes en mente para presentarlos como parte esencial en la solicitud de la demanda?

El hombre se quedó mirando a Diana, mientras buscaba la mejor forma de vincular a los líderes indígenas para reforzar la solicitud.

—Un acta —respondió por fin—, haremos un acta.

—Un acta que será firmada por todos los líderes indígenas —dijo la chica entusiasmada.

—Correcto. Será lo último que enviemos, esperando a tener el mayor número de representantes de las comunidades indígenas. Buscaremos la manera de conseguir la firma de ellos de manera digital, así las podremos poner todas juntas al final del acta.

—¿Y quién hará esa acta? —preguntó Teresita.

—Yo la haré —contestó el abogado—, sé muy bien lo que deberá ir consignado allí.

La reunión se dio por terminada con la premisa de que quedaban dos semanas por delante, tal vez las más cruciales desde que comenzaron con el proyecto de El Gran Genocidio. El tiempo de la verdad ya dejaba escuchar sus grandes y sonoros pasos.

Cuando todos se retiraban, Samuel tuvo oportunidad de observar a Diana a sus anchas, sin que la chica se percatara de que la estaba mirando. No la había visto en una semana. Estaba resplandeciente. Vestía un pantalón blanco ceñido a su cuerpo, que permitía adivinar las curvas de sus contorneadas piernas y una blusa informal de lino amarillo, que marcaba perfectamente su busto. De inmediato, le llegó a la memoria la imagen de la preciosa mujer con su pequeño bikini rojo, tirada sobre la silla de la piscina en Oklahoma. Cada vez que la veía no podía dejar de pensar en lo sensual que era.

La chica estaba afuera despidiendo a Teresita y a Juan Manuel, y esperó hasta que estos tomaron un taxi. En el interior de la casa, Austin dialogaba alegremente con Ernesto y Claudia, mientras que Samuel revisaba algunos documentos. Este, al ver que Diana quedaba sola por un momento, salió de la casa y se aproximó a la chica.

—¿Aún sigues molesta conmigo?

—Nunca he estado molesta contigo.

—Ah, ¿no? Entonces no tendrás inconveniente en salir conmigo esta noche, ¿o sí?

—¿Esta noche?

—Si. Esta noche. ¿Puedes?

—Lo siento. No puedo hacerlo.

—¿No puedes? Di mejor que no quieres. Lo entenderé.

—No es eso, Samuel. Es que ya hice planes con alguien más.

—¿Es verdad eso? —sonriendo con ironía.

—Si. Así no lo creas.

—Y… ¿Se puede saber con quién?

—Considero que no es de tu incumbencia, pero ya que lo preguntas, saldré con Austin. Por esa razón no puedo ir contigo.

—Ah… claro… Austin —dijo Piracún, visiblemente desilusionado—, lo había olvidado —agregó y se hizo a un lado para que la muchacha pudiera ingresar a la casa.

Diana se quedó parada, pensativa, mientras observaba los negros ojos del abogado. Dio dos pasos hacia la casa y se detuvo un momento. El hombre ahora estaba de espaldas.

—Oye —dijo la mujer suavizando el tono de la voz—, cálmate. Él es solo mi amigo.

Y dicho esto eso se volteó e ingresó a la vivienda. Samuel se quedó afuera por unos minutos. No quería perderla y eso era lo que estaba sucediendo. Pensaba qué hacer mientras un millón de mariposas revoloteaban en su estómago. Se imaginaba que debería entrar a la casa y en un arrebato agarrar a la chica y llevársela consigo lejos de allí, fuera del alcance del norteamericano. Cerró los ojos y retuvo una bocanada de aire en sus pulmones. No cometería esa locura. Era obvio que le interesaba Diana, pero no por ello actuaría de manera insensata.

Unos minutos después entró y se despidió de todos. En su cabeza rondaban las palabras de la mujer. No entendía lo que quiso decir al aclararle de que Austin era solo un amigo, pero sintió que una tenue luz de esperanza se encendía de nuevo en su corazón.

La antropóloga, a pesar de que siempre se mostró como esa chica de mente abierta que a su corta edad ya había recorrido buena parte del mundo, tenía la frustración de jamás haber contado con suerte en el amor. Cuatro años atrás debió ponerle fin a una relación sentimental de quince meses. Una relación que dejó una marca en su alma. Camilo, su ex, se ausentaba por su trabajo cada vez por más tiempo debido a los continuos viajes fuera de la ciudad. Al comienzo todo fue color de rosa, pero cuando las ausencias se hicieron más frecuentes y prolongadas, la relación comenzó a deteriorarse. Como si ello no fuera suficiente, el poco tiempo que compartían juntos se convertía en ocasiones en un verdadero tormento.

El joven demostró desde el comienzo ser posesivo y egoísta, y no perdía ocasión para abrumar a la chica con sus celos enfermizos. Llegó un momento en que las cosas se salieron de control, hasta el punto que la chica tomó una decisión: era él o su trabajo. Escogió lo que más le apasionaba, su trabajo. Estaba segura que de repetirse esta situación una vez más, tomaría la misma decisión.

Conoció a un par hombres después de su separación; sin embargo, ninguno llenó las expectativas que ella tenía de un compañero. No quería arriesgarse de nuevo en una relación, pues temía que se pudiera repetir su anterior experiencia. Sin afán por conseguir una pareja decidió regresar a su seno familiar, donde como hija única gozaba de muchos privilegios. Sus padres vivían cómodamente gracias a sus trabajos como médicos en una importante clínica de la ciudad. Diana era su niña consentida y solo querían para ella lo mejor.

De no ser por su prima Sandra y por los amigos con los que eventualmente se encontraba en las reuniones, se podría decir que la vida de la mujer era realmente solitaria. Desde muy joven Sandra se convirtió en su amiga incondicional, su confidente y en la hermana que nunca tuvo. Se querían mucho. No había algo que una no hiciera por la otra.

Cuando todos se marcharon de la casa, Ernesto se sirvió una copa de vino y se sentó un momento en la sala de su casa, mientras su esposa tomaba un baño caliente. Se sentía feliz con la noticia de que se convertiría en padre. No llevaba dos sorbos de su trago cuando el teléfono timbró. Él lo tomó sin contestar, para comprobar primero de quién se trataba. Por la cantidad de dígitos y por el código del país que aparecían en la pantalla, supo de inmediato que era una llamada originada en España.

Pensó que se trataba del hombre que lo contactó cuando él estaba en Cartagena. Lo extraño era que a esa hora, en España serían cerca de las dos de la madrugada.

—¿Aló?

—¿Ernesto? —preguntó alguien con voz grave e intimidante.

—Sí. Soy yo —contestó extrañado, pues no era esa la voz que recordaba.

—Oye, tío, que te estás metiendo en un follón.

—¿Quién habla? —preguntó Ernesto sin entender lo que el hombre estaba diciendo.

—¿Que quién habla? —repitió su interlocutor elevando el tono de su voz—. La madre de tus pesadillas.

Ernesto quedó mudo. Si era una broma, en realidad era muy pesada. No sabía quién estaba al otro lado de la línea. Sintió temor.

—Gilipollas, estáis jugando con fuego —continuó diciendo aquel individuo en tono amenazante—, tened cuidado porque os aseguro que vais a salir quemado.

Luego siguió el silencio.

—¿Aló? ¿Aló? ¿Aló? —gritó Ernesto con impotencia.

Ya nadie estaba allí.

XIX

El dilema

Las dos semanas previas a la entrega de los documentos al bufete de Bruselas, que servirían como soporte y evidencia para que la Corte Penal Internacional avalara formalmente la apertura de un proceso en contra de la Corona española, fueron bastante agitadas. El grupo tuvo que reunirse casi todos los días. En dos oportunidades, todos los hombres estuvieron trabajando casi hasta el amanecer, clasificando y organizando la información. Juan Manuel Salinas se ofreció a ayudar a Ernesto y a Samuel a poner cada pieza del rompecabezas en su sitio y, gracias a su gentileza y esfuerzo, las cosas estaban tomando forma.

Austin estaba dedicado de lleno a revisar y actualizar los datos estadísticos que tenían y que sustentarían toda la solicitud. Era un trabajo que requería de mucha investigación, pero que le daría la validez y seriedad necesaria al proyecto. Teresita seguía escudriñando y descubriendo en la historia evidencias que reafirmaban los abusos y el salvajismo con que los emisarios del rey trataron a los nativos americanos.

Guerras, epidemias, esclavitud, enfermedad y muerte fueron en su momento lo que tuvieron en común los pueblos tribales y que diezmaron a su gente. En ocasiones Teresita cerraba sus ojos para escapar a los sucesos reseñados de cada masacre, que a su juicio deberían estar escritos con rimbombantes letras rojas en los libros. Su pensamiento, contrariando su deseo, proyectaba entonces un filme en su cabeza que sin misericordia y con saña proyectaba una y otra vez encarnizadas y sangrientas escenas que la mortificaban hasta el punto de enfermarla.

Diana continuaba a la caza de comunidades indígenas que se interesaran en apoyar la causa. Cada día lograba más adeptos, especialmente en países como Bolivia y México. Si las cosas seguían como estaban marchando hasta ahora, no dudaba de que para finales de la semana siguiente tendría el apoyo de al menos veinticinco líderes, que era mucho mejor de lo que tenía planeado cuando comenzaron. Ese desbordante optimismo la llevaba a que cada mañana, rebosada de entusiasmo, iniciara sus tareas y celebrara con alegría la adhesión de un nuevo miembro al acta.

No sabía si era eso lo que más la apasionaba o el hecho de haber hallado, según ella, al hombre que siempre soñó. La cita con Austin fue mejor de lo que jamás pudo haber imaginado. Esa noche, después de cenar dialogaron por largo rato al calor de los vinos. Sintió que existía gran empatía entre ellos. Por momentos se atrevió a pensar que lo conocía de toda la vida. Él era cariñoso, amable, sincero, emprendedor e inteligente. Fue una velada que difícilmente olvidaría.

Desde entonces disfrutaba todo el tiempo de su compañía y, aunque no estaba contemplando comprometerse, tampoco dejaba de inquietarse con esa posibilidad. No obstante, procuraba caminar con pies de plomo. No deseaba volver a experimentar el pasado. Esperaba que las cosas se fueran dando con los días. Si de algo estaba segura ahora, era de querer darse una oportunidad con el estadounidense.

El día anterior, aprovechó un instante en que estuvo a solas con Samuel para manifestarle, con la mayor sutileza que le fue posible, su intención de entablar una relación formal con el norteamericano. La confesión, por supuesto, fue una dura bofetada para el abogado.

—¡Me dijiste que era solo un amigo! —dijo Piracún sintiendo un nudo en sus entrañas.

En ese momento el hombre comprendió que su sentimiento por Diana era más fuerte de lo que pensaba. Con rabia apretó su mandíbula mientras la escuchaba.

—Bueno, pues así era… Pero las cosas cambiaron.

—Diana… No puedes hacer eso…

—¿Qué dices? ¿Y se puede saber por qué no puedo?

—¡Porque no puedes! No conoces a ese hombre. No sabes nada de él.

—Te equivocas, Samuel... Puedo asegurarte que ya lo conozco lo suficiente.

Samuel procuraba mantener la cordura. Su corazón sangraba con cada palabra que decía la chica.

—Y... ¿nosotros?

—¿Nosotros qué?

—¿Creí que nos daríamos otra oportunidad?

—Fui clara contigo desde el principio. Nunca hubo nada entre tú y yo.

—¿Y lo del hotel?

—¿Qué hay del hotel? Hasta donde tengo presente nunca pasó nada.

—Admito que fue mi culpa. Eso no debió pasar de esa manera...

—Samuel... Tú eres un hombre muy interesante, pero creo que las cosas nunca habrían funcionado entre nosotros.

—¿Cómo lo sabes, si nunca lo intentamos?

—Sí lo hicimos. Lo intentamos una vez y bien sabes lo que sucedió.

—Quería explicártelo. No me dejaste. ¿Cómo ibas a saber lo que pasó en realidad?

—Ya es tarde para eso.

—Nunca es tarde, Diana. Por favor, no lo hagas. No creo que debas...

—Samuel, no estoy pidiendo tu consentimiento.

—¿Entonces por qué me lo dijiste?

—Solo creí que debías saberlo.

—¿Y qué se supone que te diga entonces? ¿Que te felicito?

—Veo que no fue una buena idea hablar contigo de eso.

—¿Qué más te puedo decir?

—No tienes que decir nada.

—Está visto que nada de lo que haga o diga va a cambiar tu decisión.

Las palabras brotaban de la boca del hombre cargadas de impotencia y dolor. Ya la suerte estaba echada. Había perdido la partida.

—Fui un idiota… —terminó diciendo al tiempo que mordía sus labios—. El más idiota de todos… Sabes que siempre he estado interesado en ti… y mucho, pero nada puedo hacer para regresar a aquella habitación y cambiar lo que pasó…

—No esperaba que lo tomaras así.

—Lamento que la dureza de tu corazón no te haya permitido ver mis sentimientos… Solo puedo decirte que te deseo lo mejor, y que me duele que tu camino no esté al lado mío.

Esa noche en la soledad de su cuarto dejó que con su llanto fluyera la desilusión. Se sentía devastado. Lloró y juró que con ello enterraría ese sentimiento, aunque era consciente de que su mente no gobernaba en su corazón.

Desde entonces no volvieron a tocar el tema.

Piracún procuraba mostrarse apacible en las reuniones. No obstante, dentro de su pecho otra era la realidad. Sufría. Le dolía saber a Diana cerca de Austin y verla corresponder a sus caricias. Lo mortificaba no ser el dueño de sus mimos y sus besos. Abrigaba la esperanza de que llegaría un momento en que nada de ella le importara. Anhelaba que eso fuera pronto. Entre tanto, se las apañaría para exhibir el mejor rostro con sus amigos. No quería evidenciar su aflicción.

En las sesiones Diana se mantenía alejada de Austin las veces que podía. No era su intención hacerle daño a Samuel. Por otra parte, le incomodaba sentirse observada por él. Aunque lamentaba que las cosas terminaran así, se había prometido ayudar a su amigo a llevar el proceso hasta el final. Ya después sería el momento de partir.

El júbilo de la antropóloga contrastaba con la tristeza y angustia de Claudia, quien ahora se veía luchando en dos frentes de batalla, continuaba en la lidia para conseguir mecenas que colaboraran con ellos, mientras procuraba convivir con el peso que agobiaba su conciencia.

A pesar de poner toda su energía al servicio del proyecto, se hacía casi imposible lograr que la gente se interesara en apoyarlos económicamente. A diario dialogaba con empresarios y enviaba correos electrónicos a cuanta persona le era posible, pero a nadie parecía importarle lo que hubiera sucedido en el pasado. Ni siquiera a algunos hombres que aseguraban poseer un linaje indígena directo. A ella le quedaban dos semanas más que a los demás del grupo. Dos semanas cruciales para recaudar los fondos necesarios. Dos semanas que terminarían volviéndola loca si algo no cambiaba.

—¿Te encuentras bien? —le preguntó Diana en una de las reuniones, al entrar a la cocina y ver sus ojos llenos de lágrimas.

—Ay, Diana…

—Desde hace unos días te he notado extraña.

—Es solo que estoy pasando por un momento difícil. La vida me ha puesto una dura prueba que tengo que sobrellevar.

—Muchas veces compartir las cargas ayuda a hacer más suave el camino.

—Tienes razón, pero no sé si estoy preparada para compartir esta pena que me aflige.

—¿Por qué no pruebas?

Claudia se apoyó contra el mesón de la cocina pensando en si debía confiarle a Diana su secreto.

—¿Tienes problemas con Ernesto?

—No. Aunque preferiría que fuera eso.

Allí y en compañía de su llanto permitió que sus palabras fluyeran con amargura. Le relató lo que sucedió con el inversionista panameño en el hotel. Diana la escuchó en silencio. Sentía como propio el dolor de Claudia.

—Entonces, ¿solo recuerdas hasta cuando tomaste tu segundo trago?

—No. Recuerdo hasta cuando regresé a la mesa. Aun no lo había ingerido.

—¿No viste algo sospechoso en la mesa? Algo que no tuviera que estar allí. No sé, unas pastillas…

—Hummm, ahora que lo mencionas… —dijo Claudia recordando cuando buscaba los preservativos en el baño— vi algo en el cuarto del hotel.

—¿Qué era?

—Un sobre de pastillas con un nombre extraño en él.

—¿Recuerdas cómo eran? ¿O cómo se llamaban?

—No estoy segura… Era algo como… Ropinol…

—¿Rohypnol?

—Sí. Eso era. Así se llamaban.

—¡Por Dios Santo!

—¿Qué sucede? ¿Qué pasa con esas pastillas?

—Claudia, lo que te voy a decir va a cambiar ese sentimiento que tienes ahora, pero de igual manera te va a afectar por lo que entraña.

—Me estás asustando.

—Conozco el Rohypnol, pues le es recetado a mi madre para tratar su severo caso de insomnio.

—¿Y eso qué tiene que ver en este asunto?

—Más de lo que te imaginas. Claudia… fuiste violada.

Ahora todo tenía más sentido. ¿Cómo no pudo verlo antes? Aunque eso le daba un poco de tranquilidad a su alma, no dejaba de preocuparle lo que había sucedido.

—Creo que sería conveniente que se lo contaras a Ernesto. Y deberías denunciar a ese hijo de puta ante las autoridades.

—Lo sé. Sí, tienes razón. Pero ¿después de tantos días? Ernesto pensará que lo engañé y eso lo devastaría. Se nos iría todo a la mierda. Es preferible que no lo sepa.

—En ese caso debes dejarlo ir tanto como te sea posible. Sé que es muy difícil. Pero si no vas a tomar cartas en el asunto, te quedará un dolor que no va a desaparecer nunca del todo, y que aun así debes ver como cosa del pasado. Ahora trata de concentrarte en el presente y no dejes que ese recuerdo te quite la tranquilidad. Fuiste engañada por un hombre despiadado y sin valores.

—Aún no te he dicho todo…

—¿Hay más?

La mujer asintió, volviendo a ser invadida por el llanto.

—Ese maldito me contactó hace una hora. Me dice que quiere que nos veamos de nuevo. Que desea hacer otra contribución.

—¡Es un hijo de puta! ¿Qué le dijiste?

—Tenía miedo de que contactara a Ernesto.

—¿Le dijiste que sí?

—Le dije que en ese momento no podía hablar.

—No te preocupes. Tengo una idea.

En ese momento entró Ernesto a la cocina y se preocupó al ver llorando a su esposa. Al preguntar lo que estaba sucediendo, Claudia le manifestó que no había podido aguantarse las ganas de contarle a Diana de sus planes de tener un hijo. Él la abrazó y le dijo que se sentía contento de que lo estuviera tomando de esa manera.

Samuel estaba de lleno dedicado a apoyar a cada una de las partes. Su escaso tiempo libre lo empleaba en redactar el acta que debía ser firmada por todos los líderes. Tenía pocos días para hacerla y enviarla a cada comunidad. Contaba con que todos estarían de acuerdo con lo que allí estuviera consignado. Poco tiempo tendría si alguien solicitaba alguna modificación. Sin embargo, a pesar de estar tan ocupado, le era imposible sacar a Diana de su pensamiento. Se le estaba convirtiendo en una obsesión. Lo martirizaba saberla en compañía de otro hombre. Lo amargaba sentirla tan a gusto al lado de Austin, aunque entendía, o eso intentaba, que ahora solo podía desearle que fuera feliz.

A pesar de esta sensación desagradable que lo punzaba como un clavo de hielo en la garganta, los avances en el proyecto conjunto hacían que cada reunión del grupo en casa de los Saavedra, en el apartamento de Piracún o en la oficina de los abogados, se llevara a cabo en un verdadero ambiente de camaradería. Se apoyaban en sus tareas para que todo quedara bien terminado y a tiempo. Euforia, ansiedad, nerviosismo y tensión se hacían un solo sentimiento y se alojaban en el corazón de cada uno. Sabían que debían hacer a un lado sus conflictos internos y trabajar muy duro los días que restaban si deseaban entregar la documentación a tiempo.

El abogado cavilaba cada noche al acostarse. Pensaba que por fin, después de tanto tiempo, había llegado la hora del resarcimiento de los pueblos nativos de América. El hecho de que fueran escuchados en el tribunal superior de La Haya constituía de por sí un triunfo. Quería ganar, pero si eso no sucedía, por lo menos quedaría constancia del inconformismo latente en las comunidades indígenas remanentes latinoamericanas.

De seguro los ancestros de todas estas tribus, de las existentes y de las desaparecidas, de aquellas que sabían o no del proyecto, de esas que huyendo del hombre blanco se adentraron y perdieron su rastro en las espesas selvas americanas y de las comunidades que hoy permanecían olvidadas en remotos parajes de la inmensa geografía, los antepasados de todas ellas, por fin ahora encontrarían la paz y el merecido descanso para sus almas.

Cuando tenían que referirse al galeón San José durante el proceso, Samuel pensaba en lo irónico que era el destino. Hacía tres siglos Felipe V, el primero de la dinastía borbónica, ordenaba zarpar el barco con destino a América para recoger un inmenso cargamento de riquezas que financiara su guerra en Europa. Ahora Felipe VI, el último de la misma dinastía, debería responder ante un tribunal internacional por esa decisión tomada en el siglo XVIII, y por los muchos saqueos y matanzas cometidas no solo por los borbones, sino además por toda la monarquía española. Sería interesante que los principales actores del conflicto a través de la historia, los descendientes directos de verdugos y víctimas, se encontraran ahora cara a cara, pero en condiciones diferentes. El verdugo sería ahora el señalado, y la víctima, el inquisidor.

Una de esas noches, mientras todos se encontraban reunidos en el apartamento de Piracún, una llamada originada en España entró al teléfono de Ernesto. Con el recuerdo de la llamada amenazante aún fresco en su memoria, gritó el nombre de su amigo como habían convenido para que estuviera a su lado y se enterara de lo que allí se decía. Cabía la posibilidad de que se tratara del hombre que le envió los documentos referentes al rey, pero la única forma de saberlo era atendiendo la llamada.

Ernesto activó el altoparlante en el dispositivo y contestó con evidente nervioso.

—¿Aló?

—¿Ernesto? —retumbó la voz cargada de veneno.

Aquel hizo una mueca a su amigo indicando que se trataba del sujeto que unas noches atrás llamara para intimidarlo.

—Él no se encuentra —se adelantó y respondió Samuel levantando la voz, mientras los ojos de todos en el grupo enfocaban el pequeño receptor.

—Deberé entonces suponer que hablo con Samuel.

Piracún enmudeció. ¿Quién podría ser ese individuo que sabía de Ernesto y también de su existencia?

Al levantar la mirada, lo primero que vio fue el miedo reflejado en el rostro de Teresita. Claudia y Diana lo miraban preocupadas, mientras Austin y Juan Manuel permanecían con sus ojos clavados en el teléfono.

—Sí, soy yo. ¿Cuál es el problema?

—¿El problema? Todavía no hay problema, pero si no dejáis ese maldito asunto que estáis tramando, os aseguro que muy pronto lo tendréis.

—¿Qué asunto? ¿No tengo idea de qué asunto se trata?

—No te hagáis el gilipollas, os estamos vigilando. Si persistís con eso de la demanda, os haremos llegar una prueba de que no estamos jugando. Este es el último aviso que os enviamos. Cuidaos la espalda. Ah, Ernesto, os aconsejo que durmáis con un ojo abierto.

—¿Entonces se supone que debemos asustarnos y salir corriendo, abandonándolo todo? —dijo Ernesto respondiendo a la amenaza.

—Tomadlo como os parezca. Queremos que entendáis que nuestras palabras son una invitación para que corrijáis vuestro camino. O mejor, tomadlo como una advertencia, aún tenéis tiempo de recapacitar. Solo os digo que si no lo hacéis y nos obligáis a que corra la sangre, pues será una lástima, pero correrá…

El individuo les hizo saber que estaba enterado perfectamente de todas sus reuniones y de lo que planeaban hacer. Les aseguró que aún no habían actuado, ya que querían darles la oportunidad de que recapacitaran. Quizá era mentira y solo se trataba de una estrategia mezquina para hacerlos desistir de seguir adelante, pero ¿cómo podrían saberlo?

—Por ahora debo dejaros. Tengo algunos asuntillos que afinar en caso de que continuéis con vuestra testarudez.

—¿Quién es usted? ¿O podría por lo menos decirnos a quién representa?

—Lo siento. Ese es un asunto que no os compete. Ahora…

—Espere, ¿se va sin despedirse de todos? —probó Ernesto para saber si era cierto que los estaban vigilando.

—Oh, por supuesto. Que grosero soy. Licenciado Juan Manuel, Austin, Claudia, os envío mi saludo. Ah, por supuesto, y Dianita, debo deciros que estáis encantadora. ¡Esa falda negra…! Hasta la próxima, ¡si es que la hay!

Dicho esto, el hombre terminó la llamada, dejándolos sumidos en el silencio. Ernesto se recostó en el sofá mientras cubría su rostro con ambas manos. No era posible que ahora que tenían casi todo controlado se les presentara este gran obstáculo que podía dar al traste con el proyecto.

Samuel se paseaba confundido por el apartamento. No estaba suficientemente preparado para afrontar esa situación. Le preocupaba poner en peligro la integridad de alguno de los miembros de su grupo, pero creía que si él continuaba a solas no había forma de que quienes lo amenazaban se enteraran de que ahora era solo asunto de Piracún. Después de meditarlo se paró frente a la ventana y les dijo a todos con voz pausada:

—No pondré a nadie en riesgo.

—¿Por qué dices eso? —preguntó Diana.

—Porque no me perdonaría que algo les pasara. Le puedo pedir a Ernesto que ya no haga parte del proyecto, pero eso de nada servirá. Ese hombre no está jugando y así él se retire, ellos irán sobre los otros.

—¿Qué quieres hacer entonces?

—¡Debemos parar el proyecto!

—¿Qué? ¿Qué estás diciendo?

—¡Se acabó!

—¿Cómo? ¿Vas a renunciar a lo que siempre has soñado? ¿Solo por una estúpida amenaza?

—¿Te parece estúpida?

—Sí. Solo es eso. Una amenaza sin importancia.

Un silencio incómodo flotó en el ambiente. Diana se sintió abochornada con todos en el grupo.

—Estás equivocada, Diana. Es más que eso. Bien sabes lo importante que el proyecto es para mí. Pero no puedo perder el norte. No arriesgaré la vida de ninguno de ustedes. Antes que eso prefiero renunciar a mi sueño.

—Lo siento, no fue eso lo que quise decir. Estoy de acuerdo en que nuestras vidas no deben correr peligro. Creo que me dejé llevar por la pasión de querer terminar este proyecto.

—Aprecio lo que dicen —dijo Ernesto—, pero creo que deberían tomar en consideración lo que yo pienso al respecto.

—¿Y cuál es tu opinión? —preguntó Teresita, mirando de reojo a Claudia, quien se mantenía en un hermetismo total.

—Que no podemos hacer caso omiso de las amenazas, pero tampoco podemos dejarnos intimidar y por ello tirarlo todo a la basura.

—No entiendo. ¿Qué quieres decir? —preguntó Claudia, cruzada de brazos y con el rostro tenso.

—Que llevaremos el proyecto hasta el final, solo que de ahora en adelante tendremos más cuidado con lo que hacemos.

—¿No escuchaste que esos tipos no están jugando?

—Lo sé, Claudia, pero si ellos no están jugando, nosotros tampoco lo estamos. Terminaremos lo que empezamos.

—Pero pueden hacernos daño —repitió Claudia, quien estaba asustada.

—Lo harán si les damos la oportunidad.

—¿Qué quieres decir?

—Tendremos que cambiar algunas cosas. Entregaremos todo a los abogados belgas este fin de semana y en adelante tendremos que estar muy atentos, será un mes largo. Después de eso, todo volverá a la normalidad.

—¿Estás seguro de que quieres hacer esto? —preguntó Samuel, alternando su mirada entre Ernesto y su esposa.

—Completamente. No te dejaremos solo. Iremos hasta el final.

—¿Me pregunto cómo tienen tantos detalles? —preguntó Diana dejándose caer en un sillón—. ¡Saben hasta cómo estamos vestidos!

—Como dice Ernesto —acotó Samuel moviendo negativamente la cabeza—, debemos estar atentos a todo lo que nos parezca sospechoso.

No terminaba Ernesto de encender el motor de su vehículo cuando Claudia comenzó a increparle la manera irresponsable como actuó en respuesta a las amenazas del sujeto español.

—¿Me puedes explicar por qué hiciste eso?

—¿De qué estás hablando?

—No te hagas el loco, Ernesto. Sabes de qué hablo. Me parece francamente el colmo que tomes estas decisiones sin consultar conmigo primero.

—Era algo que tenía que hacer. No dejaré a Samuel solo en esto.

—¿No entiendes que estás exponiendo tu vida?

—Es mi amigo, Claudia.

—También es mi amigo, pero la amistad tiene límites.

—No puedo creer que seas tú quien está hablando. Te desconozco.

—Ernesto, debes entender que me preocupa que te llegue a pasar algo —dijo Claudia, suavizando su actitud—. Lamento haber dicho eso. Sabes que Samuel es quizá el único amigo que yo tengo.

—Piensa entonces que no es por él por quien lo hago. Tengo una responsabilidad. Llámalo si quieres un compromiso patriótico o una obligación moral con la humanidad. No me quedaré de brazos cruzados viendo cómo la injusticia sigue reinando en el mundo. No haré parte de los millones de seres humanos que se mantienen indiferentes ante esa terrible barbarie. No me pidas que haga eso.

—A veces pierdes la cordura y te comportas como un romántico. Debemos poner los pies sobre la tierra. Podemos ayudar a Samuel con el proyecto, pero no morir en el intento.

—No exageres, Claudia. Nadie morirá por esto. Deja tu rabia y apóyame en esta justa causa.

—Apoyarte… ¿Y quién me apoyará a mí? ¿Qué pasará si algo te sucede? Recuerda que tu hijo necesitará un padre.

—Y lo tendrá. Nada me sucederá, no seas tan dramática. Esas son simples amenazas.

—Claro, si tú lo dices. Eso le diré a tu hijo cuando nazca.

—¿Qué? Claudia… ¡Acaso ya estás…? ¡Estamos?

—Para qué quieres saberlo, si en realidad te interesa más exponer la vida que pensar en tu familia.

—No digas eso. Sabes que independientemente de todo esto yo te amo. ¿En verdad estamos embarazados?

—¿Desistirás de permanecer en el proyecto si llego a estarlo?

—No me pongas en esa situación, son cosas diferentes. ¿Lo estamos o no?

—No te lo diré.

Al llegar a casa, Claudia se dirigió directamente a su recámara. No deseaba hablar más del tema con su esposo. Se sentía cansada. Se desvistió y se metió con rapidez en un pijama de algodón, luego se sentó frente al espejo en su alcoba y comenzó a retirar su maquillaje.

—Claudia, tenemos que hablar.

—Lo haremos mañana, ahora estoy cansada.

—Solo dime: ¿estás embarazada?

—No lo sé. Puede ser solo un retraso —soltó la mujer por fin, mientras Ernesto lanzaba un grito levantando los brazos al cielo. La abrazó tiernamente. Sentía el pecho henchido de felicidad.

—¿Cuándo te harás la prueba?

—Es muy pronto. Debemos esperar unos días más.

—¿Cuándo planeabas decírmelo?

—Ernesto, aún no es seguro. Si llego a estar embarazada, apenas estaré en las primeras semanas de gestación. Deberé visitar el doctor si la prueba resulta positiva. Te lo iba a decir en nuestro aniversario, pero no pudiste esperar.

—Mi amor, es la mejor noticia que he recibido en toda mi vida. ¡Te amo!

—¿Desistirás de continuar en el proyecto?

—Dame unos días para pensarlo.

Esa noche Ernesto durmió como nunca. En cambio Claudia no pudo pegar un ojo. Era, en vez de una mujer, un gran signo de interrogación envuelto en pijama. Lloró hacia dentro todo su miedo, su tristeza; su camaleónico presente, que mezclaba culpas y amores y esperanzas, pero también desasosiego.

El ruido de pasos y murmullos en el cuarto de huéspedes despertó a Samuel. Eran las dos de la mañana. Le extrañó que Austin estuviera hablando a esa hora de la madrugada por teléfono con alguien, pero creyó que podía ser Diana la que estuviera al otro lado de la línea. Se sentía fastidiado. Le molestaba que su sueño fuera interrumpido, y más por el romance de la mujer que le robaba pensamientos con un hombre al que además tenía que brindarle techo. Se levantó y, con parsimonia, se dirigió a la cocina. Tenía sed.

Mientras se servía el agua le llamó la atención escuchar que Austin se comunicaba en su limitado español. Eso indicaba que no era Diana con quien estaba hablando. Con curiosidad, se ubicó detrás de la puerta y escuchó con atención la última parte de la conversación. El norteamericano señalaba que el dinero no estaba en su cuenta y que los llamaría si tenía alguna información adicional. Samuel volvió a la cama preguntándose quién podía ser la persona con la que hablaba Austin. ¿A qué se refería con aquello de la información? ¿Por qué sostenía ese tipo de conversación en ese momento?

XX

El acta

Tarde en la noche y consciente de que el tiempo se le venía encima, comenzó Piracún con la redacción del acta. Al día siguiente debería ser enviada a todos los líderes que ofrecieron su apoyo y, si estaban de acuerdo, procederían a firmarla digitalmente para ser enviada junto con la documentación ya reunida. El punto final del acta fue escrito cuando aparecían los primeros rayos del sol en el horizonte. El abogado lo revisó una última vez y lo envió al correo electrónico de Ernesto.

En el acta se leía lo siguiente:

"*Latinoamérica, marzo de 2016.*

Nosotros, los abajo firmantes, como representantes de los pueblos nativos sobrevivientes del holocausto causado por los emisarios de la monarquía española, quienes invadieron nuestro territorio hace cinco siglos, causando dolor, muerte y destrucción, clamamos ante ustedes, Máximo Tribunal Penal Internacional, para que se haga justicia y se persiga al agresor por los delitos de genocidio y lesa humanidad cometidos contra nuestros pueblos amerindios.

El clamor de nuestras voces, silenciadas e ignoradas por más de quinientos años, hoy demandan ser escuchadas. Los rezagos de las comunidades indígenas tenemos una deuda con nuestros antepasados, con esos hombres valientes dueños de estas tierras, que entregaron su vida tratando de salvar a su pueblo.

No entendemos por qué ellos hablan del descubrimiento de América, cuando este continente ya había sido descubierto por nuestros antepasados quince mil años atrás, al llegar procedentes de Siberia durante la última glaciación. Es claro que lo que se presentó, en realidad, fue una resistencia indígena a ser invadidos. Una lucha para evitar que pasara lo que inevitablemente sucedió.

La tierra americana se vio bañada con sangre inocente, no en el fragor de una guerra, sino merced al despotismo extranjero, que entró a nuestras casas, robó nuestras pertenencias, violó a nuestras mujeres y esclavizó a nuestras gentes.

El invasor se defiende argumentado que nos aportaron su cultura, religión, costumbres y lenguaje; nada más falso que eso, pues todos los pueblos tribales a lo largo y ancho de América, poseíamos conocimiento y teníamos desarrollo, en ocasiones superior al de ellos. Prueba de ese conocimiento son los calendarios que nuestros hermanos mayas y aztecas legaron a la comunidad y una muestra del desarrollo social de entonces son las ciudadelas de Tikal, en Guatemala, o Machu Picchu, en Perú, las pirámides en pie, de México, Bolivia, Perú y Guatemala o las ruinas arqueológicas que se cuentan por cientos.

Tampoco entendemos el porqué de la persistente y mal intencionada etiqueta que muchos españoles han querido adjudicarnos, al dejar por sentado que a su intrusión encontraron un pueblo incivilizado, sin alma y dejado de la mano de Dios. Quiere decir esto que si ellos creyeron ver algo que no fue cierto: ¿eso les dio el derecho de irrumpir en nuestro territorio y aniquilar a nuestros ancestros? Cada día, desde su llegada, se contaron los muertos de a diez, de a cien y de a mil. El pueblo amerindio se vio diezmado, subyugado y expulsado de sus tierras. Terruño que fue su sagrado hogar por milenios.

El espíritu de nuestra gran comunidad indígena hermana confía en la sabia decisión que ustedes tomen con respecto a nuestra justa petición. Hoy, ustedes, señores magistrados de la alta corte internacional, tienen un compromiso con la historia, hoy, ustedes serán la mano de Dios".

"Samuel Piracún.

Comunidad muisca

Bogotá – Colombia".

Los nombres de todos los líderes indígenas irían a continuación y a tres columnas, con la información de la comunidad que representaban y su ubicación.

A ocho mil ochocientos kilómetros de allí, en el quinto piso del edificio de abogados de la calle Rue de la Loi, el abogado representante del caso indígena, como había dado en llamarle Pierre Meulemans al proceso, dialogaba con su jefe respecto a los avances del mismo.

—*Vous avez de la documentation de la Colombie?*

—*Nous aurons deux ou trois jours.*

Contestó Pierre, explicándole que esperaba que la documentación se recibiera en los siguientes dos o tres días.

—Quiero ver todo lo que ellos nos envíen.

—Tan pronto como lo reciba, lo imprimiré y te traeré una copia.

—¿Alguien sabe que estamos al frente de este caso?

—Solo unas pocas personas en la oficina —mintió Pierre.

—¿Estás seguro? —preguntó el hombre bajando el tono de su voz

—Sí. Seguro.

—Pierre —dijo el hombre entrecruzando los dedos de sus manos—, nadie debe enterarse del motivo por el que aceptamos tomar el caso.

—Despreocúpate. Nadie lo sabrá.

—Ya te haré saber llegado el momento de que todos se enteren.

—Cuenta con ello.

Diana se preparaba para salir a la biblioteca cuando recibió una llamada. El hombre al teléfono le dijo que se había enterado de que ellos estaban tratando de instaurar una demanda en contra de la Corona española. Ella se mostró extrañada de que el sujeto supiera no solo del proyecto, sino también de su nombre y de su número telefónico.

Al preguntarle sobre cómo llegó a sus oídos la noticia de la demanda, el individuo le manifestó que su movimiento estaba haciendo mucho ruido y que en todas partes se escuchaban cosas acerca de lo que tramaban. A pesar de su argumento, la mujer sospechaba que esa persona podría estar envuelta con el español que los amenazaba.

—¿Qué es lo que quieres?

—Deseo saber si todo lo que se dice es cierto.

—¿Qué le hace pensar que le revelaré esa información?

—Puedo convertirme en amigo de la causa.

—¿No te suena extraño que aparezcas de la nada y de repente te muestres interesado en el proyecto?

—Puede sonar raro, pero créeme, no lo es.

—¿Para quién trabajas?

—No trabajo para nadie.

—¿Cómo conseguiste mi número?

—Tengo mis contactos.

—¿Qué es exactamente lo que estás buscando?

—Ya te lo dije, Diana. Me gustaría hacer parte de su grupo. Soy un convencido de defender nuestra identidad y de abogar por los derechos de los pueblos indígenas.

—Vamos muy rápido. Ni siquiera te conocemos.

—Pero pueden hacerlo. Les aseguro que solo busco ayudar. Tengo bastantes conocimientos e información que podrían ser utilizados en su investigación.

—Lo siento. Ya tenemos cubiertos todos esos temas. No veo en qué podrías ayudarnos.

—¿Qué me dices del galeón San José?

—¿Qué hay con eso?

—No hay nadie que conozca más de ese tema en el país que yo.

Diana quedó sorprendida. El hombre había dado en el clavo. El contar con un especialista de ese tipo significaría un gran logro para el grupo. Ella no podía tomar ninguna decisión sin consultarla primero con Samuel. Ahora era ella quien deseaba reclutarlo.

—No te puedo negar que ese es un punto importante, pero antes de darte una respuesta debo consultarlo con el grupo. No me dijiste cuál es tu profesión, tampoco me has dicho tu nombre.

—Soy arqueólogo y mi nombre es Libardo Hernández.

Dos días después, tal como lo había prometido, Ernesto invitó a su esposa a un restaurante de comida árabe, pues sabía era su debilidad, para hablar de su decisión sobre la continuidad o no de él en el proyecto.

El hombre se cuidó de sopesar cuidadosamente los pros y contras de su permanencia al lado de Samuel y, siendo objetivo, consideró que mal haría en abandonar el proyecto cuando precisamente estaba tan adelantado. Creía que hacer eso sería imperdonable.

Claudia se mostró en desacuerdo con la decisión tomada por su esposo. Los argumentos expuestos por aquel parecían más un compromiso con su amigo que con el proyecto en sí. No obstante, accedió pensando en que de momento debía ocupar su mente en tratar de resolver el asunto con Cardona, su violador. En dos días llegaría el panameño; entre tanto, Diana ideaba la manera en que debería proceder. Tenía miedo, pero confiaba en lo que su amiga estaba planeando.

Acordaron que Ernesto continuaría en su labor y que no se involucraría más allá de su gestión con los abogados europeos. Le hizo prometer que, de ocurrir algo extraordinario, sopesarían de nuevo la situación. Ella, por su parte, le pediría a Teresita que se hiciera cargo de las finanzas de la operación. Quería desligarse por completo de ese asunto. Bien caro había pagado ya el estar vinculada al proyecto.

Juan Manuel llevaba veinte minutos esperando a Teresita en la biblioteca central de la ciudad. La profesora lo llamó en la mañana, solicitándole que se vieran, pues tenía algo muy importante que decirle. Como no llegaba, pensó en contactarla a su teléfono móvil, pero decidió que esperaría un poco más antes de intentar comunicarse con ella. Cinco minutos más tarde apareció la mujer con paso presuroso.

—Lo siento, me fue imposible llegar antes —saludó disculpándose—. ¿Hace mucho que llegaste?

—No te preocupes, Teresita, te esperaría el tiempo que fuera necesario —Juan Manuel le extendió una fina caja de chocolates.

Ordenaron dos tazas de café mientras la catedrática se quitaba el abrigo que llevaba puesto. Se veía agitada. Respiró profundamente y se sentó al lado del historiador.

—A veces me gustaría irme lejos de esta ciudad.

—¿Por qué lo dices?

—Porque el tráfico de las calles se torna cada vez peor. Es un caos.

—Es el precio que se paga por la modernización. ¿No crees?

—Si es así, prefiero vivir privada de tanta tecnología —contestó ella arqueando las cejas—. ¿O será que me estoy poniendo vieja?

—Ja, ja, ja… ¿Vieja tú, Teresita? ¡Eso jamás!

La mujer lo miró y se encontró con ese destello de luz que siempre rutilaba en sus ojos cuando se refería a ella. Sentía que las palabras brotaban de su boca con amor, más que con honestidad.

—Juan Manuel —dijo Teresita con solemnidad, percatándose de que el licenciado colocaba la mano sobre la suya—, es preciso que hablemos de algo que me tiene inquieta.

—Me tienes en ascuas. De qué se trata.

—Desde que comenzó lo nuestro he sentido que no hemos sido sinceros con los muchachos. Creo que ocultar nuestra relación no es lo más acertado. Sé que somos adultos y que nuestras decisiones solo nos atañen a nosotros, pero me siento mal ocultando cosas que en algún momento se pueden saber.

—¿Cuando dices “los muchachos” te refieres a tus hijos?

—Bueno, ya que lo mencionas, también a ellos.

—Oh, eso quiere decir que en un principio hablabas de los chicos del proyecto.

—Así es.

—Sabía que en cualquier momento tendríamos que tocar este punto y ya estaba preparado para esta conversación.

—Mucho mejor. Al parecer, estamos en lo mismo. ¿Qué piensas al respecto?

—Verás, es importante que todos se enteren del momento maravilloso que está tocando nuestras vidas, y claro, debemos participarles. Pero hay algo más importante que eso y que me gustaría comentarte: mi vida en los últimos años había perdido el sentido que tenía antes. En ti encontré la brújula que me indicó el camino que debía seguir. Gracias a ti he logrado volver a tener ilusiones y a luchar por algo más. Me siento joven de nuevo y tengo una vida que aspiro compartir contigo. Aunque para ti sonará un poco precipitado, deseo que sepas que mi intención contigo es clara y definitiva. Teresita, quiero pedirte que seas mi esposa.

La mujer, al escuchar las palabras, quedó de una sola pieza. Todo se esperaba, menos una propuesta de semejante calibre. Le tomó varios segundos recuperarse de la sorpresa.

—¿Qué estás diciendo, Juan Manuel? ¿Qué me case contigo? ¿Qué me vaya a vivir México?

—Sí. Eso mismo.

—No puedo hacer eso. ¿Qué pasaría con mis hijos, mi trabajo y mi vida aquí en Colombia?

—Tendrías al lado mío una nueva vida en mi país.

—No, Juan Manuel, yo no puedo hacer eso. Entiende que no puedo tomar una decisión de esa magnitud. Sería como darle un giro de ciento ochenta grados a la vida que he construido por tantos años.

—No la tienes que dejar, solamente inclúyeme en ella.

—Pero me estás pidiendo que me vaya contigo.

—Podemos buscar un punto de equilibrio, aquí y allá.

—No lo sé, Juan Manuel. Me has tomado por sorpresa. Creo que debemos pensar muy bien lo que queremos hacer. Hay que analizar qué te conviene y qué es mejor para mí. No puedo negar que en este momento tengo sentimientos muy arraigados hacia ti, pero no por eso voy a perder la cordura. No soy una adolescente que simplemente toma su maleta, la cuelga sobre su espalda y sale en desbandada.

—Eso lo entiendo, mi bella dama. Lo que busco es que este sea un punto de partida en el desarrollo futuro de nuestra relación. Nuestras vidas se han cruzado y debemos encontrar cómo complementarlas. Yo estoy realmente enamorado y lucharé contra viento y marea para que me acompañes hasta el día que muera.

—Por Dios, no digas eso.

—En verdad, te necesito. Por favor, tomemos está oportunidad. Este es un proyecto de vida, es una alternativa que nos brinda el destino. Sería un error no aprovecharla.

—Necesitaré tiempo para pensarlo. Eso no se puede definir de un momento a otro.

—¿Cuánto tiempo necesitas?

—No lo sé, hermoso, pero te lo diré apenas haya decidido algo.

—Está bien. No tengo otro camino, Teresita. Esperaré por tu decisión.

La integración de Libardo Hernández al grupo fue recibida con beneplácito. El arqueólogo hizo gala de sus pergaminos dándoles cátedra sobre el galeón San José y los asuntos que ahora lo rodeaban. La mayoría de sus aportes serían tomados en cuenta para incluirlos en la documentación que se habría de entregar en los próximos días.

Todos se percataron del enfado con que el hombre se refería constantemente a la manera, según él, "irresponsable y arbitraria" como el gobierno colombiano estaba manejando el asunto de su futura excavación. Insistía en que se carecía de transparencia por parte del Estado en el aspecto de contratación, lo que hacía que los trámites fueran altamente sospechosos.

—Van a destruir ese patrimonio en nuestras narices. Sería mucho mejor que lo dejaran donde está. Estoy seguro de que dentro de pocos años ya ni el recuerdo quedará del galeón. Este maldito gobierno va a repetir lo que hizo Carlos Holguín Mallarino.

—¿Quién es él? —preguntó Juan Manuel Salinas.

—Querrás decir quién fue —aclaró Teresita—. Un presidente de nuestro país de finales del siglo XIX.

—Bueno, y ¿qué fue lo que hizo ese señor?

—Lo mismo que planean hacer estos bandidos. Dilapidó un invaluable tesoro en detrimento del patrimonio nacional.

—¿De qué tesoro estás hablando?

—Del tesoro de Calarcá, más conocido como "el tesoro quimbaya".

El arqueólogo les narró cómo en 1892, en un hecho sin precedentes, el mandatario obsequió un compendio de ciento veintidós piezas de orfebrería a la reina de España María Cristina de Habsburgo, según él, como muestra de agradecimiento por su gestión conciliadora entre Colombia y Venezuela. Para el experto, el malestar se hacía mayor si se tenía en cuenta que justo ese año se celebraba con bombos y platillos el "IV centenario del descubrimiento de América".

En su mensaje al Congreso en el aniversario de la independencia colombiana, Holguín les manifestó su decisión, por demás arbitraria, de regalar la colección, según sus palabras: "La más completa y rica de objetos de oro que habrá en América, muestra del grado de adelanto que alcanzaron los primitivos moradores de nuestra patria". El gobernante aseveró en ese momento: "...la hice comprar con ánimo de exhibirla en las Exposiciones de Madrid y Chicago y obsequiársela al gobierno español para un museo de su capital, como testimonio de nuestro agradecimiento por el gran trabajo que se tomó en el estudio de nuestra cuestión de límites con Venezuela y la liberalidad con que hizo todos los gastos que tal estudio requería. Como obra de arte y reliquia de una civilización muerta, esta colección es de un valor inapreciable".

—Otro más de los vilipendios causados a nuestras culturas indígenas, ¡Como si no fuera suficiente con los desmanes del pasado!

El tesoro quimbaya al que hacía referencia Libardo Hernández estaba conformado por piezas en oro entre las que se destacaban treinta y una orejeras, veintiuna narigueras, once cuentas de collar, ocho colgantes y una corona, que permanecen en el Museo de las Américas de Madrid.

—Creo que esto debe estar reseñado en nuestra solicitud —dijo Diana—. Es un claro detrimento del patrimonio cultural.

—Lo sé —aceptó Samuel mirando por unos segundos a la chica—; sin embargo, ellos podrán alegar a su favor que fue un regalo —agregó después de un suspiro largo.

—Ya se ha iniciado un proceso de repatriación ordenado por la Corte Constitucional —les aseguró el antropólogo—, pero de ahí a que lo devuelvan...

Samuel se limitó a incluir en su informe la parte histórica del pecio y las declaraciones que el gobierno español estaba haciendo sobre el mismo. La opacidad con que se estaba manejando el asunto en el país no era, de momento, lo que más le interesaba, aunque, sin lugar a dudas, acariciaba la posibilidad de demandar penalmente a aquellos que atentaran contra el legado cultural dejado por sus antepasados. Ojalá que cuando estuviera listo para hacerlo no fuera demasiado tarde. De momento no encontraba méritos para añadir en su protesta, el caso del tesoro quimbaya, pero eso no quería decir que no se mantendría vigilante a lo que sucediera con ese tema.

Eddie Cardona marcó el número de Claudia en su teléfono. Con una sonrisa cínica dibujada en su rostro esperó a escuchar la voz de la mujer al otro lado de la línea. La llamada no fue atendida, por lo que optó por esperar unos minutos para marcar de nuevo. Claudia se asustó al ver el nombre del panameño en la pantalla de su celular. Como lo habían convenido, llamó de inmediato a Diana y la puso al corriente de la situación. Manejarían el asunto con mucho tacto y siguiendo el plan trazado por la chica. Si las cosas salían como esperaban, se podrían librar para siempre del sujeto. Desde un principio descartaron la posibilidad de acudir a las autoridades, ya que sería confrontar la palabra de Claudia contra la de aquel individuo. Además, Ernesto terminaría por enterarse y eso era algo que ella deseaba evitar a toda costa.

—¡Me está llamando de nuevo! —dijo Claudia alterada—. ¿Qué hago?

—Primero que todo, calmarte. Le contestarás cuando te llame de nuevo y le dirás que hoy no puedes verlo porque estás con tu esposo. Que en la mañana lo verás en el hotel. Averigua dónde se está quedando y procura que no sospeche nada.

—Debo colgar. Me están llamando de nuevo.

—¿Es él?

—No. Es Ernesto. Te llamo en cuanto hable con ese desgraciado.

Claudia cortó la llamada y le marcó a su esposo. Le pareció raro que él la llamara a esa hora de la mañana.

—Mi amor, solo quería decirte que un señor llamado Eddie Cardona me contactó hace unos minutos y me dijo que necesitaba hablar contigo. Al parecer te ha estado llamando, pero no ha podido comunicarse. Dice que quiere hacer un nuevo aporte al proyecto.

La mujer sintió que se quedaba sin respiración. Reuniendo fuerzas se despidió de su marido y llamó a Cardona, quien celebró al oír que era ella.

—¿Mañana? No, preciosa. Tendrá que ser hoy. Tengo un vuelo a Caracas que no puedo posponer. Haz lo que tengas que hacer, pero te espero aquí en una hora.

—Eso es imposible. No puedo en una hora.

—Entonces que sean dos. Te espero en el mismo el hotel. No me hagas esperar. Nunca aprendí a tener paciencia.

Claudia llamó de nuevo a Diana y le contó de las pretensiones del sujeto. Estaba hecha un mar de nervios. Todo parecía salirse de control.

—No te preocupes —le dijo su amiga—. Llamaré a Juanca y le diré que nos tocó adelantar todo. Reservaré una habitación en el hotel. No subas a su habitación hasta que no recibas mi señal y, óyeme bien, por ningún motivo recibas bebidas de su mano.

Al verlo en el *lobby* sintió ganas de abalanzarse sobre él y patearlo. Quería de un golpe borrarle esa sonrisa burlona que en principio le había parecido atractiva.

—¿Por qué llamaste a mi esposo?

—No me contestabas.

—Eres muy impaciente. Eso no era necesario.

—Lo tendré en cuenta la próxima vez, ¿quieres tomar algo?

—No. Estoy bien.

—Permíteme insistir. Ya sabes como soy.

—Es muy temprano, quizá más tarde.

El hombre ordenó dos Martini secos haciendo caso omiso de las palabras de la mujer. Luego la invitó a sentarse mientras llegaban las bebidas.

—Se me había olvidado lo bella que eres. Es halagador que estés aquí conmigo.

—Gracias.

—Te noto muy callada. ¿Estás bien?

—Solo estoy cansada. He tenido mucho trabajo en la oficina.

Mientras consumía la bebida, y para su tranquilidad, vio llegar a Diana y registrarse en el hotel. Hasta ahora las cosas marchaban como estaba planeado. Solo le restaba esperar a que su amiga le diera la señal.

—¿Otro trago?

—No. De verdad estoy bien así. Además…

—¿Qué?

—Me gustaría estar más lúcida. No quiero perderme de todo como la vez anterior.

Eddie la observó con fuego en la mirada. Eso la asustó. Le preocupaba lo que pudiera estar pensando ese sujeto.

—¿Subimos? —propuso el hombre levantándose de la silla.

—Pensándolo bien, creo que sí te aceptaré ese otro trago —contestó Claudia inquieta por no tener noticias de la antropóloga.

—En el cuarto tenemos de todas las bebidas.

—Qué bien. Pero déjame tomarme una más acá. Ya sabes, no estoy acostumbrada a esto.

Antes de que se terminara la copa recibió un mensaje de texto. Todo estaba listo para la segunda parte del plan. Le dijo al hombre que iría al tocador y que enseguida estaría con él. Allí la esperaba Diana, quien la abrazó al verla asustada. Le entregó un sobre con un polvo blanco.

—Ponte cómoda —le dijo Eddie señalándole el sofá del cuarto—. ¿Puedes preparar unos tragos? —agregó entrando al baño.

—No sé mucho de bebidas, pero lo intentaré —dijo la mujer al tiempo que le escribía el número en su teléfono y se lo enviaba a Diana en un mensaje de texto.

Minutos más tarde él sujeto apareció vistiendo una bata blanca. Claudia lo estaba esperando con una copa de ginebra. Eddie se le acercó e intentó besarla en el cuello. Ella lo esquivó con sutileza.

—¿Brindamos? Estos encuentros no son de todos los días.

—¡Brindemos! Por la colombiana más preciosa.

Un rato después Eddie Cardona yacía tendido en el piso de la habitación, completamente dormido. Claudia abrió la puerta y se encontró con Diana, quien venía en compañía de un muchacho.

—Pero, Diana, ¡es un niño!

—Corrección: parece un niño.

—Tengo diecinueve. Lo que pasa es que me veo menor —dijo Juanca observando al hombre tirado en el suelo.

—Es verdad. Ya revisé sus documentos. ¿Ya está listo nuestro "amigo"?

El plan de Diana era darle a Cardona un poco de su propia medicina. Juanca se encargaría de darle una lección que nunca olvidaría.

—Nosotras no tenemos nada más que hacer aquí. Es todo tuyo. Trátalo con amor.

—Váyanse tranquilas. Yo me encargaré —contestó el muchacho con picardía.

En la noche Diana recibió varias fotografías que comprometían seriamente la reputación del panameño. El trabajo estaba hecho.

A la mañana siguiente Diana llamó al sujeto, a quien le costó despertarse. Lo amenazó con enviar las fotografías a la Fiscalía acusándolo de corrupción y prostitución de menores si volvía a contactar a Claudia. Debía olvidarse de su amiga.

Como era de esperarse, el día final para la entrega de la documentación fue un completo caos. Algunos artículos se excluían y otros se agregaban a la petición a último minuto, buscando en todo momento justificar de una manera rápida y sencilla el objeto de la demanda. Diana confirmaba la adhesión de nuevos simpatizantes y los anexaba al acta, confiando en que lograran rubricarla antes de que el documento fuera enviado a Bruselas. El acta fue firmada por treinta y siete personas.

Los documentos enviados para sustentar la petición de la demanda formaban un cartapacio de cerca de doscientas cincuenta páginas, divididas cuidadosamente en capítulos, subcapítulos, temas y subtemas. Al expediente se anexaron múltiples imágenes a color y en alta resolución que describían a la perfección la situación actual de los indígenas latinoamericanos.

De igual manera, Teresita y Libardo acompañaron muchos de sus informes con gráficos estadísticos que permitían dilucidar con facilidad lo reseñado en los reportes. A las 4:32 de la tarde, hora colombiana, 10:32 de la noche, hora de Bélgica, fue remitido el documento, en medio del alborozo y de la complacencia de todos.

Recorrieron un largo camino para llegar a esa instancia. Ahora ya podrían todos, excepto Teresita, quien ahora estaba al frente de las finanzas, dar su labor por concluida y sentarse a esperar los treinta días que se requerían para que la Corte Penal Internacional profiriera su fallo. Hubo abrazos, felicitaciones y algunas lágrimas. Algo que comenzó como una vaga idea en la cabeza de Samuel, tomó cuerpo hasta convertirse en algo sólido, en algo que, gracias al apoyo decidido y desinteresado de algunas personas, había terminado en el más alto tribunal del planeta.

Era un logro.

—Felicitaciones, abogado —le dijo Diana, estrechándole la mano.

—¿Por qué me felicitas? Yo solo quería llevar la demanda ante la Corte Suprema de Justicia colombiana, el que haya llegado tan lejos es solo obra tuya.

—Me estás adulando…

—No es eso, pero tú nos llevaste hasta La Haya.

—Siempre me ha gustado pensar en grande. Tarde o temprano a alguien se le habría ocurrido la idea.

—No seas tan modesta. Gracias a ti lo logramos. Tú eres quien debe ser felicitada.

—Para mí ha sido un placer.

—Todos debemos agradecerte por tu valiosa ayuda.

—¡Ya! No digas más. Me vas a hacer sentir mal.

—¿Sabes algo?

—Dime.

—Me siento muy feliz de que hagas parte de este equipo —dijo Samuel deleitándose en sus ojos.

—Yo me siento feliz de serlo.

—Lástima que no todas las cosas hayan salido como quisiera. En su voz se dibujaba la nostalgia. El momento quiso que su pensamiento se volviera inspiración. A pesar de que pasaban los días, en su corazón se mantenía intacto su sentimiento.

—Samuel, por favor.

—Quiero que sepas que nunca dejaré de arrepentirme de lo que pasó esa noche.

—Déjalo. No deseo hablar de eso.

—¿Cómo van las cosas con él?

—Bien. Pero prefiero que cambiemos de tema.

—Al menos deja que brindemos por lo que hemos logrado hasta ahora.

Brindaron y se regocijaron frente a la espera que vendría. La pelota estaba en el campo de los abogados de Bruselas. Era a ellos a quienes les correspondía hacer la nueva gran jugada.

El avión en el que se encontraba Eddie Cardona comenzó a carretear en la pista del aeropuerto El Dorado. En pocos minutos despegaría con destino a la capital venezolana. Antes de apagar su teléfono, marcó un número en él y esperó a que le contestaran. Una voz masculina respondió la llamada.

—¿Ernesto?

—Si, él habla.

—Mi querido amigo, solo quería despedirme y de paso decirte que tu esposa es un primor. Me atendió de lo mejor. La tienes bien entrenadita…

—¿Ahhh? ¿Qué cosa?

—Ah, y algo más… Esa mariposita blanca… ¡Me encantó! ¡Se movía como si tuviera vida propia!

El panameño terminó la llamada justo antes de que el abogado pudiera decir algo más.

XXI

El imputado

Bruselas, Bélgica
viernes 13 de mayo de 2016
11:00 p. m.

En Bruselas no se tomaron las cosas con calma. Pierre y dos de sus colegas fueron asignados al caso y, de inmediato, comenzaron con el estudio de la documentación recibida de Bogotá. Era una tarea complicada, que se hacía más difícil al saber que tenían solo dos semanas para radicar la demanda en el tribunal internacional. A dos avezados traductores se les encomendó el trabajo de transcribir lo recibido al inglés. Todos en aquel pequeño grupo trabajaban en turnos continuos de doce horas, con dedicación y con una coordinación ejemplar.

Pierre sería la cabeza visible que presentaría el caso. Toda la información tendría que ser avalada por él y clasificada de acuerdo con su larga experiencia en procesos de este tipo. En varias ocasiones el abogado belga tuvo que contactar a su homólogo en Bogotá para la verificación y ampliación de algunas pruebas, y para el esclarecimiento de ciertos puntos que fueron incluidos como evidencia.

Varios argumentos y testimonios fueron removidos del alegato, al considerar que estos poco o nada aportaban a la solicitud y que serían rechazados por la alta corte en cuestión de segundos. Ernesto, Samuel y Diana se encargaron de atender y responder oportunamente las solicitudes, pues un retraso entorpecería el proceso. Uno de los puntos en los que los abogados europeos hacían énfasis era en todo lo que tenía que ver con el galeón San José. Por alguna razón insistían en documentar de la mejor manera posible lo que hiciera referencia al pecio. Al parecer, veían en él un poderoso argumento para mostrar en la corte.

Después de servir dos tazas de café, Samuel le entregó una a Ernesto y se sentó a su lado. En pocos minutos debían salir para la oficina, pero como estaban las cosas era muy probable que solo fuera él a trabajar. Su amigo había llegado la noche anterior a su apartamento en un estado deplorable. Con los ojos rojos y una maleta con sus pertenencias, arribó sin decir una palabra, pidiéndole posada a Piracún. Era la primera vez que lo veía así. Cuando le preguntó por lo sucedido, él simplemente se limitó a decirle que Claudia era una mujer vil y despreciable. El abogado no quiso preguntar más. Esperaría a que Ernesto se desahogara y decidiera compartirle los hechos, si eso era lo que necesitaba hacer.

Pocos días después se enteraría de que Ernesto, luego de recibir la llamada de Cardona, llegó a su casa envuelto por la ira. Tuvo la intención de confrontar a su mujer, pero su dolor era tan grande que prefirió guardar silencio, empacar algunas cosas y marcharse de la casa para siempre. No era la manera como los Saavedra se imaginaron que terminaría su matrimonio, ni mucho menos que fuera a ser tan pronto. El dolor de ver herida su confianza y la decepción de haber sido traicionado se unían a una rabia que le indicaba que debía abandonarlo todo. Esos eran los sentimientos de amargura que lo atosigaban y no lo dejaban en paz. Lloró toda la noche, como también lo hizo Claudia. Para él las cosas nunca volverían a ser iguales.

Como si esto no fuera suficiente, lo martirizaba pensar en si él sería el padre del bebé, de llegar Claudia a estar embarazada.

El teléfono sonó en el apartamento de uno de los edificios de la calle Puentelarra, en el barrio Santa Eugenia de Vallecas, en Madrid. Un hombre taciturno de contextura gruesa, con el cabello cenizo y cara de pocos amigos, caminó perezosamente hasta el centro de la sala donde reposaba el aparato.

—Habla Anchón —dijo el hombre al tiempo que bostezaba.

—¿Habéis averiguado algo? —le preguntó una voz sin emoción.

Al escucharlo, el hombre transformó de inmediato su semblante.

—Bien sabéis que siempre lo hago.

—Hablad entonces.

—Hay un grupo de personas en Colombia detrás de todo esto. Ya les hice un par de llamadas y les advertí de lo que les pasará si siguen con su intención.

—Eso no es suficiente. Debéis ser convincente y detenerlos.

—Podéis estar tranquilo. Vuestros deseos son órdenes.

—No os confundáis. No son mis deseos. Recordad que soy la voz detrás del Campechano.

Anchón permaneció unos segundos con el auricular en su mano. Pensó que sería necesario hacer una última advertencia. Confiaba en que aquellos hombres hubieran desistido de su propósito, pero no quería correr riesgos. No tratándose de gente tan importante involucrada. Finalmente, colgó el teléfono y se sentó en una de las sucias sillas del viejo comedor. La mesa estaba en un completo desorden. Varias cucarachas caminaban impasibles alrededor de una caja de pizza que parecía llevar varios días allí. El hombre sacó un paquete del bolsillo de su camisa, extrajo un cigarrillo sin filtro y lo encendió. Eran las siete y treinta de la mañana. Mientras observaba las volutas de humo de su cigarro disolverse en el aire, recordó la llamada dos semanas atrás mientras dormía plácidamente en su cama.

—¿Anchón? Tengo algo que debéis saber —le había dicho un informante de la calle con quien mantenía contacto.

—¿No podíais esperar hasta mañana? —contestó malhumorado al ver la hora en su reloj—. ¿Acaso no advertís la hora que es, maldito borracho?

—Es algo urgente. Es algo que planean hacer contra vuestros amigos.

En ese momento pensó en cortar la llamada, pero algo le decía que era necesario escuchar a ese hombre.

—Bueno, ¿vais a hablar o me tendréis pegado al teléfono toda la maldita noche?

—No os diré nada hasta saber cuánto estáis dispuesto a pagar por la información que tengo.

—Dadme la información y yo decidiré cuánto deberé pagaros.

—Sabéis que eso no trabaja así. Podéis llamarme cuando cambies de opinión. Sé que podréis sacar mucho dinero con lo que tengo.

—Decidme al menos de qué se trata.

—Es algo grueso contra el Campechano.

—Cuánto queréis —dijo Anchón interesándose de repente.

—Dos mil pavos.

—Buscadme en el bar de Josefa en una hora. Por vuestro bien, espero que tengáis algo bueno.

Más tarde, los dos hombres se encontraron en el bar y salieron a la calle. Allí hablaron en voz baja, a pesar de que nadie los escuchaba.

—Hace un rato en el bar de Cava Baja, escuché a dos tíos que hablaban en una mesa cerca de la mía.

—¿Y? —preguntó Anchón levantando los brazos, impaciente.

—Pues nada, hombre, que el más viejo de ellos decía que una gente en Suramérica demandaría a vuestros amigos. Estaba alardeando de que se había unido a ellos y estaba enviándoles cierta información para hundir al Campechano.

—¿Me hicisteis salir de mi casa para esto? —dijo Anchón, tomando al pequeño hombre por las solapas de su chaqueta—, esa información es una mierda.

—No lo es si tengo el nombre y el número del móvil del tío que está haciendo todo en Suramérica.

—¿Sabéis quiénes eran los hombres que estaban en Cava Baja?

—No, no pude saberlo.

—¿Cómo conseguisteis el nombre y el número de teléfono?

—El tío que estaba hablando lo dijo en voz alta para que su amigo le creyera, pues al parecer no le creía una sola palabra.

Anchón guardó silencio mientras pensaba en lo que decía el informante. Quizá no era valioso lo que decía, pero con suerte podría sacarle buen dinero a la información. Con menosprecio, arrancó el papel de las manos del servil hombrecillo y tiró doscientos euros sobre su humanidad. El hombre se lanzó sobre los billetes que cayeron al pavimento y los levantó empuñándolos en su mano.

—Joder, Anchón, aquí solo hay doscientos pavos. Dadme mi dinero.

El corpulento hombre, quien ya se aprestaba a retirarse, dio media vuelta y le propinó un fuerte golpe en la mandíbula al informante.

—Doscientos. Eso vale vuestra información.

Y dejándolo en el piso abandonó el lugar a paso firme. Al día siguiente, Anchón recibió otra llamada. Esta vez se trataba de una persona muy importante para él, a juzgar por el respeto con que le hablaba.

—De muy buena fuente escuché que alguien nos quiere quitar la paz. El Campechano desea que investiguéis todo lo que podáis. Quiénes son y qué es lo que quieren.

—Me encargaré.

En cuanto terminó la llamada y tras una breve pausa, buscó entre los papeles que guardaba en uno de los bolsillos de su pantalón hasta encontrar lo que buscaba. Era un ajado papel amarillo con rayas en el que se leía el nombre de "Erneto Savedra" garabateado en letra casi ilegible. Un renglón más abajo aparecía un número telefónico seguido de la palabra "Colonvia".

Esa noche le hizo la primera llamada al colombiano, confiando en que sus palabras lo harían desistir de seguir adelante con su propósito. Dos días después, un conocido suyo que trabajaba en el Centro Nacional de Inteligencia español le ayudó a conseguir la información que necesitaba acerca de otro miembro del grupo. Así supo de Piracún. Unas noches después llamó de nuevo para estar seguro de que el mensaje anterior había sido recibido, y esta vez fue Samuel quien atendió la llamada.

Tendría que contactarlos una vez más. Pronto sabrían de él.

Sobre las diez de la mañana se presentó Ernesto a su trabajo. La soledad del apartamento de Samuel no le estaba haciendo bien. Ese aislamiento solo incrementaba su aflicción. No terminaba de acomodarse en su escritorio cuando la secretaria de su jefe le dijo que aquel lo estaba esperando. El abogado no se sentía con la disposición de hablar con nadie. Solo se levantó de la silla para cerrar la puerta una vez que Verónica salió. Quería estar a solas en su oficina. Deseaba ocupar su mente para no tener que pensar en su situación. No pasaron cinco minutos cuando escuchó entrar al director como una tromba a su despacho.

—¿Se puede saber por qué razón no fuiste a mi oficina? —preguntó el hombre encolerizado.

Ernesto no se molestó en quitar la mirada de los documentos que revisaba. Pretendía que él estaba solo en ese cuarto.

—¡Saavedra! Te estoy hablando —gritó Ramírez haciendo retumbar su voz en el edificio—. ¿Quieres que te despida?

Si el jefe estuvo buscando un catalizador que lograra sacar de sus casillas al abogado, a fe que lo consiguió. Ernesto saltó como un resorte de su silla y tomó a Ramírez por las solapas de su saco. Con furia lo estrelló una y otra vez contra las paredes de la oficina. De no ser por la oportuna intervención de Samuel, el director pudo haber salido directo en una camilla para el hospital.

Por fin Ernesto pudo saciar toda esa amargura que estaba acumulada en su interior. Por supuesto, las consecuencias no se hicieron esperar. El abogado fue despedido por Ramírez, quien desde ese momento sintió un malestar general entre todos los abogados del bufete.

Era inconcebible. En menos de veinticuatro horas Ernesto Saavedra se había quedado sin esposa, sin hogar y sin trabajo. Desmoralizado, se dirigió de nuevo al apartamento de Samuel, del que no debió haber salido, y se recostó a dormir en el sofá. Pasadas las dos de la tarde escuchó llegar a Austin, pero continuó acostado, pretendiendo estar dormido.

El norteamericano estaba hablando por teléfono y no se percató de que Ernesto estaba allí. Su conversación llamó la atención del abogado, quien se mantuvo atento a lo que aquel decía. El individuo estaba poniendo al tanto a alguien al otro lado de la línea de todos los documentos y anexos enviados a Bruselas.

—Anchón —dijo después de entregar toda la información—. Ahora quiero mi dinero. Ya cumplí con mi parte.

Ernesto no daba crédito a lo que estaba escuchando. No entendía como ninguno de ellos se había percatado de lo que Austin era en realidad. Un espía.

—¿Qué dices, Anchón? —en la voz del estadounidense se percibía el desconcierto. Ahora caminaba por el cuarto de un lado a otro —ese no estando en el trato. Necesito mi dinero.

Ernesto se las arregló para grabar en su teléfono buena parte de la conversación. Era importante que todos se enteraran de lo que ese sujeto estuvo haciendo. Ahora comprendía por qué el desconocido que los amenazaba sabía todos los detalles de lo que sucedía en el grupo. El norteamericano era un informante y debía desenmascararlo cuanto antes.

En cuanto le fue posible llamó a Piracún y le dijo que debía reunir al grupo esa noche en el apartamento porque algo muy grueso estaba sucediendo. Cuando estuvieron reunidos, todos excepto Claudia, les manifestó que sabía que uno de los integrantes del grupo era un espía y había filtrado valiosa información al gobierno español. La afirmación los tomó por sorpresa. Samuel se sintió abochornado, pues estaba convencido de que tal aseveración obedecía a una locura temporal de Ernesto originada en los sucesos de las últimas horas.

—Les ruego que disculpen a Ernesto. Él no se ha sentido bien y…

—Samuel, lo que digo es verdad.

—Ernesto, por favor…

—Ah, ¿no me crees?

—Ernesto, estás pasando por muchas cosas…

—¿Y qué dirías si te digo que el espía ha estado viviendo en tu apartamento?

—Oh, por Dios, Ernesto, ahora sí perdiste la cordura —aseveró Diana, dejando entrever su molestia.

—Pregúntenselo —dijo Ernesto señalando a Austin—, él se los dirá.

—Ernesto está loco. ¿Qué estar diciendo?

—Nada, Austin —contestó Diana—. Solo está confundido. Debe ser por lo de su…

—Por lo de mi… ¿esposa? ¿Tuviste algo que ver en eso?

—No sé de qué estás hablando —negó la antropóloga—. Alista tus cosas, quiero que vengas conmigo —agregó dirigiéndose a su novio.

—Qué mal —indicó Ernesto con amargura—. Le dan más credibilidad a un hombre que apenas conocen, que a mí, que me consideraba su amigo.

—¿Por qué aseguras que es un espía? —le preguntó Libardo.

—¡Porque lo es! Este sujeto con cara de niño bonito y que pretende no hacerle daño a nadie le entregó información confidencial a no sé quién sobre todo lo que hicimos en nuestra última reunión.

Piracún recordó lo que le escuchó decir a su huésped noches atrás. Ernesto les contó cómo mientras estaba acostado en el sofá se percató de la conversación del norteamericano. Austin lo miraba con rabia.

—No es cierto. ¡Mientes!

—¿Ahora yo soy el mentiroso? ¡Maldita rata! ¿Qué puedes decir entonces de esto?

Ese era el momento que estaba esperando el abogado. Al escuchar esas palabras sacó su teléfono y dejó correr la grabación. Samuel y Diana quedaron estupefactos.

—¡No puede ser! ¡No puede ser! —se repetía la mujer histérica— ¿Por qué hiciste eso? ¿Cómo pudiste engañarnos? ¡Desgraciado!

Samuel tuvo que contener a la chica, quien parecía decidida a golpearlo. Ernesto también se le acercaba amenazante.

Austin inclinó la cabeza al saberse descubierto. Tratando de justificar su comportamiento, argumentó que pocas semanas atrás fue abordado por unos hombres, quienes le ofrecieron una jugosa cantidad de dinero a cambio de que mantuviera informados a sus jefes en España de lo que sucedía dentro del grupo. Cuando regresara a los Estados unidos debía cubrir varias deudas que tenía y vio en ello una excelente oportunidad para conseguir dinero. Samuel no se hizo esperar para echarlo a la calle. Diana, por su parte, le dijo —para satisfacción de Piracún— que nunca más quería volver a saber de él.

A dos días de la fecha límite para que los documentos fueran radicados en la Corte Penal Internacional, el bufete de abogados se puso en contacto con Ernesto, quien no lograba reponerse de su pena, y le contó que ya tenían todo listo. A la mañana siguiente radicarían la solicitud de la demanda y esperarían a que se les confirmara la fecha final de la audiencia. Samuel decidió que no cambiarían nada. Ya era muy tarde para hacerlo. Mantendrían los mismos lineamientos que tenían hasta ahora.

Tan pronto como el alto tribunal recibió la solicitud de manos de los abogados, les envió copias a los representantes legales de la Corona española, para que se prepararan para la audiencia donde se escucharían sus descargos. El ente judicial les haría saber la fecha y hora en que se debatiría en la sala principal de la corte de La Haya. Ernesto recibió la noticia con honda satisfacción y se lo comunicó a todos. Estaban optimistas de que las cosas saldrían como lo tenían previsto.

Tres días después, Ernesto fue nuevamente contactado por los abogados belgas, esta vez para notificarle que la audiencia había sido fijada para el jueves 16 de junio, a las once de la mañana, en el salón principal de la Corte. En los escritorios del alto tribunal reposaban los expedientes que sustentaban la responsabilidad de la Corona española en los actos de genocidio cometidos contra los nativos americanos, durante y después de su invasión. A ellos les competía dictaminar y valorar los hechos. Solo era cuestión de tiempo saber su decisión.

Ernesto convino con Samuel en no atender todas las llamadas provenientes del exterior. Aunque no querían lidiar con las amenazas, tampoco deseaban perder contacto con el informante que les envió la información inherente al rey, dado que en determinado momento podía ser una pieza clave si admitían la demanda en La Haya.

Precisamente, esa tarde, el hombre lo llamó de nuevo con algunos datos que consideraba de importancia.

—Un amigo me ha comentado que se sienten movimientos en la Zarzuela. Al parecer se la están tomando en serio.

—¿Crees que esté relacionado con nuestra demanda? —preguntó Ernesto.

—Lo está. Así me fue confirmado.

—¿Tu confías en nosotros?

—Hombre, coño, claro que confío. ¿Qué pregunta es esa?

—¿Por qué entonces no podemos saber tu nombre? Me gustaría saber con quién estoy hablando.

El hombre guardó silencio por un momento. Luego de aclarar la garganta un par de veces, se animó a hablar de nuevo.

—Benicio. Podéis llamarme Benicio.

—Así está mejor.

El hombre le manifestó lo que, a su modo de ver, se podía estar desarrollando en la residencia de la monarquía española e hizo énfasis en los antecedentes que llevaron a la abdicación de Juan Carlos I. Según Benicio, la súbita y sorpresiva resignación se había dado por causas que nada tenían que ver con la voluntad propia del rey.

—Juan Carlos lo dijo muchas veces, aseguró una y otra vez que él jamás abdicaría, entonces me pregunto: ¿qué lo hizo cambiar de parecer?

—¿Crees saber qué fue?

—Hay varias hipótesis, pero bien sabéis que los tabloides sensacionalistas inventan cada cosa para vender...

—¿Qué hipótesis?

—Hay tres, básicamente. La primera y más creíble tiene que ver con la mala imagen de Juan Carlos y sus asuntos de gobierno. Me imagino que ya os habréis enterado de la corrupción, las comisiones y otras cosas más de las que se habla en toda España.

—Algo hemos escuchado de eso. ¿La segunda?

—Comentan que un hombre tenía unas pruebas innegables que harían que la Corona cayera. Las versiones indican que el sujeto exigió que el rey abdicara a cambio de no hacer públicas las pruebas. Muchos creen que esa fue la piedra angular que lo hizo abdicar.

—¿Chantaje?

—Algo así. La tercera hipótesis, y la de menos credibilidad, sugiere que la abdicación se da por amor.

—No entiendo, Benicio. ¿Por amor? ¿Por amor a quién?

—A Corinna. Una de sus muchas amantes.

—¿Y qué crees tú que motivó la abdicación?

—No lo sé, hombre. Creo que se conjugaron muchas cosas. Lo que sí es cierto es que el día que se dio la noticia toda España fue tomada por sorpresa. Parece que fue una decisión que se tomó en solo unos minutos. Ellos argumentaron que llevaban meses planeando el cambio de poder, pero el día de la alocución por televisión se notó la improvisación con que manejaron todo el asunto.

—¿A qué te refieres?

—Si sois el rey, creo que esperaríais a que la reina estuviera presente, y no lo haríais cuando ella va de camino a Nueva York. Tampoco cuando el heredero al trono acabara de llegar de su viaje a El Salvador, si no que dejaríais que tuviese el tiempo suficiente en palacio para coordinar todo con él.

—Ya entiendo.

—Además, el día que Juan Carlos hizo pública su abdicación por los medios, tuvieron que posponer dos veces la hora programada para el mensaje televisado, lo que a las claras deja entrever que algo sucedía.

Benicio le comentó, además, que de muy buena fuente supo que, pese a las disposiciones reales que debían seguirse, Juan Carlos I aún estaba manejando los hilos de la monarquía, relevando a su hijo, el rey, a un segundo plano. Ello infería a las claras que todo fue un montaje para hacerle creer al pueblo español que habría cambios y que una joven, renovada y moderna monarquía estaba ahora al frente del futuro del país.

Según su fuente, la Corona convocó cuanto antes a sus asesores al enterarse por sus contactos en el máximo tribunal de la intención de demanda contra ellos. Los consejeros recomendaron enviar una sustentación bien cimentada a la Corte, para evitar a toda costa que aquellos prestaran atención a esa solicitud. Para los asesores estaba claro que era América la que estaba en deuda con España. En realidad, consideraban a los americanos como un pueblo insolente y desagradecido, que no valoraba la religión, la cultura y el idioma que sus hombres valientemente dejaron en un pueblo salvaje e indómito.

Sugirieron, además, que Felipe VI debería tomar una posición fuerte y decidida, que no los hiciera ver culpables. Por el contrario, se debía hacer hincapié en que gracias a ellos no son más un pueblo incivilizado o condenado a vivir en la ignorancia.

¿Los amerindios querían su oro de regreso? Pues se quedarían esperándolo toda la vida. Ellos ya no lo tenían, si de eso se trataba. ¿Por qué no demandar entonces a Rusia por las quinientas diez toneladas de oro que fueron embarcadas el 22 de octubre de 1936, durante la guerra civil española, en los cargueros soviéticos Kursk, Neva, Volgoles y Kine? Fueron siete mil ochocientas cajas que se fueron a ese país y que jamás regresaron, en lo que se denominó "El Oro de Moscú". Si se veía bajo esa óptica, entonces también los españoles fueron víctimas de robo.

El rey debería dejar claro que los navíos y galeones sumergidos en cualquiera de los mares del planeta y que tuvieran su bandera le pertenecían a España sin atenuante alguno, junto con el cargamento que estos llevaran al momento del naufragio. Era la ley Pabellón en el tratado de la Unesco y la harían valer. La fuente de Benicio también le indicó que España contrataría a los mejores abogados internacionalistas para que la representaran en La Haya. Ellos no habían sido citados formalmente, pero en cualquier momento recibirían una notificación y era indudable que su presencia ejercería algún tipo de presión en la decisión que la corte pudiera tomar.

Un punto a su favor era que uno de los altos jueces era de origen español, pero eso no sería suficiente. Deberían hablar con él y pedirle que influyera en la decisión que tomaran los otros jueces. Quizá necesitaban de una alianza, y ¿qué mejor unión que la de su similar británico, la Corona inglesa? Los asesores recomendaron que fuera el rey emérito Juan Carlos, y no Felipe, quien concertara una visita con la reina de Inglaterra, pues se evitarían la rigurosidad del protocolo de las monarquías, lo que les llevaría algún tiempo y eso era, precisamente, lo que no tenían.

Daban por sentado que la reina aceptaría unirse a ellos, pues si de momento no era asunto suyo, lo sería después si España era demandada. Ese resultado les indicaría a los indígenas estadounidenses que tendrían un camino abierto para llevar a la corte a la monarquía inglesa. De contar con su apoyo, serían ya dos sillas las que tendrían en la corte, más los jueces que los dos delegados pudieran atraer a sus filas.

—¿Vives en Madrid? —le preguntó Ernesto al terminar la conversación.

—No, hombre. Soy de Asturias. De Gijón —respondió Benicio—. ¿Por qué lo preguntáis?

—Simple curiosidad.

Una vez terminada la llamada, Ernesto se dio a la tarea de buscar en las redes sociales el nombre de Benicio en Gijón y en el resto de la región de Asturias. No encontró nada. Sin embargo, halló un apellido que dada la impresión de que se acomodaba a las iniciales con que el hombre había firmado su primer comunicado, B del R, y que tenía sus orígenes en Asturias, Del Río. Al parecer, el nombre completo del informante era Benicio del Río.

XXII

La expectativa

Bogotá, D. C., Colombia
sábado mayo 28 de 2016
2:30 p. m.

Tan pronto como Samuel se enteró de que la solicitud fue radicada en la Corte Penal, convocó a una reunión extra, la última que tendrían en suelo colombiano. Ese día todos se hicieron presentes en su apartamento y dialogaron animadamente sobre el curso que llevaba el proceso en Holanda. En menos de dos semanas estarían en la audiencia en La Haya, a la espera de la sentencia.

A pesar de que confiaban en la gestión realizada por ellos y por el grupo de expertos abogados en Bélgica, no dejaban de sentirse inquietos pensando en si algo de importancia pudo escapárseles al momento de enviar la solicitud. Ya era tarde para tal consideración, pero era algo que de alguna manera les atormentaba el espíritu.

Los cuatro hombres departían en la salita con sendos tragos de whisky mientras Diana disfrutaba de una copa de vino. Teresita se entretenía con un refresco. Piracún escuchaba a Ernesto debatir intensamente sobre algunas normas jurídicas internacionales, cuando se percató de que ya no había hielo en los vasos de sus invitados. Tomó la hielera que estaba sobre la mesa de la sala y se dirigió a la cocina para rellenarla. Al entrar allí, logró escuchar a Diana susurrar su nombre.

—Samuel no se puede enterar —decía la chica, y apenas al verlo se cubrió la boca con su mano.

La muchacha se encontraba con Teresita, quien hizo un ademán ante la sorpresiva llegada del hombre. Piracún pretendió no haber escuchado, saludó cortésmente, se aprovisionó del hielo y salió de la cocina con curiosidad. Pensó que luego le preguntaría a Teresita. Estaba seguro de que la profesora le diría de qué estaban dialogando. Con cierto fastidio se inclinó a pensar que era algo que tenía que ver con Austin, algo que pudo haber pasado entre ellos en las semanas previas. Le molestó sentirse celoso.

—¿Crees que escuchó algo? —preguntó Diana con una sonrisa pícara.

—No lo sé. Es posible que no.

La reunión se extendió hasta las primeras horas de la madrugada. Cuando todos partieron, Ernesto se quedó a solas con Samuel en la sala del apartamento. Bebieron una copa más antes de irse a dormir. Piracún se acostó pensando en su amigo, quien se había pasado de copas y se veía ahora afligido.

Minutos más tarde lo escuchó llorar. Se levantó y lo encontró sentado con la cabeza entre las piernas. Le causó dolor verlo allí en esa situación. Aunque no sabía lo que había ocasionado la ruptura de su matrimonio, creía saber por lo que estaba pasando Ernesto. Conocía perfectamente el dolor que podía ocasionar el amor.

—Debes acostarte. Ya es muy tarde.

El sentir a Samuel a su lado hizo que Ernesto llorara con más sentimentalismo. Se sentía solo y deseaba tomar ese momento para desahogar sus penas.

—Creo que no podré con esto. Es más fuerte que yo.

—Siento mucho que estés pasando por esto. Si crees que no puedes manejarlo, deberías tratar de arreglar las cosas con Claudia.

—No se puede arreglar lo que está completamente destruido y así quedó mi matrimonio después de lo que me hizo esa mujer.

—Hermano, desconozco qué te hizo ella, pero creo que siempre se deben agotar los caminos para la comunicación.

—Así mismo yo, pero eso no es posible cuando sientes traicionada la confianza.

—¿Me contarás qué fue lo que pasó?

—¡Claudia me engañó con otro hombre!

—Eso no es posible. Tiene que haber una equivocación. Conozco a Claudia perfectamente. Sé lo mucho que te ama.

Ernesto le recitó con amargura las frases que le había dicho el inversionista en su breve conversación telefónica. Dominado por el dolor le comentó el detalle de la mariposa. Entre lágrimas también le aseguró que lo único que siempre hizo fue querer a su esposa. Nunca se esperó ni estuvo preparado para un golpe como ese. Samuel lo rodeó con su brazo. Aún sentía en su boca el amargo sabor de la traición.

El domingo Piracún fue despertado muy temprano por una llamada de su madre. El hombre se preocupó, pensó de inmediato en su padre; la semana anterior estaba enfermo. Se lamentó por no estar pendiente. Pero no era eso. Era por su cumpleaños treinta y cinco, lo había olvidado. El estrés por su proyecto, las horas en la oficina atendiendo otros casos y los eventos de los últimos días lo llevaron a que perdiera la noción del tiempo.

Después de recibir las felicitaciones de toda su familia, colgó el teléfono y decidió dormir un rato más. Hacia las diez de la mañana el receptor volvió a sonar con inclemencia. Esta vez era Diana.

—Samuel, no quería molestarte, pero no tengo nadie más a quién acudir.

El hombre se incorporó de la cama preocupado. Temía que algo le hubiera pasado a la chica la noche anterior, después de que dejara su apartamento.

—¿Estás bien?

—Sí, estoy bien. Se trata de mi carro.

—¿Qué tiene?

—No lo sé. Anoche tuve que dejarlo en el camino cerca de una amplia zona verde.

—¿Por qué no me llamaste? Yo hubiera ido.

—Era muy tarde. No lo consideré conveniente. Mi padre me ayudó.

—Lo importante es que estás bien.

—No te preocupes. Lo estoy.

—¿Cómo puedo ayudarte?

—Pensaba en si podrías llegar hasta ese sitio y ayudarme a mover el vehículo.

—Por supuesto que sí. Envíame la dirección, yo entre tanto tomaré un baño y saldré hacia allá.

—Una cosa más.

—Dime.

—¿Ernesto está contigo?

—Ehhh, sí. Creo que duerme todavía.

—¿Puedes traerlo?

—¿A Ernesto? ¿Para qué quieres que lo lleve?

—Porque necesitaremos más que dos manos.

—Está bien, le avisaré.

No fue sino hasta el mediodía cuando los hombres arribaron al lugar. Era un sitio abierto, al aire libre, adecuado como parque natural. Dieron una vuelta por el perímetro, pero ni Diana ni su automóvil daban muestras de estar ahí. Él la llamó un par de veces, pero la chica no atendió. Era una situación extraña. Llevaban esperando cinco minutos cuando timbró su celular. La mujer le comentó que un amigo suyo, el mismo que se ofreció a llevarla hasta el lugar, haló el vehículo hasta un sitio seguro dentro del parque y cerca de un gran kiosco, que era allí donde se encontraba. Le dio las indicaciones de cómo llegar y Samuel fue con su vehículo. Al llegar a una caseta artesanal, el abogado quedó sorprendido.

Todos los miembros del grupo estaban allí. El kiosco estaba adornado con globos y serpentinas de múltiples colores y un gran panfleto en el centro rezaba en letras de diferentes formas y tamaños: "Feliz Cumpleaños". Fue toda una sorpresa. Si él no se acordaba, menos se esperaba que sus amigos lo hicieran.

—¿Fue tu idea? —le preguntó Samuel a Diana expresando su agradecimiento.

—Fue idea de todos.

—Tengo que decir que me sorprendieron. Muchas gracias —dijo mientras que observaba cómo Juan Manuel, Libardo y Ernesto debatían con pasión por algo relacionado con el fútbol.

Diana se veía pálida y serena. No dejaba entrever lo que estaba pasando por su corazón. Sentía ganas de tomarla entre sus brazos y besarla. De pedirle que olvidaran el pasado y comenzaran de nuevo. Era muy pronto para eso. La herida de la chica estaba fresca y tardaría un buen tiempo en sanar.

Valiéndose de que todos conversaban agradablemente, dejó a Diana con Libardo y se acercó a Teresita con cierta reserva, mientras pensaba en la manera de abordarla.

—¿Tienes un minuto?

—Claro, dime.

—Ayer cuando entre a la cocina, ¿recuerdas?

—Por supuesto. Entraste por hielo.

—Escuche qué Diana pronunciaba mi nombre.

Teresita se echó a reír al tiempo que se tapaba la boca con su mano.

—Sí, me acuerdo.

¿Puedo saber de qué estaban hablando?

—¿De qué crees que era? Estábamos planeando lo de tu cumpleaños.

Para el abogado todo tuvo sentido de inmediato, tanto los susurros de Diana como la solicitud para que Ernesto estuviera presente ese día allí en el parque. Qué tonto había sido al dejarse llevar por su imaginación.

Luego de servido el pastel, el tintineo de un vaso de cristal, al ser golpeado reiteradamente con un objeto metálico, captó la atención de todos. Era Juan Manuel Salinas, quien exhibía una leve sonrisa.

—Hay algo que tengo que comentarles.

Teresita palideció. Se resistía a creer que el hombre los enteraría de su relación sin su consentimiento. Con sus ojos buscó los del licenciado, pero este los mantuvo lejos de ella. Quería detenerlo y no encontraba la manera de hacerlo.

—Somos todo oídos —se le escuchó decir a Ernesto.

—Adelante, Juan Manuel, te escuchamos —acotó por su parte Samuel.

—Todos ustedes saben que me precio de ser parte de esta familia. Junto a ustedes he disfrutado de cada hora y de cada minuto en aras de encontrar lo mejor para el proyecto.

—Nuestro proyecto —aclaró la antropóloga.

—Tienes razón, Dianita, nuestro proyecto. He sido testigo del esfuerzo y de la lucha en conjunto para llevar a cabo este propósito. Agradezco a Teresita por darme la oportunidad de ser parte de lo que hasta ahora se ha logrado. Fue una experiencia que jamás olvidaré.

—Hablas como si nos fueras a dejar —dijo Samuel.

—Efectivamente, mi estimado abogado. Esta mañana recibí una llamada de mi agente en México, quien me manifestó que debo adelantar el regreso a mi país para cumplir con unos compromisos que se habían adquirido previamente y de los que no tenía conocimiento.

Teresita sintió que un cuchillo atravesaba sus entrañas. Se sentía traicionada. No admitía que él le hubiera ocultado esa importante decisión. Si en un principio quería esconderse, ahora su intención era la de ahorcarlo.

—¿Y cuándo partirás? —preguntó Diana.

—El martes de la próxima semana.

—Te extrañaremos, muchas cosas del proyecto no se habrían logrado de no ser por tu valiosa ayuda —le agradeció Samuel.

—Gracias a todos. Yo también los extrañaré, además, quiero que sepan que tengo plena confianza en que todo saldrá bien en La Haya. Me siento satisfecho de ser un miembro de este grupo que se atrevió a clamar justicia ante el mundo.

—Te tendremos al tanto de lo que suceda, creo que te enterarás por las noticias.

—No, Ernesto, en eso te equivocas. No esperaré las noticias sentado frente al televisor de mi casa. Quiero ser el primero que se entere del resultado de nuestra petición.

—¿A qué te refieres?

—A que si Dios no decide otra cosa, estaré con ustedes presente en La Haya.

Los gritos no se hicieron esperar. En conjunto, celebraron que se encontrarían con ese buen hombre, y ahora amigo, en tierra holandesa. Teresita era la única que se mantenía un tanto distante y en silencio.

Libardo tomó entonces la palabra. Era asombroso el vínculo que el arqueólogo había logrado con el grupo durante el poco tiempo que llevaba con ellos.

—Yo también viajaré pronto. Creo que el próximo domingo. Debo atender algunos asuntos en Cartagena.

—Me imagino que tu viaje tiene que ver con el galeón —dijo Samuel sintiendo nostalgia al ver que el grupo comenzaba a disolverse.

—No precisamente. Es algo relacionado con una investigación que estoy haciendo sobre el patrimonio cultural.

—¿Has escuchado algo nuevo sobre el San José? —preguntó Teresita arrugando el entrecejo.

—Se sigue especulando acerca de lo mismo. Nada diferente. Parece que el presidente quiere forzar una negociación a como dé lugar.

—¿Y crees que lo logre?

—¿El presidente?

—Sí, ¿crees que logre salirse con la suya?

—En su afán de protagonismo ha cometido muchas torpezas. Lo que menos nos debe importar en estos momentos a los colombianos es lo que hará o dejará de hacer ese ególatra.

—¿Por qué lo dices?

—Porque terminará su gobierno y nada pasará. Tendrá que irse con el rabo entre las piernas, pues no logrará finiquitar nada con el galeón.

—Lo dices con una seguridad.

—Tus ojos lo verán y te acordarás de mí.

—¿Nos verás en La Haya? —preguntó Diana.

—Aún no lo sé —contestó rascándose la cabeza—, estaremos en contacto.

Piracún pasó una tarde inolvidable en compañía de sus amigos y rodeado por la naturaleza. Lo que más disfrutó, sin duda, fue ver a Diana libre de cualquier atadura. No tenía en mente ningún plan para reconquistar a la muchacha; sin embargo, le dejaba entrever que aún estaba interesado en ella. Las horas se pasaron volando. Pronto el parque se vio cubierto de penumbras y todos decidieron que era hora de ponerle punto final a la celebración.

Unos minutos antes de que todos se fueran y mientras procuraban dejar el lugar en el orden en que estaba, Teresita se acercó a Juan Manuel y le recriminó con dureza.

—¿Cuándo me lo ibas a decir, cuando estuvieras en el aeropuerto?

—Teresita, no tuve tiempo de avisarte. Me enteré unos minutos antes de dejar el hotel. Simplemente, aproveché que todos estaban aquí.

—Debiste ponerme al tanto cuando llegaste. Por lo menos me habría preparado.

—Lo siento, mi amor.

—Shhhhh, no me llames de esa manera delante de los demás.

—Nadie nos está escuchando ¿Ya me tienes una respuesta?

—No. Aún no.

—Teresita…

—No es fácil.

—Sé que no lo es, pero necesito una respuesta antes de irme.

—La tendrás. Te lo prometo.

Ernesto, después de darle un fuerte abrazo, le entregó a Samuel una pequeña caja rectangular envuelta en suave papel dorado. Él la destapó y adentro encontró un fino estilógrafo con su nombre en letra cursiva.

—No debiste molestarte.

—Sabes que no es una molestia. Eres mi amigo y lo serás siempre.

—Es un detalle muy bonito. Gracias, Ernesto.

Teresita le entregó un presente, al tiempo que le manifestaba lo orgullosa que se sentía de él. Samuel abrió el regalo y encontró una hermosa bufanda tejida a mano.

—Leí que haría frío en Holanda. De seguro la necesitarás.

Mientras esperaba su turno para felicitar al abogado, a Diana la invadió la tristeza por la ausencia de Claudia. La tarde anterior estuvo hablando con ella y trató de convencerla de que fuera a la reunión, pero la mujer se negó rotundamente. Sollozando, le comentó las muchas veces que intentó comunicarse con su esposo y de como él rehusó contestar a sus llamadas.

Diana no podía evitar sentirse culpable por la situación de su amiga. Pensaba que su plan fue el artífice para que las cosas terminaran mal. Quizá de no haber metido sus narices, todo habría resultado diferente. Diana quiso ser la última en acercarse. Llevaba en su mano una bolsa de regalo y dentro de ella un suéter de lana.

—Está precioso, desde ahora será mi favorito.

—Qué bueno que te guste. No me decidía por ninguno, pues no conozco tus gustos.

—Estoy agradecido contigo, no solo por este detalle tan hermoso, sino por todo lo que has hecho. Eres una persona excepcional.

—Lo hago con gusto, te mereces eso y mucho más.

—Me permitirías decirte algo.

—¿De qué se trata?

—Sabes de qué se trata.

—Samuel, creí que habíamos dejado eso atrás.

—No quedará atrás hasta que lo aclaremos.

—No hay nada que aclarar.

—Por el contrario, hay muchas cosas que debes saber. Debes darme la oportunidad de aclararte lo que sucedió.

—No es necesario.

—Para mí lo es. Solo dame un minuto para explicarte lo que pasó.

—Ya te dije que no tienes que hacerlo, pero si es tan importante para ti...

De repente, y sin proponérselo, apareció el momento que Samuel siempre estuvo buscando para hablar con sinceridad.

—Esa noche me sentí muy afortunado de estar a tu lado. Fue algo mágico, realmente puedo decir que fue lo mejor que me ha pasado en toda mi vida. Para mi infortunio, mientras vivía lo más intenso del momento, mi memoria viajó al pasado y por un instante reviví la dolorosa experiencia con Victoria. No tienes la menor idea del inmenso daño y de las heridas que esa mujer le causó a mi corazón. El fantasma de su traición me ha acompañado por varios años y apenas ahora me estoy reponiendo de ello. De ahí la reacción que tuve cuando por mi mente se cruzó la imagen de ella.

—Siento mucho que ese episodio de tu vida te haya causado tanto dolor. Pienso que el tiempo es el mejor aliado en estas situaciones. No tenía idea de lo que te pasó y lamento que se haya dado precisamente en ese momento. Si me lo permites, me gustaría ser siempre tu amiga. Te prometo que te apoyaré cuando lo necesites.

Luego se acercó a él y le dio un abrazo. El abogado correspondió, teniendo la sensación de que la antropóloga lo había apretado un poco más fuerte antes de separarse.

El martes siguiente, Teresita acompañó a Juan Manuel hasta el aeropuerto. Estaba triste. Las últimas semanas aprendió a compartir con él muchas cosas que creía haber olvidado. Ahora el hombre partía y ella quedaba con la ilusión de reencontrarse pronto. Él llegaba a la terminal aérea con la certeza de que la profesora daría su consentimiento para unir sus vidas.

—¿Y bien? —dijo revisando que su tiempo de abordaje se acercaba.

—Aún no lo he decidido.

—¡Pero Teresita!

—No duermo en las noches pensando en este asunto, a cada momento me imagino cómo será vivir contigo en una ciudad que desconozco. Además, pienso en mis hijos, en mi casa, en todas las cosas que poseo. ¿Qué será de todo esto?

—¿Es eso lo que te detiene?

—¿Qué otra cosa podría ser?

—No sé. Por momentos tiendo a pensar que no estás segura de tus sentimientos hacia mí.

—¿Cómo puedes decir eso? —dijo la mujer acariciando con sus manos las frías mejillas del licenciado—, he aprendido a amarte. Si no lo estuviera, puedes creerme que ya te habría dicho que no.

—¿Qué va a pasar entonces?

—Seguiremos en contacto. Por lo pronto, solo dame algo más de tiempo. Te prometo que esta vez no te fallaré.

—¿Cuándo lo sabré?

—Conocerás mi decisión en Ámsterdam. Con eso me aseguro de que no faltarás —concluyó Teresita estampando un beso en los labios de Juan Manuel.

Esa noche, Ernesto observó con paciencia cómo el teléfono repiqueteaba incesante en su mano. Se trataba del sujeto que los había amenazado en dos ocasiones desde España. El abogado no contestó. Unos segundos después escuchó un trino que le indicaba que un mensaje había sido depositado en su buzón. Con cierta destreza accedió a los mensajes y borró el último de ellos sin haberlo escuchado.

—Esta es mi respuesta —dijo al tiempo que apagaba su teléfono.

Al otro lado de la línea, Anchón se disponía a marcar otro número de teléfono en Colombia. Había llegado el momento de tomar las medidas necesarias para que la demanda no fuera atendida en La Haya, y en caso de que lo fuera, que no llegaran sus demandantes.

XXIII

El rapto

A menos de una semana del viaje, Teresita citó al grupo en el apartamento de Samuel, pues tenía algo importante que comentarles. Se trataba de darles un reporte del dinero recogido hasta ese momento. Durante las últimas semanas, la mujer recibió aportes de varias personas en diferentes países. El monto de las ayudas, en realidad, era bajo. El total del dinero recaudado ascendió al final a ochenta y dos mil dólares americanos.

Por esta razón tuvo que modificar las pretensiones iniciales establecidas por Claudia. Ahora, en lugar de dos personas por comitiva, solo podrían cubrir los gastos de viaje de cada una de las personas que firmaron el acta. Una vez confirmadas las cifras, derivadas de las reservas que tuvo que hacer con las diferentes aerolíneas y del arreglo que logró formalizar con el administrador de un hotel en Ámsterdam, encontró que tenían un déficit de siete mil quinientos dólares.

Era bastante dinero, pero no se iban a detener por ello. Para ser equitativos, acordaron que cada uno de ellos cubriría sus costos de traslado y alojamiento, que serían reembolsados tan pronto como se captaran más aportes.

En la noche, Ernesto recibió una llamada de Benicio. El hombre le comentó que tenía indicios de que algo se estaba tramando en el palacio de Buckingham, porque el rey emérito español fue visto entrando un par de veces al palacio durante la semana.

—No veo qué puedan tramar contra nosotros —dijo Ernesto sin darle importancia al asunto.

—No os confiéis. Tal vez ellos tienen en común mucho más de lo que pensáis.

—No veo qué.

—¿Podéis imaginaros qué pasaría si la Corona inglesa ve en peligro sus asuntos?

El argumento del español no terminaba de convencer a Ernesto. A su modo de ver las cosas, los ingleses buscarían un lugar seguro donde mantenerse para que nada del asunto de la demanda los salpicara. Sin embargo, aceptó que Benicio le enviara una copia de las fotografías de las que hablaban. Nunca se sabía cuándo una prueba de estas podría necesitarse.

Faltando cinco días para el periplo, se presentó un inconveniente con el que nadie contaba. Se trataba de Teresita. La profesora llamó a Samuel el miércoles en la tarde con voz de tragedia.

—¿Qué te pasó Teresita? ¿Te encuentras bien? —le preguntó Samuel alarmado al escuchar sus lamentos.

—Ay, Samuel, tuve un accidente aquí en mi casa.

—¿Un accidente? ¿Necesitas ayuda?

—Rodé por las escaleras. No te preocupes, uno de mis hijos viene en camino.

—Lo siento mucho, Teresita. ¿Estás lastimada?

—Creo que me fracturé el tobillo. Me duele mucho.

—¿Sabes a dónde vas a ir?

—A la clínica cerca de mi casa. Allí atienden emergencias.

—Te veré allá como en una hora.

Samuel arribó al centro asistencial y esperó hasta que Teresita salió del consultorio. Las noticias no eran buenas. En efecto, su tobillo se había dislocado y estaría al menos tres semanas sin poder caminar. Fue poco lo que el doctor pudo hacer, ya que deberían esperar a que la inflamación cediera antes de proceder a enyesar, si era necesario.

La mujer aprovechó que su hijo llenaba la documentación en el área de admisión de la clínica para expresarle la tristeza a su amigo.

—Samuel, ¿ahora qué voy a hacer? ¡Tengo que viajar con ustedes!

—Por lo pronto, tranquilízate. Tu condición es delicada y no puedes poner en riesgo tu salud. Eso es lo que más debe importarte en este momento.

—Pero quiero ir. Necesito ir.

—Y queremos que vengas, te necesitamos. Pero no podemos actuar con irresponsabilidad. Debes entender que no podrás viajar en esta condición.

La catedrática sabía que su amigo tenía razón, no obstante, el interés por saber cómo culminaría el proyecto y el deseo de ver a Juan Manuel la hacían pensar de otra manera.

—Créeme que me duele bastante no poder acompañarlos —se quejó la mujer—. ¡Ya hasta tenía hechas mis maletas!

—Entiendo tu frustración, Teresita.

—Por favor, habla con todos y hazles saber lo que me pasó.

—No te preocupes, hablaré con ellos. Te llamaré el lunes por la noche desde el aeropuerto, espero que para entonces ya te sientas mejor.

—Cuídate, Samuel, no sabes cuánto me duele no poder ir con ustedes. Tendré que llamar a cancelar mi reserva.

Horas más tarde y mientras descansaba, Ernesto escuchó que llamaban a la puerta del apartamento. Esperó unos segundos con la esperanza de que Samuel atendiera el llamado. El sonido insistente de los golpes lo hizo levantarse de la cama. Al abrir la puerta se encontró de frente con Claudia. El hombre no supo qué decir. No se sentía preparado para hablar con su esposa.

—Samuel —gritó mirándola con dureza y levantando la voz por encima de su hombro—, tienes visita —agregó y la dejó plantada a la entrada de la vivienda.

Poco después oyó la puerta cerrarse. Samuel entró enseguida a su habitación con el torso desnudo y una toalla sobre sus hombros.

—¿Quién era? No había nadie allí.

—¿No?

—No.

—Qué extraño. Era Claudia.

—¿Preguntó por mí?

—¿A quién más podía estar buscando en este lugar?

—Ernesto, creo que ya es hora de que hables con ella.

—Aún no me siento con fuerzas para hacerlo.

—Entonces, ¿cuándo lo harás?

—A nuestro regreso de La Haya. Estoy preparando lo que voy a decirle.

—¿Y se puede saber qué es lo que piensas decirle?

—Claro. ¡Le pediré el divorcio!

A la mañana siguiente Piracún salió de la ciudad para visitar a sus padres, a quienes no veía hacía ya algún tiempo. Decidió tomarse el día libre para estar con ellos antes de su viaje a Europa. Para él era muy gratificante encontrarse con ellos. El olor de ese hogar lo transportaba a su niñez y le traía gratos recuerdos al lado de sus viejos, a quienes tanto respetaba. Cuidó de llevarlos a almorzar al mejor de los restaurantes de Sesquilé. Allí sintió la necesidad de participarles todo lo concerniente a la demanda que deseaba instaurar contra la Corona española por el genocidio contra el pueblo nativo americano.

Su padre no pronunció palabra. Solo se limitó a escucharlo, mientras algunas lágrimas rodaron por sus mejillas. Samuel lo miró sin entender lo que estaba sucediendo. Quería auscultar en el alma de ese hombre que admiraba, pero parecía que su padre quería mantener un halo impenetrable en torno a su sentimiento. No fue sino hasta regresar a casa para dejar a sus progenitores, cuando su padre se pronunció al respecto.

—¿Por qué no dices algo?

—Porque, hijo mío, ante ti, mis palabras sonarán solo como necios comentarios.

—No entiendo, padre. ¿De qué estás hablando?

—Escucha con atención: hace algo más de doscientos años, un sabio indígena de la tribu muisca que habitaba estas altiplanicies presagió algo que sucedería mucho tiempo después.

—¿Presagió algo? ¿Qué cosa? —preguntó Samuel.

—Dijo que un hijo de nuestra noble raza, un hombre valiente, inteligente y con bastantes pergaminos, hablaría un día con una sola garganta y con una sola voz ante todas las naciones del mundo. Aseguró que su mensaje se escucharía en cada rincón del mundo y que después de eso nada sería como antes. Varias generaciones han muerto esperando ver a ese líder. Yo, como ellos, creí que moriría también sin conocerlo. Lejos estaba de imaginarme siquiera que siempre estuvo tan cerca de mí. Que ese hombre que se alzaría por encima de todos los de mi raza podría ser mi propio hijo. Esa era la razón de mis lágrimas, no pienses que eran de dolor. Fueron lágrimas que brotaron de felicidad, de esa alegría de saber que conocí a alguien de quien esperé saber toda mi vida.

La mañana del viernes, Ernesto se levantó temprano para hablar con Samuel sobre la documentación que tendría que alistar para llevar como prueba a La Haya. Luego de preparar el café lo esperó por largo rato en el comedor sin que él apareciera. Miró su reloj y se percató de que su amigo estaba bastante retrasado para ir a la oficina. Preocupado, llamó a la puerta de su habitación y esta se abrió por completo. La cama estaba tendida y no había rastro del abogado.

Era extraño, la noche anterior estuvo esperándolo hasta altas horas, pero se durmió sin escucharlo llegar. Con una sonrisa en el rostro, pensó que esperaría a su regreso en la tarde y de paso le preguntaría si su ausencia tenía que ver con la bella Diana. No obstante, a media mañana lo llamó a su celular, pues quería tener todo listo para su viaje el siguiente lunes. Samuel no le contestó. Ahora tenía claro que aquel se encontraría disfrutando de la compañía de la antropóloga en algún motel de la ciudad. Se alegraba por ello. Ya era tiempo de que su amigo dejara enterrado el pasado.

La noche llegó, pero no así Piracún. No era usual que él se desapareciera de tal forma. Intentó contactarlo nuevamente, sin suerte. Entonces decidió llamar a Diana. La chica atendió la llamada casi de inmediato. Ernesto se sentía abochornado por tener que preguntar, pero consideró que era necesario. La respuesta no era la que estaba esperando.

—¿Samuel? No lo veo desde el miércoles. Le escuché decir que iría a visitar a sus padres.

—Creí que estaba contigo.

—¿Y por qué conmigo?

—No lo sé. Me imaginé cosas.

—Controla tu imaginación. No la dejes que vuele.

—Lo siento. Diana, tengo una extraña corazonada.

—No seas pájaro de mal agüero. Samuel ha de estar aún en casa de sus padres.

—¿Y si no es así? ¿Si le pasó algo?

—¿Tienes el número de teléfono de ellos?

—No. Pero creo que podré averiguarlo. Aquí hay una agenda con varios números de teléfono.

La respuesta que le dio el padre de Samuel fue que su hijo había salido para Bogotá el jueves antes de que se pusiera el sol. El abogado le confirmó que debía trabajar al día siguiente y que tenía muchos asuntos atrasados. Ernesto procuró tranquilizar al hombre y le dijo que se comunicaría con él tan pronto como tuviera noticias. Diana se dirigió al apartamento de Samuel tan pronto como se enteró de la desaparición del abogado.

Era muy preocupante que algo así hubiera sucedido después de las amenazas y a pocos días del viaje a La Haya. Después de instaurar la denuncia ante las autoridades, Diana y Ernesto se dispusieron a esperar noticias acerca del paradero de Piracún. A primera hora del sábado estas llegaron y no fueron las mejores. El vehículo que conducía apareció abandonado en un paraje solitario cerca de una población al noroccidente de la capital. Su teléfono y los documentos de identidad estaban dentro del automóvil y no encontraron signos de violencia. La policía desplegó un operativo en el área en busca de su cuerpo, pero no lo hallaron. Tampoco estaba detenido ni en ningún centro asistencial. Los oficiales comenzaron a manejar entonces la hipótesis de un secuestro.

Libardo, Diana y Ernesto se reunieron en el apartamento de Samuel para seguir de cerca los acontecimientos relacionados con su desaparición. Teresita y Claudia se mantenían en constante comunicación desde la casa de la historiadora, quien era la más afectada por la situación. El arqueólogo, mostrándose consecuente, argüía que eso era sin duda una retaliación de los españoles como respuesta a la demanda instaurada en la alta corte y lo preocupante era que estas represalias podrían seguirse presentando.

—Creo que lo tienen retenido y que lo liberarán, y espero que así sea, una vez que la audiencia se dé por terminada en La Haya.

—Me preocupa que su vida esté en peligro.

Diana estaba sumamente afligida. La ausencia de Samuel se hacía sentir. No se podía negar que el abogado era el eje del proyecto. Mientras tomaba su tercer café de la mañana, analizaba si el sentimiento que tenía correspondía más a su parte afectiva que a su razonamiento. Ernesto se sentía en una encrucijada. Se resistía a continuar con la preparación de su viaje, considerando que lo importante era encontrar a Samuel, dejando de lado todo lo que tenía que ver con la demanda.

—Llamaré a Pierre y le pediré que suspenda la diligencia en la Corte.

—¡Tú no harás eso! —chilló la chica apretando los puños—. Debemos esperar, estoy segura de que él aparecerá en cualquier momento.

—Estoy de acuerdo con Diana —terció Libardo—. Por lo pronto, lo único sensato es que tú, Ernesto, tomes el lugar de Samuel.

—¿Y si no aparece? En este momento lo que menos me interesa es el maldito proyecto. La vida de mi amigo está en juego y eso parece no importarles a ustedes.

—¿Cómo te atreves a decir eso? —ripostó Diana, indignada—. Por supuesto que me importa lo que le pueda suceder a Samuel. Recuerda que él también es mi amigo. Solo digo que no debemos actuar con precipitación. ¿Tienes una idea de lo que él sentiría si apareciera de repente y se encontrara con que has tirado todo por la borda? No te lo perdonaría.

Ernesto se sentó en el comedor y apoyó la cabeza entre sus manos. Estaba despeinado y aún traía puesto su pijama. Sentía ganas de llorar.

—¿Qué propones entonces?

—Por lo pronto, esperar. No caigamos en la trampa de quienes están detrás de todo esto.

—¿Esperar? ¿Hasta cuándo? En dos días tendremos que subirnos a un avión y sin él no nos podemos ir.

—Esperaremos hasta el lunes en la mañana. En ese momento tomaremos una decisión. No antes.

—Debes conservar la serenidad Ernesto —le aconsejó Libardo—. Yo tengo que viajar hoy, pero estaré atento a lo que pase.

El domingo transcurrió sin que nada nuevo sucediera. Ernesto estuvo acompañado todo el día por Diana en el apartamento de Samuel, a la espera de noticias. Teresita lloró durante todo el fin de semana. Se lamentaba por no haber tomado con más responsabilidad las amenazas de los españoles. Para la historiadora, no cabía la menor duda de que eran ellos los únicos responsables. Se mortificaba imaginando que en cualquier momento la llamarían para notificarle la aparición, en algún paraje solitario, del cuerpo sin vida de su amigo.

Los padres de Samuel llamaban a cada tanto preguntando por la suerte de su hijo. Ernesto procuró tranquilizarlos con palabras esperanzadoras. A petición de Diana, se abstuvo de mencionarles el asunto de las amenazas. No sería conveniente agregarles más tribulaciones de las que ya tenían.

El lunes a las nueve de la mañana Diana arribó al apartamento de Piracún para definir lo que harían a continuación. Ernesto se mantenía partidario de cancelarlo todo para concentrarse de lleno en la búsqueda de Samuel. Diana, por su parte, se mantenía firme en que no podían perder la oportunidad en La Haya.

—Claro que iremos, él no ha aparecido y eso es muy lamentable, pero igual viajaremos. No le podemos fallar a Samuel. Tendremos que ir en su representación.

—Le fallaremos si nos vamos y lo abandonamos a su suerte.

—No, Ernesto. El sueño de Samuel es más grande que él. Es superior a todos nosotros. Por eso debemos ir. No rompamos sus esperanzas como lo están tratando de hacer quienes se lo llevaron.

—No lo sé.

—Deberíamos consultarlo con los demás.

—Ya les pregunté a Teresita y a Claudia. Ellas están de acuerdo conmigo. Ya sabes la posición de Libardo. ¿Crees que sea necesario llamar a Juan Manuel?

—Tú ganas. Iremos.

—Le encargaremos a Claudia que nos mantenga informados de lo que pase.

—¿A ella?

—¿Tienes a alguien más? Teresita apenas si puede moverse.

—Como quieras. Pero que se comunique contigo. Que no se atreva a llamarme.

—Ya deberías pasar la página, ¿no crees?

—¿A qué hora en el aeropuerto? —dijo el hombre cambiando abruptamente de tema.

—Seis.

Sin más que discutir se despidieron acordando encontrarse en la terminal aérea. Las siguientes horas las dedicaría Ernesto Saavedra a preparar su maleta y alistar los documentos que llevarían como soporte a la Corte Penal Internacional. Temblaba. Estaba hecho un manojo de nervios. El apartamento se sentía lúgubre y dominado por una atmósfera de tristeza y desesperanza. A las cinco de la tarde el abogado salió hacia el aeropuerto con el miedo que le causaba que él pudiera ser la siguiente víctima.

Cuatro días atrás y mientras avanzaba por la autopista Norte en su vehículo, Samuel fue interceptado por dos camionetas que lo obligaron a salirse de la vía y a estacionarse en una senda poco iluminada. Dos individuos se bajaron rápidamente de los carros y le apuntaron con sus pistolas, le ordenaron que se bajara del auto con las manos en alto. Todo sucedió muy rápido. Procuró guardar la calma sintiendo que el corazón se le salía del pecho mientras la adrenalina recorría su cuerpo. En pocos minutos era transportado a gran velocidad en la parte trasera de una de las camionetas, amordazado y con la cabeza cubierta. Con terror se percató de que estaba siendo secuestrado.

Pasó una hora antes de que la camioneta se detuviera. Luego lo subieron a empellones al segundo piso de una vivienda donde fue encadenado a los barrotes de una cama. La capucha le fue reemplazada por una venda sobre los ojos. Durante el cambio advirtió que los hombres tenían puestos pasamontañas, por lo que no pudo ver sus rostros. Esa noche no pudo dormir. Su mente repasaba una y otra vez los sucesos. La soledad y la angustia eran sus únicas compañeras en ese cuarto maloliente. Pensaba en Diana, en el proyecto, en sus padres y en su trabajo. En ese orden. No sabía qué suerte le esperaba. Al amanecer logró por fin conciliar el sueño. Estaba agotado.

No había pasado una hora desde que se durmiera, cuando los gritos al otro lado de la habitación, en la casa vecina, lo despertaron bruscamente. Una mujer se lamentaba de la golpiza que estaba recibiendo de manos de quien parecía ser su marido. Hasta sus oídos llegaba el ruido de objetos que caían al piso o se estrellaban estrepitosamente contra las paredes. Un rato después se oyó un portazo. Lo único que se escuchó después fue el sollozo incesante de la mujer.

Uno de los plagiarios ingresó al cuarto más tarde con un café y un pedazo de pan tieso como una piedra. Samuel estuvo pensando durante toda la noche en la manera cómo abordaría la situación con los sujetos. De ello dependería en gran parte que recobrara pronto, y con vida, su libertad. En adelante aplicaría todo su conocimiento sobre el tema del secuestro para su supervivencia y para saber cómo actuaría mientras estuviera en cautiverio.

—Necesito ir al baño —le dijo Samuel levantando las muñecas para que las esposas le fueran retiradas.

El individuo lo miró por un momento. Luego, sin dejar de apuntarle con el arma, lo liberó de la venda y quitó sus esposas, indicándole con la pistola hacia dónde dirigirse.

—¿Me puedes decir qué hora es? —preguntó el abogado en tanto orinaba con la puerta del baño medio abierta.

El individuo no le contestó. De regreso en el cuarto lo sujetó de nuevo a la cama, vendó sus ojos y salió cerrando la puerta tras de sí. Durante el minuto que estuvo sin la venda y mientras sus ojos se acostumbraban a la luz, Samuel se percató de que el cuarto estaba cerca de las escaleras que llevaban al piso de abajo. Las ventanas de la habitación no tenían cortinas y estaban cubiertas por barrotes de hierro, lo que haría imposible que se pudiera pensar en una escapatoria por ese lugar. Ahora eran el oído y el olfato los sentidos que se encargarían de recopilar la información que le sirviera en adelante.

Lo que tenía hasta entonces era poco, pero debía analizar concienzudamente cada cosa para obtener el máximo provecho de ello. Sabía que eran dos hombres, uno de los cuales era en extremo delgado, y que ambos estaban armados. No tenía una idea clara de su edad ni podía decir a ciencia cierta cómo sonaban sus voces. Fue muy poco lo que los escuchó decir cuando lo obligaron a bajarse del auto. El ruido de varios niños jugando en un lugar cercano interrumpió de pronto su cavilar. Trató de enderezarse un poco, el metal de las esposas le tallaba las muñecas.

Recordaba haber contado varios giros y paradas desde que fue secuestrado hasta llegar al sitio donde ahora se encontraba. El recorrido fue cubierto en algo más de una hora. Podía suponer que se encontraban en una casa en algún sector de la capital. Mientras permaneció sin la venda alcanzó a observar a través de la ventana varias casas humildes de dos pisos. El ruido que lo despertó en la mañana, la estructura de las casas y la proximidad de la zona escolar le llevó a suponer que se hallaba en un barrio al suroccidente de Bogotá.

La habitación era sencilla. Solo había una cama de metal y un viejo sillón. Aunque lo tranquilizaba el hecho de no estar herido, le molestaba la limitación de movimiento por causa de las esposas. Adivinaba que la razón de su secuestro no era otra que la de mantenerlo lejos de los estrados judiciales europeos. Eso lo llevaba a pensar en la posibilidad de que su vida no corría peligro y de que sería liberado en pocos días. Sobre el mediodía regresó su captor con el almuerzo. Esta vez intentaría nuevamente ganarse su confianza.

—Si no tomo mis pastillas puedo morir.

El secuestrador se quedó mirándolo fijamente a través de los orificios del pasamontañas. Por su reacción era claro que no se esperaba eso, lo que aprovechó Samuel a sabiendas de que ahora tenía su atención.

—En verdad no te molestaría, pero ya han pasado doce horas y de no tomar mi medicamento, comenzaré a convulsionar.

—¿Me… me… me… medicamento?

—Si. Creí que lo sabían.

—Na… na… nadie no… nos.. nos dijo… eso.

—Me lo imaginé. Debemos hacer algo. No quiero morir aquí.

Era un gran logro. Había roto el hielo con su captor. Le dijo al hombre que debía comprarle unas pastillas de Epamín, que sabía que le eran administradas a su tío para controlar sus crisis convulsivas. Por supuesto, nunca las tomó. Solo pretendía ganarse la confianza del aquel sujeto. En la noche escuchó ruidos de nuevo en la habitación de la vivienda contigua. Esta vez pudo escuchar las palabras de arrepentimiento del hombre, quien se excusaba con la mujer por su conducta matutina. Minutos más tarde solo los gemidos y jadeos apasionados atravesaron la pared.

Aunque los diálogos con su captor eran limitados, le pidió al sujeto que le consiguiera el periódico y hasta una ración adicional de pan. El sábado y el domingo transcurrieron en silencio. Por más que intentó planificar una ruta de escape, no lo consiguió. Para el lunes en la mañana Samuel tenía ya perdida toda esperanza de llegar al tribunal superior.

La escena de violencia de días atrás se repitió de nuevo. Al parecer el energúmeno le estaba repitiendo la dosis de violencia a la mujer. Le preocupaba no escuchar ahora el llanto de la víctima. Después del portazo todo quedó en silencio.

Pasado el mediodía el ruido de los pasos que subían y bajaban la escalera llamó su atención. Los murmullos de los captores por momentos se convertían en fragores, dejando entrever la preocupación por la llegada inesperada de alguien.

—¡Estamos perdidos, marica! —escuchó decir en el pasillo—. ¿Quién los llamaría? ¿Si lo revisó bien? ¿No tendrá un teléfono?

—No... no tie... tiene.

—¿Está seguro? Mire que si nos descubren por su culpa, ¡lo mato!.

—No tie... tiene na... nada.

—¿Entonces quien llamó a esos hijueputas?

—No sé... Los ve... ve... ve... vecinos. Cre... creo.

—No demoran en venir a hacer preguntas. Hay que sacar a ese man de aquí cuanto antes. Meteré el carro al garaje. Encárguese del tipo; si se pone arisco, duérmalo de un golpe.

Sobre la una de la tarde lo sacaron de la casa. Esta vez sin la capucha puesta. Samuel advirtió que varios carros de patrulla rodeaban el sector. Él iba en medio de los dos sujetos. Por fin veía sus caras. Ignoraba si eso podría ser nocivo para que lo dejaran posteriormente en libertad. El hombre que daba las órdenes y quien manejaba la camioneta no tendría más de treinta años. Su rostro era severo. El otro, el joven, el que le picaba las costillas con el arma, dejaba entrever que lo dominaba el miedo.

Uno de los agentes de policía que acordonaba el lugar les pidió que se detuvieran.

—A mí no me importa morirme hoy, pero me lo llevaré a usted conmigo. Así es que calmadito o ya sabe —dijo el secuestrador mirando con odio a Samuel.

El uniformado se dirigió al conductor sin reparar en los demás.

—Por favor espere un momento —dijo quedándose a pocos pasos de la camioneta.

Frente a ellos pasó un vehículo forense y se estacionó a pocos metros de ellos.

—Ya puede seguir —autorizó el policía levantando el brazo.

A baja velocidad cruzaron el cerco policial sin que Samuel tuviera la oportunidad de poner en evidencia a los secuestradores.

Más tarde llegaron hasta un sitio poco concurrido donde abordarían otro vehículo. Samuel, desde la camioneta, vio una valla que ya le era conocida y en la que se leía: "Cabildo Indígena Mhuysqa de Bozha". No lo podía creer. Estaba en inmediaciones del resguardo indígena que era liderado por Miguel Tauta. Su estómago se revolvió. La divina providencia le estaba dando una oportunidad. Si quería escapar, ese era el momento. Debía pensar con rapidez. Sentía la transpiración en todo su cuerpo.

El sujeto a cargo apagó el motor de la camioneta y se dirigió al automóvil que permanecía aparcado a la berma del camino. Abrió el compartimento de la gasolina y sacó la llave del carro. Luego se subió y procedió a encender el motor.

—Va… va… vamos. Con cui.. da.. da.. dado —dijo el segundo hombre con la pistola en su mano.

Samuel se apeó sin quitar los ojos del otro vehículo. Ya con los pies en tierra, se inclinó levemente y con todo el peso de su cuerpo empujó al muchacho haciéndolo rodar por el piso. Acto seguido golpeó la puerta de la camioneta con el talón de su zapato logrando que la alarma se disparara, lo que llamó la atención de los conductores que se encontraban cerca de ahí. Debía aprovechar el desconcierto de los criminales para escapar. Eso hizo. Sin pensarlo dos veces emprendió veloz carrera hacia la entrada del resguardo.

El ruido de unas llantas al quemar el pavimento lo estremeció. En su afán por alcanzar el resguardo atravesó la calle sin percatarse de que un auto se aproximaba con dirección contraria. Recibió el impacto por el costado. Su cuerpo voló por los aires y cayó de bruces en una zanja varios metros más allá.

Los secuestradores, reponiéndose de la sorpresa, corrieron hasta donde permanecía el cuerpo inmóvil del abogado.

—Nos encargaremos de él —dijo el individuo tomándole el pulso con sus dedos.

—¿Es… es… está mu… mu… muerto?

—¡Si lo estuviera sería su culpa! ¡Maldito bueno para nada!

Ocultando sus pistolas, lo levantaron de brazos y piernas para llevarlo al auto.

—No deberían moverlo —sugirió con angustia el hombre que lo atropelló—, esperen que llegue la ambulancia.

—No se preocupe. Estará bien. No fue su culpa.

—¿Adónde lo llevan?

—Hay un hospital cerca de aquí.

Samuel reaccionó mientras era trasladado al carro. Estaba adolorido. Sangraba profusamente por la nariz. Uno de sus brazos mostraba la carne viva. Miró a su alrededor y vio que varias personas se movían cerca de él en tanto sus captores lo cargaban con dificultad.

—¡Ayúdenme por favor! —gritó a todo pulmón tratando de liberarse— ¡Estos hombres me están secuestrando! ¡Ayúdenme! ¡No dejen que lo hagan!

Las personas, apiñadas, se miraron entre sí. No comprendían lo que sucedía. Los captores se detuvieron. Presintiendo lo que se venía empuñaron sus pistolas y las apuntaron hacia el grupo. Estos, quienes ya comenzaban a rodearlos, dieron marcha atrás.

—Aquí no ha pasado nada, señores —dijo el mayor de los secuestradores—. Somos agentes secretos de la policía y estábamos tras la captura de este sujeto. Por favor regresen a sus vehículos. Cualquier intromisión de su parte en este operativo será tomada como una obstrucción a la justicia.

—Eso es mentira. No les crean —gruñó Samuel observando cómo el grupo se disolvía—. No se vayan, por favor. Llamen a la policía y verán que estos hombres mienten.

—Ya les dijimos que se fueran —advirtió el sujeto amenazante—. No nos obliguen a abrir fuego contra ustedes.

—¿Cómo sabemos que es cierto lo que dicen? —dijo de pronto un hombre al que Piracún reconoció de inmediato.

Era Rigoberto, el segundo de Tauta, quien apuntaba al delincuente con un fusil.

—Señor, baje esa arma.

—¿Por qué? Ustedes también están armados.

—Somos la ley y usted no.

—¿Es eso cierto?

—Señor, aléjese. Le advierto que está incurriendo en un delito.

—Hummm… ¿Y se puede saber qué hizo ese hombre?

—Es un asesino peligroso.

—No lo parece.

—Lo es.

—Diría más bien que tiene cara de abogado…

—Amigo, váyase por donde vino y no levantaremos cargos en su contra.

—Lo haré, pero antes quiero ver sus credenciales —ripostó Rigoberto sin importarle que los dos hombres le apuntaban—. Muéstrenmelas y me iré.

—No tenemos por qué hacer eso. Váyase o le juro que le dispararemos. No creo que quiera enfrentarse solo contra nosotros dos.

—¿Y qué le hace pensar que estoy solo? —le preguntó irónicamente Rigoberto mirando por encima del hombro del sujeto.

Dos de sus hombres apuntaban sus fusiles a la cabeza de los secuestradores. Eso fue suficiente para estos cejaran en su propósito, montaran los vehículos y se alejaran rabiosamente de allí.

Samuel fue llevado ante Miguel Tauta, quien se mostró contrariado por lo que le sucedió al abogado.

—Necesito tu ayuda. Debo viajar esta misma tarde.

—No puedes hacerlo. Estás herido. Te llevaré a un hospital.

—No necesito un hospital, Miguel.

—Pero mírate, hombre. ¡Estás vivo de milagro!

—¿Tienes quién me haga las curaciones?

—¿Aquí?

—Sí, aquí.

—No creo que sea lo mejor. Tus heridas son serias.

—Por favor, Miguel.

—Eres más testarudo que una mula. Veré qué puedo hacer.

Sin perder tiempo, ordenó que le curaran las heridas y dispuso todo para que se aseara y pudiera estar listo para el viaje. Con un abrazo lo embarcó en su jeep y le pidió a Rigoberto que lo escoltara hasta el aeropuerto. Le prometió que se verían pronto en Ámsterdam.

Mientras avanzaba en el taxi, el celular de Ernesto comenzó a timbrar. Pensó que se trataba de Diana. La llamada se originaba desde un teléfono que no conocía. Sintió desconfianza. Se rehusó a contestar mientras miraba a través de las ventanas los vehículos que transitaban a los lados.

—Amigo, ¿podrías ir más rápido? Tengo prisa —le solicitó al conductor, pensando en que eran los españoles quienes lo estaban llamando.

El teléfono comenzó a repicar de nuevo. No contestaría la llamada. Fastidiado, dirigió su dedo para rechazarla presionando en su afán el botón del altavoz.

—¿Ernesto? —escuchó en el altoparlante la voz de Samuel Piracún—. ¿Me escuchas?

De regreso en el apartamento y siguiendo las indicaciones de su amigo, Ernesto embutió con angustia las pertenencias de Samuel en una maleta mientras el taxi lo esperaba afuera. Tan pronto como encontró el pasaporte de Piracún, lo metió en su bolsillo y partió de nuevo hacia el aeropuerto.

XXIV

El periplo

Bogotá, Colombia
lunes 13 de junio de 2016
6:52 p. m.

Samuel arribó presuroso al muelle internacional del aeropuerto El Dorado, para abordar el vuelo 543 de Lufthansa, que los llevaría inicialmente a Fráncfort y luego conectaría con Ámsterdam. A pesar de la hora, la terminal estaba congestionada y era posible que llegar a la puerta de embarque le tomara más de una hora.

Diana no pudo ocultar la alegría que le produjo encontrarse con el abogado. Al verlo le dio una abrazo largo y apretado, que aparte de sorprenderlo lo hizo estremecer de dolor. Unos minutos después apareció Ernesto con el rostro enrojecido halando dos maletas. Apenas si tuvieron tiempo para que el abogado se pusiera ropa limpia, se registraran en el mostrador y pasaran la zona de seguridad cuando fueron llamados para el abordaje. En ese lapso el abogado les relató a grandes rasgos lo que sucedió luego de que abandonara la casa de su padre el jueves anterior.

Antes de subir al avión se comunicó con su madre y le dijo que todo marchaba bien. Intentó comunicarse en repetidas ocasiones con Teresita, pero esta no atendió el teléfono. Diana les comentó la buena nueva a Claudia y a Libardo, quienes se regocijaron con el suceso.

Conocedora de que su esposo viajaría ese día con el grupo a La Haya, y a pesar de que este se había negado a darle la cara y a atender sus llamadas, Claudia intentó una vez más comunicarse con él para expresarle su preocupación. La mujer, a pesar de haberse enterado del feliz desenlace del rapto de Samuel, no podía ocultar la intranquilidad que le producía pensar en el peligro que Ernesto podría correr en territorio europeo. En cierta forma se estaba metiendo en la boca del lobo. En Colombia las cosas eran manejables, pero el permanecer a dos mil kilómetros de España hacía que todo adquiriera un matiz diferente.

La mujer optó por enviarle un mensaje de texto. Era todo lo que podía hacer en ese momento. "Solo quiero que sepas que estaré orando por ti. Por favor, cuídate. Me moriría al saber que algo te pasa. Te amo".

Ernesto leyó el mensaje, pero se abstuvo de contestarlo.

Acomodándose en su asiento, Ernesto pensaba en lo agotador que resultaría ese viaje. El primer tramo lo cubrirían en algo más de diez horas. En Fráncfort cumplirían con el proceso de inmigración y enseguida tomarían el vuelo que los llevaría a Ámsterdam, adonde llegarían alrededor de las seis de la tarde del día siguiente. Samuel tenía su puesto al lado de la ventana del avión; a su lado, el asiento del pasillo permanecía vacío, y de seguro continuaría así, ya que era el que Teresita tenía reservado y no sabía si la mujer había podido cancelar a tiempo la reserva. Pensaba en que de no ser ocupado por algún pasajero, podría recostarse a sus anchas, aprovechando la disposición de las dos sillas. El cuerpo le dolía. Se sentía magullado. Quizá el tener bastante espacio lo ayudaría. Diana estaba una fila adelante, en la nave central, al lado del pasillo, y a su derecha la acompañaba Ernesto.

Piracún no entendía la razón por la cual Teresita, al comprar los pasajes, no ubicó a la chica al lado suyo. ¿Cabía la posibilidad de que la bella muchacha le hubiera sugerido esto a su amiga? Estaba ansioso. Llevaba ya cuatro noches sin dormir bien. Solo quería que despegaran de una buena vez para poder descansar. Pasaron algunos minutos y el avión permaneció inmóvil. Samuel se inclinó de nuevo y se percató de que la azafata se comunicaba con alguien afuera mediante el teléfono de la aeronave. Pensativo, miró por la ventanilla del avión y observó que el personal de rampa del aeropuerto se movía en la oscuridad, como si fueran hormigas. Sintió pena por ellos al pensar que tenían que trabajar en esas condiciones y a bajas temperaturas.

Diez minutos más pasaron sin que algo sucediera. De repente, se escuchó el golpe seco de la puerta al cerrarse. Diana, la única del grupo que tenía acceso visual a la entrada del avión, lanzó de pronto un grito que no solo asustó a los dos hombres, sino además a otros pasajeros.

—¡Teresita!

—¿Teresita? —preguntaron al unísono Saavedra y Piracún.

La mujer apareció vacilante, cerca de la cabina de la aeronave, arrastrando una maleta con una de sus manos, mientras en su hombro colgaba un morral tejido en hilo de vistosos colores.

Paso a paso, avanzaba a trompicones apoyándose en un pie por el estrecho pasadizo, en tanto golpeaba con su bolsa a cada pasajero. Samuel se levantó de inmediato para asistirla y sintió una punzada en su brazo. Esta al verlo soltó un chillido que le heló la sangre a más de uno. La impresión fue tan grande para la mujer que se colgó del cuello de Samuel, quien gritando de dolor se vio a punto de perder el equilibrio. La profesora tenía mal aspecto y unas ojeras preocupantes. Tan pronto como el abogado se apoderó de su maleta, intentó sin éxito subirla al portaequipaje. No fue sino hasta el tercer intento cuando logró acomodarla en ese sitio.

—Parece que traes piedras en tu maleta —dijo el abogado bromeando con su amiga.

La mujer apenas si pudo contestar. Traía una férula en su pie y, por sus gestos, el dolor que la acompañaba era intenso. Pronto se acomodó a un lado de su amigo y no terminaba de abrocharse el cinturón cuando el avión por fin comenzó a abandonar su posición de parqueo.

El hombre pensó que ya no tendría tanta comodidad como imaginaba, pero a cambio tendría la grata compañía de su entrañable amiga. Pocos minutos después, el avión surcó imponente el frío aire bogotano, apuntando su nariz hacia el Viejo Continente.

Durante el largo recorrido Teresita hizo que su amigo le comentara los detalles de su secuestro. Una vez que se enteró de lo que sucedió, le comentó cómo terminó ella embarcándose en el vuelo. El mismo día en que se le dijo que debía quedarse en su casa guardando reposo, llamó a Claudia y le pidió que la ayudara, ya que ella tenía que subirse a ese avión tres días después a como diera lugar. Entre las dos idearon un plan para, en una carrera contra el reloj, desinflamar la articulación de la historiadora.

Durante los siguientes días la mujer le aplicó compresas de árnica y caléndula, le puso hielo cada diez minutos, le hizo mantener el pie en lo alto y le administró a su hora los antiinflamatorios ordenados por el médico. La inflamación fue cediendo, pero no tanto como lo esperaban. En la mañana del viaje la hinchazón continuaba y era poco probable que eso cambiara para la noche. Como última alternativa, Claudia compró una venda y fajó el tobillo de la profesora. Luego inmovilizó la articulación, poniéndole una férula. Todo se veía mejor, aunque la mujer seguía sin poder apoyar su pie.

—¡No podré viajar! ¡No podré viajar!

—Cálmate. Llamaré a la aerolínea y solicitaré una silla de ruedas.

—¿Y cómo haré cuando llegue a La Haya?

—Teresita, me dijiste que te subiera a ese avión —bromeó Claudia marcando un número en su teléfono—. De ahí en adelante…

Al llegar al aeropuerto una silla de ruedas la aguardaba y en ella fue transportada hasta la puerta del avión. Por recomendación de su amiga, solicitó hielo a una de las azafatas y mantuvo su pie en alto mientras le fue posible. Su perseverancia la había llevado a seguir adelante con el viaje.

—Teresita, no debías viajar así. Estás arriesgando tu salud.

—Será por un buen motivo —ella pensaba que encontrarse con Juan Manuel era otra razón poderosa para hacer su viaje. De hecho, la principal.

—No puedo creer que estés diciendo eso.

—No te preocupes, me pondré mejor.

Diana y Ernesto durmieron en sus sillas buena parte del recorrido. Unas horas antes de arribar a su destino, ella lo abordó y sin rodeos le preguntó por Claudia. Ernesto guardó silencio con los ojos cerrados. Después de casi un minuto contestó a su pregunta.

—¿Ella? De seguro en este momento se encuentra mejor que tú o que yo.

—¿Qué tal si no es así?

—Dudo de que no sea así, pero si lo es, solo te puedo decir que no me incumbe.

—¿No crees que estás siendo injusto?

—Diana, no quiero ser grosero contigo, pero ¿a ti qué carajo te importa?

—Más de lo que crees. Claudia es mi amiga y con tu actitud le estás haciendo mucho daño.

—¿Acaso te volviste especialista en asuntos de pareja?

—No entiendo por qué estas a la defensiva. No sé mucho de asuntos de pareja, pero te aseguro que en ocasiones puedo ver las cosas mejor que tú.

—Claro, tal como advertiste que Austin estaba jugando contigo.

Diana mordió su lengua para no tener que decir algo de lo que después podría arrepentirse. Con el rostro encendido se liberó del cinturón de seguridad y se dirigió al baño. Ernesto lamentó haber dicho eso. Había desfogado su ira en quien no debía. Minutos después regresó Diana más serena y se acomodó en su asiento.

—Perdóname, Diana. Soy un estúpido. No debí decirte eso.

—Entiendo tu frustración, pero si no cambias tu actitud, jamás podrás saber la verdad.

—Hay muchas cosas que hizo Claudia que tú no sabes. Por eso considero que no debes involucrarte en esto.

—¿Estás seguro de saber qué fue lo que le pasó a ella?

—Sí. Lo sé. Y no importan las mentiras que Claudia te haya dicho, no le creo una palabra.

—¿Prefieres creerle al tipo ese?

—¿Cómo no hacerlo si me dio detalles?

—Ah, ¿sí? ¿También te dijo que violó a tu esposa?

El rostro de Ernesto se enrojeció. Ahora era él quien necesitaba ir al baño. Allí permaneció por largo rato y no regresó hasta estar seguro de poder escuchar lo que Diana tenía que decirle. Sentado en su silla escuchó con atención todo lo que la antropóloga le dijo. Se enteró de las pastillas que el sujeto puso en la bebida de su esposa y del chantaje del que quiso valerse para abusar nuevamente de ella. En silencio, permitió que las lágrimas bañaran su rostro.

Diana sintió tristeza por ese hombre. Se dio cuenta de que su amor por Claudia era más grande que cualquier cosa que se interpusiera en su camino. Solidaria, puso su mano sobre la de él mientras lo escuchaba llorar inconsolablemente.

Solo en dos ocasiones los ojos de Diana y de Samuel se encontraron durante recorrido. En la segunda oportunidad ella lo miró por unos segundos como si desde su posición quisiera manifestarle algo, y él vio un brillo diferente en sus ojos. Cuánto habría dado por saber lo que la chica tenía en su pensamiento y sondear sus sentimientos. Samuel respiró hondamente. Pensó, con cierta preocupación, que estaba enamorado de esa mujer. Ya era necio tratar de negar lo evidente.

Cuando llegaron al hotel se sentían cansados y hambrientos. Algunos líderes indígenas arribarían en pocas horas y otros lo harían al día siguiente. Teresita les confirmó que deberían reunirse en la recepción del hotel a las tres de la tarde del miércoles. Querían estar seguros de que todos asistirían a la audiencia.

Ernesto intentó en vano comunicarse con su esposa el resto de la tarde. Le marcó una y otra vez sin lograr que la llamada pudiera concretarse. Un par de horas más tarde, frustrado. Lo intentaría al día siguiente y al siguiente hasta que lograra hablar con ella. Tenía muchas cosas que decirle. Eran bastantes los asuntos que aclarar. Quería pedirle perdón.

Después de cenar se retiraron a sus habitaciones con el firme propósito de salir temprano por la mañana a La Haya. Samuel quería recorrer el sitio el día antes de la gran cita. El nerviosismo lo embargaba y pensaba que le haría bien darse una vuelta por las instalaciones del ente judicial.

Un pequeño vehículo que alquilaron los transportó a la ciudad de La Haya, ubicada a sesenta kilómetros de Ámsterdam. El automóvil se abrió paso rápidamente entre las avenidas colmadas de transeúntes y bicicletas, y pronto se ubicó en la moderna autopista que los llevaría hasta las instalaciones del máximo órgano penal internacional.

Teresita era la única del grupo que no iba con ellos. Diana le sugirió que aprovechara el día y se quedara en el hotel para que descansara su pie. Se veía más cansada que a cualquiera de ellos. La mujer aceptó de buena gana, el viaje aminoró su ánimo y se sentía adolorida y realmente agotada.

La sede permanente de la Corte Penal Internacional de La Haya había sido inaugurada oficialmente pocos días atrás. El 19 de abril de 2016, el rey de los Países Bajos, Willem-Alexander, en compañía del secretario general de la ONU, Ban Ki-moon, el alcalde de la ciudad, el ministro de Asuntos Exteriores, representantes de los Estados y algunas otras entidades le hicieron saber al mundo que la justicia internacional estaba allí para quedarse, a pesar de los desafíos a los que se enfrentaba.

El moderno edificio de seis torres y de cincuenta y cuatro mil metros cuadrados se levantaba imponente sobre las dunas en la esquina de las calles Waalsdorperweg y Van Alkemadelaan. Un ancho canal rebosante de agua circundaba la edificación, a la cual se accedía por dos rampas ubicadas al frente de la nave central, que era, precisamente, la torre principal de la corte. Tan pronto llegaron a los predios del ente judicial, Samuel expresó su deseo de estar a solas. Quería recorrer en silencio, y en compañía solo de sus pensamientos, ese lugar que al día siguiente le marcaría una importante ruta en su vida. Para él significaba estar a un paso de cambiar la historia. De entregarles a sus antepasados esa calma espiritual que esperaron durante cientos de años.

A pesar de estar en junio, una brisa fría que traía el mar del Norte golpeaba su rostro constantemente. El cielo estaba gris y algunas nubes amenazaban con regar su rocío sobre la ciudad costera. El abogado miraba con cierto recelo el letrero con letras blancas sobre un azul profundo de la Corte Penal en el exterior del edificio. Una corona de laurel con una balanza, símbolo de justicia, resaltaba en el cartel. A su lado derecho estaba escrito: *Cour Pénale Internationale* y, un tanto más abajo y separado por una franja, la misma frase en inglés.

Absorto, pensaba en cómo se desarrollaría el proceso al día siguiente, cuando escuchó los pasos y las voces de sus amigos que se acercaban por uno de los costados. Ernesto lo miró y comprendió de inmediato que la preocupación estaba haciendo mella en el alma de su amigo.

—No tienes por qué preocuparte, ya hicimos lo que teníamos que hacer, ahora todo está en manos de estos hombres.

—Él tiene razón; además, es importante que confiemos en que los jueces harán bien su trabajo —agregó Diana.

No hablaron más del tema. Permanecieron allí unos minutos más y decidieron que era tiempo de regresar al hotel.

Ernesto se acercó a Samuel y le dio un fuerte abrazo antes de dejar los alrededores del edificio. Con ello le reiteraba su apoyo y amistad.

—Te garantizo que todo estará bien —le susurró.

La antropóloga los miró como queriendo fundirse en ese apretón, pero algo en su interior lo hizo desistir de su propósito. Era ese abrazo el que Samuel imploraba ahora a gritos. Aprovechando que Ernesto se alejó de ellos para buscar el vehículo que los llevaría de regreso a Ámsterdam, se aproximó a la muchacha resuelto a hablar con ella.

—Me gustaría que habláramos antes de la audiencia.

La chica, tomada por sorpresa, echó la cabeza hacia atrás mientras enarcaba las cejas.

—¿Hablar? ¿De qué?

—¿Qué va a pasar con nosotros?

—Pues… que trataremos de ganar el caso.

—No estoy hablando de eso.

—Entonces no sé a qué te refieres —mintió la chica, forzando al abogado a hablar con más claridad.

Samuel se sintió abochornado. Pensó que estaba haciendo el ridículo, que ella quizá solo quería ser su amiga.

—Solo bromeaba, debemos irnos. Ernesto ya encontró nuestro transporte.

Y dicho esto se encaminó con rapidez hasta donde Ernesto aguardaba con la puerta del vehículo abierta, dejando a Diana en medio del desconcierto y sin darle tiempo de decir alguna cosa.

Al llegar al hotel se encontraron con varios miembros de las comunidades indígenas, quienes los esperaban para ponerse a su disposición. A las tres de la tarde se reunieron en uno de los salones del hotel y allí aprovecharon para conocerse e intercambiar opiniones.

Era curioso ver en aquel grupo de individuos de diferentes nacionalidades y con los más variados acentos, rasgos y características tan similares. Todos, a sugerencia de la antropóloga, irían a la corte ataviados con los trajes representativos de sus comunidades. Sería un marco impresionante y llamativo que no pasaría inadvertido por los jueces.

Miguel Tauta llegó en compañía de uno de sus hijos. Al verlo, Samuel lo abrazó con emoción, en agradecimiento al gesto del líder muisca unos días atrás.

—Es bueno que acompañes a tu padre en esta batalla que también es tuya —le dijo el abogado al muchacho de veinte años.

—Por nada del mundo me perdería esto, señor Piracún. Lo que suceda aquí mañana será algo que compartiré con mis hijos y ellos con mis nietos. Estamos ante un acontecimiento histórico.

—¡Tú lo has dicho!

—¿Cómo se le ocurrió? —preguntó el imberbe muchacho al abogado.

—¿De qué hablas?

—La idea. ¿Cómo se le ocurrió demandar a la Corona?

—Desde que era un muchacho como tú siempre me persiguió ese fantasma. Esa fue una de las razones por las que me hice abogado. Sabía lo que quería hacer, pero desconocía la manera.

—¡Y lo hizo!

—¡Lo hicimos! —corrigió al muchacho—. Esto es virtud de todos y cada uno de los que estamos aquí.

—¿Sabe si alguien más tenía esa intención?

—¿De demandarlos?

—Sí.

—Teresita Navarro, una de las personas que más han aportado a nuestras investigaciones, me hizo saber de la pretensión de una comunidad indígena en Panamá de instaurar una demanda contra España por el delito de genocidio.

—¿Y qué pasó?

—Pues que como en todos nuestros países, no recibieron apoyo del gobierno central y tuvieron que renunciar a su proyecto.

—Los pueblos indígenas estamos solos.

—Así es. Luchamos como un pueblo unido, pero nunca tendremos el soporte de nuestros gobiernos.

—Usted, señor Piracún, está haciendo realidad no solo la unión, sino también que seamos escuchados.

—Te repito, es un esfuerzo de todos —dijo Samuel, poniendo su mano sobre el hombro del muchacho—. Hay algo que debes saber —agregó.

—¿Qué cosa?

—Hace algunos años un tribunal indígena boliviano juzgó y condenó a la Corona española por los delitos de genocidio y etnocidio cometidos en los Andes.

—¿Y qué pasó?

—Absolutamente nada. Como debes saber, ese es un tribunal sin reconocimiento a nivel internacional. Ellos notificaron a la monarquía para que presentaran su declaración en una audiencia pública, pero, como era de esperarse, nadie se presentó. Se burlaron de la comunidad indígena, de su tribunal y de su procedimiento.

—Malditos españoles.

—Cuidado con tu vocabulario.

—Lo siento, señor Piracún, es que me duele que se burlen de nuestros pueblos.

—A todos nos duele, créeme.

—Siento tristeza por esas comunidades indígenas de Panamá y de Bolivia. Cómo me gustaría que estuvieran hoy aquí con nosotros.

—No te preocupes. Lo están.

Diana, sentada en una esquina del salón, dialogaba animadamente con Segundo Pacaya, quien había permanecido largo rato aislado del grupo. El indígena le comentaba acerca de los últimos sucesos de su comunidad en Perú y después, en tono jocoso, de las dificultades que se le presentaron con el idioma a su llegada a Holanda.

Mientras hablaba con el hombre, la chica buscaba entre la multitud a Quidel Ñamcu, el líder mapuche argentino que brillaba por su ausencia.

Teresita decidió bajar a reunirse con ellos. Se sentía un poco mejor. Todo el tiempo se le vio sentada y en silencio. Cada vez que alguien llegaba captaba su atención, pues quería comprobar si se trataba de Salinas. Por momentos pensaba que él nunca llegaría. Se imaginaba que el licenciado se había arrepentido a último momento. La reunión se extendió hasta pasadas las seis de la tarde.

Samuel se dirigió a su habitación. Sabía que el siguiente sería un día muy largo y quería descansar. Se recostó en su cama y cerró los ojos. Había caído en un profundo sopor cuando escuchó que alguien tocaba a su puerta. Con fastidio, miró hacia el final de pasillo y permaneció inmóvil por varios segundos. Al escuchar que golpeaban nuevamente, se levantó y se dirigió a la entrada. Observó por la mirilla de la puerta y vio la figura de un hombre a quien no reconoció. Sintió desconfianza. No sabía quién estaba al otro lado de la puerta y en su mente repicaron las palabras del hombre que los amenazaba un tiempo atrás.

Sintiendo que el corazón se aceleraba en su pecho, observó de nuevo por la mirilla, para ver si lograba identificar a ese sujeto. Para su alivio, constató que se trataba de Juan Manuel Salinas. Tan pronto estuvo seguro, abrió y lo hizo pasar a su habitación. El licenciado había llegado al hotel hacía pocos minutos. En la recepción le dieron el número de habitación de Piracún y se animó a pasar a saludarlo. El mexicano se mostró sorprendido cuando se enteró del secuestro de Samuel y se alegró de que todo hubiera salido bien.

—¿Ya cenaste? —le preguntó el abogado.

—No, aún no y, la verdad, estoy hambriento.

Samuel llamó a Ernesto, a Diana y a Teresita y, una vez juntos, salieron todos del hotel. Juan Manuel dejó escapar un lamento al ver a Teresita caminando con muletas. Se mostró preocupado, se inclinó ante la profesora y tocó la férula. La mujer, sintiéndose incómoda por la reacción del licenciado, se echaba hacia atrás, pero él seguía sobre ella.

—Santo Dios, Teresita, ¿cómo te hiciste esto?

—Rodé por la escalera. No fue nada. Ya estoy mejor.

—¿La escalera? —preguntó el historiador levantándose para la tranquilidad de ella—. Yo estuve por decirte que esa escalera me parecía peligrosa. A punto estuve yo también de caer allí.

—¿Has estado en casa de Teresita? —preguntó Samuel con extrañeza.

—Sí. Él estuvo una vez —se apresuró a contestar teresita—. Juan Manuel me ayudó a subir unas cosas al segundo piso.

Mientras caminaban al restaurante, no podían evitar sentirse observados. El delirio de persecución que aquel desconocido en España implantó en ellos con sus llamadas amenazantes se hacía manifiesto, y más en los últimos días.

—No creo que deban preocuparse por ese asunto. Si ellos quisieran hacernos algo, ya lo habrían hecho —comentaba Juan Manuel—. A estas instancias, ellos saben que nada sacarían con hacerlo.

—Yo soy de la misma opinión —concordó Diana—, ellos solo querían frenar el proyecto, pero saben que ahora ya nada pueden hacer.

Durante la cena evitaron tocar algún tema que tuviera que ver con la demanda. Deseaban relajar la mente y ocuparla en otros asuntos menos estresantes.

—¿Te sientes un poco mejor? —le preguntó Samuel a Teresita.

—Bastante mejor.

—Samuel me comentó que viajaste a pesar de que tu doctor te recomendó no hacerlo —dijo Juan Manuel mirando a la profesora.

—Es verdad.

—¿Por qué lo hiciste?

—Quería estar con ustedes en este lugar.

—Me alegra mucho que hayas tomado esa decisión. No habría sido lo mismo venir y no encontrarte aquí.

Ante el repentino comentario, Diana, Samuel y Ernesto voltearon a mirar a Teresita y un segundo después a Juan Manuel.

La profesora sintió que los colores se le subían al rostro. No entendía cómo el hombre había hecho ese comentario.

—Gracias, licenciado —fue lo único que atinó a contestar mientras le lanzaba una mirada fulminante.

Al salir del restaurante, Ernesto y Juan Manuel se ubicaron al lado de la catedrática para acompañarla a su paso. Samuel y Diana caminaban más adelante, conversando sobre lo que sería la audiencia. El tema los llevó a que el abogado le preguntara si sabía algo de Libardo.

—Esta mañana lo llamé, pero no me contestó. La comunicación aquí no es fácil. Tampoco pude hablar con mis padres.

—¿Has sabido algo del otro sujeto?

—¿A qué sujeto te refieres?

—Austin.

—No, nada. ¿Lo necesitas? Creía que lo querías tener lo más lejos posible.

—Y así es. No te puedo negar que él aportó algunas cosas a la demanda, pero en líneas generales preferiría que jamás nos hubiera contactado. Es un elemento nocivo.

—¿Te refieres exclusivamente al proyecto?

—¿A que más podría referirme?

—No lo sé. Dime tú.

—¿Te refieres al plano personal?

—Podría ser.

—Mira, Diana, si te refieres a si siento celos, te puedo asegurar que no. No te niego que en su momento los sentí, pero desde que se alejó de ti esa sensación desapareció. Ahora, ya que tocas ese tema, creo que hay algo que debo decirte. Como lo sabrás, por mucho tiempo estuve tratando de que me dieras otra oportunidad y me dejaste claro que eso nunca sucedería. Procuré que me escucharas y solo hasta el día de mi cumpleaños logré que lo hicieras. Desde entonces comprendí que no estabas interesada en una relación. Ayer traté, de manera pertinaz, de abordar el tema contigo y me di cuenta de que te mantienes en tu posición. Por ello decidí que nunca más intentaré acercarme a ti de nuevo con ese propósito. Manejaré todo enfocándome únicamente en el campo profesional. Quizá de esa manera logre que dejes de estar todo el tiempo a la defensiva. Me interesa tu amistad y eso será solo lo que me importe de aquí en adelante.

Dicho esto, se detuvo y girando su cuerpo le preguntó a Teresita si necesitaba ayuda. Diana continuó su camino sintiendo un nudo en la garganta. No recordaba que alguien le hubiera hablado antes de esa forma. Por fin Samuel dejaría sus flirteos con ella. Esos coqueteos a los que la antropóloga ya estaba acostumbrada. Y no sabía si eso era algo que realmente le gustaba. Creía que sí. Estaba confundida.

De regreso en el hotel, Ernesto intentó de nuevo comunicarse con Claudia. Estuvo frente al teléfono por varias horas sin lograr contactarla. En la tarde estuvo hablando con Samuel y le reveló lo que Diana le dijo en el avión. Su amigo lo abrazó y le expresó que, aunque él era una pieza fundamental en la audiencia, podía ir a buscar a su esposa si lo necesitaba. El hombre declinó la oferta. A esas alturas dos días no harían la diferencia.

Al despedirse del resto del grupo, acordaron verse en la recepción, temprano. Deberían estar en La Haya a las nueve, pues la audiencia daría inicio a las once de la mañana. Estaban a pocas horas de que comenzara lo que siempre estuvieron esperando. El gran día.

Tres golpes en la puerta de su habitación despertaron a Teresita. A pesar de que ya era casi medianoche, se levantó sin sorprenderse y abrió la puerta. Era Juan Manuel. Al verla, el hombre se abalanzó sobre ella y por poco la hace caer.

—¿Cómo te atreviste a hacer todo eso? —le increpó la profesora observándolo cerrar la puerta tras de sí.

—¿De qué estás hablando, bella dama?

—¿Cómo que de qué? Tocarme la pierna delante de ellos, admitir que estuviste en mi casa y, como si fuera poco, hacer ese comentario en la cena…

—Ay, Teresita, eso no tiene importancia. Además, es bueno que ya se vayan enterando.

—Creí que primero tenías que conocer mi respuesta.

—Independientemente de tu respuesta, mis sentimientos hacia ti no han cambiado. Es más, estos días lejos de ti han reafirmado mi intención de vivir contigo.

—Sigo pensando que no debiste decir eso en el restaurante. Me hiciste avergonzar.

—No era esa mi intención, mi estimada señora. Solo deseaba que supieras lo que estaba pensando —dijo el hombre quitándose los zapatos.

—¿Qué estás haciendo?

—¿No es obvio? Estoy cansado, quiero acostarme ya.

—¡Juan Manuel! Vete a tu cuarto.

—¡Este es mi cuarto!

—Eres un descarado. ¿Qué tal si se dan cuenta?

—Ya no me importa.

—Pues a mí sí. Además, debes escuchar primero cuál es mi decisión.

El hombre se paró justo al frente de ella y la rodeó con sus brazos.

—Pues dímela ya.

Teresita estaba nerviosa. Sabía que las palabras que pronunciara en ese momento harían que su vida tomara un rumbo diferente.

—Iré contigo.

Juan Manuel la llenó de besos en cada parte donde le fue posible.

—Por Dios, cálmate. ¡Me vas a hacer caer!

—Lo siento, me has hecho el hombre más feliz.

—Espera. Hay algo más que debo decirte.

—Dime.

—Viajaré hasta después de Navidad. Quiero pasar esa fecha con mis hijos; además, debo hablar con ellos y explicarles por qué tomé esta decisión.

—Si me lo permites, pasaré Navidad con ustedes. Quiero integrarme a los que muy pronto serán también mis hijos.

Teresita respondió ahora con fuerza al abrazo. Ese era quizá el más noble sentimiento expresado por aquel hombre que robó su corazón. Más tarde se entregó al descanso pensando en que era hora de que todos en el grupo se enteraran.

XXV

La audiencia

La Haya, Países Bajos
jueves 16 de junio de 2016
7:00 a. m.

Un enorme bus fue contratado el día anterior para que llevara cómodamente a toda la comitiva hasta la ciudad de La Haya. Teresita, visiblemente restablecida, tomó lista de los líderes indígenas y comprobó que faltaban siete de ellos. Ya era seguro que no llegarían. Supuso que desistieron a último momento o que extraviaron su camino al hotel. Si estaban atrasados, no llegarían ya a tiempo a la audiencia.

Algunas personas que llegaron en buen número acompañando a los líderes, partieron más temprano y a esa hora quizá ya estaban en La Haya. Una de las empleadas del hotel se dirigió a Ernesto en cuanto el abogado apareció en la recepción. Diana, encargándose de la traducción, le hizo saber al hombre que varias personas llamaron desde la noche anterior, argumentando que deseaban entrevistarlos.

Samuel comentó que sería interesante poder contar con los medios, para que la gente conociera de primera mano cuál era el motivo que los llevaba a demandar a la Corona española. No quería que se tergiversara su noble intención.

A las ocho de la mañana partieron del hotel. Una hora más tarde se bajaron del bus y, para su sorpresa, se encontraron con una gran cantidad de personas fuera del edificio judicial. Algunas comunidades indígenas alojadas en otros hoteles llegaron vistiendo sus trajes tradicionales y portando pancartas que destacaban por su tamaño: "España, la más grande genocida y ladrona de la historia", "La Corona española duerme sobre la sangre derramada por nuestros pueblos", "Gracias, oh, rey, por robarnos nuestra cultura, nuestro lenguaje, nuestra religión, nuestra paz y nuestras riquezas". Era una protesta pacífica, una manifestación de gente que nunca aprendió a protestar ni a exigir que se le restituyera su identidad.

Congregaciones de otros países también se hicieron presentes. Samuel no entendía cómo la gente se enteró de la audiencia y por qué decidieron apoyarlos. Al parecer, las noticias viajaban más rápido en ese lado del mundo que en cualquier otra parte. Personas de Filipinas, de Centro y Suramérica, de Nigeria y de otros países africanos, estaban allí con sus letreros. "Barbarie", "Invasores", "Genocidio", "Asesinos". Un sentimiento generalizado parecía invadirlos.

Samuel no pudo evitar que las lágrimas asomaran en sus ojos. Había contado banderas de al menos veinte países. Su moral se encumbró, se sentía feliz por ese respaldo que estaban recibiendo las comunidades indígenas.

A un lado de la entrada, un grupo de cinco mujeres blancas forcejeaban con la policía holandesa. Sobre sus pechos desnudos escribieron, con letras rojas y azules, su mensaje de protesta contra la violencia hacia la mujer a través de los siglos, y por el abuso de poder de algunas naciones. Piracún se sorprendió ante tal espectáculo y sonrió al observar la mueca de desaprobación de Diana.

—Hay mujeres que no pierden oportunidad en una manifestación para quitarse la ropa, que degradante exhibición.

Unos pocos monarquistas conservadores españoles se apostaron al otro lado de la entrada. Los hombres gritaban algunas consignas en contra de los hispanoamericanos y de los indígenas, instigándolos a regresar a sus países de origen. "De vuelta a sus países, Europa no se adhiere, vayan y busquen sus raíces, aquí no se les quiere", coreaban constantemente mientras levantaban algunos rótulos que decían: "Sudacas, regresen a su tierra".

Era la primera vez que Piracún entraba en contacto directo con la gente que los despreciaba. No sentía temor, pero sí resentimiento. Con rabia, pensaba que con seguridad los antepasados de esos hombres fueron quienes mantuvieron cautivos y subyugaron a sus antecesores. En tanto se dirigían a la entrada del recinto, Juan Manuel se le acercó y le dijo que quería presentarle a alguien. Se trataba de un hombre de mirada penetrante y baja estatura, que rondaría los cincuenta años.

—Samuel, este hombre es un gran amigo. Lo conozco de toda la vida. Es escritor y se ha interesado en contar esta historia, según me ha dicho, quiere la exclusividad. Me gustaría que lo conocieras y que puedan intercambiar ideas.

Los hombres acordaron que hablarían al final de la audiencia. Piracún miraba a su alrededor y aún no daba crédito a lo que veían sus ojos. El logro era de una magnitud incalculable, se sentía agradecido con la vida.

A las diez de la mañana, se acercaron a una de las tres puertas giratorias de vidrio que estaban antes de la zona de seguridad. De repente, Diana sintió que alguien sujetó su brazo, obligándola a detenerse. Una ligera exclamación escapó de su garganta. El abogado, que estaba un tanto tenso, se detuvo al escuchar a la chica. Al virar se encontró de frente con Libardo. Su rostro cambió de inmediato.

—¡Casi me matas del susto! —le recriminó Diana mientras le daba un abrazo.

—Creímos que no llegarías —le dijo Piracún.

—Nos retrasamos un poco —se disculpó al tiempo que se hacía a un lado y dejaba ver a una mujer de mediana edad—, pero ya estamos aquí.

—¿Y ella es...? —preguntó Ernesto saludando efusivamente al arqueólogo.

—Mi esposa. Su nombre es Meredith.

Detrás de Libardo vieron llegar a Jimmy Smith, el líder cherokee, y a Quidel Ñamcu, el indígena mapuche argentino. Tan pronto atravesaron la zona de seguridad, se dirigieron a la rampa que los llevaría a un edificio rodeado por una estructura tubular metálica, que le daba a la fachada un aspecto futurista y que era el lugar donde sesionaba la corte.

Afuera quedaron las cámaras de televisión, los micrófonos de las emisoras de radio, los periodistas de los medios escritos, los defensores de los derechos humanos y los activistas. Ahora, todo allí era tranquilo. Era como un momento de tregua antes de enfrentarse a la gran verdad. En el pasillo que conducía a la sala principal se encontraban varias personas esperando ingresar a la corte. Todos estaban impecablemente vestidos y traían consigo portafolios repletos de documentos. Samuel se preguntaba quiénes podían ser esos individuos, por lo que le pidió a Ernesto investigar.

Su amigo fue con Diana e hizo algunas averiguaciones. En el grupo había representantes del Estado español y disidentes que apoyaban la disolución de la Corona. También emisarios del pueblo catalán y la comunidad vasca.

Todos estaban pendientes de la decisión del alto tribunal. Al parecer, los efectos de esta afectarían notablemente al país ibérico. Era incluso probable que una derrota de la monarquía en los tribunales significara un cambio sustancial en el mapa político de España, como sucedió con la antigua Unión de Repúblicas Socialistas Soviéticas en 1991.

Para sorpresa de ellos, en el lugar se encontraban, además, algunos funcionarios del gobierno colombiano, que llegaron a la audiencia sin ser invitados, gastando el dinero del erario sin haber contribuido en forma alguna al proyecto y con afán de ser protagonistas, orientados claramente por su oportunismo. Entre ellos también estaba, el director operativo de la investigación para el rescate del galeón San José, Néstor Castiblanco.

La sala de la audiencia era un recinto amplio e iluminado. Nueve escritorios de un blanco resplandeciente, con tres sillas de madera caoba cada uno, se alineaban a lado y lado del salón. Al fondo, dos inmensos escritorios estaban dispuestos para los jueces, uno detrás del otro. En el escritorio posterior se ubicaría la presidenta de la división de cuestiones preliminares, quien estaba a cargo del caso.

Cada puesto estaba dotado de un computador y unos audífonos de traducción instantánea. Un enorme salón, conocido como la galería pública, se alzaba imponente al fondo y frente a los escritorios de los magistrados; aislado de la sala principal por ventanales enormes de vidrio y con capacidad para ciento veinte personas, brindaba una singular panorámica del tribunal.

Allí, en esta galería, estarían ubicados en primera fila los líderes indígenas inscritos previamente y los invitados especiales, como Juan Manuel Salinas, Libardo Hernández y Jimmy Smith. También allí tendría Teresita una silla para ella, ya que fue imposible que la catedrática se ubicara con ellos cerca del estrado.

El inmenso recinto fue adecuado para que el sonido de lo que estaba sucediendo en la Corte llegara por los altavoces en español, dado que casi la totalidad de los espectadores eran de origen hispano.

Diana, Ernesto y Samuel, tendrían un lugar en los escritorios laterales ubicados a la derecha del salón y al lado del grupo de abogados belgas.

Todos se acomodaron en los puestos siguiendo las indicaciones de la coordinadora del tribunal, quien había dispuesto rótulos con los nombres de cada uno en un lugar específico.

A las once en punto de la mañana y luego de que se escucharan tres golpes secos producidos por el mazo, la coordinadora tomó el micrófono y ordenó a todos, en inglés, ponerse de pie al tiempo que levantaba un poco la mano, ya que los jueces ingresarían a la sala máxima.

Los dieciocho magistrados, de los cuales cuatro eran mujeres, una de ellas de color; entraron solemnemente y en silencio. Su sobria toga negra contrastaba de manera espléndida con la ancha y pulcra corbata blanca. Todos llevaban una gran cantidad de documentos.

—La Corte Penal Internacional —comenzó diciendo la oficial de la audiencia— está sesionando hoy en calidad de examinador, en el caso presentado por el señor Samuel Piracún, representante de las comunidades indígenas latinoamericanas, contra la Corona española.

Dicho esto, hicieron una leve venia entre los magistrados y se ubicaron en sus puestos, listos para comenzar oficialmente la audiencia.

—Buenos días a todos —saludó la presidenta de la corte—, al grupo demandante y al demandado, a los testigos, al equipo de traductores y en la galería pública a los representantes de las diversas comunidades indígenas y de las víctimas. Sabemos del esfuerzo que muchos de los aquí presentes han tenido que hacer para estar en este recinto. A todos queremos darles la bienvenida.

La oficial de la audiencia tomó la palabra para leer las cuestiones objeto de debate y relativas a la agenda de la sesión que se estaba llevando a cabo. Con voz pausada, la mujer leyó uno a uno los cinco puntos relativos a la demanda, como fue redactada por los abogados y de acuerdo con la solicitud presentada inicialmente por Piracún.

Luego de leídos, se le dio la oportunidad a cada uno de los participantes del proceso para que, en un tiempo limitado, ampliaran, detallaran, justificaran, impugnaran o rechazaran los argumentos presentados. Fue un debate que por momentos se tornó acalorado. Con razonamientos apasionados, la defensa y en ocasiones los demandantes, se trenzaban en discursos que solo eran interrumpidos por la limitación del uso de la palabra, con base en las normas establecidas por la corte.

—Nos oponemos rotundamente a que tilden a España de genocida y esclavista —insistía eufórico uno de los abogados españoles en una de sus muchas intervenciones—, son premisas que no tienen fundamento alguno. Si de algo hay que responsabilizarla es del gran aporte urbanístico que se desarrolló en una tierra salvaje e inhóspita. América fue el gran beneficiado del intercambio cultural. Gracias a España a ese continente llegaron la escritura, la música, la imprenta, la medicina y muchas cosas más. En pocas palabras, si por alguna cosa tiene el país ibérico que responder, es por el florecimiento del continente americano y por rescatar del ostracismo a esos pueblos caníbales que vivían en un atraso de más de tres mil años.

Los comentarios, como era de esperarse, no fueron bien recibidos por Samuel, quien tomaba cada uno como algo personal. Los abogados belgas, por su parte, también tuvieron la oportunidad de expresar en varias ocasiones sus argumentos para neutralizar las acotaciones de la defensa, y asegurarse de dejar una clara impresión entre los magistrados de lo que realmente sucedió.

—Su señoría, no se puede desconocer de manera tan deliberada la barbarie cometida por la Corona española en tierra americana. Es preciso que la corte conozca detalles que están consignados en los anales de la historia y que revelan la manera cruel y despiadada en la que estos invasores acabaron con la vida de más de setenta millones de inocentes por la ambición del oro. Por la limitación de tiempo, quiero mencionar la manera salvaje como algunos indígenas fueron aniquilados, para subyugar a sus pueblos.

Era complicado citar todos los casos, por ello Pierre decidió hablar únicamente de dos homicidios ocurridos con más de doscientos cincuenta años de diferencia entre sí y que quebraron el espíritu de los pueblos indígenas. Comenzó por narrarles la historia del gobernante inca Atahualpa, quien fue citado por el conquistador español Francisco Pizarro en Cajamarca, ciudad del antiguo imperio incaico. El español había llegado a ese lugar empotrado en lo que hoy día se conoce como Perú, con el objetivo de capturar al líder indígena en la plaza principal. El nativo, inocentemente, llegó al encuentro con cerca de tres mil hombres desarmados para escuchar la propuesta del colonialista.

Pizarro emplazó a sus soldados de manera estratégica antes de que Atahualpa hiciera su aparición. Una vez que el líder inca llegó, le fue entregada una biblia por un fraile, conminándole a aceptar el nuevo adoctrinamiento, cuestión que fue rechazada por el nativo, quien en un acto de rebeldía lanzó el libro sagrado al piso.

Ante esta reacción y sin piedad alguna, Pizarro ordenó disparar a sus hombres y en pocos minutos la plaza quedó atestada de cadáveres. Atahualpa, quien salió ileso de la masacre, fue retenido y acusado por idolatría y fratricidio por la muerte de su hermano Huáscar. Como era de esperarse, fue encontrado culpable y sentenciado a muerte en la hoguera. No obstante, el inca tuvo que aceptar la fe cristiana para que su pena le fuera conmutada y pudo así morir por el efecto de los garrotazos infligidos en su cuerpo, el 25 de julio de 1533.

El segundo caso expuesto fue el del líder quechua Túpac Amaru II, quien luego de ser capturado por el delito de rebelión, fue torturado casi hasta la muerte para que delatara a sus compañeros de insurrección, información que el indígena se negó a suministrar a sus verdugos.

El rey Carlos III de España envió un emisario suyo para prometerle a Túpac Amaru II algunas prebendas a cambio de los nombres de sus cómplices, pero, por supuesto, el nativo se negó contestándole: "*Solamente tú y yo somos culpables, tú por oprimir a mi pueblo y yo por tratar de liberarlo de semejante tiranía. Ambos merecemos la muerte*".

Ante tal respuesta, el 18 de mayo de 1781 el hombre fue obligado a presenciar la tortura y posterior ejecución de algunos de sus seguidores, de su tío, sus dos hijos y su esposa. A su tío y su hijo mayor, en un acto cruel y despiadado, les fue arrancada la lengua antes de morir. Al cabo de las ejecuciones, Túpac Amaru II fue sentenciado a morir desmembrado. Cuatro caballos fueron amarrados a sus extremidades en un intento vano por descuartizar al indígena.

Después de varios ensayos y al no obtener lo que buscaban, desistieron de su propósito y optaron por decapitarlo para después descuartizarlo. Luego de ello, su cabeza fue atravesada por una lanza y expuesta en la plaza de Cuzco, para dejar un precedente entre la población nativa.

Un testigo documentó el hecho con las siguientes palabras:

"Atáronle a las manos y pies cuatro lazos y asidos estos a la cincha de cuatro caballos, tiraban cuatro mestizos a cuatro distintas partes: espectáculo que jamás se había visto en esta ciudad. No sé si porque los caballos no fuesen muy fuertes, o porque el indio en realidad fuese de hierro, no pudieron absolutamente dividirlo después que por un largo rato lo estuvieron tironeando, de modo que lo tenían en el aire, en un estado que parecía una araña".

—Su señoría, estos son solo dos casos de los muchos que hay documentados, como el de Moctezuma, Cuauhtémoc y otros grandes líderes indígenas, cuyo único delito fue luchar por la libertad de sus pueblos. Terminaré mi intervención con una cifra. Un número que es el principal motivo que hoy nos trae aquí. Un algoritmo que significa todo entre lo que está bien y lo que está mal. Setenta millones. ¡El símbolo real de lo que fue un gran genocidio!

—¡No hubo tal genocidio! —gritó vehemente el más joven de los abogados de la defensa—, eso son solo patrañas de un pueblo desadaptado y desagradecido.

—¡Orden en la sala! —dijo la presidenta de la corte, golpeando la base de madera con su mazo.

—Una cosa más, su señoría —dijo Pierre, mirando con desprecio a sus colegas españoles—: nuestro bufete apreciaría que tengan en cuenta toda la documentación que anexamos a nuestra petición y que hace referencia específicamente al caso del galeón San José, hundido en aguas territoriales colombianas, el que es considerado por el gobierno español como un tesoro, desconociendo su carácter de patrimonio cultural sumergido. Es importante que ustedes verifiquen los testimonios que evidencian que el carácter belicoso y ambicioso de la Corona española no conoce límites.

—La Corte toma nota de su petición, abogado.

—Gracias, su señoría —agradeció Pierre, dando por concluida su intervención.

Después de tres horas de intenso debate y de que las partes y sus tesis fueran escuchadas, la presidenta de la división hizo uso de la palabra y se dirigió brevemente a todos en la sala y en la galería pública.

—Gracias a todos. Ahora los magistrados nos retiraremos para poder revisar y discutir en privado nuestra decisión. Todos ustedes están en libertad de permanecer o salir de la sala y de la galería. La audiencia retomará en treinta minutos.

La oficial de la audiencia ordenó a todos ponerse de pie y así se dio por concluida la etapa previa a la deliberación de los jueces. En pocos minutos ya tendrían un fallo. Samuel rogaba a Dios para que la balanza de la justicia estuviera inclinada del lado correcto, del suyo.

Cincuenta minutos después regresaron los magistrados a la sala. La presidenta ofreció de inmediato excusas por la demora en la decisión.

—Por favor, acepten nuestras disculpas por la tardanza, pero los magistrados hemos precisado de más tiempo del que pensábamos, ya que la deliberación fue realmente complicada.

El ambiente en la sala estaba tenso. Samuel, a pesar de la temperatura controlada del salón, sudaba de manera inusual. Ernesto y Diana, por su parte, estaban hechos un mar de nervios. Arriba en la galería, Teresita entrelazaba sus manos como rogando al cielo por que el fallo les fuera favorable.

—Al final, nos hemos puesto de acuerdo y presentaremos nuestro veredicto para cada uno de los puntos referidos en la petición. Antes de comenzar, queremos manifestarles que en el caso del galeón San José, ninguno de los documentos entregados por la parte denunciante fue sujeto a revisión para la toma de nuestra decisión. Consideramos que este es un litigio que debe ser zanjado entre los dos países, y son ellos los que deberán agotar todos los canales diplomáticos y, de ser necesario, judiciales para resolver esta disputa. La corte no tiene de momento competencia en ese asunto.

El silencio en el recinto era absoluto. Se habría podido escuchar el golpe de un alfiler al estrellarse contra el piso.

—Con relación a la posibilidad de demandar a la Corona española por los delitos que atentan contra la libertad de culto y creencia religiosa, esta corte ha encontrado que no hay méritos suficientes, ni que esta sala tiene competencia para aceptar esa solicitud, por cuanto la petición ha sido rechazada.

Un baldado de agua fría baño la espalda de Samuel. La corte había desestimado los reportes de las masacres cometidas por los invasores a raíz de la imposición de su fe. Este era en verdad un muy mal comienzo. Los abogados de la defensa dejaron entrever su satisfacción por la primera de las decisiones de los magistrados. Era un punto a su favor.

—A la solicitud para instaurar una demanda contra la Corona española por el delito que pudo ocasionarse como resultado de la imposición de una lengua extranjera con el uso indebido de la fuerza, este tribunal no encuentra, a su juicio, motivos suficientes para aprobar la petición, por tanto, la solicitud ha sido denegada.

Algunos exaltaciones se escucharon en el ala donde se encontraban los abogados que representaban a la Corona. Para ellos, todo iba por buen camino. Por el contrario, el ánimo de Samuel, Ernesto y Diana iba en caída libre, el mismo sentimiento que experimentaron Teresita, Juan Manuel y Libardo en la galería.

—A la petición de los querellantes para que se permita establecer la demanda contra los monarcas españoles por el despojo de la identidad cultural a que fueron sometidos los pueblos indígenas y por el asalto a sus principios, su patrimonio y su sentido de pertenencia, esta corte no encuentra méritos para que se reciba una demanda en contra de los imputados.

Ciertas personas en la galería comenzaron a mostrarse abiertamente en desacuerdo con las decisiones del alto tribunal. Algunos líderes gesticulaban y mostraban su intención de abandonar ese salón.

Piracún estaba desconcertado, se sentía derrotado. Con la palma de sus manos cubría su rostro, tenía ganas de echarse a llorar. No era posible que toda su lucha hubiera sido en vano. No entendía cómo la corte podía desatender todas las pruebas presentadas. Los asesinatos cometidos por los verdugos para mantener su ley en toda América parecían no ser suficiente justificación. Diana sintió dolor al ver el rostro descompuesto de su amigo. Quedaban dos puntos por fallar. Los más importantes. La chica acercó su asiento al del abogado y, con delicadeza, lo tomó de la mano, quería que él sintiera su apoyo antes de que la presidenta de la sala entregara su veredicto al siguiente punto.

—A la solicitud para demandar a la Corona española por los delitos de lesa humanidad, por el secuestro, esclavitud, violación sexual, trabajo forzado y tortura, los magistrados de esta Corte hemos encontrado méritos y pruebas suficientes para que la Corona responda por estos casos.

Un grito de júbilo contenido en el pecho de Samuel brotó de su garganta, haciendo que el abogado perdiera por un momento la compostura, que debía observar en el recinto judicial. El mazo se hizo sentir enseguida con un golpe seco.

—Orden en la sala, por favor —dijo la presidenta levantando la voz.

Piracún se sentó de inmediato mientras observaba, sorprendido, cómo Juan Manuel y Teresita se besaban en la galería y luego se fundían en un abrazo. Libardo, cerca de ellos, también los miraba con asombro. Diana ahora sostenía la mano de su amigo entre las suyas. Ernesto estaba pálido y parecía no estar dispuesto a escuchar la última de las decisiones de la corte.

—Con referencia a la solicitud para que se acepte la demanda contra la Corona española por el delito de genocidio, por la muerte de más de setenta millones de personas en el continente americano, los jueces encontramos razones suficientes para que la demanda sea instaurada en esta Sala.

Samuel no pudo contener más su frenesí. Al escuchar el veredicto saltó tan alto como se lo permitieron sus piernas. Ernesto y Diana lo abrazaron, como queriendo fundirse en uno solo.

—¡Síííííí! —gritaba Piracún ebrio de emoción—, ¡lo logramos! ¡Lo hicimos!

Diana trataba, en vano, de controlar al abogado, quien parecía haberse vuelto loco.

—Samuel, por favor, contrólate —le rogaba la muchacha en voz baja—, mira que nos pueden sacar de la sala.

La presidenta los miraba con el ceño fruncido por encima de las gafas. La magistrada tuvo que golpear el mazo en un par de ocasiones para restablecer el control. Unos segundos después el hombre se calmó y, haciendo una venia, se disculpó con los jueces. Estaba jadeante. Se podía decir que en ese momento se sentía el hombre más feliz del mundo.

En la galería pública se vivía un caos. Los indígenas habían abandonado sus sillas y se abrazaban entre ellos. Aunque el ruido y la algarabía de ese recinto no llegaba a la sala principal, la presidenta determinó que los representantes indígenas no observaban el comportamiento exigido por la corte, por lo que ordenó que las largas cortinas de tela se cerraran, cubriendo completamente el inmenso ventanal. Más tarde, la galería fue desalojada.

Algunos periodistas que cubrían los pormenores de la audiencia salieron en desbandada al escuchar el veredicto. Tenían la primicia y querían ser los primeros en divulgarla al mundo.

Los abogados españoles que minutos atrás hacían gala de su sonrisa ahora se mostraban cabizbajos. Estaban derrotados. Al parecer, no se esperaban el resultado de los dos últimos veredictos.

Tan pronto se restableció el orden en la Corte, la presidenta dio un golpe con su mazo, dando así por clausurada la sesión. Después, todos se pusieron de pie y los jueces abandonaron el recinto.

XXVI

El gran juicio

Afuera todo era un caos. Los indígenas, que fueron obligados a abandonar la galería, se encargaron de contagiar con su entusiasmo a todos en el exterior del edificio. Era una gran fiesta. El carnaval se vislumbraba como un alto y gallardo caballero, que montaba un blanco y brioso corcel llamado justicia.

—Esto es un acontecimiento nacional —gritaba un integrante de una de las comitivas indígenas del Perú—, todo nuestro país tiene un motivo para celebrar.

—¿Nacional? —le corrigió otro a su lado—, este no solo es un acontecimiento que les importa a los países latinoamericanos, esto es mundial.

Un grupo de jóvenes se alineó cerca de donde algunos españoles seguían coreando consignas en contra del pueblo latinoamericano y, con todo el furor de sus cortos años, cantaron una y otra vez respondiendo a sus insultos: "Vinimos a reclamar, lo que España nos robó, no queremos regalar lo que a fuerza nos quitó".

A la salida del edificio, Samuel, Diana, Teresita y Ernesto fueron aplaudidos y aclamados por la muchedumbre, que se había agolpado cerca de las puertas esperando su aparición. El abogado, con los brazos en alto y los puños cerrados, abandonó el edificio en medio de la alegría colectiva. Los líderes indígenas se acercaban a él para saludarlo y felicitarlo.

Jimmy Smith, con una sonrisa encendida en su cara, lo abrazó y le hizo saber de su admiración por lo hecho.

—Dile que él hoy nos ha enseñado a todos algo. Que esta lección está bien aprendida y que le aseguro que será bien aplicada —le dijo el líder cherokee a Diana, para que le trasmitiera las palabras a Piracún.

A unos pocos pasos de ahí, un canal de televisión de Argentina preparaba sus equipos para una entrevista que les prometió Piracún antes de entrar al edificio.

—¿Cómo califica la decisión de los magistrados?

—La verdad, esperábamos más. No hay duda de que este es un triunfo de la justicia, pues dos de los puntos más importantes fueron aprobados, sin embargo, tres de nuestras solicitudes fueron rechazadas.

—¿Apelarán por los puntos denegados?

—Aún no hemos hablado con nuestros abogados, pero creo que no. Creo que acudiremos a otra instancia. Los presentaremos ante la Corte Interamericana de Derechos Humanos.

—¿Tiene algún mensaje para el pueblo argentino?

—Mi mensaje no es solo para nuestros hermanos argentinos. Mi mensaje va dirigido a todo el pueblo latinoamericano. Quiero que nuestra voz llegue a todos los rincones del continente, dondequiera que haya presencia indígena. Hoy hemos gritado fuerte y el mundo nos ha escuchado. Debemos continuar nuestra labor.

—¿Qué pasará ahora?

—La preparación del juicio. Nos queda aún mucho camino por recorrer. Tengo la esperanza de que más comunidades se sigan adhiriendo a nuestra pretensión. Ya somos treinta y siete, pero tengo la fe y la esperanza de que en el momento de radicar la demanda sean más de doscientos los grupos indígenas que nos apoyen.

—¿Se esperaban este triunfo?

—Por supuesto. Todos estábamos confiados; aunque, a decir verdad, los nervios nos invadieron por momentos.

—¿Algo más que agregar?

—Sí, solo una cosa más. Quiero pedirles a aquellas personas en nuestros países que tienden a confundirnos con campesinos, que nosotros somos indígenas y que estamos orgullosos de nuestras raíces. Ha cambiado nuestra percepción y amamos lo que somos, nativos americanos. No pertenecemos a un país, el continente entero nos pertenece. Aquí no somos argentinos, chilenos, peruanos o colombianos, somos nativos americanos y esa es nuestra nacionalidad.

Un representante de la National Geographic se acercó y les manifestó su interés por realizar un documental sobre todo el proceso que los había llevado hasta ese punto. Era increíble cómo ahora todos se volcaban sobre él. Pocos días atrás nadie se interesaba en el proyecto, todos los rechazaron. Los hechos habían cambiado su percepción de repente. Mientras Piracún hablaba con el emisario de la revista internacional, un hombre se les acercó, sospechosamente, y se colocó a un lado del abogado. Por momentos parecía estar interesado en lo que hablaban los hombres, pero después reparaba en las personas que estaban a su alrededor.

Samuel le hizo un ademán a Libardo y este se ubicó muy cerca del sujeto. Tan pronto como el periodista terminó su diálogo con el abogado, el hombre se le puso al frente y le preguntó directamente.

—¿Sois Ernesto?

—No. ¿Quién lo busca?

—Un amigo suyo.

—Conozco a todos sus amigos y tu cara no me es familiar.

—¿Sabéis dónde puedo hallarlo?

Libardo asintió con la cabeza dejándole entrever a Samuel que estaría pendiente. Piracún, entonces, le señaló el sitio donde se encontraba su amigo. El hombre se encaminó hacia ese lugar con paso vacilante. El arqueólogo lo seguía de cerca y un poco más atrás iba el abogado.

Ernesto, después de intentarlo hasta el cansancio y esta vez desde el celular de Pierre Meulemans, por fin escuchó el repiqueteo del teléfono de Claudia al otro lado de la línea. Los largos timbrazos eran seguidos por la angustia del abogado, quien sabía que la llamada se cortaría en cualquier momento. El corazón saltó en su pecho al escuchar la voz de su esposa.

Le parecía que había pasado un siglo desde la última vez que habló con ella.

—Hola, mi amor, ¿cómo estás?

Claudia se quedó en silencio. Estaba a punto de colgar. Esa voz que se parecía a la de Ernesto y que provenía de un número desconocido le sonaba extraña.

—¿Claudia? ¿Me escuchas? —preguntó él con el aparato pegado a un oído, mientras tapaba el otro con la palma de su mano.

—¿Quién habla?

—Soy yo.

—¿Ernesto? —preguntó Claudia desconcertada. No entendía el porqué del cambio repentino en la conducta de su esposo.

Ernesto le comentó acerca de su conversación con Diana y de lo arrepentido que se sentía por no haberla escuchado. Le pidió perdón por dudar de ella sin darle oportunidad de explicarse. La mujer dejó brotar el llanto al escuchar a su marido. Nunca pensó que él recapacitaría de ese modo. Acordaron que hablarían con detalle a su regreso a Colombia. Al despedirse, ella le dijo que lo amaba y que esperarían con ansia su regreso.

—¿Estaremos esperando?

—Sí, Ernesto. Tu hijo y yo.

La llamada terminó con el alborozo que le produjo la noticia de que se convertiría en padre. No lo podía creer. Su esposa le explicó que, por las semanas de gestación, ese bebé que venía en camino era fruto de su amor y no de la penosa y trágica situación que había tenido que vivir por culpa de un desalmado. Parecía que los astros se estaban alineando, trayéndole en un día las mayores satisfacciones de su vida. Deseaba regresar cuanto antes para recuperar el tiempo perdido. Una voz ronca que le pareció familiar retumbó de pronto cerca él.

—¿Ernesto Saavedra? —le dijo aquel hombre desconocido.

Ernesto sintió que le faltaban las fuerzas, pues algo en esa voz le produjo temor y desconfianza. Ver que Libardo y Samuel se acercaban hizo que se tranquilizara un poco.

—¿Tú quién eres?

—¿No sabéis quién soy?

—No tengo la menor idea.

—¡Hombre! Qué pronto me habéis olvidado.

—¿Benicio?

—El mismo —contestó el hombre estrechándole la mano—, me he enterado de que habéis ganado hoy.

—Un triunfo parcial —contestó Ernesto con modestia en tanto le guiñaba el ojo a Libardo y a Samuel en señal de que todo estaba bien.

—¿La habéis pasado bien allí dentro?

—No tanto como queríamos, pero en líneas generales no estuvo mal.

—¡Enhorabuena!

—Gracias. No esperaba encontrarte aquí.

—Estaré en todos los lugares donde haya una demanda contra la Corona española.

—Parece que los odias.

—Un poco más que eso.

—Quiero agradecerte en nombre del equipo por todo lo que nos has colaborado. Tendremos que seguir en contacto. Aún hay mucho por hacer.

—Ya sabéis que cuentas conmigo.

—Ahora estoy seguro de ello, Benicio Del Río —le llamó Ernesto con una sonrisa y a la espera del gesto de sorpresa en la cara del informante.

—¿Cómo me habéis llamado? —le preguntó el hombre, también sonriente.

—Benicio Del Río. Es tu nombre. ¿No es así?

—No que yo sepa. Ni Benicio, ni Del Río. No sé de dónde sacasteis eso.

—¡Me dijiste que te llamabas Benicio!

—Corrección, os dije que me podíais llamar Benicio, lo que no infiere que ese sea mi nombre. Y lo de Del Río, no recuerdo haberte dicho eso.

—Cuando enviaste los documentos con esa carta al hotel de Cartagena firmaste con "B del R". Estuve revisando y creí que esas eran las iniciales de Benicio Del Río.

Las carcajadas del informante no se hicieron esperar. La situación para él era más divertida que para Ernesto, a juzgar por su reacción.

—Me tendréis que perdonar, pero esto ha sido muy gracioso —se disculpó el hombre aún entre risas.

—¿Qué significan entonces esas iniciales?

—Esas iniciales, amigo mío, no son las iniciales de mi nombre, sino de lo que soy y de lo que represento.

—Cada vez entiendo menos.

—"B del R", mi estimado Ernesto, significa Bastardo del Rey.

El hombre le comentó, a grandes rasgos, que él, como muchos otros, era el resultado de uno de los tantos encuentros furtivos del rey Juan Carlos I. En muchas ocasiones trató de contactar a su padre, pero fue rechazado despectivamente, a tal grado que decidió entablar una demanda contra aquel, pero nunca pasó de instancias preliminares, dado el alcance que tenía la mano del monarca en todos los estamentos del gobierno.

Desde ese momento le declaró una guerra frontal a la familia real. Haría lo que estuviera a su alcance para poner en aprietos a la Corona.

Pierre Meulemans, el abogado belga a cargo de su caso lo contactó cuando se enteraron de su intención de demandar a la Corona y le dijo que esa era una oportunidad perfecta para colaborar, si quería hacer algo en contra de la monarquía. Así fue como obtuvo su nombre y su número de teléfono. Ernesto le comentó acerca del individuo que estuvo amenazándolos, pero él fue enfático en decir que no tenía idea de quién se trataba. El hombre le fue presentado a Samuel y enseguida se despidió.

—Antes de que te vayas, dinos cuál es tu nombre —le pidió Ernesto.

—Mi nombre es Antonio. Por ahora solo os diré eso —dijo y se alejó sonriendo en tanto repetía—. Benicio Del Río… Benicio Del Río… creo que me gusta.

No terminaba aún de alejarse el informante cuando vio que un hombre de contextura gruesa que había visto en la audiencia se le acercaba a Samuel. Detrás del hombre venían un muchacho alto con barba, que sostenía una pesada cámara, y una joven reportera de un canal de televisión. Tan pronto como llegaron, encendieron la cámara y la muchacha se acomodó entre aquel y Samuel, sin que hasta ese momento hubieran mediado palabra.

—Soy Mónica Sarmiento, del canal de noticias RKZ de Colombia, saldremos al aire en solo unos minutos, discúlpame, pero no nos dieron tiempo para prepararnos —dijo por fin la mujer mientras se acomodaba la blusa y revisaba el pequeño micrófono.

El hombre de la cámara hizo una señal y comenzó su cuenta regresiva desde cinco. Piracún miró a Ernesto mientras levantaba los hombros.

—Buenas tardes, transmitimos en directo desde el búnker de la Corte Penal Internacional de La Haya, donde hoy se ha llevado a cabo la audiencia para abrir formalmente la demanda en contra de la monarquía española, por parte de las comunidades indígenas de Centro y Suramérica.

Al tiempo que la muchacha hacía la presentación, el camarógrafo realizaba un rápido paneo de las inmediaciones del edificio y de los manifestantes afuera del mismo.

—Tenemos con nosotros al senador Jorge Emilio Martínez Pedraza —continuó diciendo la chica—, quien asistió a la audiencia en representación de Colombia, en este momento histórico para todos los países de Suramérica.

Samuel se mostraba ahora indignado. No podía creer lo que estaba escuchando.

—Senador, cuénteles a nuestros televidentes el alcance de lo que se ha logrado hoy aquí en La Haya y que vendrá a continuación.

—Gracias, Mónica, la verdad, este es un gran logro para el pueblo colombiano y para lo que representan sus raíces. Desde el Congreso hemos seguido de cerca todo este proceso y por ello hoy nos sentimos satisfechos con lo que se ha logrado. Pero que no sea yo quien lo diga, que sea mejor el señor Samuel Perafán, líder de las comunidades indígenas de nuestro país y cabecilla de este proceso, quien nos exprese su pensamiento —dijo el congresista cediéndole la palabra al abogado.

El abogado se quedó en silencio. No era que no supiera qué decir. Era que tenía tanto que expresar que no sabía a ciencia cierta por dónde empezar. En su cara se dibujaba la molestia. En su expresión corporal se adivinaba su desazón.

—¿Señor Perafán? —dijo la reportera, viendo que los segundos pasaban sin que el hombre se pronunciara.

—Hace algún tiempo —comenzó diciendo Samuel haciendo énfasis en cada palabra que salía de su boca— golpeamos las puertas de todos los estamentos del Estado, sin que ninguno se ofreciera a ayudarnos. Fuimos rechazados y algunos se burlaron de nosotros. Tuvimos que acudir a patrocinadores extranjeros y sufragar gastos de nuestros bolsillos para poder estar hoy aquí. En realidad, fue una sorpresa cuando supe que en la audiencia había algunas personas del Congreso, que llegaron sin tener la más remota idea del cuerpo de nuestra demanda. Quiero hacerle una corrección y dos preguntas al senador Martínez Pedraza, si me lo permiten.

—Adelante —dijo el congresista, incómodo mientras le sonreía a la cámara.

—La corrección es que mi apellido no es Perafán. Mi nombre es Samuel Piracún. Creo que ello es una muestra de lo mal informados que están ustedes en lo que hace referencia a nuestra demanda. Y las preguntas son sencillas. La primera es si puede decirle al pueblo colombiano qué se siente despilfarrar el dinero del erario en viajes y viáticos que reafirman la existencia del llamado turismo parlamentario. Y la segunda: ¿cuál es la comunidad indígena que usted representa? Pues, la verdad, no lo tengo en mi lista.

Dicho esto, le entregó el micrófono a la muchacha y se alejó del lugar, mientras detrás de cámaras se escuchaban risas y aplausos.

Libardo estaba encantado con la situación. Desde sus lejanos años de colegio no sentía tanta camaradería como la vivida con ese pequeño grupo de personas durante las últimas semanas. Era loable cómo ese noble propósito los había unido de tal manera que ahora hablaban con una sola voz. El deber se hacía más grande. La meta, más ambiciosa. Ya el camino había sido trazado, sabían por dónde tendrían que dirigir sus pasos. Mientras pensaba en lo que vendría, sintió que alguien tocaba su hombro. Al virar se encontró de frente con Néstor Castiblanco.

—¡Felicitaciones! Veo que sigues haciendo lo que te gusta.

—Hola, Néstor —lo saludó fríamente el arqueólogo.

—Te hemos echado de menos. Un gran escritorio y una taza caliente de café siguen esperándote.

—No es a mí a quien esperan. Eso deberías tenerlo claro.

—No entiendo el porqué de tu actitud. Mírame aquí. He venido, y eso se debe a que compartimos los mismos intereses.

—Los intereses tuyos jamás serán los míos. Yo no voy detrás de premios ni mi intención ha sido llenarme los bolsillos con el patrimonio cultural de mi país.

—Creo que malinterpretas las cosas. No veo nada malo en que nos beneficiemos por el esfuerzo que hacemos. Y te aseguro algo, si no lo hago yo, vendrá alguien más y lo hará por mí. No estaré por siempre en este cargo, entonces lo mejor es aprovechar el cuarto de hora. Tú deberías hacer lo mismo, mira que se te están yendo los mejores años.

—Eres un asco, Néstor. No sé cómo pudiste mantener esa máscara puesta por tanto tiempo. Haz lo que quieras hacer, entre tanto yo haré lo que me corresponda. Desde que me quede un hálito y por más débil que este sea, lucharé para denunciar la corrupción de personas como tú, que se convierten en títeres serviles de los gobernantes de turno.

Libardo giró sobre sus talones y se dirigió adonde Samuel y Meredith, que conversaban animadamente. Castiblanco quedó de una pieza. No intentaría de nuevo hacer entrar en razón al que una vez fuera su amigo.

Después de regresarle su teléfono, Ernesto dialogó con Pierre como si se conocieran desde siempre, acerca del camino que aún tendrían que recorrer. El abogado belga le manifestó que les haría llegar la factura únicamente por los costos de preparación del caso. No habría honorarios de otro tipo. Adicionalmente, les enviaría una propuesta presentándoles los costos para radicar la demanda por los delitos de lesa humanidad y genocidio.

—¿Por qué tanta generosidad? —preguntó Ernesto—. ¿Por qué no quisieron cobrarnos sus honorarios?

—Es una historia larga.

—Tengo suficiente tiempo, además, la curiosidad me mata.

—¿Qué sabéis del saqueo de Amberes?

—Me temo que nada.

—El oro que llegó de América sirvió para que España potenciara sus ejércitos e invadiera muchos territorios europeos. Una de las ciudades que se vio afectada por el salvajismo español fue la ciudad de Amberes, en Bélgica.

—¿Qué sucedió?

—Entre el 4 y el 7 de noviembre de 1576, la ciudad fue saqueada por el ejército español enviado por Felipe II. Siete mil quinientas personas murieron, cinco mil de ellas eran civiles. Fue un genocidio, no a la escala del que se produjo en América, pero de todos modos fue un genocidio.

—Sin duda, fueron muchas personas.

—El propietario del bufete donde trabajo es un criminalista de setenta y cinco años que nació en Amberes y, como muchos de allá, mantienen vivo su resentimiento por lo sucedido a manos de la monarquía española.

—Ahora lo entiendo, una forma de vengarse de sus actos.

—Podéis llamarlo así si queréis. Nosotros le llamamos justicia universal.

—Creo que existe un sentimiento común entre ustedes y el pueblo latinoamericano.

—Así es. Creo que ha llegado la hora de que la Corona española pague por todos los vejámenes causados a la humanidad.

—Añádele los crímenes cometidos bajo la figura de la Santa Inquisición, donde también participó la Iglesia.

—¡Nada más cierto que eso! Ya para ellos nada será como antes.

A las seis de la tarde, todos se encaminaron alegremente hacia el bus. Había sido una jornada agotadora. Ahora era tiempo de celebrar. Algunos hombres no se cansaban de repetir ciertos sucesos acaecidos durante la audiencia. Otros hablaban de la manera excepcional como Samuel celebró el veredicto, y alguien más se mofaba de la forma como todos fueron retirados de la galería por orden de la magistrada.

Diana pensaba en llamar a su regreso a su amigo en México, para ver si el trabajo que le ofreció meses atrás todavía estaba disponible. No obstante, quería también retomar las investigaciones que estaba adelantando y ponerse al día con sus contribuciones a la revista científica de la cual era colaboradora. Era el momento de buscar otros horizontes.

Samuel iba en silencio, unos pasos atrás del grupo. Su pensamiento vagaba entre lo vivido ese día y lo que haría al llegar a la capital colombiana: cumplir los sueños también puede resultar algo difícil. El frío del final de la tarde se dejaba sentir más intenso. El olor del viento salitroso traía consigo un dejo de nostalgia. Levantó de pronto la mirada al firmamento y allí encontró una mezcla infinita de colores. El cielo se le antojaba ahora majestuoso como nunca.

Diana se fue quedando atrás del grupo, hasta que se puso a la par del abogado. Muy poco habían hablado desde el fallo de la Corte y quería saber acerca de lo que se venía para Piracún.

—¿Feliz? —le preguntó poniéndose a su paso.

—Satisfecho. Feliz estaré cuando logre que la Corona reconozca sus abusos.

—No puedes negar que es un gran comienzo.

—Lo es, Diana. Pero aún queda otro gran trecho por recorrer.

—Creí que estarías más contento, más jovial.

—Lo estoy, aunque soy consciente de que solo hemos ganado una batalla, no la guerra.

—De igual manera, cada batalla que se gane ha de ser un motivo de alegría. ¿O no?

—Creo que cada uno lo celebra a su manera.

—Quiero preguntarte algo: allí dentro, en la audiencia, vi a otro Samuel Piracún. Uno entusiasta, vehemente, apasionado. Más humano. ¿Qué se hizo? ¿A dónde se fue?

—No sé de qué estás hablando.

—Sí, Samuel, claro que lo sabes. Deberías dejar salir ese ser lleno de emociones y de sentimientos. No estoy diciendo que seas mala persona, pero sé que mantienes escondida la mejor versión de ti. Déjala que brote, de esa manera serás más feliz.

—Lo tendré en cuenta, pero ¿por qué te preocupa eso? ¿Por qué te interesa mi felicidad?

—Porque me importas. No eres un desconocido.

—Tienes otros amigos. ¿Acaso ellos no tienen también problemas? ¿Has intentado ayudarlos?

—Sí, lo he hecho. Y créeme que no ha sido tarea fácil.

—Entonces, ¿ahora es mi turno?

—Es extraño, siempre pensé que hablar contigo era algo que me gustaba hacer. Pero en este momento no lo creo así. En ocasiones, como ahora, te muestras engreído, testarudo y egoísta.

—¿Y tú? ¡La mujer perfecta!

—No lo soy. Pero por lo menos sé escuchar.

—Ah, claro. Como me escuchaste cuando quise hablarte.

—Eso fue diferente.

—¿Diferente? ¿A qué? Te pedí una oportunidad, pero tu soberbia y tu orgullo demostraron ser más grandes que tu corazón.

Diana no supo qué responder. Un silencio incómodo los acompañó mientras resonaba el taconeo de sus pasos contra el pavimento. Poco les faltaba para llegar al autobús. De repente la chica detuvo su paso, halando bruscamente el antebrazo de Samuel.

—Eh... ¿Qué pasa? —preguntó Piracún sorprendido ante su actitud.

—Samuel, creo que estamos llevando esto muy lejos...

—¿Sí? ¿Y qué piensas hacer al respecto?

—Lo que quizá tenía que hacer hace mucho tiempo.

Dicho esto, la mujer lo tomó por las solapas de su traje y con tirón lo atrajo hacia ella, estampándole un beso en la boca.

Epílogo

La celebración se extendió hasta pasadas las tres de la madrugada. Copas rebosantes de licor atiborraron las mesas y las risas retumbaron toda la noche en el bar cerca del hotel. Los diálogos se circunscribieron a lo sucedido ese día, dentro y fuera del edificio del tribunal.

Samuel y Diana se divirtieron como no lo habían hecho antes. Probablemente, el motivo obedecía a que ellos tenían una doble razón para celebrar. En varias ocasiones se les vio aislados del grupo, hablando como si solo acabaran de conocerse. Parecía que tenían muchas cosas que decirse o, tal vez, deseaban recuperar todo el tiempo perdido.

Teresita seguía divertida con los movimientos de la pareja, incluso rio a carcajadas cuando vio que Samuel se llevó un cigarro a los labios y Diana, con suavidad, se lo quitó y lo guardó de nuevo en su cajetilla mientras que le decía dulcemente que no. El hombre aceptó la determinación de la chica mientras le sonreía con cierta frustración.

Ernesto se encontraba hilarante. Una vez que todos estuvieron reunidos se decidió a participarles del más grande acontecimiento de su vida. Suspendiendo momentáneamente el compás de la música, se dirigió a todos con su característica solemnidad:

—Amigos míos, hoy no solamente me embarga la felicidad por la satisfacción del deber cumplido. Hoy tengo un motivo más para celebrar con ustedes en esta tierra lejos de mi patria. Hoy es un día que quedará grabado en la historia, no solo porque logramos despertar al gigante dormido, sino, además, porque fui notificado de un acontecimiento que le marcará un nuevo rumbo a mi existencia.

Los concurrentes se miraron entre sí. Nadie sabía de lo que el abogado estaba hablando. Solo Teresita se animó a interrumpirlo.

—Como bien saben, estamos en tiempos de…

—Por Dios Santo, Ernesto. ¿Qué es lo que tienes que decirnos?

—Sí, Ernesto… Suéltalo ya —agregó Diana abriendo los brazos.

—Está bien, está bien: quiero que sepan que dentro de no mucho, no seremos dos, sino tres en la familia Saavedra.

Samuel y Teresita fueron los que más manifestaron su entusiasmo, aunque todos dieron muestras de afecto y estimación. Samuel abrazó a su amigo y le dijo lo feliz que lo hacía que las cosas volvieran a la normalidad.

Algunos de los líderes indígenas trabaron amistad entre ellos. Fue el caso de Miguel Tauta y Quidel Ñamcu, quienes, a pesar de vivir en puntos opuestos del continente, coincidían en un mismo pensamiento y modo de ver las cosas. Era impresionante la similitud de su criterio y la verticalidad de sus conceptos. Asumieron que la única explicación era de origen genético.

Un hombre de aspecto europeo, hasta entonces desapercibido, se acercó a Samuel y se presentó apretando su mano.

—Debo admitir que usted es un hombre audaz. ¿Demandar a la Corona? Eso es digno de admiración.

—Gracias.

—Una noble causa por las comunidades indígenas latinoamericanas.

—Causa que gusta a unos y molesta a otros.

—Sin duda.

—Y usted, ¿en qué lado de la balanza está?

—No se preocupe. Estoy con usted. Me encanta que se reescriba la historia. Es importante que conozcamos lo que sucedió en realidad. Aunque debo decirle que no es solo ese el motivo que me tiene hoy acá.

—Lo escucho.

—Es el tema del galeón *San José*.

—Hummm… ¿El galeón o el tesoro?

—Aunque el tesoro no deja de ser atractivo, no es el motivo por el que me intereso en él. Es algo mucho más grande que eso.

—¿Qué cosa? —pregunta Samuel agarrándose el mentón.

—Mi vida está ligada a él.

—No le entiendo.

—Un antepasado mío fue uno de los sobrevivientes del naufragio.

—¿Quééé? ¿Es verdad lo que me está diciendo?

—Al igual que usted hice averiguaciones por años. Algo me decía que debía investigar todo acerca de ese barco. No tenía idea por qué tenía que hacerlo. Terminé descubriendo el porqué. Hoy puedo decir que no hay nada que se relacioné con el galeón que no conozca o que no haya leído. Cuando vi las primeras fotografías que aparecieron en la internet un escalofrío recorrió todo mi cuerpo. Era como si yo hubiese estado en esa cubierta.

—Fueron pocos los sobrevivientes. Tengo la reseña de algunos de ellos. ¿Puedo saber de quién estamos hablando?

—De Pablo Rodríguez. Era el tamborero.

El silencio, en tributo a los que desaparecieron en la madrugada de ese 8 de junio de 1708 en aguas del mar Caribe, se dejó sentir. El hombre se despidió de Piracún henchido el pecho de orgullo por el tamborero. Lejos estaba de imaginarse que era el general José Fernández de Santillán y Quezada, conde de Casa Alegre y capitán del galeón *San José*, y no Pablo, su ancestro biológico.

Pierre Meulemans, antes de despedirse en el hotel, se comprometió con Ernesto y Samuel a averiguar quiénes estaban detrás de las amenazas recibidas de España y del secuestro del abogado. Se hacía necesario poner una denuncia en la Organización Internacional de Policía Criminal para evitar que esa situación se repitiera.

Libardo se mostró complacido cuando Samuel lo invitó a que se uniera nuevamente al grupo para bosquejar lo que sería entonces la demanda final, e insistir en el caso del galeón. Juan

Manuel Salinas y Teresita habían guardado la sorpresa para el final. El historiador mexicano les contó de su relación con Teresita. Para Samuel y Libardo la noticia fue algo sin novedad. Diana y Ernesto sí se mostraron sorprendidos, pues nunca se imaginaron que entre ellos existía algún romance. La antropóloga se sintió feliz por ella, pues la consideraba su amiga y siempre fue de la opinión de que bien podía retomar su vida.

—¿Qué harán ustedes? ¿Qué pasará con el proyecto? —preguntó Ernesto, pensando que ya no contarían más con su colaboración.

—Ante todo nos concentraremos en el pie de Teresita. Luego… ya veremos. Sobre el proyecto, no te preocupes, continuaremos trabajando con ustedes. Si no podemos hacerlo en Colombia, cuenta con que seguiremos haciéndolo desde México.

La pareja recibió las felicitaciones y halagos de sus amigos. Ya no tendrían que mantener más su relación en secreto. Eso era algo que le tranquilizaba el alma a Teresita.

—No me vas a negar que todo salió mucho mejor de lo que planeabas —le dijo Ernesto a Samuel de camino al aeropuerto.

—Gracias a ti y Claudia. También a la ayuda incondicional de Teresita y al apoyo decidido de Diana.

—A propósito de Diana, te lo tenías bien guardadito.

—Por favor, Ernesto, antes de ayer solo éramos amigos.

—Ya era hora de que enterraras el asunto ese con tu ex.

—Ya lo hice.

—¿Y qué planes tienes ahora?

—Llevar la demanda hasta el final.

—Me refiero a Diana.

—Igual. Llevar todo hasta el final. ¿Y tú? ¿Qué tienes en mente al regresar?

—No veo la hora de ver a mi esposa. Extraño mi casa. Echo de menos la ciudad. Además… Debo llegar a buscar trabajo.

—Ya que tocas ese punto, quisiera que habláramos al llegar a Bogotá.

—Si tienes algo que decirme, hazlo de una vez, ¿para qué esperar tanto?

—Quiero proponerte algo.

—Te escucho.

—Si no te has dado cuenta, lo que sucedió en La Haya cambia por completo nuestro panorama.

—No te entiendo.

—¿Tienes una idea de cuánto tiempo nos llevará preparar la demanda? Deberemos dedicarnos totalmente a este asunto.

—¿Y? ¿Qué estás pensando?

—Qué renunciaré a mi trabajo.

—¡Estás loco! ¿Y de qué vivirás?

—Querrás decir, de qué viviremos. Mira, Ernesto, esta demanda es una oportunidad especial para hacer lo que todo abogado ambiciona: tener nuestro propio bufete.

—¿Estás hablando en serio?

—Muy en serio. Te expondré todo en un par de días.

—Piracún y Saavedra —dijo Ernesto dibujando un rectángulo en el aire—. No… Mejor será: Saavedra y Piracún…

Samuel dejó a su amigo en medio de divagaciones en las cuales se veía a sí mismo sentado al frente de un enorme escritorio. El avión comenzó a marchar sobre la pista del Aeropuerto Internacional Schiphol de Ámsterdam. Ya era hora de regresar a casa.

Samuel cerró los ojos apaciblemente, pensando en las palabras de su padre: "Un hijo de nuestra noble raza, un hombre valiente, inteligente y con bastantes pergaminos, hablará un día con una sola garganta y con una sola voz, ante todas las naciones del mundo… su mensaje se escuchará en cada rincón del mundo y después de eso, nada será como antes".

Pensó que ese hombre no era él; sin embargo, seguiría en la batalla, en esa guerra que aún estaba lejos de acabar. La aeronave despegó generándole un ligero vacío, que desapareció al sentir la mano de la bella Diana apretando la suya con delicadeza.

Contenido